初心隽永

★ 国防科大新闻作品选 ★

主　编：姚　宏
副主编：肖云舰　方姝阳　张　龙
　　　　陈　思　颜　瑾

国防科技大学出版社
·长沙·

图书在版编目（CIP）数据

初心隽永/姚宏主编. —长沙：国防科技大学出版社，2022.9
ISBN 978－7－5673－0610－3

Ⅰ.①初… Ⅱ.①姚… Ⅲ.①通讯—作品集—中国—当代 Ⅳ.①I253.2

中国版本图书馆CIP数据核字（2022）第164050号

初心隽永——国防科大新闻作品选
CHUXIN JUANYONG——GUOFANG KEDA XINWEN ZUOPIN XUAN

主　　编：姚　宏	
责任编辑：邹思思	
责任校对：欧　珊	
出版发行：国防科技大学出版社	地　　址：长沙市开福区德雅路109号
邮政编码：410073	电　　话：(0731) 87027729
印　　制：国防科技大学印刷厂	经　　销：新华书店总店北京发行所
开　　本：710×1000　1/16	印　　张：29
字　　数：417千字	版　　次：2022年9月第1版
印　　次：2022年9月第1次	
书　　号：ISBN 978－7－5673－0610－3	
定　　价：86.00元	

版权所有　侵权必究

告读者：如发现本书有印装质量问题，请与出版社联系。

目 录

2020 年

为战冲锋铸"神盾" …………………………… 方 娇 姚 宏 / 003
　　——记第六十三研究所卫星通信抗干扰团队
罗府臣：习主席叮嘱我为祖国站好岗守好边 …………… 方 娇 / 008
无军籍"学霸"成长记 …………………………………… 陈 思 / 012
　　——记四名国家奖学金获得者
"直播"背后的故事 ……………………………………… 方 娇 / 015
王意洁：从"两弹一星"到"银河""天河" …………… 颜 瑾 / 020
战"疫"在"虚拟战场" ………………………… 陈 彬 方姝阳 / 23
匠心浇筑"霸王课" ……………………………… 雷 雯 聂鸿飞 / 027
　　——记文理学院数学公共课程国家级教学团队
"后浪"奔涌 "战"歌嘹亮 ……………………… 龚 仪 邱 烽 / 031
　　——记国际关系学院教授李战子
向深蓝进军 …………………………… 颜 瑾 姚 宏 赵英伟 / 035
　　——记助力"远望号"乘风破浪的国防科大人

在"跨界"中求胜道 ················ 肖云舰　曾　杰 / 044
　　——记前沿交叉学科学院国防科技战略研究智库副研究员吴集
女儿眼中的"导弹兵王" ···················· 贺鑫城 / 048
让每名孩子享有公平教育 ···················· 方　娇 / 051
　　——计算机学院专家小组研制长沙市小升初微机派位系统纪事
"萌新"闯"天河" ············ 方姝阳　姚　宏　韩　雪 / 055
演训场上的"成人礼" ········· 王微粒　张添翼　齐旭聪 / 060
打造线上"随营军校" ················ 王玉龙　李燕琳 / 064
　　——军事职业教育技术服务中心倾心服务全军官兵纪实
锻造大国利器"超强大脑" ····· 方　娇　姚　宏　朱永锋 / 68
　　——记 ATR 重点实验室新体制导引头技术研究室
"科技版"夏休火爆"上线" ············ 欧阳大名　倪浩洋 / 073
　　——学校本科学员暑期课外科技活动侧记
星空筑梦傲苍穹 ························ 方　娇 / 076
　　——记"天拓五号"卫星"0失误"背后的故事
站在大地上仰望星空 ················ 方姝阳　杨彦青 / 080
　　——探寻前沿交叉学科学院某教研室创新发展之路
"冲锋"在强军赛道 ················ 肖云舰　张耀广 / 086
　　——记信息通信学院教授邹自力
"走"出一条智慧扶贫路 ··············· 方　娇　薛　波 / 090
　　——学校援建"八一爱民学校"纪事
精细之处见真功 ························· 顾　莹 / 95
　　——国防科大学员参加第九届全国大学生金相技能大赛侧记
棋局博弈，兵马战犹酣 ················ 方　娇　姚　宏 / 099
　　——记我军大型兵棋系统的缔造者、科大优秀校友胡晓峰

他们给地球造了台"CT仪" ………………… 龚　仪　焦西凯 / 105
　　——智能科学学院重力测量团队技术创新纪实
锤炼胜战 "火眼金睛" ………………………… 李　哲　王宗怡 / 111
　　——记电子对抗学院教授王海
海上33天 ………………………… 姚建兴　王小丹　王微粒 / 115
　　——气象海洋学院深海科研团队的探海故事
"晓"课堂的大能量 …………………… 方姝阳　欧阳大名 / 119
　　——记军事基础教育学院学员七大队副大队长付晓
创新才能"路阔" ……………………………… 陈　思　冯政慧 / 123
　　——记第十二届"中国青少年科技创新奖"得主路阔
熔铸在血脉中的"精神密码" ……… 许　鑫　何　畅　齐旭聪 / 127
　　——记气象海洋学院学员大队
快响拓天疆 …………………………………… 颜　瑾　姚　宏 / 132
　　——记空天科学学院微纳卫星工程中心快响团队
"三铁"锁紧钱袋子 …………………………… 陈　思　袁　超 / 137
　　——记服务保障中心高级会计师邓建彬
"三跨生"的逆袭 ……………………………… 张丽琪　陈　曦 / 141
　　——记研究生院研究生学员二大队博士学员吴冠霖

2019年

大漠胡杨 ………………………… 姚　宏　方姝阳　杨彦青 / 147
　　——记前沿交叉学科学院副研究员、外场试验大队大队长杨轶
用眼睛"思考"战场 …………………………… 方　娇　朱梦莹 / 151
　　——记系统工程学院教授魏迎梅

生命之火为强军燃烧 …………… 孙程浩　潘俊琦　李　哲 / 155
　　——追记电子对抗学院教授樊祥
锻造军事外语教学"利器" ………………… 雷　雯　田　靖 / 159
　　——记文理学院军事外语教学团队
生命之光为强军"旋转" … 姚　宏　颜　瑾　方　娇　陈　思 / 164
　　——追记中国激光陀螺之父、中国工程院院士高伯龙
多重角色演绎出彩人生 ………………………………… 许　鑫 / 175
　　——记国际关系学院讲师王晓榕
引"爆"实训场 ………………………………………… 陈　思 / 179
　　——记军事基础教育学院某教研室主任汪庆桃
谱写0与1的育人交响曲 ………………… 龚　仪　王雅琼 / 183
　　——记计算机学院计算科学系教学团队
走心打造样板队的"战斗堡垒" …… 席方丹　方姝阳　刘世飞 / 188
　　——记研究生院研究生学员六大队三十队党支部
探寻武器装备的未来"大脑" ……………… 陈　思　谭　芳 / 193
　　——记电子科学学院智能信息器件研究团队
锚定蓝天六十年 ………………………… 颜　瑾　姚　宏 / 198
　　——记空天科学学院飞行动力学与控制教研室团队
"老"教授的"新"教学法 ……………………………… 张丽琪 / 203
　　——记智能科学学院教授尚建忠
国防通信事业的"光语者" …………………………… 张丽琪 / 207
　　——记信息通信学院教授张引发
军旅情深　芳华无悔 …………………………………… 肖云舰 / 211
　　——记教研保障中心科研项目与质量管理室主任丁丁
北斗突击队 ………… 龚盛辉　胡达平　胡浩巍　杨　柳 / 215

四十八小时摘金之路 …………………… 方　娇　雷　雯 / 222
　　——我校斩获第九届国际大学生物理竞赛金奖侧记
北斗梦之队 ………………… 颜　瑾　胡达平　胡浩巍 / 225
"开心小屋"的神奇密码 ……… 王微粒　杨彦青　贾朝星 / 230
把强国梦写进太空 …………………… 颜　瑾　姚　宏 / 235
　　——酒泉卫星发射中心优秀校友60年风采
"双高"老军人的"科普大篷车" ………………… 陈　思 / 244
向大数据要战斗力 ………………………………… 张丽琪 / 248
　　——记系统工程学院副教授吕欣
踏着英雄母亲足迹前行 …………………………… 顾　莹 / 251
我最大的梦想就是成为你 ………………………… 陈　思 / 254
悬挂光荣牌：致敬最可爱的人 ………… 方姝阳　许　鑫 / 256
淬火铸利剑 ………………… 方姝阳　宗山水　唐　东 / 259
　　——长沙校区"强军-2019"毕业学员综合演练侧记
吹响新时代青春号角 ………………… 徐　寅　黄　岩 / 263
　　——记"全国五四红旗团支部"、气象海洋学院学员大队学员
　　二队团支部
"网红"App走俏校园的背后 ………… 龚　仪　黄方超 / 266
人生处处是沙场 …………………………… 方　娇 / 270
在国际赛场标绘中国轨迹 …… 颜　瑾　宁凡明　王微粒 / 274
　　——28天决胜国际空间轨道设计大赛纪实
士官教员王云强 ……………………… 徐钰喆　卢锦青 / 279
创新铸就超算"中国速度" ……… 方　娇　姚　宏　刘于蓝 / 282
　　——记"最美新时代革命军人"、"天河一号""天河二号"
　　副总设计师肖立权

逐梦尼罗河 ································ 方　娇 / 286
　　——国防科大学员参加"第四届国际无人系统创新挑战赛"侧记
"玩"出别样盛夏天 ························· 方姝阳　姚　宏 / 291
攀登科技高峰的铿锵脚步 ···················· 颜　瑾　姚　宏 / 295
　　——细数学校创造的"世界第一""中国第一"
新兵"枪王"的制胜秘诀 ····················· 肖云舰　由　里 / 299
拨开信息化战场的"数据迷雾" ················ 许　鑫　雷　雯 / 302
　　——记2019年国家"优青"获得者侯臣平
王新国："学霸方队"锻造者 ··················· 方　娇　路　遥 / 306
骆阳：金点子闯出新路子 ··························· 方姝阳 / 309
让知识的雨露浸润希望的田野 ·················· 薛　波　龚　仪 / 312
　　——学校教育扶贫工作纪实
紧握钢枪的"笔杆子" ································· 颜　瑾 / 317
"猎人"特战教员吴奇明 ····························· 方　娇 / 320
为中国超算立下"军令状" ···················· 韩　雪　颜　瑾 / 324
"学霸宿舍"炼成记 ·············· 龚　仪　薛子哲　颜　瑾　张丽琪 / 327
造万物互联之"星" ····················· 颜　瑾　姚　宏　宁凡明 / 335
　　——国防科大学员荣获2019亚太空间合作组织微小卫星大赛
　　　一等奖侧记
"天上宫阙"建设者 ··························· 颜　瑾　姚　宏 / 340
　　——记"中国载人航天工程突出贡献集体"空天科学学院
　　　应用力学系
博士连长赵常智：把答卷写在战场 ·············· 方　娇　姚　宏 / 346
狼啸长空傲群雄 ····························· 颜　瑾　姚　宏 / 349
　　——记"中国第一蓝军旅"中的优秀校友

2018 年

一束绚丽的强军"激光" ……………………… 王握文　杨彦青 / 361
　　——追记中国工程院院士、国防科技大学教授高伯龙
用奋斗开创光荣未来 ………………………………………… 葛林楠 / 367
　　——电子科学学院科技创新故事
青春是一曲奋斗的交响 ……………………… 王握文　张酉龙 / 371
　　——走近无人机"慧眼"系统创新团队
搏击在数据海洋的强军尖兵 ………………… 雷　雯　李清江 / 374
　　——记文理学院系统科学学科团队
打通信息化战场"奇经八脉" ……………… 姚　宏　谭雄鹰 / 379
　　——记信息通信学院教授苏泽友
核心关键技术只能靠自己干出来 …… 杨彦青　王晓军　姚　宏 / 383
　　——追忆中国激光陀螺研制领域创始人、前沿交叉学科学院
　　　原教授高伯龙院士
决胜尼罗河畔 ……………………… 王握文　徐晓红　李立群 / 388
　　——国防科大学员参加第三届国际无人系统创新挑战赛纪实
履行使命的脚步从未停歇 … 谭雄鹰　王统一　顾　莹　姚　宏 / 393
　　——记信息通信学院军队政治工作教研室教员王慧
从"零"的突破到跃上世界之巅 …………… 王握文　于冬阳 / 397
　　——记高性能计算从"跟跑"到"领跑"的跨越之路
让天河之光更加灿烂 ………………………… 顾　莹　刘于蓝 / 402
　　——记中国工程院院士廖湘科的创新之路
把制敌的"竹竿子"延伸到太空 …………… 龚盛辉　段路遥 / 407
　　——记电子科学学院 ATR 国防科技重点实验室某创新团队

蓝盔出击 ·················· 姚　宏　陈　思 / 412
　　——记国际关系学院国际维和培训与研究中心教研团队
勇立潮头谋打赢 ·············· 龚盛辉　潘　欣 / 417
　　——记第六十三研究所数据工程研究室
战有良师则自胜 ·················· 孙程浩 / 422
　　——记电子对抗学院教授施自胜
强激光元件"纳米炸弹"终结者 ······ 赵晓宇　李立群 / 426
　　——记智能科学学院国防科技重点实验室副研究员石峰
深扎基层这片事业沃土 ··········· 陈　思　罗有敢 / 431
　　——记军事基础教育学院学员三大队十四队教导员赵彦博
"1+1＞2"的魔法 ···················· 张丽琪 / 435
　　——记前沿交叉学科学院讲师刘博
"千足虫"变形记 ········ 徐海军　韩泽超　方姝阳 / 439
　　——国防科大团队获2018年iCAN国际创新创业大赛中国总决赛
　　　一等奖侧记
他与"力"的不解之缘 ······ 龚　仪　韩　笑　关云飞 / 444
　　——记空天科学学院应用力学系教授冯志刚
筑梦航天砺青春 ·············· 周　祥　方姝阳 / 448
　　——国防科大学员荣获2018国际大学生航天器创新设计大赛
　　　一等奖侧记

初心隽永

CHUXIN JUANYONG

——国防科大新闻作品选

2020年

为战冲锋铸"神盾"
——记第六十三研究所卫星通信抗干扰团队

● 方 娇　姚 宏

因为太过低调,以至于在信息如此发达的时代,他们头顶无数显赫荣耀却很少出现在公众视野。就是这样一个由第六十三研究所十余名科研人员组成的小团队,填补了我国卫星通信抗干扰领域的历史空白,承担了迄今为止我军已装备的军事卫星通信抗干扰系统型号研制任务,为我军在信息化条件下开展联合作战铸起坚不可摧的"神盾"。

数据最令人信服。尽管卫星通信抗干扰系统研究周期长,报奖、评奖较为受限,但团队仍先后获得国家科技进步一等奖1项,国防科技进步奖2项,军队科技进步一等奖2项、二等奖5项、三等奖17项,获国防发明专利授权20项,被评为总参优秀创新团队,荣立集体三等功1次。

在这为国铸盾的辉煌背后,注定是一条充满挑战的曲折之路。

科研高峰，峰巍巍兮勇攀登

20世纪90年代，美军第一颗Milstar军事星发射成功，翻开了军事卫星抗干扰通信的第一页。随后的十几年时间里，作为"千里眼""顺风耳"的远在苍穹之上的卫星，为相继打响的海湾战争、科索沃战争提供了及时准确的侦察、通信、导航、定位、气象、抗干扰等作战信息和通信服务。此时的中国，刚刚发射了首颗试验通信卫星——"东方红2号"，但在军事卫星通信系统上，依旧依赖国外技术：租用转发器，购买进口地面设备。

"那个年代，我国军事卫星通信系统相关研究处于起步阶段，中国还没有一颗真正属于自己的军事通信卫星，更不要说卫星抗干扰系统了。"回想过往，已是团队带头人的陆锐敏记忆犹新。

军人为国而生、瞄准战场、心系打赢，才是职责所系、价值所在。在没有任何技术、经验可以借鉴的情况下，团队踏上了研制卫星通信抗干扰系统的破冰之旅。

20世纪90年代，我国军事卫星通信系统研制拉开序幕，团队承担了该系统抗干扰通信分系统的研制工作。可面对国外严密的技术封锁，白手起家的团队想要攻下这个"山头"，难度可想而知。

使命催征，越是急难险重越要勇于担当，越是困难棘手越要敢为人先。没有可供参考的资料，就自己研究通信波形；完整的抗干扰系统有难度，就从已成功的抗干扰链路入手进行突破；从基本理论到工程应用有颇多实际问题，就奔走各地开展验证和调试……好几年时间，他们不是在实验场上忙碌，就是扛着设备在路上奔波。在热火朝天的干劲中，这座"高峰"被他们一点点攻了下来。

来不及欢欣雀跃，团队又向着更高的"山峰"发起冲刺。经过三十年潜心研究、近千次细致的推导计算和难以计数的星地联试，他们成功将跳频抗干扰技术应用于卫星处理载荷，并进一步扩大规模，让军事卫星通信系统拥有了强大的通信电子防御能力。

姓军为战，披荆斩棘谋打赢

仲夏之际，一场复杂电磁环境下的通信对抗演习在原广州军区拉开战幕。只见一座座卫星天线剑指苍穹，一辆辆野战通信方舱车动若风发，一台台通信设备灯光闪烁……面对蓝军施加的种种电磁干扰，红军"中军帐"内除某卫星通信抗干扰设备正常工作外，其他设备早已没了反应。而这套设备，正出自该团队之手。

回顾该团队艰难跋涉之路：从我军第一代战术卫星、战略卫星到第二代军事卫星，再到如今的移动通信卫星，他们以军事卫星通信抗干扰系统为轴心，辐射前沿探索、预先研究、型号研制、军内科研等多个方面相关科研工作，完成了抗干扰系统总体、技术体制及装备研制任务，我军定型和已装备的卫星通信抗干扰装备均出自该团队之手。

卫星通信在卫星地面站与卫星之间扮演着"高速公路"的角色，各类干扰信号试图封堵整条公路，若通信手段失去效果，我军信息系统便无法有效运行，一旦开战，将丧失战争主动权。抗干扰系统就是要在这些封堵中杀出一条血路，将我军保底信息传达到各级指挥所，保障"公路应急车道"的畅通。

团队成员对此理解深刻，一张贴在团队实验室墙上的红色大字——"信息领域谋创新抗扰保通促打赢"，正是烙印在他们心中的强军誓言。

某卫星抗干扰系统首次在卫星上采用最新技术路线——跳频处理载荷，这在国内属于首创，大家心里都有些不托底。

在设备进入设计定型前的冲刺阶段，他们需要在驻藏部队营地进行实地试验。初到拉萨，高原反应"如期袭来"，团队成员均出现了头疼、发低烧、出汗等症状。"新装备战斗力生成，一刻也不能等！"顶着种种不适，大家马不停蹄赶往试验场地，成功开通了拉萨至西安的抗干扰话音业务，建立起与西安的抗干扰通信链路。当相关通信的成功测试为设备设计定型扫清最后一个障碍，当西昌卫星发射中心成功将某卫星送入太空轨道，当载荷开机卫星电话清晰接通，成功的喜悦瞬间充盈着整个北京地面通信站，团队成员欢呼拥抱庆祝胜利。

世间万物，相生相克，有矛必有盾。在团队看来，如果研究通信干扰是在造矛，那么，自己所从事的卫星通信抗干扰研究就是在铸盾。

"我们要紧密关注未来战场上敌军会使用什么样的武器装备来破坏我们的通信'神经'，'矛'升级了，'盾'就要及时升级，甚至'盾'要领先于敌人的'矛'。"姓军为战，倾心铸造和平之盾成了团队不懈追求的事业。

一脉相承，生生不息永相传

1987年，刚刚毕业的陆锐敏来到第六十三研究所。一天，老所长把这位全所当时唯一一个卫星通信专业毕业的研究生叫到了办公室。面对老所长信任的目光，陆锐敏决定将自己的研究领域向卫星通信抗干扰方向靠拢。他知道，接受这项任务便意味着接过老所长手中的火炬，继续奔跑着去点燃科技强军的熊熊火焰。

在这条路上，陆锐敏从未停歇。他深知，科研不能一人单打独斗，要靠团队的力量。为此，他广揽人才，队伍从零零散散五六个人，发展成为一支包括通信传输、抗干扰信号处理、网络管理、业务处理等覆盖卫星通信抗干扰系统各个方向的专业团队。

如今，该团队研制的某卫星抗干扰系统已成为我军使用最广泛的卫星通信系统之一，在各军兵种多类武器平台上发挥着不可替代的作用。但陆锐敏丝毫不敢懈怠，他总是不遗余力地把一茬茬年轻人带向更高层次，把团队带向更高水准。

"前几个月，陆老师指导我们采集数据，在卫星通信车里一坐就是4个小时。"团队成员关涛，忘不了兄弟单位的人看到老师为了采集数据而亲力亲为的惊讶表情，忘不了56岁的老师爬上通信车顶检查线缆的身影……这个于2015年科大博士毕业进入团队的青年暗暗发誓：要像老师一样，为军事通信事业埋头苦干！

对工作认真负责，对科研一丝不苟。这不仅是陆锐敏的人生信条，更是该团队的座右铭。

那一年，为了获得设备在不同地域、海拔、气温等条件下抗干扰能力的数据，黄炜在整个中国天南海北地跑开了，常常一出差就是大半个月；那一年，为了确保项目顺利进行，杨巧丽顾不上襁褓中的稚子，赴北京往返于涉及舰载抗干扰终端的各个设备厂家之间；那一年，为了抓取偶然的误差信号，避免卫星上天出现问题，叶淦华和同事轮班守了48个小时的仪器；那一年，常年加班、身体劳累的吕蓉错失成为一名母亲的机会，在西安进行抗干扰卫星通信系统背景预研联试、测试、验收的她，因轻微脑梗死被爱人送进医院……

在该团队，加班、出差是常态，但大家从未有过怨言，众人一心朝着同一个方向前进，誓把科研之路走得更宽、更深。

30年筚路蓝缕，30载春华秋实，远方的战火，早已点燃团队成员心中永不熄灭的"烽火台"。从白手起家到领域先锋，从理论验证到飞升苍穹，他们思战研战，步履匆匆，为官兵仗剑挽弓铸起坚不可摧的无形"神盾"。

罗府臣：习主席叮嘱我为祖国站好岗守好边

● 方　娇

一脚，又一脚，慢慢踩下去，铺满湿滑冰川的陡坡上，露出了一个小小的脚窝……

在近70度的陡峭雪坡上，十多个身着迷彩服的身影，手脚并用，小心翼翼地一步一步向着峰顶挪动。走在最前面的一个中校，平头、大眼、面容黑瘦，一米七五的个头弯成了弓。只见他小心翼翼迈出一只脚，踩实之后再抬另一只脚。在他身后，官兵深一脚、浅一脚，踏着他的脚印攀登。这位"开路先锋"正是被习主席叮嘱"为祖国站好岗守好边"、现任西藏军区某边防团政治教导员、国防科大2007届本科毕业学员罗府臣。

深冬，祖国西南边陲雪山连绵、积雪及膝，见惯这白茫茫大地的罗府臣像往常一样，带着官兵踏上海拔差距2000多米的巡逻路。罗府臣所在边防团长年驻扎于雪域高原，平均海拔3000米。入藏11年，从未挪过窝的他把青春和热血挥洒在没有划定国界的边防线上，带领一茬又一茬官兵，捍卫五星红旗在群山之巅迎风飘扬。2019年最后一天，陆军表彰践行强军目标标兵，他是10名戍疆卫士标兵中的一员。

也许是因为青藏高原是地壳运动"翻江倒海"造就的缘故，这里的边防巡逻路线条条艰辛，而罗府臣所在驻地担负着防区内多条对外通道的巡逻执勤任务，里程长、跨度大，海拔最低处不足 3000 米，最高处超过 5200 米。巡逻路线要穿越湍急的河流，翻越高耸的山岭。一日走过春夏秋冬，一天纵跨千米海拔，走过一个又一个"山路十八弯"，穿过一处又一处滚石飞落地，可谓步步惊心，险象环生。

纵然路途艰险，但每次巡逻只要有罗府臣开路，官兵就好像吃了颗"定心丸"，对完成执勤任务信心满满。这个在边防线上摸爬滚打十余年、巡逻执勤总行程达 8000 多千米的老兵，对防区的地形地貌了然于胸，被官兵称为"活地图"，多次带领大家化险为夷。让人无法将他与多年前第一次执行例行巡逻任务，差点闹笑话的"学生兵"扯上关系。问及成长秘诀，罗府臣笑言，一路走来，他始终记得在科大求学时，老教导员跟他和同学说过的话："做好吃苦准备，不能砸了国防科大这块招牌！"

2003 年，读着在部队服役兄长信件成长的罗府臣，在高考时毅然报考国防科大，如愿成为信息工程专业的一名学员。初入校的"开学第一课"，老教导员和新生说了许多，那句话就在此时悄无声息地落在了十八岁少年的心上。

"刚开始不管是体能训练还是文化课程，我都跟不上。"没有时间陷入迷茫，"就怕比你优秀的人比你还努力"那句流行的话语，在十几年前就让罗府臣深切体会到了其中的含义。身旁比比皆是的"学霸"争分夺秒汲取养分，落后的鸟儿慌得只能奋起直追："我不能拖后腿，招牌不能砸我手上！"

那几年，半夜 12 点的自习室，几乎每日都能看到罗府臣挑灯奋战的身影；训练场、活动室，各项体能"加码"从未间断……这股"拼命三郎"的劲头，让他的军事素质在摔打磨炼中突飞猛进。

一次，罗府臣在期末统考中取得了一门学科排名第一的好成绩，队里特意奖励给他一个笔记本。"到现在，我都没舍得用那个本子。"那是罗府臣在科大获得的第一份奖励，扉页上"特发此奖，以资鼓励"的话语，激励着年轻战士不断前行。罗府臣将它和科大臂章、队徽放在一起，珍藏于贵州老家。每每休假回去，总要拿出来看看，回味一下科大的校园生活。

2008年，罗府臣以优异成绩毕业进藏任干。此后，他就像一颗永不生锈的钢钉，牢牢钉在祖国西南边关。

有些路，只有自己走过才知道有多难走。在这片雪域高原，罗府臣经历了有生以来无数个"第一次"：第一次在未划定边界地区带队巡逻，第一次在大雪中迷失方向体验"无人区"的残酷，第一次坠落冰窟死里逃生……踏雪控边戍边，必须到达点位。这是烙印在罗府臣心中的铁律，也是誓死都要完成的任务，即使在零下几十摄氏度的寒风里、极度缺氧的状态下，他都从未退缩过。

2013年，罗府臣当选为第十二届全国人大代表，带着边防官兵的声音踏入人民大会堂。那天，习主席接见基层人大代表，他正是其中的一位。时隔多年，句句情真意切的话语犹在耳畔，"习主席紧紧握着我的手，叮嘱我转告战友，注意身体，为祖国站好岗守好边"。

统帅的殷切嘱托，是肯定褒奖，更是勉励鞭策。回到宾馆，罗府臣搓了搓手，拨通了老教导员谢勇的电话。电话那端，谢勇激动万分，千言万语都化在连声的"不错"中。

那年从北京回到部队，罗府臣就把自己的学习训练日程安排得满满当当：熟悉信息化执勤装备、学习邻国边防勤务日常用语、掌握涉外边情处理办法、了解防区社情民情……多年下来，他已经成为远近有名的"边防通"。

任连长期间，罗府臣总结出的20余条管边控边、训练执勤经验被上级推广。头雁领飞，带来了由点到面的跨越：连队接连捧回"安全稳定先进连""边防执勤先进连"等奖牌，还被原成都军区授予"里孜模范戍边连"荣誉称号。

从排长、副连长到连长、军务股长再到政治教导员，从翻阅11座海拔 5000 多米的高山才能到达的昆木加哨所,到海拔 4863 米被誉为"挂在天上"的某哨所,罗府臣职务变了,防区换了,但他守好边关的初心没有改变。数十年如一日,他带着官兵坚守高原,出色完成多项重大任务,只为边防军人的共同心声——请习主席放心,我们坚守的地方,就是祖国的钢铁边关!

无军籍"学霸"成长记

——记四名国家奖学金获得者

● 陈 思

一副黑框眼镜,总是抱着书匆匆走在去图书馆的路上,这是计算机学院本科学员马启龙给人的固有印象。因为要采访今年我校获国家奖学金的四位无军籍学员,记者尝试联系马启龙,但手机从早上一直打到下午,始终无人接听。"抱歉老师,我一直在图书馆复习,没有及时听到电话。"下午4点,当记者通过其他同学找到他时,这位"一心只读圣贤书"的"学霸"终于现身,抱歉的语气中带着一丝焦急。

国家奖学金——当前高校学生能够获得的荣誉等级最高的奖学金,由政府出资设立,以评审最为规范、标准最为严格著称,用来奖励特别优秀的学生。今年,我校首批无军籍本科学员中有四位获此殊荣。

"马启龙与我同专业,不过他比我还要勤奋。"同样来自计算机学院的任睿轩这样评价他的"战友"。马启龙与任睿轩在成绩上不分上下,在竞赛场上竞相崭露头角。这次两人同时喜提"国奖",兴奋之余又多了一份惺惺相惜的味道。这一学年,马启龙除专业学习外,还追求着自己的"诗和远方"。他在全国大学生英语竞赛中挥洒自如,荣获二等奖,也畅游在外语文学的殿堂,在外研社阅读、写作大赛中小试锋芒。"理科生不应只有数字与代码。"马启龙坚信,任何自己热爱的事情都值得付出,而要想比别人收获更多,那就得深耕细作。

　　相较于马启龙的"文艺",任睿轩更倾心于理科方面的项目。"他脑子转速很快,外号'轩宝',谐音就是'学霸'嘛!"在同学们善意的调侃中,任睿轩笑而不语。任睿轩以高分考入我校计算机专业,学习勤奋刻苦,在大一一年的学习后,综合评定排名专业第一,坐稳"学霸"宝座。不过,最初吸引任睿轩来科大的不是外人口中的"强势专业",而是从小深藏于心的军人梦。因视力不行,任睿轩曾在军检时遭遇"滑铁卢"。原以为此生无缘军营,2018 年,"一个从天而降的好机会"降临,我校开始招收无军籍本科学员,"再不用犹豫了,一定要考上!"入校后,任睿轩表现积极、干劲十足,尽管未穿军装,但为国防事业做贡献的使命感激励着他,誓要成为更优秀的人。

　　"学霸"的故事各不相同,但他们身上都有一个共同的特点,便是"自律"。电子科学学院杨文睿并不属于天然"学霸","刚入大一时就听说'高高的树上挂了很多人',上课后发现高数居然还是双语教学,这对于英语本弱的我来说简直是雪上加霜"。回忆起刚入学时的情形,杨文睿的语气中满是挫败。上半学年,他的高数成绩很不理想,痛定思痛后,他发现自己高数的专业英语词汇不足,平时对知识点的掌握也不牢固。不服输,就"逆袭"!下半学年,他随即调整状态,改进学习方法,勤奋刻苦,即使夏天夜晚俱乐部蚊虫乱舞也阻挡不了他学习的热情。终于,在下半学年的期末考试中,杨文睿拿下了高数满分的成绩,并在学习和钻研中渐渐找到乐趣,参加校数学竞赛获得二等奖,实现了一次成功的"高数反攻"!在 2018—2019 学年的成绩排名中,杨文睿的平均分专业排名第一。

　　"自律"的人眼神笃定、目标清晰,往往可以事半功倍。空天科学学院学员陈诺也是这样一个典型代表,专业成绩排名第二是他,竞赛达人是他,足球小子是他,年度学院优秀学员是他,学员队骨干还是他。与泡在自习室的尖子生不同,他的身影无处不在。就连去食堂吃饭,他也总是和不同的人搭伴。

"陈诺你是不是很忙？"

"不啊，我晚上不加班的！"

对于自己的时间，陈诺有着一张清晰的计划表。尽管无军籍学员实现了"手机自由"，但他从不把精力浪费在无度的刷屏上。就算是在弹幕网站冲浪，他也能找到自己最感兴趣的那一波话题，比如：质数分布的美丽弧线……"它们打开了我的视野，丰富了我的思维。"对时间的出色管理，成就了陈诺高效、有质量的军校生活，这或许就是他"不加班"的诀窍吧。

看似简单的努力，在不断地坚持下，汇聚成巨大的力量，为走在追梦路上的人提供着源源不断的动力。采访中，四位"学霸"不约而同地表达了同样意思："成绩只代表过去，而不是永远……"无军籍学员，这军校里另一道风景，正以最朝气蓬勃的姿态，奔向他们的美好未来。

"直播"背后的故事

● 方　娇

这个春天,受疫情影响,学校首次大规模依托网络教学平台,进行实时、互动、异地、分散的线上授课和线上学习。没能照旧在教室见面的师生,在网络信号两端、计算机屏幕内外,纷纷化身"主播"与"粉丝",以一种特殊的方式共赴课堂之约。

一人一策,一个都不掉队

按照正常安排,本来到了寒假结束、学生返校上课的日子,但今年上课的形式格外特别,师生见面在网上。2月18日,在学校执教22年的智能科学学院副教授张湘迎来了她教师生涯的第一堂直播课。下午2点,离上课还有5个多小时,她便进入雨课堂"占座","没办法,昨天'观战',雨课堂拥堵到崩了,只好提前来"。

"同学们,看着黑板跟我一步步来。"课堂上,张湘举着一块小黑板翻动着正反两面,将课前画好的图形展示给学员。过去,她都站在讲台上、黑板前,用专业工具为他们画图;现在,她面前是一个小小的摄像头和桌边略显"寒碜"的制图工具。

不停抖动的制图视频和时不时纸张出画的镜头，透露着一丝狼狈。"好在学员都理解。"

在第一周"实战"过程中，为了让学员看明白整个画图过程，她左手拿手机录视频，右手切换铅笔、圆规等不同文具在纸上边画边讲，然后将视频发到微信群，让大家看着视频动笔操作。为了确保学员实时观看、学习制图课程，她架上了三个摄像头：一个对着她本人，一个对着小黑板，另一个则架在手绘纸的上方。

这样的网课让张湘觉得有点孤单，为了保持良好的上课状态，"占座"的时候她也没闲着，不停地在自己的"主战场"——"腾讯会议"上进行反复试讲。什么时候共享"雨课堂"界面，切换大概要花多长时间，画面和声音是否同步……在此之前，这些操作步骤张湘已经练习了上百遍，她现在要做的，就是熟练再熟练，不耽误课堂上的每分每秒。

一些因寒假滞留外地而手边没有合适设备或资料的教员，秉持着"一个都不掉队"的信念，克服困难给大家上课。信息通信学院副教授柯幸福就是其中一员，面对没有计算机和 WiFi 的困境，他只能依托线上平台已有的课程，开启两台手机教学的"网课之行"。开课当天，柯幸福一边用儿子的手机和学员一起实时观看网课，跟进学习进度，一边用自己的手机在微信群里叫上"暂停"，向学员提问，以便知晓听课效果。而在此之前，他需要用儿子手机弄好专题提纲和学习安排发给自己，再用自己的手机将这些材料发给学员。"你需要指导、跟进学习进程，不能扔给学员一门线上课后不管不问。"在两台手机无数次来回切换中，一堂网课才能圆满画上句号。

变的是形式，不变的是节奏

晨霭尚未散尽，朝阳刚上竿头。家在武汉的电子对抗学院大三学员肖摇早早便起了床，一个小时后，他坐在书桌前，支起平板电脑，开始登录"雨课堂"，准备和队里的同学一起，正式迎接新学期的到来——在线聆听该院教员雷迎科讲授的"通信原理"课。

"只有PPT没有课本，看起来有些费劲儿。"头一次接触教学直播课的肖摇一开始对其充满了好奇，但与在教室上课相比，这个"新欢"在他心中却无法取代"旧爱"的位置。若让他选择，他更愿意回学校和同学们坐在一起听课。"纸质课本看起来方便，稍微做做笔记就可以一目了然，网课就只能盯着计算机屏幕，一节课下来，眼睛会有些受不了。"

尽管有些不适应，但肖摇依旧全神贯注跟着教员的节奏汲取知识养分。课堂上，弹幕、单选、计算等多种互动方式先后跳出，一时间，肖摇突然觉得冰冷的课堂有了温度，"教员在直播平台上玩得挺溜的，我想他一定是试了好久才给我们上课……这个非常时期，他们不辞辛劳给我们上课，我也要尽力而为，努力学习"。

和大多数在线学习的同学不同，大四学员有着他们自己的侧重点。开课这段时间，气象海洋学院大四学员向黎忙着他的"静"与"动"。

每天，向黎都会把大把的时间花在有关毕业设计的英文文献翻译和考研复试专业课上，为毕业与求学做好准备。当时针划过下午4时，他便会雷打不动地起身打开视频和班里的同学见面，要大家一起"动起来"。

"周一到周五每天都有训练任务，队长和教导员会监督我们。"虽然每天都在运动，但由于场地限制，向黎和同学们不能跑、不能跳，只能做一些基础的上肢、下肢等力量训练。一边是场地有限，一边是器材难寻,为了保持训练效果,向黎还专门跑到妹妹房间,扯出两张粉色脚垫当作瑜伽垫,躺在地板上练了起来。"'小屏幕'连着'大课堂',虽然形式变了,但我相信,大家的学风不会变,热情不会变,节奏也不会变。"

教学需求在哪,他们就在哪

如今线上授课已顺利进行一个多月,但回顾起初次开课前的紧张,空天科学学院教学科研处教务办公室秘书赵丽莎仍然记忆犹新。开课当天凌晨,赵丽莎失眠了。"能否顺利开课,就看一早的了!"虽未身处教学一线,但她却没少操心:学习研究多种在线教学软件、统计掌握学院本科网络教学课程信息、整理汇总学员公选课补选和退选情况、"征用"多台家人手机就教员反映的"雨课堂"问题进行解决……事无巨细的连轴转让赵丽莎有着"背水一战"的紧迫感,"有同事笑称,我们就是24小时'在线客服',教员的需求在哪里,我们就在哪里"。

线上开课后,"雨课堂"系统的升级带来一些程序缺陷,导致部分教员登录其中却看不见相应课程,学校教务处参谋吴明飞驻守在各个微信群,为解决教员开展网络教学的燃眉之急而加班加点,他说:"再苦再累,听到教员一句'你们辛苦了',就是对我们最大的鼓励和肯定。"

"停课不停教、停课不停学",字虽简短,但承诺与分量却重如千金。为了这十个字,学校紧张忙碌了整个寒假,全力护航春季学期教学工作:大年初三,着手制订学校网络教学应急方案;开课前半个月,成立网络教学临时组织机构,设教学运行、技术支持、教学保障三个组;开课前一周,完成教学平台建设和教学设备配发;开课前三天,完成所有网络课程的试讲验收和系统录入;开课前几个小时,3.85万条学生和教学班对应关系信息做完最终微调……

据统计,截至目前,学校共开设450门线上课程,663个线上教学班，每一门课程背后都是教员循循善诱的良苦用心，都是学员求知若渴的发愤图强，都是幕后工作人员夜以继日的勤勤恳恳，故事各不相同，目标却很一致：春暖花开、草长莺飞时，你我再聚科大校园。

王意洁：从"两弹一星"到"银河""天河"

● 颜　瑾

　　计算机学院教授、博士生导师王意洁的童年有些与众不同。父亲王诚洪教授和母亲果明明教授均毕业于原"哈军工"原子工程系，毕业后父亲留校任教，母亲主动申请并分配到核工业部第九研究院参加"两弹一星"任务，长期驻扎在青海；忙碌的父母两地分居，只好把她托给北京、上海、西安等地的亲戚照顾。直到多年后母亲被调回国防科大工作，才把她接到身边。谈起童年生活，王意洁微笑着说："我小时候是'四海为家'。从小就是一个小大人，自己的事情自己做主，很独立，有主见。"

　　从小到大，父母留给王意洁最深的印象就是工作繁忙，不是去办公室加班就是在家里加班，看论文、搞研究、做实验、备课、批改作业……似乎永远有忙不完的工作。"我们家有天然的工作学习氛围，大家都很忙，爸妈忙工作，我就自己看书学习，不知不觉中养成了良好的学习习惯，这应该算是言传身教吧。"

　　父亲的专业是爆炸物理，先后承担多项国家级重要科研项目，获得多项国家和军队级科技进步奖，培养的许多优秀学生都在国家和军队的关键岗位上发挥着重要作用。王意洁非常崇拜父亲,但是父亲从事的爆炸物理专业与王意洁从事的计算机专业相距甚远。"我对爸爸的专业一窍不通,但是,我能与计算机结缘,还要感谢爸爸经常带我去加班。"原来,王意洁陪父亲加班时,经常看到父亲在一台早期的小"计算机"上敲键盘,还会有一行行代码和计算结果输出到打印纸上。也许是好奇心,让王意洁莫名喜欢上了计算机,最终成为她一生挚爱的事业。

王意洁非常羡慕母亲有参加"两弹一星"的经历,"从小就觉得妈妈的工作神奇而伟大",母亲参加过两次氢弹国家试验,亲眼见证了蘑菇云的升起,曾与朱光亚、陈能宽等荣获两弹一星功勋奖章的卓越科学家一起技术攻关、并肩战斗。"我很小的时候就觉得应该好好学习,长大了做一个对国家有用的人,为祖国建设发展多做贡献,这也许就是耳濡目染的效果吧。"父母润物无声的影响塑造着王意洁的性格,从小在科大院子里长大的她,心里早早扎下了献身国防的种子。

兴趣是最好的老师。喜欢计算机的王意洁从初中开始就利用课余时间学习编程,"我好像对计算机有天生的感觉,上手很快"。她多次参加国家、省、市等编程竞赛并获奖。1989年,由于学习成绩优异,王意洁获得国防科大在湖南省唯一的保送资格,进入计算机系攻读学士学位,1993年被推荐免试攻读硕士学位,1995年被推荐提前攻读博士学位,1998年获工学博士学位,其博士学位论文被评为2001年全国百篇优秀博士学位论文。

"小时候的理想能否实现,和身处的平台有关。"刚刚踏入大学校门的王意洁,被"胸怀祖国、团结协作、志在高峰、奋勇拼搏"的"银河"精神深深感染。而科大的平台对她来说,无疑是最好的成长土壤。王意洁师从胡守仁教授,从大三开始参加国家自然科学基金、国家863计划等科研项目,博士毕业后留校继续从事前沿研究,作为国家公派高级研究学者赴荷兰代尔夫特理工大学开展合作研究,是教育部高性能计算创新团队学术骨干,先后承担了国家重点研发计划、国家973计划、国家863计划、国家自然科学基金、装备预研计划、国家型号工程等 20 余项国家或军队重要科研项目，面向国家和军队重大需求，注重原始创新与集成创新，多项研究成果获得国家和军队科技进步奖，并在国家和军队单位得到有效应用。王意洁先后获得教育部高等院校青年教师奖、湖南省杰出青年基金、军队育才奖等，入选湖南省新世纪 121 人才工程人选，被评为长沙市三八红旗手，享受军队优秀专业技术人才岗位津贴。

"回想起来，小时候受父母影响，我从小立志献身国防，成长过程中与我最喜欢的计算机'不期而遇'，高中毕业后顺利进入当时国内学科排名第一的国防科大计算机系学习工作，学校的平台优势和'银河''天河'大家庭的温暖一直激励我努力奋斗前行！我觉得自己非常幸运！"

从哈军工到国防科大，王意洁传承了父辈献身国防科技事业的奋斗精神；从"两弹一星"到"银河""天河"，王意洁接过了父辈强军兴国使命担当的接力棒。而今，她将继续在自己的工作岗位上拼搏奋进，再创辉煌！

战"疫"在"虚拟战场"

● 陈　彬　方姝阳

国家超级计算长沙中心,"天河"超级计算机坐落其间,它被称作"能算天、算地、算人的国之重器"。

战胜超级病毒,必行超级之法。运用这个"国之重器",系统工程学院平行仿真团队建起了一个能发挥超算能力的"虚拟战场",对抗新冠肺炎疫情的战斗在这个"战场"上持续着……

现下,随着国内疫情得到有效控制,但又面临境外疫情"倒灌"的新形势,如何有效平衡疫情防控与复工复产之间的关系,扎牢疫情输入关口,成为疫情防控的当务之急。

前所未见的新冠病毒,其传播具有不可预见性,系统工程学院平行仿真团队的研究人员基于对2009年北京H1N1疫情、2014年埃博拉疫情计算实验的经验,设计"虚拟战场",对疫情传播和防控开展"大演练",助力特定阶段疫情防治突发事件的应对。

"虚拟战场"应急而生

平行仿真团队擅长的领域是仿真计算，在他们看来，如何科学防疫、精准施策是个复杂的系统工程，需要通过反复实验和效果评估才能得出最优解。然而，真实社会经不起反复实验，需要用仿真方式模拟一个环境，在其中演化疫情传播过程，同时让各种防控措施和病毒开展对抗，检验防控效果。

团队成员在春节疫情暴发期间，放弃休假，主动联系中南大学湘雅三医院和国家超级计算长沙中心的科研人员，组建联合攻关团队。通过基于多 Agent 的计算实验方法，构建出一个用于预测和分析不同防控预案下疫情传播事件发生、发展和演化的"虚拟战场"——新冠病毒传播预测和防控措施评估系统。

该系统由疫情传播情景构造、计算实验方案设计、计算实验支撑环境、疫情传播可视化和措施评估等模块构成。打个比方，"虚拟战场"的运行过程像一局"CS 游戏"：疫情传播情景构造模块可以根据疫情的传播特征，给"游戏"设定合适参数；计算实验方案设计模块则负责生产大量实验样本，给"游戏"构造人物、建筑、场景等模型；疫情传播可视化模块能实时展现"游戏"的运行画面，让人们直观看到疫情的传播过程；措施评估模块像是"游戏"结束后的评价，反映出防控措施的效果；计算实验支撑环境模块就是提供计算支持、保障"游戏"运行的服务器——"天河"超级计算机，依赖其强大的运算速度和计算能力，"虚拟战场"得以快速运行和高效产出。

不见硝烟的"实战"

摆开"虚拟战场",即为打响一场没有硝烟的战斗。

"无特效药""患者潜伏期能传播""大量流动人口中可能有无症状感染者""开始复工复产""最高等级的防控措施能否控制住当前形势"……一系列现实问题摆在决策者面前。对此,联合攻关团队迅速对复工复产复学所关心的重点区域进行了细化研究。

基于城市人口地理模型,联合攻关团队在"天河"超级计算机上打造了一个拥有1108.1万人口、198个街道办事处或社区的人工城市,搭建了社区、工厂、学校等典型场景。在人工城市中,生活着很多虚拟居民,他们以家庭为最小组织结构,散布在各个社区。这些虚拟居民和我们一样,也有亲人、朋友、同学、同事等复杂的社会关系。在病毒传播中,人们越亲密的关系意味着越可能成为"密切接触者"。他们每天的行为模式也和真实世界中的我们相仿,有的去学校上学,有的去公司上班,休息时还可以去逛商场等。不同的场所具有不同的封闭性、聚集性,带来的病毒传播风险也各不相同。同时,根据公共卫生应急响应等级的不同,同一个虚拟场所采取不同防控措施后,也会导致不同的传播风险。

这些"不同"融入"虚拟战场"中的每一个个体、每一处场所后,"虚拟战场"便开启超级模式,在"天河"超级计算机上"快进"运行,以远超真实演进速率的方式演算出新冠病毒未来数天的发展情况,给出"预报"和"预警"。

通过在"虚拟战场"设计海量样本进行计算实验,科研人员能够对疫情的传播过程进行多路径演化和复盘分析。针对不同人口分布、医疗资源储备、文化背景等特征,评估和优化各种防控措施组合,特别是从成本和效果两个角度,对每个人的防控措施进行精细化评测。通过反复的计算实验迭代寻优,实现对防控预案的分级评价,为政府治理提供合理有效的防控预案建议。

迎来新的发展机遇

如同一座建筑需要框架结构，建模与仿真技术就是虚拟战场的重要支撑。随着与云计算、大数据、人工智能、物联网、智能交互等新技术手段的进一步深入结合，建模与仿真技术正在向服务化、智能化、网络化等方向发展，"虚拟战场"也将迎来新的发展机遇。

在军事领域，以军事建模与仿真技术为基础的"虚拟战场"，已为越来越多的指战员提供了锤炼军事技能、提升战斗力的多维演练平台。未来，它能更好地支持人在回路的对抗推演，实现对指挥员决策过程的训练支持；支撑实际装备在线接入和多样化的智能交互，使受训人员获得接近实战的沉浸式训练体验；实现专家与智能机器的结合，以人为主、人机融合，以更加协作、智能的方式构建未来作战实验室，为战法研究等问题提供定量化分析手段，达到有效的战前预警、人员训练、方案评估、作战推演，为打好"有准备之仗"奠定基础。

可以想见，在没有边界的"虚拟战场"上，指挥员能实现对各军兵种、各型装备、各类编制组成、各种战法的对抗过程模拟，并用沉浸式方式完成整个武装力量的编训工作。

当然，"虚拟战场"不仅是军事人员的演练场，它的构设也将成为社会应急管理部门应对各类非常规突发事件的有效手段。除了应对新冠疫情这类公共卫生事件，在应对地震等自然灾害事件时，也可运用它对救灾人员进场路线、救援物资调配、医疗人员救治方案等进行实时在线演练；在应对危化品爆炸这类灾难事故时，它可以支持对人员疏散路径、危化品处置过程、交通疏导等方案的精准寻优。

总之，能根据事件发展变化灵活调整的"虚拟战场"，未来将在突发事件中发挥更加重要的作用。

匠心浇筑"霸王课"
——记文理学院数学公共课程国家级教学团队
● 雷 雯 聂鸿飞

师者,匠心也。匠心背后隐含的是宁静致远精益求精之心、是追求卓越不断超越之心。60多年前,卢庆骏、孙本旺、汪浩及戴遗山等"哈军工"数学大家先后作为学科带头人,用"掘地三尺"的韧劲打造了响当当的高等数学"霸王课"。几十年来,数学公共课程教学团队以初心浇筑匠心,汲取"霸王课"精神养分,接续锻造全国优秀教师、全国模范教师、国家精品在线开放课程等18个国字号品牌,唱响了"霸王课"传人在强军征途中的时代凯歌。2009年,该团队被评为国家级教学团队。

精雕细琢催生精品大课

锋自磨砺出,玉乃雕琢成。作为我校"霸王课","霸"指始终拥有全国一流名师,"王"指堪称国内领先的一流课程体系。一辈辈数学人,始终瞄准一流,将一门门课程打磨成经得起时代检验的精品,"霸王课"不断焕发出新光彩。

2012年，慕课如同"坚船利炮"冲击着几十年如一日的高校课堂。这年盛夏，全国优秀教师朱健民带领团队潜心钻研MIT等国际名校在线课程建设案例，优化整合传统高等数学内容，精心设计教学环节，精细加工教学视频，历经六百多个日日夜夜，反复打磨出"高等数学100讲"。2014年5月，高等数学慕课首播前三天，他们通宵达旦奋战，逐字、逐句、逐个公式仔细校对，实现"首秀"零失误。课程一上线就受到追捧，被评为"中国大学MOOC十大精品课程"。目前，课程累计选课人数超过128万，成为国内最具影响力的高等数学课程之一。

匠心浇灌精品之花。团队按照"公共课为主、通识课为辅、专业基础课跟进"的课程建设路径，打磨出2门国家级精品课程、2门国家级精品视频课程、1门国家级视频公开课、2部国家级规划教材以及"高等数学""概率论与数理统计"和"漫谈数学与军事"3门国家级精品在线开放课程。2019年，团队以学校本科教学质量年为契机，召开全国"新工科背景下大学数学课程及教材建设"研讨会，参与制定高等数学等课程军标，数学主体课程焕发勃勃生机。

今年，突如其来的新冠肺炎疫情加速了在线教学渗透率提升，教员们在毫无防备的情况下直面挑战。大家提前结束假期，聚集"云端会议室"，商讨教学实施方案、开展线上教学研讨、合作摸索各大平台使用技巧。"理清了路线图，课程设置如鱼得水。"数学系主任王晓介绍，团队开设了27门数学类在线课程，其中罗永的高等数学双语课成为学校示范课。栽得梧桐引凤来。4月中旬，团队接到面向全球学生开放的高等数学双语在线课程建设任务，此时离上线时间不到半个月。为此团队抽调10余位骨干成员闭关修炼，争分夺秒连轴转。4月29日，"爱课程"国际平台正式启动，高等数学和全国192门课程作为首发课程顺利上线。短短14天，团队扬鞭策马，化疫情"危机"为课程建设能力提升"契机"，以啃硬骨头的精气神跑出了在线教学"加速度"。

精耕细作淬炼精业能手

滔滔江河，必有源头活水；一棵大树，必有根下沃土。数学人将师道的传承视若珍宝，对教学追求至精至善。

所谓大学者，非谓有大楼之谓也，有大师之谓也。在名师的江湖，各种教学技巧的运用，已达"运用之妙，存乎一心"层次：引"明月松间照，清泉石上流"等优美的古诗词展现数学对称之美；用"切土豆"方式帮助学生理解三重积分；以男生追女生的成功程度讲透函数与微分关系……课堂上的数学教员俨然一位位技艺高超的武林高手，疑难点在谈笑风生中被一一攻破。从讲好一堂课到讲好每堂课，团队坚持名师领教、以老带新、以赛促教相结合，把课堂教学作为提升教学能力的"演兵场"，一批批新人从名师肩头起飞。

伴随着疫情大考，团队迎来了一次教学能力大练兵。"隔空对话如何吸引学员注意力？大班教学怎么有效互动？"从线下转战线上，一连串未知，让常年扎根三尺讲台的教员心生忐忑。为保障教学效果，团队研究制定"名师授课＋课后作业＋单元测试"教学方法。新晋"主播们"化压力为动力，把教学新法用起来、把直播摄像开起来，稳扎稳打向"线上转身"加速前进。"概率论与数理统计"教员将理论推导转化为"网红小串"，并引入可视化训练方式，跳跃的键盘快速实现概念从"可想象"到"可看见"的飞跃；"高等数学"教员选取可变焦摄像头加白纸手写的板书方式，将复杂公式"大餐"分成"小块"，帮助学员"消化吸收"，走心的教学方法完美契合了教学形式的走新，瞬间点燃学员学习热情。"以用领教，以问串教，大道至简，衍化至繁"，这是团队教员段教授总结的网上教学心得。3月下旬，她围绕理论课程在线教学设计、方法操作等向全校一线教员分享线上直播教学经验。一张张精心制作的课件，一次次自然流畅的互动，"圈粉"无数。

精研细算锻造精武尖兵

在常人看来，数学是一门传统基础学科，但在心系打赢的数学人眼中，则是提高战斗力不可或缺的重要工具。团队坚持以教领战，深入挖掘数学四两拨千斤的深厚内力，激扬起"霸王课"为军服务的磅礴底气。

用教学推动科研，用科研反哺教学。团队紧握数学这把破解科技难题的"金钥匙"，以独具匠心，演绎出"一个公式改变一支部队""一个算法挽救一台武器装备"等创新传奇，展现了基础学科应用在科技兴军中的威力。教员们及时将成果转化为教学资源，编写的教材成为部队科研人员的"工具书"。与军委机关、军兵种部队合作开展新型作战应用基础研究，培养联合作战保障人才，为战斗力生成提供支持。李超带领青年骨干把数学当作破译密码的"解剖刀"，为我国商用密码标准评估和军队密码设计与分析提供重要技术支撑。正是有了足够厚实的大盘筑底，国家优青屈龙江、侯臣平以及洪堡学者周悦等青年才俊才如雨后春笋般相继涌现，并先后斩获军队科技进步奖、国家级教学成果奖。

胜战必先育才。团队面向战场教数学、面向问题做数学，打造紧贴部队的教学专题和实践内容，缩短课堂到战场的距离。同时，建立数学实验与数学建模创新训练基地等实践中心，实现了学员从学数学到用数学的飞跃。迄今，团队指导学员获得国际国内数模竞赛、数学竞赛、密码挑战赛等数学类竞赛特等奖6项、一等奖200余项，走出了4位全国百优博士论文获得者以及火箭数据处理专家车著明、国家科技进步一等奖获得者周璇、中国科协求是杰出青年奖获得者莫则尧等强国栋梁、兴业英才。

砥砺奋进，春华秋实。"数学人"将立德树人、为战育人深植灵魂血脉，用匠心演绎精彩人生，为实现强军强校提供重要的人才和智力支撑！

"后浪"奔涌 "战"歌嘹亮
——记国际关系学院教授李战子
● 龚 仪 邱 烽

5月20日上午11时,南京。

室外梧桐飞絮,室内战歌激昂。伴随着雄壮的进行曲,在国际关系学院博士生导师李战子教授的计算机上,参加"一带一路"峰会的29国国旗逐一闪现。这是一堂疫情期间仅针对一名学员的网课。网课软件记录下李教授34年教学生涯中的这个特殊课堂。

34年来,无论是面对一人还是数百学员,李战子始终用心上好每堂课。7000多个课时,3000多名本科生,30多名硕博研究生,她就像国关的梧桐树一样,用繁枝茂叶将一批批国际型"后浪"送往军事斗争的海洋。

课堂就是她的战场

1982年,李战子以浙江省前三名的成绩考入原解放军南京外国语学院(国际关系学院)。未曾想到,此后一生,课堂会成为她的战场。

进入大学，新世界向她敞开了大门。在这里，老一辈专家丰富的教学方法鼓舞着她磨砺自己的"作战利器"。为了写好"军"字，来自外军军事网站的原文语料与我军主流媒体的英语报道，成为她日常教学的"百宝箱"；为了让学员敢开口，她深入研究人际意义理论、英语课堂的权势关系等外语教学热点难点，总结出循循善诱的"张良计"……

40多度的高温，沙尘扑面，站在"国际军事比赛－2018"的演练场上，与10个"参赛国驻华代表"有条不紊地沟通赛况，国际关系学院2016级毕业生韩磊有种时空错乱感，"早在李老师课上就演练过类似的场景"。那是一次别出心裁的跨文化交流课，为了让学员们提前感受实战，李战子把课堂变成了情景演练的战场。课上，她给学员们设定了不同的角色扮演。韩磊分到了阿拉伯国家军事代表的角色，他头上围一条花头巾，说着流利的英语，惟妙惟肖地与几个"外国军人代表"沟通交流，引来哄堂大笑。其他学员被氛围感染，也投入角色中。一时间，各家语言百花齐放，战场氛围如火如荼。

有学生总结："李教授的课堂让人不能掉以轻心。"从背诵大赛到课堂辩论，从点名朗诵到现场翻译，从战场演练到维和模拟……李战子总有五花八门的"战术"等着学员，因为她坚信"课堂就是战场"。

专攻术业育"战"浪

"骄阳绿荫，后浪归来。"临近学员开学的一个午后，李战子发布了一条配以欢快表情的朋友圈新动态。

28年前，她正是年轻有为的"后浪"——27岁被破格晋升为副教授，31岁考上北京大学攻读语言学泰斗胡壮麟教授的博士。当时，多所地方知名学府向她抛出橄榄枝。"不是没有过动摇，但父母为我取名'战士之子'，怎能轻易抛弃初心？"慎重考虑后，她选择如"前浪"一样扎根校园，为军队育"后浪"。

一批批"后浪"慕名拜入门下。对于"后浪"们,她总会根据各自特点为他们量身定制"滴灌"方案。在她的2018学年研究生话语分析课中,有学生曾参与过维和任务。深知维和官兵面临的适应性难题,她决定引导大家研究如何应对它们。屏幕上,中外维和军人日记滚动呈现;讲台下,针对日记文本的讨论热火朝天。她鼓励学员拓展思路:从跨文化冲突话语与适应的视角看维和部队官兵从到达目标场所,到逐步适应,到陷入困境,再到超越情境的过程,并为他们提出对策。经由她的指导,研究生刘博怡发表了以此为主题的论文,荣获学校研究生创新论坛优胜奖。而她自己所撰写的中国军事公共外交场景理论论文也成为该领域独树一帜的创新论文,发表后广受好评。陆军工程大学军事外语教研室主任胡明霞是她的博士生,针对其工作特点,李战子让她参加了自己主持的军队重点项目——"新时代中国军事公共外交人才素养培养研究",并多次带她参加功能语言学高层学术论坛。

马里维和战场、军校教研一线……如今,她培养的"后浪"已成为军事外交各领域的"战"浪,活跃在执行海外任务、教研育人的舞台。

"板大"的"战子姐姐"

国际关系学院因为地处南京板桥镇,被历届学子亲切地称为"板大"。"板大"是国关学子的青春,而"板大"的"战子姐姐"是学子心中的"知识招牌、教学战神与学术仙女"。

流利的英式英语、温婉亲切的微笑、博览群书的学识是大家对她的初印象。而"战子姐姐"更大的魅力在于"她的心里总装着学生"。

那次"折煞人"的推拿让已毕业博士学员王炜琳感动至今。知道她因为长期趴在计算机前面肩酸背痛,李战子多次叮嘱她注意身体。博士论文预答辩那天,送走所有的评委后,李战子叫住她,笑着说:"在推拿方面我还是很有一手的,让我在你这里操作一下好吧?"于是不由分说便开始给她推拿。她几乎惊跌了眼镜,心里默念:"哪有老师为肩背痛的学生做推拿!真是折煞我也!"快结束时,已经忐忑到受不了了,可李战子还拉着她,说:"慢着,我还有一个'收功',要做完全套才有效!"直到把整套做完,才停了下来。

"战子姐姐的暖出了名,但她的严也满院皆知。比如考试抓作弊,她就是当年'四大名捕'之一",王炜琳回忆。已毕业弟子则对她的"灵魂三问"记忆犹新:"每当老师看到论文中有哪句话不合适,就会直接发问:'Who says that? When? And where?'"

宛如长江的浪花奔涌向世界的深蓝,一批批军事外交领域的"战"浪从满是梧桐的校园走向星辰大海。择一事,终一生,循着热爱和奉献的脚印,李战子用34年青春写下无悔的答卷——国防教育事业。

向深蓝进军

——记助力"远望号"乘风破浪的国防科大人

● 颜 瑾 姚 宏 赵英伟

为了探索星空,必须征服大海。为追星而生的"远望七子",始终深情凝望苍穹,协助中国航天创造一个又一个奇迹,将中华民族的飞天梦播撒向星辰大海。中国航天的高度有多高,"远望号"的航迹就有多远,而国防科大人的身影,伴随着中国崛起的进程,成为"远望号"40年驰骋深蓝的历史中不可磨灭的记忆。

造"海上科学城"之"脑"

"以国家任务作为我们的最大使命。"说这句话的金士尧今年已经83岁。40年前,他乘着第一代航天远洋测量船"远望1号",在远征大洋的汽笛声中挥别陆上官兵,和其余21名国防科大的战友一道为执行"580"任务犁波耕浪、驶向深蓝。

"580",是我国首次洲际导弹全程试验落点测量任务的代称,那次由十几艘舰船完成的远航,是新中国成立以后海军最大规模的远洋军事行动。为此任务登船的国防科大人主要负责执掌远望号"大脑",即151-3/4型百万次双机复合计算机系统。

"这个任务是慈云桂院士争取来的",金士尧回忆。将几平方千米占地的测量基地塞进一艘两万吨级的轮船,"远望号"因此有"海上科学城"之誉,它要驰骋浩瀚大洋,传统的海图定位方式不再适用,必须有一台精密计算机完成计算、控制等诸多现代化测量需求,否则"海上科学城"出不了海。

这个关系到"远望号"能航行多远的关键"大脑",最初并没有打算交给国防科大负责。1969年,有关部门召开关于测量船中心计算机方案研讨会时,慈云桂刚从牛棚被放出来,由人看管着去北京参与此次会议,警告他"只需听、不许发言"。会上的热议方案是做晶体管计算机、研制单机系统,有专家说,现在国产集成电路不过关,100万次机根本研制不出来,最多只能搞50万次的。按照多数人的思路,似乎更符合当时国情,也相对容易达成,但考虑到当时国际上的主流研究方向和计算机出海后的可靠性、稳定性等问题,这绝非最佳方案。慈云桂坐在下面听着,忍了又忍,终于把不准发言的规定抛之脑后,"呼"地站起来放了一"炮":"我认为可以搞出100万次。"当时慈云桂所在的"哈军工"计算机系,与中科院计算所、华北计算所、华东计算所等国内计算机大院大所相比,只是一个"小弟弟"。慈云桂以当时学校研制的全集成电路鱼雷攻击指挥仪和441-B3型机举例,证明"哈军工"已经在集成电路、操作系统等方面有所突破。

讲到最后,慈云桂把目光转向国防科委领导:"这个任务让我们'哈军工'计算机系干,你们给不给?""为什么不给呢?"国防科委的领导当即表态,"这个任务就由你们干!"

就这样,慈云桂把整个718工程的带头项目——"远望1号"远洋测量船每秒100万次中心处理机研制任务给"抢"了回来。不巧的是,次年学校南迁,自哈尔滨搬迁至千里之外的长沙,计算机系被安置在一个原来属于农机校的场地内,他们自己动手扫除养鸡养鸭的房子、粉刷、拉电缆、发电……整整奋斗了两个月，终于将它改造成实验室，南方高温潮湿，计算机靠木盆放冰块降温来减少运行问题。在这样的条件下，他们完成了中心计算机即151机的方案、逻辑和工程化设计。

长沙当时没有成熟的计算机生产制造厂，一群人背着图纸北上，住在北京一个厂区临时搭建的木板工棚内，冬冷夏热，缺电少煤，在这里他们一住就是四年，且主动要求"给国家省钱"，出差补贴减半。1976年，151机好不容易进入调试阶段，却偏偏遇上唐山大地震，北京震感明显，"我们眼看着前面工厂的一个大烟囱摇晃两下，啪地拦腰折断了"。这种情况下，平地上的矮小工棚相对楼房反而更安全，那时候有人因为余震而离京，但151机的研制者却做出了"留下继续调试"的决定。楼房摇晃起来，尘土沙沙往下掉，他们拿块薄膜挡住机器，日夜不停坚持测试调机，直至完成生产任务。

1978年，151机的第二台单机研制完成。此外，他们还将151机的所有集成电路和调控程序等相当于计算机"灵魂"的重要资料交给另一家科研单位，帮助他们较快研制出了"远望2号"上的中心计算机。次年，在山东进行试验试航任务时，金士尧等教员带了20多名学生去，把约为七八个冰箱大小的151机抬上船，与船上雷达、双频、遥测等百余台设备互联成一体，使"大脑"能灵活指挥"躯干"。联调任务完成后，这20多名学生便留在了"远望号"上。

"可以说，这些学生就是为远望号而生的"，参加联调的张民选教授如此形容这些学生。这批75级的学员都是海军军人，他们来国防科大学习的目的只有一个——上船。有的学习硬件，有的钻研软件，一切所学都是为了在"远望号"上执行中心计算机的操作、控制、维修等保障任务。"这批学生里，有好几个后来成为将军。"提起这批手把手教出来的"远望号学员"，金士尧等几个教员颇为自豪。

1980年5月1日，劳动节当天，一个有纪念意义的日子，包括"远望1号""远望2号"在内的4艘测量船、6艘驱逐舰、3艘护卫舰以及补给船组成的特混编队向浩瀚的南太平洋进发。22名国防科大人中,既有负责给"大脑"保驾护航的,也有负责保障"嘴巴"的。"'远望1号'的显示设备也是我们学校研制的,包括飞行曲线、机控显示等数据都要靠显示设备'表达',相当于计算机显示屏,它做得越好,大家工作起来就越轻松。"当时老四系的陈炳富等人,也随之登船。22人风趣地给自己取名为"科大保驾队"。

初次航海,看海天一线、红日初升,大家的心情激动而愉悦。但好景不长,出海不久,151机就出了问题,数据总是提前清零,大家试了增设开关、降级处理等多种办法,十天内没有一个人去甲板上透气,睡不能入眠,食不能知味,没日没夜在机房攻关。随着预定发射导弹的日期临近,留给他们的时间一天比一天紧迫。每当有人来机房问"找出问题了吗",他们都感觉呼吸更压抑一分,肩上的担子更沉一分。

紧张的弦绷到极限,突然有人灵机一动:"这是双机系统啊,为什么不让机器自己给自己看病呢?"他们选择其中一台当"医生",另一台当"病人",现场复现抓隐患,终于发现困扰众人十天之久的原来是一个软件编程的小bug!真相大白!大家无比兴奋,十天以来第一次走上甲板,长长吐了口气。

故障排除后,再没有新问题出现。5月18日凌晨2点,"远望号"上灯火通明,进入八小时前的准备工作,"科大保驾队"向指挥部报告:"'远望1号'控制中心和中心计算机工作正常!"

一切准备就绪。

机房空前宁静,除了151机的风机嗡嗡声和机械设备的咔咔声,所有人只能听见自己的心跳。突然,电波里传来洲际导弹全程飞行试验各测量台准备完毕的信息。

"各号注意,一分钟准备……5,4,3,2,1,牵动,开拍,起飞!"

遥远的南太平洋看不到导弹从大西北拔地而起的壮丽,听不见激动人心的轰鸣,但在国防科大人研制的显示屏幕上,我国首次洲际导弹全程飞行试验的实时轨迹一点点呈现。所有人不由自主屏住呼吸,心里描绘着导弹刺破苍穹朝预定海域飞来的画面。

终于！耀眼的火球出现在编队上空，"远望1号"各监测设备先后发现目标并进行有效跟踪，151机显示了落点的正确时间和地点，引导飞机完成了打捞任务。

"洲际导弹资料仓回收完毕。"随着这声尘埃落定的报告，我国首枚洲际导弹全程飞行试验成功，标志着我国拥有了自己的"核长矛"！在全船上下一片欢呼中，151机仍在静静打印着最后的测量资料。

七年之后，团队因在"580"任务和"远望号"中的研制工作而荣获两项国家科技进步最高奖——特等奖。

为战风斗浪保驾的"船医"

"你们的东西早就装上船了！"温熙森首次带队上"远望号"调研的时候，船上官兵得知他们来自国防科技大学，笑容格外亲切："你们的系统很好用啊！"

这一幕发生在20世纪90年代，官兵口里的"系统"，是指10年前就在船上"服役"的151机，而这一次温熙森带领的801教研室课题组，是来给"远望号"送"医生"的。

以蒸汽轮机作为推进主动力的"远望1号"和"远望2号"，动力舱的温度常年在50℃以上，船上原本自带的动力设备监测报警系统误报率很高，被戏称为"祖国山河一片红"，派不上用场。而一旦动力出问题，对于身处远洋的"远望号"来说，其故障可能致命。机器不行，故障巡检任务全部落在机电部门的干部战士身上。在波涛汹涌的大海中，闷热狭窄的动力舱几乎令人窒息，劳动强度极高，而且查找故障费时费力，急需一套可靠性高的故障检测诊断系统。

和十年前的前辈一样，这一次的项目也是国防科大人凭着锲而不舍的精神"抢"回来的。

当时 801 教研室的一个研究方向就是故障诊断，一个偶然的机会，温熙森得知了"远望号"的这个需求。教研室之前和该基地几乎没有打过交道，为了这个课题，温熙森一次次带队跑基地、跑有关部门，把鞋底磨穿，硬是拿下了该项目——"远望号"测量船动力装置巡回监测与故障诊断系统，首期经费不多，还有其他科研单位与他们竞争，但大家都很高兴："我们是穿军装的，首当其冲就该为部队服务！"

项目拿下，现实困难摆在眼前——满足项目性能指标要求的专业化配套产品无法在当时的国内市场获取。除传感器外，系统的其他部分都得靠自己设计制造。因为系统必须赶在测量船维修的时候装上去，而维修不等人，所以工期非常紧。接近退休年纪的唐丙阳教授，用自己瘦弱的身躯顶住压力、冲在第一线，温熙森教授白天处理行政事务，晚上一头扎在实验室与课题组的教员、研究生一起攻关。大家不分昼夜，没有周末和节假日，在这样紧张的全力攻关之下，1993 年，第一期系统如期装上船。起初，战士们没有把这个新来的"船医"当回事。他们习惯了嗡嗡嗡乱报警的老系统，不相信"机器可靠"，还是照旧按照自己的办法来。但是没过多久，值班战士发现，"新医生"似乎"医术"高明！系统每次报警都很准确，误报率极低，还有深入分析诊断功能，依靠此系统，他们能大大减轻劳动强度，从高强度的值班中被部分解放出来，去完成其他事务。

1994 年，在"澳星"再发射任务中随船保障的王宝和、陶利民、胡莺庆、李岳等 4 名国防科大教员，得到"远望号"官兵的热情欢迎。教员们轮流值班，24 小时都有人在船舱里"晃悠"，他们密切监视、亲身感受监测诊断系统的运行情况，同时，不失时机深入机舱，掌握动力设备运行的"一手资料"，以便接下来进行改良和系统升级。

等待卫星发射时，"远望号"静静停留在太平洋上，常年待在陆地上的教员很少能看见深海，那一次他们才知道，深海不如纪录片中所展示的那样蔚蓝，而是"墨汁一般的黑"。枯燥、单调、无聊，吃的食物哪怕第一次觉得再好吃，吃了 1 个月后也只会想吐。"我们只是待了一个月,"远望号"的船员则是长年累月待在海上啊!"这次漫长的随船保障,令教员们感慨万千。

与此同时,口碑得到一致好评的"新船医",在1997年又进行了一次升级,二期系统加装的传感器多达几百个,几乎覆盖了整船重要装备,并且采用分布式、模块化、标准化设计,系统的可靠性和可扩展性都大大增强。二期系统分别在"远望1号"和"远望2号"两艘船维修之时加装,出厂时都经历了一次海上全面测试,即系泊试验。"那次我体会到了'涌'是多么可怕",跟着上船的李岳回忆道,系泊试验检测的就是船维修后的各项性能指标是否达标,其中也包括可靠性、环境适应性的全面考核,不避风浪,那次许多船上设备的相关研制单位科研人员都随船保障,"一上去就倒下一大片",碰到风大浪急时,别说久经考验的船员了,"就连船上的老鼠都受不了"。在这样煎熬的情况下,第二期系统经受住考验,其分布式监控诊断的先进理念和设计使得之后再加装其他系统很容易。于是,一直到"远望1号"和"远望2号"退役,它们都兢兢业业行使着"治病"之责,项目成果也因此荣获国防科工委科技进步一等奖。

擦亮定位大洋的"双眼"

2020年5月的一天,刚刚执行完"长征五号"B型运载火箭发射海上测控任务的"远望5号"航天测量船,向我校前沿交叉学科学院某教研室发来任务执行圆满成功的喜讯。虽然老师们已经记不清是第几次收到这样的喜讯,但"胖五"的成功发射还是让他们感到振奋和激动。

该教研室承担着为"远望"系列航天测量船研制高精度船姿船位导航系统的任务,他们的系统使得"远望号"远征大洋的"火眼金睛"更加明亮,在深海行驶也如在自家后花园一般轻松自如,不至于迷路。

中国卫星海上测控部某领导曾评价:"你们研制的船姿船位导航系统直接改变了"远望"船的工作模式,这样的成绩却是由一群平均年龄不满35岁的年轻人取得的,不可思议。"

2019年10月,该教研室接到了"远望6号"航天测量船高精度船姿船位系统的研制任务。虽然之前团队已经成功为"远望7号""远望3号""远望5号"航天测量船研制了多套同类型系统,积累了较为丰富的经验,但该教研室仍然从细节入手,以载人航天精神做事业,全身心投入"远望6号"系统的研制任务中去,"5+2""白+黑"再次成为团队生活工作的常态。"远望6号"系统在某次温度试验过程中姿态数据曾出现了一个小刺,有人认为这个小刺幅度不大,不影响系统精度,且在真实环境中不可能出现如此剧烈的变温情况,可以不用考虑。但教研室主任郑佳兴认为航天设备无小事,坚持要查找出该问题的来源,于是大家一起加班加点,经过数日排查,该问题被准确定位并得以成功解决,类似现象在以后的试验中未再出现。正是以这种精益求精的态度做事,"远望6号"船姿船位导航系统装船之后做到了零问题、零维护、零保障,精度指标远优于规定要求。

今年正月,在疫情最严峻的时刻,该教研室的教员谭文锋从山东老家乘坐飞机赶往江阴某基地,为即将到来的精度鉴定任务提前做隔离准备。每次新系统正式应用前,都需要对其性能和精度进行鉴定,此次"远望6号"的鉴定任务落到了他头上。飞机到达无锡后,基地派车接他前往江阴。由于疫情影响,虽然谭文锋心里早有预期,但也没想到这么严格,一路上经过多次严格检查后,他被直接安置在隔离点接受隔离,最终在隔离点隔离了24天之后,于2020年2月20日顺利登上"远望6号"参加任务,负责试验数据处理以及协助软件操作等工作。

"远望号"船体巨大,正常情况下晃动很小。因此,一开始谭文锋并没有感觉不适。但任务期间需要开展一次船体升摇试验,试验过程中船体晃动幅度很大,人在走廊和宿舍无法站稳,那是他第一次感到不适,尽管吃了晕船药,还是躺了一整天才渐渐恢复。

大海带来的颠簸没有被谭文锋放在心里，对他而言，最震撼的是在太平洋远航中，"远望6号"恰好遇到执行任务归来的"远望3号"的那一刻，那是谭文锋第一次见到"远望号"之间打招呼的方式：船员们整齐列队在甲板上，摇动旗帜，两船互相鸣笛问好。谭文锋感慨："在茫茫大海之中见到亲人的感觉真好。"

在执行鉴定任务期间，在船上的教研室老师坚守自己的岗位，经过连续8个昼夜的奋战，惯导系统连续开机198小时。鉴定结果——系统精度远优于规定指标，为后续海上测控任务的顺利实施打下了坚实基础。在任务即将结束时，船上光姿组组长邀请教研室老师做一次学术报告交流，让船上相关岗位人员进一步了解该系统，便于后续操作使用，同时也让老师了解船上的需求与存在的问题，便于今后对系统进行完善改进，这样一个正反馈形式让大家都受益良多。

目前，该教研室研制的导航系统已经完成了对"远望"系列所有航天测量船的全覆盖，系统精度及可靠性等方面得到了中国卫星海上测控部的高度认可，有力保证了"天宫""神舟""嫦娥""北斗""高分"等航天发射任务的顺利实施。

从"远望1号"到"远望7号"，声声汽笛穿越40年时空，回响海天之间。国防科大人的足迹伴随着"远望号"行驶的航迹，在一次次追星揽箭中书写下光辉的故事。

"敢于战胜一切艰难险阻，勇于攀登航天科技高峰，让中国人探索太空的脚步迈得更稳更远，早日实现建设航天强国的伟大梦想。"

这是习主席在给参与"东方红一号"任务的老科学家回信中，对航天工作者的殷切期望，也是每一个为"远望号"的深蓝足迹贡献力量的国防科大人不竭奋斗的动力源泉。

在"跨界"中求胜道
——记前沿交叉学科学院国防科技战略研究智库副研究员吴集

● 肖云舰　曾　杰

他曾是数学学士,管理学硕士,计算机专业博士。留校工作,他再次"跨界"到全新的战略研究领域。

从工程技术类研究的"实验室",到战略研究的"办公室",他用汗水和行动跨越"门槛",这一"跨",就是12年。他就是前沿交叉学科学院国防科技战略研究智库科技室主任、副研究员吴集。

春华秋实,硕果满枝。吴集在国防科技和武器装备发展战略研究领域默默耕耘,先后荣获全军优秀科研成果二等奖1项、装备理论优秀成果一等奖2项,是全军军事理论卓越青年基金获得者,其战略研究成果多次获国家和军队领导人批示……

"步履蹒跚"起步

2006年，吴集从计算机学院以优秀毕业生成绩完成博士学业。此时，一所知名军队院校领导向他抛来橄榄枝："来我们学校当老师，将来交个实验室给你管！"

考虑再三，吴集还是选择留在朝夕相伴的科大校园。然而，"抢人风波"并未结束。当时，学校科研部刚成立国防科技发展战略研究单位，急需交叉学科背景人才，另一边，学校其他单位也想要他去当老师。

在熟悉领域工作固然轻车熟路，但在全新的战略研究领域工作，将会对未来军队建设发展更好，更能实现自己的抱负。于是，他选择"跨界"，成为学校战略研究领域的先行者之一。

"'写代码'与'写报告'，完全是两码事！"吴集说，由单一具体技术的课题研究，变成服务宏观决策和实际管理的理论研究，更高的要求，更广的研究范围，一开始让他感到所学"完全发挥不出来"！

第一次承担学校科技委论文的任务让吴集至今记忆犹新。起初，他仍沿用撰写学术论文的"套路"，查数据、做分析、画图表，历经数月精心创作的论文，本以为能得到表扬，没想到领导看后，毫不客气指出："战略研究报告不是学术论文，这篇稿子并没有实用价值！"

被领导泼了"冷水"，吴集内心落差很大：以前是专业技术骨干，现在竟然一无是处！调整心态后，吴集重整行装，挨个实验室跑数据、搞调研、做研究，论文大修四五遍后，最终定稿。

"步履蹒跚"的经历，让吴集更加深刻认识到：战略研究是出思想、出方案、出政策，规划军队和学校未来发展道路的工作，丝毫马虎不得！

任务锤炼中"扎稳脚跟"

如何在新领域扎稳脚跟?吴集的答案是:"在战争中学习战争。"

2009年,总部下达学校国防科技发展战略研究专项任务,其中涵盖航天、信息等数十个科技方向,这也是学校首次承担如此高规格的战略研究任务。

任务当前,领导点将:"吴集,你来担任总体组秘书!"担任此职务,相当于一人分饰"三角":既是项目管理者,又是课题研究者和沟通协同者。

在工作协同方面,他创新建立情报推送机制,牵引各部门推进任务研究;建立资料共享机制,及时分享重要资料成果……如此一来,20多个子课题的任务得到高效推进。

在课题研究方面,吴集交叉学科背景的优势慢慢发挥出来。之前做战略研究,采用的是定性分析方法,这一次,他尝试采用"定性+定量"的方法来做研究。

多名专家集智攻关,在定性研究基础上,首先"吃透"总任务要求和研究方向,然后,吴集创新采取"数学建模"方式加"系统工程"思维,用量化的方式计算出关键指标对战斗力的"贡献率"。

"这个方法好!"参与任务的专家不禁"眼前一亮",此法意味着,某项技术发展和相关建设的"优先度"在报告中一目了然,实践性和可靠性显然更高。

历时2年,任务竣工。报告呈到总部,首长立即给出评价:"充分展示了国防科大在全军国防科技综合性战略研究的水平!"之后,学校相关力量在国防科技发展战略领域由以前的小课题参与单位变成战略研究总体单位。

"阔步"强军新征程

强军征程,步履匆匆。

"战略研究,要超越地平线看到别人没看到的,着眼于'后天'想到别人没想到的!"吴集这样要求自己。2013年一天,吴集追踪到国外一项前沿网络技术,能策动群体性事件,对我国安全稳定造成重大威胁,他随即投入研究,不到2个星期时间,一份关于网络安全的专家意见上报总部,管理部门立即采纳并出台相关网络安全监管措施,为部队安全撑起"保护伞";在另一项紧急任务中,吴集利用计算机专业特长,溯源到国外某一已进行了10年的研究资料,参考后高效完成任务,填补国内相关研究领域"空白"……

深夜,前沿交叉学科学院机关办公楼,有一盏灯还亮着,吴集还在为"十四五"相关规划做"冲刺"。

走出办公室,远方天空已现"鱼肚白",独自漫步在林荫道上,微风吹着树叶沙沙作响,昏黄的路灯把路照得明亮,走在这条道上,吴集脚步坚定,内心踏实。

吴集已习惯了这样的加班。2018年,学校正处于改革调整期,作为研究室领导,他一手抓转隶移交工作,一手抓课题研究,全年休假仅2个星期,协助学校机关完成"国防科技大学科学研究中长期发展规划""新时代学校科研定位与发展战略研究"等多份重要文件。

寒来暑往,步履铿锵。走过十二五、十三五,吴集"阔步"在十四五规划的新征程上,先后主笔参与军队、学校重大战略和规划文件起草20余次,撰写上报各类咨询报告30多篇,一份份"科大方案",助力我国国防科技和武器装备由"跟跑"向"并跑""领跑"发展转变。

女儿眼中的"导弹兵王"

● 贺鑫城

自王扬记事起,父亲总是很忙碌,只有周末才能见上一面,碰上有任务,一两个月都见不到人影。王扬现就读于国防科技大学,而她的父亲便是大名鼎鼎的"导弹兵王"——王忠心。

5月15日,服役满34年的老兵王忠心终于停下了军旅步伐,这一天,他光荣退休。在他的军旅生涯中,王忠心前后经历过3次武器换型、操作过3种型号导弹,精通测控专业全部19个号位的操作本领,还帮带出300多名优秀导弹号手……一直是官兵公认的"操作王""排障王",忙碌奔波成为他工作的常态。

年少的王扬不能理解这种忙碌。感冒发烧、家长会、生日……很多需要爸爸陪伴、参与的重要时刻他都不在场,那时候王扬甚至以为所有小朋友的爸爸都是这样。聚少离多,随着年龄的增长,父女之间的隔阂越来越大,能聊的越来越少,即便如此,懂事的王扬从未责怪过父亲,而是习惯独自面对成长的难题。考试成绩不如意,下次继续努力;学习压力大,就去消化压力调整心态;受伤了,就自己照顾自己。

对父亲的不理解,在2015年得到了改变。那一年,王忠心荣获"践行强军目标模范士官"荣誉称号、全国敬业奉献模范称号,网络上对父亲的报道突然多了起来,王扬才意识到那个缺席自己成长过程的男人如此优秀,原来他是把应属于自己的爱奉献给了国家、军队和人民。

同一年,王扬参加高考,走到了人生的十字路口,是去地方大学还是进入军校学习呢?思考再三,王扬决定跟随父亲的脚步,在军队贡献自己的光和热,用所学知识报效国家。通过不懈努力,王扬如愿进入国防科技大学学习。

初入军校,王扬很不习惯。早上6点就要起床,早餐后要在操场站着早读40分钟,下课后要进行体能训练,3公里、轻武器射击、队列训练、单杠……这些成为她每日的"必修课"。但王扬从不与父亲诉苦,她习惯于默默承受这一切。在校训练越是辛苦,王扬越能体会到父亲这么多年的不容易。

2016年年初,王扬在一次训练中膝盖受伤,半月板撕裂带来的痛感传遍全身,她咬住牙憋着泪被抬进了医院。当医生告知需要手术时,王扬内心隐隐有些担忧,做手术很痛吗?能恢复好吗?会不会影响以后的训练?这一系列问题压在心头,让她喘不过气来。这一次,远在云南的父亲立即请了假,来到南京照顾王扬。当听到父亲的问候时,王扬的泪珠不受控制地顺着眼角滑下,她努力掩饰不想被人看到。那一刻,委屈和感动一齐涌上,她看到了父亲铮铮铁骨背后的柔情,也更加相信,只要自己有需要,父亲一直都在。

在校期间,王扬小心翼翼地守着秘密,不让同学们知道自己是"导弹兵王"的女儿。因为父亲对她而言,是光环更是压力,她不想因此而变得"特殊"。女儿的想法与王忠心的行事风格十分相似。兵龄再长、荣誉再多,王忠心从不当"特殊人",总是与班里的战士同吃同住,一起出早操、看新闻、晚点名。营队考虑到他年龄增大、睡眠越来越浅的实际情况,住在集体宿舍里影响休息,便趁他休假时给他腾出一间单独的宿舍。谁知道,王忠心休假回来的第二天,就又把铺盖抱回来了。

"践行强军目标模范士官""全军爱军精武标兵""全国道德模范""最美奋斗者",当选为全国人大代表,荣获中国军队最高荣誉——

"八一勋章"，先后 6 次受到习主席亲切接见……在王扬看来，有着卓著功勋的父亲却是一个淡泊名利的人。"爸爸从来不和我们说在部队获得的成就，小学搬家时，我偶然在一个老旧的木箱中，看到了爸爸获得的奖励证书，那时候以为在部队都可以拿这么多奖。"

"爸爸说过军人应该崇尚荣誉，但不能把它看得太重，不管外界环境如何，都应该先把自己的事情做好"，王扬说道。

"一直觉得他就是认真做了自己的工作，这本来就是每个人应该做好的。"父亲的言传身教，让王扬体会到了责任与担当。临近毕业，谈及下一步的计划时，王扬表示，去到基层部队后，会虚心向别人学习，尽力做好本职工作，承担属于自己的那份责任，在磨炼中提升自己。

多年以来，父女之间鲜少用语言表达感情，但父亲退休的那天，女儿王扬写下了这样一段话：大多数人只看到您的光辉与荣耀，却看不到您背后的辛劳与付出，今日，您终于可以卸下几十年的重担了，女儿由衷为您感到高兴。您始终是我最温暖的港湾、最坚强的后盾、最爱的父亲。往后的日子里，我会带着您的鼓励与爱意，勇敢向前，变得更强大、更有力量，也请您务必好好保重身体，常开笑口。

让每名孩子享有公平教育

——计算机学院专家小组研制
长沙市小升初微机派位系统纪事

● 方 娇

微机派位流程是什么样？派位系统对每名孩子都公平公正吗？如何才能让孩子派送到心仪的学校？……

走近学校计算机学院的专家小组，这些问题的答案逐渐明晰。

为市教育局破解难题

"来了，来了，要讲解了！"

7月4日，循着众人的目光，陆洪毅再次站上了长沙市城区小学毕业生升初中联合微机派位的会场主席台上。底下就座的每名家长翘首以盼，渴望从国防科大专家口中得知微机派位系统设计的细枝末节，明了"让每一个孩子都享有公平的教育"是否真真切切来到大家身边。这是陆洪毅作为计算机学院教授，带领团队成员研发微机派位系统的第二个年头。

时间的指针回到 2019 年 3 月。得益于中国教育事业的快速发展和信息化技术的迎头赶上,由科大自主研发的第一代微机派位系统,在历经 14 年 "服役" 期后,因无法满足新政 "民办中学 50% 指标参与微机派位" 的要求,即将光荣 "退役"。其 "2.0 接班人" 在哪?微机派位公平是否能够继续保持?长沙市教育局亟待寻找答案。也就是这时,市教育局再次慕名来到计算机技术力量雄厚的科大,寻求支持。

"系统研发并不难,但是大量的需求,增加了团队的工作量",陆洪毅回忆道。按理来说,工作量应与所用时间成正比,但留给陆洪毅和团队的时间却不足百天。

"3 月下达任务,4 月提交初步系统,6 月进行全市派位,时间之紧迫,让我们心里多少有些没底。"团队成员教授汪昌健虽在软件编程领域 "身经百战",但此时的他也有点 "头痛"。

时间就是命令。尽管困难重重,一个 4 人攻关小组还是迅速组建了起来。

"科大技术" 确保派位公平公正

为保证派位公平公正,团队前期利用半个月的时间,加紧与教育局对接软件需求,"仅需求稿件就上千字,来来回回打磨 3 遍才最终敲定"。

而为了生成符合要求的随机数,派位系统采用了标准随机数模块和全局唯一标识符(简称 GUID),不仅能够让随机数生成与系统输入数据无关,理论上还能产生唯一的值,确保派位公平公正。"GUID 是一种由算法生成的二进制长度为 128 位的数字标识符。主要用于在拥有多个节点、多台计算机的网络或系统中。"陆洪毅解释道,在理想情况下,任何计算机和计算机集群都不会生成两个相同的 GUID,"所以,这可以说是每个孩子的专属 '印记',就像每个微信有自己独一无二的二维码一样"。

但只是这样还远远不够，确保数据校验万无一失，才是真正的关键所在。

数据校验、反复测试结果……陆洪毅和团队教员就是这样重复着手中的工作，不同的是，最终目标要每一次不能出错。想要干好，实属不易。但团队没有退却，在本就紧张的时间内，大家齐头并进，用两种不同的语言开发了两套独立的派位系统，相互之间进行核对、验证，做到数据一致、流程一致、结果一致，绝无一失。

那段时间，本就承担着本科生或研究生教学任务的成员，只能日夜兼程。机场候机室、家中书房、办公室……见证着他们的忙碌，而他们也成为中国教育资源均衡发展的"见证人"。

2019年，在长沙市小升初联合微机派位的会场上，大屏幕中一列列学生姓名、随机号迅速地滚动着，第一次作为微机派位软件编制单位科大专家的陆洪毅，与广大师生和家长共同见证了微机派位的全过程。

"惊心动魄"的派位之行

去年若是短距离"奔袭"，那今年团队面对的境遇，则算是短距离"冲刺"。

4月30日，团队接到明确通知，今年微机派位分三批：提前批、志愿批和派位批。也就是说，从去年的一场变为三场，而第一场的时间定在5月28日。

"那我们是不是在去年原有的系统上改改数据就可以了？"事实证明，这样的想法不可行。怎么办？团队只能从头再来。要知道，软件编程中任何一个细小的数据变化都可能影响到派位的结果，"扫除"细小的bug需要的是细致入微的心。为了确保微机派位软件的可靠性，陆洪毅带着团队成员集智攻关，展开了一场又一场密集"头脑风暴"。

5月27日，眼看第二天就要进行微机派位，系统却出了数据问题。"是我们哪里出了错？"一遍遍验证后，陆洪毅发现，系统并没有问题，只是沟通中的失误导致数据出现异常。这一天，处理完问题，团队归家已是深夜。

本着对微机派位高度负责任的态度，第二天一大早，陆洪毅又把代码全部读了一遍。"咦，这是什么情况？"来不及细想，他赶紧打电话给汪昌健。

团队教员从不同方向驶向微机派位地点——岳麓区西雅中学，一路上，大家不停敲击着键盘，排查可能出现的问题。

"系统是可靠的，只是给过来的学生数据格式不太对，修改后就没问题了。"教员长吁一口气，通过协调修改数据格式，确保了上午9点举行的全市提前批派位顺利完成。而为了避免类似的情况发生，团队对系统进行了进一步优化，以应对新的需求变化。7月4日一早的微机派位，用的正是该系统。

其实，这些"惊心动魄"的故事，只是团队日常工作中的一些小插曲。这两年，在一次次的数据验证中，小到一个标点，大到代码换算，团队总会第一时间了解市教育局的需求，并以最快的速度进行修改、验证，一分一秒都很少浪费。在他们看来，只有让系统更可靠，才能让教育资源惠及所有家庭和孩子，让他们有更光明的未来。

"萌新"闯"天河"

● 方姝阳　姚　宏　韩　雪

"就在十几分钟前,'天河二号'存储系统获 IO-500 总榜单带宽第一名。"在手机上看到这条新闻时,大四学员尹旭刚刚结束自己的第一次"天河"机房之旅。

仿佛电影银幕一般,尹旭总觉得脑海里不停地有一串串数据如瀑布飞落:"连续 6 次位居世界超算榜首""每秒 10.07 亿亿次浮点计算"……这些信息让他的心怦怦直跳。我今年的毕业设计要在"天河"上运行,这不会是做梦吧?他不由自主地在朋友圈发了一条羡煞旁人的微信:当之无愧的"硬核"王者——天河,我来啦!还配上 3 个"耶"的表情。

自这条微信起,一位科研"萌新"开始了为期一个月的"天河"闯荡之旅。

从做梦到圆梦

当得知自己的毕业设计课题成功通过申请时，尹旭愣了一小会儿，然后兴奋得一跃而起。他知道，这意味着曾经自以为"遥不可及"的梦想终于照进了现实。

读高中时，《黑客帝国》是尹旭的最爱，至今还留存在计算机里。动一下键盘就能翻云覆雨的剧情深深吸引着他，一个炫酷的"计算机梦"就此在一个年轻人的心里扎下了根。

以高分如愿考入国防科技大学计算机学院后，尹旭开始为圆梦积蓄能量。《并行计算实践教程》《C语言程序设计》等教材被翻卷了边，基础课上不时穿插的前沿科技知识让他大呼过瘾，45分钟课程下来，他总感觉意犹未尽。

正式进入"天河"团队那天，尹旭兴奋得双手微微发颤，亮如白昼的机房里，长达数十米的机柜气势磅礴，持续发出高速运转的低沉嗡鸣；红、黑、蓝、黄色的线路盘根错节，光看着就令人眩晕……新鲜劲儿夹杂着忐忑，他和5名同学一起参加了第一次课题组会。这一次，青涩的他们将以毕业学员的身份尝试在大咖云集的"天河"团队找到属于自己的"战位"。

但当尹旭开始思考"基于梯度压缩的分布式深度学习通信优化"这个课题时，整个人是懵的："这么高大上，我一个本科学员能hold住吗？"

"爱因斯坦推断出质能方程时也就26岁，你们都很优秀，放心吧，本科生照样能做科研。"指导教员董德尊的鼓励让他悬着的心放下不少。

"这是团队为本科学员'量身打造'的工作，它偏重基础，却需要创新。"在指导教员的引领下，科研"萌新"的一切从头开始：学习检索文献，尝试制订方案，在"天河二号"上"跑"程序……在"泡"

机房的日子里，一间间透明的实验室犹如一个个攻关战场，弥漫着浓厚的科研氛围；课题组会的"头脑风暴"，实时展开的探讨交流，凌晨仍会回复学员问题的教员……从梦想到现实，每一步都是挑战，尹旭体验着非同一般的感觉。

结束了一天的课题研究，时针已指向晚上9点。窗外下着大雨，丝丝凉意袭来，尹旭望着灯火通明的"天河"楼，心暖暖的。

等待柳暗花明

"'耶'得太早了。"刚进组没多久，尹旭发现自己这个"萌新"变成了"铁憨憨"。

"课题时间紧、难度大，没法入手""文献搜索犹如大海捞针""英文文献只能看懂短词短句""某专业知识看不懂"……很快，刚进组时那股热血被无情的现实浇了个透心凉。

知识储备不足、英文能力有限、独立思考能力欠缺，每一个问题都像一座大山，横在尹旭面前。"捂脸哭"的表情包成了他的真实写照。在持续盯着计算机近 5 个小时后，尹旭面对着密密麻麻的代码嘟哝："真是'压力山大'啊！"他用双手揉了揉眼睛，抹了把脸，沮丧地按熄了显示器，"忙活了一天又退回到从前"的感觉让他心里常常会发出"我太难了"的叹息。

"还是你们经历的失败太少了，其实，这才是科研的真面目。""正如我们平常看 NBA 篮球赛，进球次数只是比赛的一部分。无论得分与否，都不能放弃努力。"指导教员敏锐地察觉到尹旭的情绪变化。

静下心来读程序看代码，一点一点啃英文文献，遇到难题做好标记，和同组学长交流讨论……难题被一个个攻破，尹旭心头的焦虑和不安逐渐散去。

平静，有时就是最强劲的动力。从一开始对文献中的各种数学符号和专业用语一知半解，到能够看懂足足 1 万行代码；从独立设计方案分析结果，到后来自己总结结论撰写论文；从密密麻麻夹满中文注释的英文文献，到终于有了自己的署名成果……在教员和学长的帮带下，尹旭逐步经历了独立完成一个科研的全过程。

"尹旭，评分为优秀！""达到了研究生水平！"毕业设计中期检查现场，尹旭的 PPT 汇报逻辑清楚、思维缜密，获得在场老师的一致好评。当听到老师念出自己的成绩时，尹旭长舒了一口气，脑海中不断回放着自己这一个月来的跌宕起伏，从暗无天日到柳暗花明，他感叹这段日子过得真是"带劲儿"。

"不经历风雨怎么见彩虹，我要像自己研究的不断升级换代的高性能计算机一样，成为智能计算领域努力探索的冲锋者。"尹旭的眼里写满了坚定。

与成长有关的片段

"在'天河'的日子里，你最大的收获是什么？"会议室里，一场交流分享会正在火热进行。一个个片段，如同慢节奏的电影画面一般，在尹旭的脑海中闪回。

那些片段，与坚持有关。

"嘀嘀嘀……Error……""又报错了！到底是哪里出了问题？"一个月里，尹旭满脑子都在问"为什么"。为了正常运行程序，他进行了上百次参数调试，每次更改少则几个多则几十个错误，一趟趟下来，尹旭感觉两眼直冒金星，"心态快崩了"。就连睡觉，闭上眼睛，脑海中也满是计算机屏幕上黑色的命令行和滚动的代码参数。

"就像黎明前的黑暗，坚持下去，你就赢了。"和尹旭合作的学长经验丰富，纾解了他的不安。那天凌晨 2 点，尹旭发现了源代码中一个隐藏很深的"小秘密"：只需要修改某些参数，就能达到更好的训练效果，机器模型也就能更快成熟。"成功啦！"他几乎是以百米跑的速度飞奔出机房，在星空下做了一个握拳加油的手势。

那些片段，与思维相连。

"刚做没多久的工作，怎么就找不着了？"刚接触课题没多久，问号便开始在尹旭心头萦绕。

令人懵圈的函数命名、纷乱如麻的工作痕迹让他一度"抓狂"。"函数命名都做不好，谈何做课题研究？"有些摸不着北的尹旭向教员取经。

"在这里，你们要学会'科研思维'，不管未来走不走科研之路，这都是你们在学习和工作中需要的。"教员的点拨让大家豁然开朗。

为了使函数一目了然，他学着分块查看功能、提前做好设计，用树状图或表格梳理函数用途，将错综复杂的函数重新规整命名……1星期的"精耕细作"后，尹旭惊喜地发现，阅读和调试代码果然顺畅了不少。

那些片段，还关乎合作。

一进团队，尹旭就和一位研二学长组成了"黄金搭档"，一个翻译论文、准备材料来打基础，一个负责整理总结、实践创新。"新老搭配，干活不累"，两人通过复现压缩算法，达到了加速机器学习的预期效果。这一刻，他对"合作"二字有了更深刻的认识。

于煎熬处成长，在"崩溃"中蜕变。总结自己在"天河"的日子，尹旭先微皱眉头，再嘴角上扬，最后干脆地说："痛，并快乐着！"

6月23日上午，尹旭走出"天河"楼，在朋友圈里欢乐地宣布"答辩结束"，配图晒出自己2个月内改过10余个版本的论文文档，在论文结尾，他意气风发地写道："四载苦读练精兵，剑指沙场谋打赢！"

演训场上的"成人礼"

● 王微粒　张添翼　齐旭聪

就像年轻的猎手从老猎户手中接过锃光油亮的猎枪走进丛林，从毕业综合导演部接过"基指气象海洋分队"胸标的一瞬间，学员李鹏洋有一种久违的"亢奋"。上次有这种感觉，还是他告别父母走进军校时。

7月上旬，气象海洋学院一场72小时昼夜不间断的毕业综合演练正在展开。密布的丛林网和装备车内，一个个身影忙碌穿梭。

"有一种突然长大的感觉。"每一位亲历其中的学员都这样说。

你在什么位置

演训第一天，李鹏洋觉得自己很失败。

在天气会商时，担任"基指气象海洋分队"分队长的他，按要求得对其余各个分队的工作讲评并提出作战要求。可一开口，李鹏洋就发了虚，"讲了十多分钟，不知道自己要讲什么"。情急之下，他把眼神投向一旁导调的教员。

同样投去求助眼光的，还有"气象台探空组"组员杜明飞，导演组要求立即上报气象要素，但关键时刻，网断了。望着一堆传不出去的数据，他和同学急得直冒汗。

与学员的焦急不同，导演部总导演、该院教授高传智显得格外淡定，已经连续组织了12年毕业综合演练，多次参加全军性实战演训的他，见过无数次这样的情形。

"从学员变成指挥员，他们一开始肯定是懵的，没事，找到自己的位置就好了。"为了让学员更好地找到打仗的感觉，高传智和同事们把不同专业不同队别的学员打散，按照部队作战的实际情况进行力量编成，把气象保障要素深度嵌入作战行动。"实战的背景、实战的科目、实战的组织架构，一切按照打仗的规矩来。"

"这是在打仗，你在什么位置？"面对学员的求助，教员的回答只有这句。

在床板上辗转，琢磨了一晚上，李鹏洋总算找到问题所在："在这个位置上，就得对这个位置负责，一切为了完成任务。"一开始，他下达任务，总会带着商量的语气，但到了演训第二天，他下达任务渐渐有了打仗的硬气："三点半之前必须把天气分析的结论发过来。"

杜明飞最终也想办法把气象数据打印了出来，找人一路飞奔送到导演部。"打仗什么情况都有可能发生，只要能完成任务，什么办法都得试一试。"

我们的数据，你们到底用了没有

如果说综合演练让李鹏洋多了一股打仗的硬气，那么对于葛子华来说，身上则是多了一份"船长"的责任。

被任命为"某场站气象台台长兼预报组"组长的他，手下编配着综合演练人数最多的一支力量——6个分组75个人。这是根据实战跨专业进行的编组，很多人来自其他专业的学员队，人头不熟、任务繁重，葛子华很担心自己能不能"Hold 住"。

果然，深夜 12 点，在导演部组织外场人员观摩预报组并给他们打分时，一位外场组长上来就是毫不留情地质问："你们要求我们组半个小时报一次数据，我们辛辛苦苦得来的数据，你们到底用了没有？"这让葛子华顿时觉得肩上担子很重。"我是船长，船上的人都在看着我。"

这样的压力，在一件小事上体现得格外明显——排岗。面对 72 小时不间断的作战行动，既要保证人员在位，又要设置警戒哨、巡逻哨，还得合理安排人员调班休息，为"一碗水端平"，葛子华和手下各个负责人讨论了不知道多少次。

"自己比以前更能扛事儿了。"几天下来，葛子华身上的"船长"气质愈发浓厚，任务分配、人员调配、命令上传下达……"任务叠加任务，但脑袋始终清醒。"一次，夜班岗哨凌晨 2 点接岗时从他门前走过，4 点下岗时发现他还在忙碌，岗哨服气了。"台长不容易，忙到现在。"

面对部属的质疑，不仅靠带头，更要靠本事来消解。在一次探空操作中，探空组计划放飞探空气球，询问是否可以执行任务。葛子华异常坚定地说："未来一小时有降水，任务取消。"没过多久，一阵小雨如期而至。"从那以后，外场战友给我们的打分一次比一次高。"葛子华说道。

外场数据怎么老是传不过来

凌晨 1 点，演训场一片静谧。李宇康站在哨位前，望着不远处自动气象站顶部不停随风转动的风向风速仪，脑海中浮现出一行诗句：宁为百夫长，不做一书生。

白天，他随着导演部副总导演蔡丹来到外场观摩，看着战友们忙碌地开设阵地、放飞探空气球，汗珠顺着脸颊啪嗒啪嗒往下滴，心里一阵惭愧。一个小时前，他还在跟队员抱怨：早就已经下达了命令，外场的探测数据怎么总是迟迟传不过来？到了现场才知道，从选择阵地到升空探测再到取得二十多千米高空的最终数据，紧赶慢赶最快也要两个小时。"书上就是短短的'及时性'三个字。不实际操作，真不知道外场兄弟的难处。"

有着同样感受的，还有探空组操作员邓锴。当他来到预报组观摩时，正好遇到导演部下达命令——一批次飞机计划到你区域降落，天气是否适合？看着预报组战友调出天气数据、紧张分析、提交结果，他对教材里要求的"原始数据一定要注重准确性"这句话有了更直观的理解。

"未来联合作战突出的是'联合'二字，考验的不光是不同军兵种的联合水平，更是不同专业间的联合效果。"让不同专业、不同战位的学员相互观摩，是导演部多年来组织毕业综合演练的固有做法。这其中既有设计演练活动的深刻考虑——让不同岗位相互了解、相互理解，齐心完成演训任务；更有军校教员对毕业学子的殷切期望——眼前这些孩子，是军队气象海洋事业的接班人，学院教给他们的不仅是知识，更要帮助他们褪去稚气，把知识转化为能力。

一声悠长的哨响，学员们从悬挂着"为战育人、备战打仗"标语的演训场大门鱼贯而出。总导演高传智看着眼前的他们，仿佛看到了军队气象海洋事业的明天。

打造线上"随营军校"

——军事职业教育技术服务中心倾心服务全军官兵纪实

● 王玉龙　李燕琳

学校军事职业教育技术服务中心精心打造的军事职业教育服务平台,被全军官兵誉为线上"随营军校"。

在这个官兵使用频率最高的军综网学习平台上,汇聚了海量的服务部队备战打赢急需急用的课程,先后为南部战区某部指战员参与应对突发情况提供了重要理论指导;为中部战区某装备技术保障大队开展科研攻关荣获军队科技进步二等奖,发挥了关键支撑作用……

着眼部队急需,开启军队在线教育新征程

经国治邦,人才为急。古往至今,人才始终是一支军队最核心的竞争力、最根本的战斗力。为适应现代军事发展对人才的紧迫需求,党中央、中央军委始终把培养德才兼备的高素质专业化新型军事人才摆在国防建设的首要战略位置。

2013年11月,党的十八届三中全会提出,"健全军队院校教育、

部队训练实践、军事职业教育三位一体的新型军事人才培养体系"。学校率先在军内探索开展基于网络的大规模开放教育，于2013年下半年开始，组织建设具有自主知识产权的"梦课"平台，上线仅10个月，平台注册用户就突破10万人。MOOC"跨时空"的教学特点和学习形式，为全军官兵在岗学习深造提供了新模式，为健全新型军事人才培养体系提供了有效实现途径。

2017年9月，中央军委训练管理部印发《军事职业教育改革综合试点工作方案》，拉开了全军军事职业教育试点工作的大幕篇章。学校作为军事职业教育服务平台的主体研发单位，重点围绕资源管理与推荐、在线与离线学习、线上互动考核、多维学习数据分析、分层分级学习管理等功能，为军事职业教育改革综合试点工作，发挥了基础性支撑作用。

2018年8月，中央军委批准"全员全时全域军事职业教育平台"立项，学校"梦课"2.0系统"军事职业教育服务平台"，在强军兴军、为战育人的时代召唤中应运而生！

强化服务理念，为人才强军提供平台支撑

平台的生命力在服务，服务的生命力在内容。军事职业教育平台始终瞄准官兵练兵备战岗位成长的现实紧迫需求，不断加速急需急用优质课程资源建设。

登陆军综网服务平台可以看到，类型多元、精品荟萃的课程资源洋洋大观。平台针对部队官兵提升综合素质需要，建设横向分类、纵向分层的高质量矩阵式在线课程体系，如今已经累计上线1200多门在线开放课程；而针对官兵"碎片化"学习时间，平台汇聚了2600多门精简易懂、节奏明快的微课；为了提升官兵大局意识、找准思想站位，平台汇聚了150多门视频公开课。同时，互联网服务平台汇聚了学堂在线、

中国大学 MOOC、好大学在线、华文慕课、超星、智慧树等国内主流学习平台的 3000 多门课程和 2000 多万条学习资源，两网平台聚力为官兵打造一个知识体量庞大的在线"课程超市"。

"平台中课程内容很丰富，像'超市'一样想学什么自己选。""我可以在平台学到很多名师的课程，比如张晓林教授的'海权与制海权'、胡晓峰教授的'战争科学论'，甚至还可以在线上与老师们讨论交流，圆了我们的大学梦！"注册学习平台的部队官兵说。

为官兵提供优质的学习体验是平台始终如一的建设原则。针对野外驻训、舰艇远航没有网络条件的实际，平台攻坚克难研发了离线学习系统；为方便学习者快速搜索到与自己岗位属性相匹配的课程资源，平台研制上线了云课堂功能；为优化学习者的网络环境，平台主动对接各单位需求，积极部署 300 余个 CDN 网络节点；为精细化分析官兵的学习成效，平台构建了两网学习数据可视化监控分析系统……

仅两季春秋，平台已初步建成军综网、武警网、互联网相结合，网页版、App 版、微信小程序相结合，在线学习平台与离线学习系统相结合的泛在学习环境。

深耕"育人沃土"，为强军兴军输送济济人才

军事职业教育平台滋养着万千破土争荣的莘莘嫩芽，勾卫喆就是军事职业教育润泽下的一株"绿苗"。

改革重塑时期，勾卫喆所在的部队由之前的建制营精编成一个连，而勾卫喆由班长调为如今的分队长。突如其来的"升职"除了给他带来欣喜，更让他产生了本领恐慌。如何组织训练？战备执勤如何维护？如何掌握卫星、电源、传输这些新的专业知识？成了挡在他面前的"大山"。

"知识的恐慌和职责的压力，让我不得不主动去学习。我在军事职

业教育平台学习了'信息分队行动组织与管理''网络对抗''卫星导航应用'等课程,有了扎实的理论功底,我逐步适应了新的工作要求,现在已经成为连队的多面手了!"勾卫喆很庆幸自己搭载上了军事职业教育这趟"线上快车"。

海量的军职学子中有千千万万个正在涅槃重塑的"勾卫喆",湖南省军区某通信站的刘凯感慨地说:"军职学习如同'海绵式'学习,形成强大的裂变效应。现在,大家一有空就钻进网络教室学习MOOC,学习氛围愈加浓厚,综合能力素质提升很快!"

近日,军综网服务平台和互联网服务平台注册人数已相继突破200万和300万大关!对于该中心工作人员来说,这不是冰冷的数据展示,而是百万个学员淬火成钢的灼灼讯号,他们知道,每一名人数的增加都是"会挽雕弓如满月"的斗志;每一次实时数据的跳动,都是"轻舟已过万重山"的赞歌;每一个百万节点的突破,都是"长风破浪会有时"的担当!放眼未来,军事职业教育技术服务中心将继续深耕军事职业教育这片"沃土",在强军兴军的新时代征程中风正时济云翻涌,潮头扬帆再起航!

锻造大国利器"超强大脑"
——记 ATR 重点实验室新体制导引头技术研究室
● 方 娇 姚 宏 朱永锋

"一周时间！一周时间将导引头探测距离再提高 20%！这'硬骨头'只有交给你们，我们才有信心！"7月10日，中国空空导弹研究院某武器装备副总设计师风尘仆仆赶到国防科大。该武器装备定型在即，8月将做外场试验，他来，是为了让 ATR 重点实验室新体制导引头技术研究室为某型武器装备作战性能的提升给予技术支持。

在我国精确制导自动目标识别技术领域，这个科研团队可以说是大名鼎鼎。为导弹装上"超强大脑"，以实现精确打击，是该团队奋斗终生追求的强军誓言。

那么，这究竟是一个怎样的研究团队？他们究竟做了哪些贡献？其神秘面纱即将揭开。

让制导武器"学会思考"

6年前的7月，国内某媒体报道了中国在境内进行了一次陆基某型装备技术试验，试验圆满达到了预期目标。一时间，全世界的目光都聚集在这一句话新闻上。有军事专家评价说，中国现在所进行的这次试验，其战略意义不亚于"两弹一星"工程。鲜为人知的是，早在多年前，我国就已经成功进行了类似的陆基某型装备技术试验，而确保神剑顺利出鞘飞天、精准命中目标的，正是该团队为其量身打造的"超强大脑"。

"自动目标识别技术就是给精确制导武器装上'超强大脑'"，研究室朱主任解释道，"有了'大脑'之后的导弹会'思考'，在打击敌方运动目标的时候就如同猎豹追踪猎物，反应迅速、打击精确"。

但是越是耀眼的光环背后，越是常人难以想象的艰辛。

打什么仗？在哪打仗？跟谁打仗？这些都是始终笼罩在各级指挥员心中的"战场迷雾"。而在电磁领域，复杂电磁干扰环境形成了现代战场的电磁"迷雾"，令精确制导武器失去了准头。早在1973年第四次中东战争中，以色列采用箔条干扰"冥河"舰舰导弹，使得埃及、叙利亚发射的几十枚导弹无一枚命中目标。

如何破解战场"迷雾"，让导弹"会思考"——实现自动目标识别，美国、以色列等国家20世纪七八十年代就已经相继开展研究。但彼时的中国，在其相关科研领域却还有待开始。

1992年，为加快与国家安全息息相关的国防科技工业的发展，国防科工委决定启动国防科技重点实验室建设。搭乘发展"快车"，国内首个自动目标识别重点实验室落在了湘江之畔的科大校园。

"武器装备这么落后，还做什么自动目标识别，这不是天方夜谭嘛！""写写论文还可以，怎么可能做得出来！"……尽管当时，团队在该领域内处于领先地位，但它却是一个孤独的"领跑者"，无数质疑的目光让它身后"跟跑"乏人。

率先展开自动目标识别研究

"就是要想别人没想到的，做别人不敢做的"，朱主任回忆道。学术带头人付教授临危受命，在团队资源匮乏、没有科研项目的困境中，硬是带着团队成员深入基层部队和军工单位，闯出了一条属于团队的科研道路。

使命催征、重任在肩。没有国内外技术资料可以借鉴，那就让自主研发中的图表、参数、符号成为"挚友"；武器装备平台落后，缺乏外场试验条件，那就用仿真技术开展攻关研究……28年来，团队成员"走南闯北"，几乎跑遍了所有的精确打击武器装备试验场，填补了我军精确制导领域中的一个个空白，使得自动目标识别在信息化战场中得到重视和应用。

为进一步提升精确制导武器的自动目标识别能力，他们将毫米波自动目标识别方向和红外自动目标识别方向融合，组建了新体制导引头技术研究室，开展新型智能目标识别技术研究，支撑精确制导武器探测识别能力提升。

想要给武器装备装上"大脑"，并不是一件容易的事儿。该团队成员王教授清楚地记得，2007年，我国第一代某重大武器型号进入收尾期，大型设备陆续进行调试运转，他与团队其他成员坚守岗位日夜鏖战。

"当时，距离导弹发射外场试验不到一个月，我们的系统却出现了环境适应性问题。"那时，为了尽快啃下这块"硬骨头"，团队成员连着一个多星期都铆在阵地上。

最终，大国长剑装载着凝聚团队智慧的"超强大脑"按时发射，打击精准,试验圆满成功!

他们的努力引起了全军乃至全国对于自动目标识别的研究热潮,我国相关研究如雨后春笋般涌现,团队也多次将国家科技进步特等奖、二等奖和军队科技进步奖等各奖项收入囊中。

聚焦主责主业教战研战

强军之道,要在得人。这些年,团队一直冲锋在教战研战的前沿阵地,他们立足三尺讲台,紧盯对手,潜心教战,多项成果填补军队空白;他们驰骋在全军战略演习中,穿梭于基层部队,开设慕课、编写《精确制导技术应用丛书》,为培养科技创新人才提供优质教育资源,获得了全军教学成果一等奖。

2007年,还是博士研究生的ATR实验室范副主任获得了国家科技进步二等奖,证书上的名字,让他回想起初入科大校门的自己。2001年,他从清华大学保送至国防科技大学读研,第二年,团队承担了我国某型"撒手锏"武器的立项工作。此时的他怎么都没有想到,就在不久之后,他开始跟着团队成员,开展信号与信息处理理论研究以及技术攻关。正是这项科研任务,让他收获了自己科研生涯的第一个国家科技进步奖。如今,留校任教的他早已独当一面,成为我军精确制导武器装备研发的顶尖人才。

"在我们这个团队,有一个比较显著的特点,就是国家科技进步奖名单中,有一半以上是学员",说到这里,自豪感从付教授的眉眼中流出,"小朱、小宋、小周、小王……这些曾经的研究生,都已成为团队核心骨干,带着研究生、技术人员参与重大科研项目,早已是团队的惯例"。

据统计,截至目前,团队共培养了160名硕士,55名博士,他们以星城长沙为出发点,奔赴祖国最需要的地方:2006级贺博士,毕业后在空军工程大学某教研室任教,将一身学识传授给一批又一批的学员;2007级祝博士,在战略支援部队某部信息化建设岗位上,获得军队科技进步二等奖;2009级罗博士,奔赴火箭军演习一线,成长为火箭军某研究单位的研究员;2013级李博士,在军委联合参谋部某单位从事技术保障工作,多次在大项任务中发挥着自己的科研优势……

尽管每名学员都有自己的故事,其中滋味各不相同,但献身国防、服务部队的信念永远矢志不渝。

除培养高层次科技创新人才以外,团队还开设了慕课,在探索研究、问题反思和难题破解的"闭环强化"中,提高了基层官兵科技素养。

如今,团队越来越"接地气",面向高级领导干部、研究生、本科生和基层官兵开展精准式教学,真正做到了教学资源为军服务、以战领教为战育人。

"科技版"夏休火爆"上线"
——学校本科学员暑期课外科技活动侧记
● 欧阳大名　倪浩洋

对本科学员而言,这是一个前所未有的"特殊假期"。

受疫情影响,在这个"留校休整"的假期,为了将科技前沿知识融入学员创新实践中,学校针对本科学员组织了暑期课外科技活动。虽然没有了"诗和远方",但一个充满"科技味儿"的夏休已火爆"上线"。

科技课程,领略"高精尖"知识

"光在光导纤维的传导损耗比电在电线传导的损耗低得多,所以,光纤常常被用作长距离的信息传递……"学员刘铭洋眼睛紧紧盯着大屏幕,笔记写满了四页纸,生怕漏掉任何新知识。

这是学校各学院为本科学员精心设计的"第二课堂"。为了让"未出茅庐"的本科学员"跟上"科技前沿,学校安排"天河""北斗"等一线科研团队讲师,重新设计思路、编排内容,充分规避本科学员的

"知识盲区",用更直白、更接地气的表述,将晦涩深奥的理论知识深入浅出地呈现在学员面前,帮助"科研小白"们更好地消化吸收。

课后,刘铭洋按照笔记上的操作内容,在 Matlab 软件中复原教员讲授的虚拟实验。"哇!这也太酷了!"之前想都不敢想的操作,竟然在自己手中成功实现,这让刘铭洋对探索未知科研领域的信心更足了。

科技体验,探秘"大国重器"

参观"天河二号"超级计算机,圆了学员董培源儿时的梦想。

长达数十米的机柜整齐排列,持续发出嗡鸣声;无数指示灯明暗交替,不停闪烁;超算芯片组如同工艺品一般精美,针脚密而不乱……走进"天河二号"机房,学员董培源就再也迈不动步了。

"以前,超级计算机就是书本上的一个词、一幅画;现在我才知道'天河'其实距离我们并不遥远。希望我能通过自己的努力,在未来加入大国重器的科研团队,为科技兴军贡献自己的力量!"一番亲身体验,让董培源的好奇心得到极大满足。

口说不如身逢,耳闻不如目睹。无人驾驶汽车、超精密加工、磁悬浮列车、北斗导航系统、自动化武器站……为学员量身打造的"学院周"活动仿佛一场酷炫的艺术展,让学员眼中都放着光。

科技实践,坚定科研信念

拧紧发射架上最后一颗螺丝,定位好喷射连接组件,夹杂着激动和忐忑,学员陈荣做好了最后的发射准备。

首次接触"水火箭"这个研究课题时,陈荣和同学们不禁欢呼起来,"终于有机会过把瘾了!"裁剪组装、水量调控、气塞使用、角度选择……一次次尝试发射、一次次记录数据、一次次分析原因，面对失败大家并没有气馁，最终问题也逐一得到排查和解决。

"3，2，1，发射！"按下发射按钮，水火箭一飞冲天。红黄相间的箭体如同苍龙直冲云霄，喷射出的水花折射阳光形成耀眼的虹光，烘托着陈荣自豪满足的笑脸。

从材料制作到水量调控，从气塞使用到角度选择，陈荣和同学们从零开始摸索，经历了数十次失败方才取得成功。虽然只是一次简单的科技实践，但陈荣和大家却感触颇多："科研之路不会一帆风顺，但只要敢想敢拼、坚定信念，就能实现梦想！"

星空筑梦傲苍穹

——记"天拓五号"卫星"0失误"背后的故事

● 方 娇

"5,4,3,2,1,点火!"这串口令,赵勇并不陌生,但随着每个数字在酒泉卫星发射中心测控大厅响起,他的紧张便多一分。

正当大家一心关注着大屏幕上"长征二号丁"运载火箭点火、发射的实时画面时,作为此次发射火箭搭载卫星——"天拓五号"的总设计师赵勇,却紧盯着星箭分离的参数界面。"星箭分离成功,是火箭点火后衡量卫星是否发射成功的重要参考之一",他解释道。

随着"星箭分离成功!"口令的下达,西安测控中心在短短几秒之后,便收到了来自"天拓五号"的遥感信号。这一刻,赵勇知道,卫星已经准确进入预定轨道,他悬着的心终于放了下来,10个多月来大家为了此刻的胜利而集智攻关的一幕幕,如电影画面一般在他脑海中一帧帧浮现……

攻坚克难，"0失误"破解难题

去年9月初，空天科学学院"快速响应空间系统与技术"创新团队开始了"天拓五号"的研制。作为学校重大科技创新工程项目——"纳星集群飞行计划"的重要延续，可以说"天拓五号"自立项以来便备受瞩目。

就在紧锣密鼓的攻关冲刺阶段，疫情突然而至。科大人沉着应对，步伐没有因此放缓。

"那段时间，硬件部分已经制作完成，但软件的编码和调试大家一刻都不敢松懈。"杨磊是该卫星的副总设计师，在他看来，自己负责的各项工作任务中，难度系数五颗星的非星务软件莫属，"它是卫星的总调度，遥测数据的上传和下达，遥控指令的接收和执行等任务的下达，都有赖于它，可以说，星务软件就是卫星的'大脑'"。

为了让这颗"大脑"逻辑缜密，毫不出错，团队成员根据疫情所带来的影响进行灵活动态科研，先是在疫情严重时在家中开辟小角落进行个人办公，待疫情缓解后进入学校开展集智攻关，"我们不知编写了多少程序、做了多少实验、测试了多少数据"。场景历历在目，杨磊很是感慨。

6月初，团队集结烟台，进行整星总装与测试，在这个过程中，团队逐一攻克了总装状态多、测试项目多、技术难度大等一系列难题。

由于"天拓五号"卫星电缆多且携带载荷射频信号种类繁多，为电磁兼容带来极大的挑战。"团队团结协作，高水平地解决了电磁兼容难题，在疫情面前，冲破重重考验，按期升空入轨"，该卫星副总设计师陈利虎说。

卫星"保镖","0失误"押运

山叠峰，路漫漫。赵勇坐在车上，凝望着眼前不断延伸的笔直道路，开始和战友体验另类版的"速度与激情"——从烟台押运卫星至酒泉卫星发射中心，这也是卫星出厂到交接发射厂房中的重要一环。在这顺利交接的背后，有着团队成员如同"保镖"一般的全程守护。

何时发车、何时抵达、路经哪里、停靠多久、车速多少……在启程之前，这些看似平常的小事，都需要事无巨细进行周全的安排。

"可以说，我们做了万全的准备，一行12人，6名司机，6名技术人员，以保障卫星的安全抵达。"赵勇告诉记者，租用的卫星运输车辆曾多次走过这条路线，对路况等较为熟悉，"卫星的包装箱还可以对箱内的卫星所需的湿度、温度以及震动环境进行实时监控，了解卫星在长途运输途中的状态"。

"前面有减速带，注意车速。"要想卫星顺利抵达酒泉，大家一路上最为关注的便是运输车辆震动的问题——震动加速度必须控制在1G以内。遇上减速带或者地面有坑洼等情况，只能将速度降至每小时10千米甚至5千米，通过控制车速来减少路面带来的不平衡所造成的震动。

不仅如此，每到一个地方，团队成员都会轮流查看数据，对包装箱内的卫星进行监测，查看是否存在异常。"白天一般是行驶3~4小时后派人查看，晚上则是2小时一排班"，赵勇说道。

从渤海之滨到大漠戈壁，从齐鲁温热到西北秋爽……一路西行，经过四天三夜，团队在8月3日下午顺利抵达酒泉，交付卫星。

一个手势，"0失误"发射

随着8月23日发射时间的日益临近，整星调试依旧继续进行着。从"天拓一号"发射至今，团队创造了"0失误"的优异成绩，但一次成功不代表次次成功，这次成功不代表下次成功。他们时常告诫自己，每一次都必须"从零开始"。

在"天拓五号"发射前，卫星已经进入厂房之际，团队却发现系统载荷信号出现干扰障碍。"干扰源在哪里？"团队连夜拆除天线用频谱仪定位干扰源，发现是应答机工作模式与载荷数据接收系统工作模式设置出现了问题，经过一番调试，问题当即解决。

在团队看来，地面测试就要暴露问题，暴露越多，上天后卫星就越安全。正是秉持这样的理念，8月23日，"天拓五号"迎来了自己的高光时刻——发射圆满成功。

10时27分04秒，火箭发射；

10时39分35秒，星箭分离；

10时39分38秒，接收到卫星遥测信号。

在千里之外的西安测控中心，第一时间传来了卫星发射成功的消息。赵勇握着电话的手轻微有些颤抖，他立即起身向校首长报告这一喜讯，但此时，不善表达的他只是举起了自己的右手，做了一个"OK"的手势，一时间，测控大厅掌声、欢呼声四起。

"卫星上天还仅仅只是开始。"收起兴奋与喜悦，团队成员马不停蹄赶往西安进行飞行试验，调整卫星飞行姿态、接受载荷数据……

目前，"天拓五号"在报文通信功能上更是有了新突破，AIS载荷通信能力是"天拓三号"的10倍，每天双机可接受80万报文；ADS-B载荷通信能力是"天拓三号"的10倍，每天双机可接受340万报文，达到国内微纳卫星载荷最高水平，将对船舶、航空器、浮标级物联网等信息采集新技术进行试验验证。

站在大地上仰望星空

——探寻前沿交叉学科学院某教研室创新发展之路

● 方姝阳　杨彦青

难以想象，这是一个组建才 2 年时间、人员平均年龄只有 33 岁的教研室的成绩单——

近 2 年来，发表一区期刊论文 16 篇，ESI 高被引论文 3 篇。仅 2020 年上半年，就发表了 5 篇一区期刊论文。

在这个以 6 名年轻博士教员为主的新团队中，有军事领域青年托举人才 1 人、湖南省杰青 1 人、学校卓越青年人才培养对象 1 人、学校领军人才培养对象 1 人。1 人获国家科技进步二等奖，2 人获军队科技进步一等奖，1 人获军队科技进步二等奖。

"初生牛犊"的答卷，何以如此耀眼？记者走进前沿交叉学科学院某教研室，试图探寻和破解其中的奥秘。

1 + 1 > 2

"要么就活下去，要么就淘汰。"江天已经不记得这句话在脑海中浮现过多少次。作为教研室主任，他正在体验非同一般的感觉：徜徉在科学新领域的刺激，堪比创业的跌宕起伏，每一天都过得很"带劲儿"。

日历翻回至 2018 年初，一篇国外的论文进入团队成员的视线。传统电磁信号处理是基于电，转换效率有限。这篇文章却开创性地指出，利用光同样也可以处理信息，此举能将宽频信号识别和传输合二为一，高效、快速、便携。"如果能突破这项新技术，将不再是以往的小修小补，对于未来的智能光电认知，可能产生里程碑式的意义。"一番畅想让团队上下欣喜若狂。

高兴过后，团队成员又冷静下来，认知光子学是全新的领域，这既是机遇，也是挑战，该如何做好？

认知光子学研究具有高度学科交叉特点，需要做的工作纷繁复杂，不仅有光学、信号处理，还有高性能计算、系统工程设计与实现等；团队成员来自不同学院、不同专业，包括光学、通信、量子、无人机、纳米材料等，要将他们统一起来，握指成拳聚合力，谈何容易？

一天，团队教员刘博和几名学员经过实验楼，指着大楼上赫然立着的"学科交叉中心"，说道："你们看，我们学院名中的'交叉'二字，正提醒了大家，开展科研攻关时就是需要通过跨学院、跨专业、跨领域的协同合作，才能更加自如地驰骋在前沿科技世界。"

"既然每个人都是一块长板，那我们何不试试'积木理论'？"一次业务讨论会上，平日爱看管理学书籍的江天提出了自己的想法，有的人擅长做基础理论研究，有的人搞工程更在行，那就让他们在各自领域继续发光发热，然后强强联合，在共赢中激发合作动力，最终实现 1 + 1 > 2。

2018 级硕士研究生陶梓隆之前在计算机学院就读神经网络专业，在光学领域就是一个"小白"。2019 年 10 月，因为做微波光子器件设计研究的需要，他几乎是懵懵懂懂被带进教研室，教员的点拨，同学的帮助，让他在团队中逐步找回自信。

　　如今，陶梓隆已在一流期刊 *Optics Letters* 和 *Nano Photonics* 发表 2 篇论文；研究生张峻，硕士就读光学专业，博士就读计算机专业，现从事智能微波光子技术研究，学科交叉专业知识让他在研究中"如鱼得水"，已以第一作者发表 1 篇一区论文，2 篇二区论文；硕士研究生刘煜的研究方向是光学，却在学科交叉创新中激发出新的火花，发表了题为《人工智能高光谱目标识别》的顶刊论文。

　　一个又一个事实说明："交叉融合，我们是专业的！"这是团队成员引以为豪的心声，也是先进的"密码"之一。无论是教员还是学员，不仅积极推动前沿科技融合创新，还自觉传承和弘扬团结协作、合作共赢的团队文化，并在无形中营造出人人乐于分享、主动协作的氛围，这对于一个新兴的科研创新团队尤其珍贵。

把论文写在装备上

　　"光做实验就做了 2 年，数不清到底做了多少次""制备一个样品就要 2 个星期""一篇论文的数据量达 5 个 G，前后改了 27 稿"……博士研究生韦可无论如何也想不到，做基础研究的滋味竟是如此"酸爽"。

　　2017 年底的一天，国外一篇讲传感器的论文引起了江天的注意，"传感器好比军事装备的眼睛，传统产品都是依赖购买，要是能在这方面有所突破，设计出新型高性能光电传感器，军事装备就能看得更远、更清楚，我军的装备战斗力也将得到有力提升"。他做出敏锐判断后，立马拉上博士生韦可交流讨论，一场漫长而无声的"战斗"，在实验室打响了。

白天，在实验室做实验，晚上，沉浸在深入思考、科学分析和撰写论文中，日复一日，忙得昏天黑地，走出实验室，常常已是夜深人静。700多个日夜，韦可和同学在实验室撕材料、建立模型、制备样品、分析数据、交流讨论……那一晚又一晚亮至深夜的灯光，见证了团队在煎熬中的不断强大。

"又发现新信号啦!"一天，一直在验证原文中已有现象的韦可，意外发现一个"惊喜"——仪器上出现一串重复出现、有规律的信号，这说明除了有电子激发过程，也存在声子激发的过程，当回收利用这部分声子后，就能有效提升传感器的探测能力，实现从"看不见"到"看得见"的飞跃。这次"无心插柳柳成荫"让韦可心里的底气更足了。

完成论文不易，获得认可成功发表更难。一趟趟和专业知识深厚的国际审稿专家"斗智斗勇"下来，一篇10页的论文，硬是整出了近40页的回复内容，最后终于赢得"洋"专家们一致认可，成功发表在国际顶级期刊 *Nature Communications* 上。审稿专家为了对这个年轻团队工作表示欣赏，特意实名支持该论文发表。"这就是对团队实力最好的褒奖。"谈起那段经历，韦可依然难掩激动。

论文成功发表后，韦可的电话很快被打爆了，同行看到他们所做的工作，连连感叹不容易，"你们一个团队真是做出了四个团队的工作量啊!"美国同行也发来邮件："虽然研究成果在理论上是存在的，但你们是首个通过实验成功验证的团队。"

研究太赫兹方向的博士生胡瑜泽也在前沿基础研究中"快乐并煎熬"着：看文献、做调研、写报告、做实验……2年时间里，看着周围同学都在陆陆续续写论文、投论文，自己一个字都没写，却毫无怨言，他一直记得导师程湘爱教授的话："做基础研究的人要沉下心来，把冷板凳坐热。"厚积才能薄发，前不久，他的论文在一区期刊 *Advanced Science*，*NanoEnergy*，*Laser&Photonics Reviews* 上相继发表。

通过一篇篇源于装备又融于装备的论文,"韦可、胡瑜泽"们在智能微波光子新技术、武器装备等方面有了自己的思考和见解,也加深了对军人职业、部队使命的认同。目前,团队的研究成果得到了部队官兵的关注,他们也在为部队打胜仗提供新的技术支撑而努力探索。从实验室到战场,看似很近,有时却很远。他们说,真正的挑战才刚刚开始。

"这是一群狂热于学术科研的年轻人,因为对强军事业的热爱,他们愿意在实验室里持续忍受寂寞。从他们身上,我看到他们对国防科技创新的无比坚持、努力和团结",该系主任朱志宏欣慰地说。

让装备性能战力满格

实验室里几乎看不到一张空桌子,目之所及,都是计算机、显微镜、各种仪器、材料和各色交织的电线,墙壁上挂钟的滴答声与空调的气流声都被淹没在键盘的敲击声里。这里,就是该团队的智能信息微波光子实验室。

研究生张馨和赵跃已经在实验室坐了一整天,面前的计算机里,近百幅用软件设计的样图、密密麻麻的器件参数数据,光看着就令人发晕,他们正在为成功调试"微波光子宽带接收机"样机不懈努力。

"当时感觉自己全身上下都在想问题,就像被一股神奇的力量包围住一样。"这种专注做一件事的过程,让张馨不禁想起高考前奋力刷题的场景,她喜欢这种感觉,紧张、带劲。

作为军校科研团队,关注一线部队,从官兵"需求侧"出发是义不容辞的责任。为让部队装备瞄得稳、防得准、打得狠,增强核心战斗力,2019 年初,团队开始攻关微波光子学应用。

但理想和现实的差距还是给团队成员浇了个"透心凉",看似不起眼的小疏忽却能成为实践中的"拦路虎"。一次实验中,张馨意外发现,通过放大器将光放大后,得出的并不是理想中的信号,而是噪声,她和伙伴一处处查找，一点点排除，终于发现是对接的光纤头不干净，问题解决后，实验结果得到明显优化。

此外，为增强仪器的鲁棒性，使其更加适应战场的复杂恶劣环境，团队成员仔细斟酌"功率放大器放在哪里合适"，反复优化放置位置和参数设置，直到检测性能明显提升。

一个个难题被攻克，一项项技术被突破。从演示系统，到演示样机，再到给部队试用，成功测出所需信号，团队只用了不到一年半的时间，引得一线部队连连竖起大拇指，直呼没想到。

紧接着，一线部队又发来了新的需求，团队成员迅速响应，又行进在为部队研制提供好用、有用、管用的装备之路上……

这次，当记者走进学术交叉中心负一楼采访，除了人来人往，多得快放不下的仪器装备也十分引人注目。然而，在光鲜的背后，团队的科研之路并非一帆风顺，成立之初，团队没有专属实验室，成员们只能借用其他学院的场地，几个人合用一台计算机，轮用一个仪器，进行实际操练。"小到每一个镜片和螺丝，我们都要联系设备商、采购，再搭建调试。有为才能有位，相比过去，现在的一切正在变得越来越好"，江天感慨道。

格拉德韦尔曾在《异类》中提到："人们眼中的天才之所以卓越非凡，并非天资超人一等，而是付出了持续不断的努力。"这也是对这个年轻团队最好的诠释。

站在新的科技强军起点上，在"搞应用引导的基础研究，做基础支撑的系统研制"理念引领下，还有更多的学术科研难题等待着这群年轻人去挑战、去攻坚，还有更多的科研宝藏等着他们去挖掘、去发现。

"冲锋"在强军赛道
——记信息通信学院教授邹自力

● 肖云舰　张耀广

荆楚大地，一场毕业学员综合演练考核，在山间密林展开。

急行军环节，一名肩扛大校军衔的考官时而跑至队前，时而至队尾，将每名学员的表现记录在案。在一路"较劲"中，学员"败下阵"来，"教授，您太厉害了，怎么都甩不掉"。

这位年过五旬依然能让年轻学员甩不掉的考官，正是信息通信学院教授邹自力。"冲锋"，是他一直以来的姿态。

三军"冲刺"，创造多个第一

1985年，邹自力高考进入空军雷达学院；1989年，本科毕业分配至海军雷达某团；1994年，从原通信指挥学院硕士研究生毕业留校。9年时间，邹自力拥有了海陆空三军经历，他却自嘲："当空军没上过天，当海军没上过舰，当陆军没扛过枪，不就是个'水货'嘛！"

为弥补遗憾，邹自力博士毕业后主动申请赴作战部队代职。当时，正赶上陆军某集团军指挥信息系统综合集成试点任务。作为学通信的博士，邹自力很快被委以重任：负责牵头组织方案论证工作。

试点任务困难不少。一场演练下来，指挥员提出的需求，技术人员理解不透，技术人员提出的解决方法指挥员又听不懂。指挥与技术"两张皮"的问题，一度成为指挥信息系统综合集成的瓶颈。

"能不能用技术手段搭建一套原型系统，作为指挥与技术的桥梁？""初出茅庐"的邹自力提出想法，有人担心搭建耽误时间，他选择用行动证明，用指挥和技术人员都能看得懂的"语言"，建立起"指技融合"的"坐标系"，最终破解了指挥信息系统综合集成的难题。

"这个博士了不起！"代职单位的领导抛出"橄榄枝"，"代职结束后你留下来吧，我们建个博士后工作站，让你负责！"考虑再三，邹自力还是决定回校，那里有更艰巨的任务等着他。

三军"冲刺"，邹自力创造多个"第一"：30岁，某科研成果荣获学院第一个军队科技进步一等奖；31岁，被破格提拔成为学院最年轻的副教授；33岁、38岁成为学院最年轻的硕士导师、博士导师；51岁，获得国家教学成果二等奖，也是学院当时教学成果的最高奖项……

聚力创新，在科研前线领跑

2012年，上级赋予学院建设全军指挥信息系统模拟训练中心的任务，院党委任命邹自力为模拟训练中心主任，明确提出："此项任务空前艰巨，事关体系作战能力生成，三年之内，必须建成！"

没有经验可借鉴，邹自力带领团队"摸石头过河"，以学院各类培训班次为参照来梳理需求。然而团队辛苦研究的成果在给院领导汇报时，竟被批得"体无完肤"，"站位低、差距大，不能只局限于学院，要站在全军联合作战的角度考虑问题！"

一上来就被"泼冷水"，邹自力压力更大了。他带领团队骨干跑遍科研院所，又请专家授课，终于找到问题关键：联合作战体系能力生成重在一个"联"字。据此，他提出"全系统联通、全要素联动、全流程贯通"的系统建设目标。时间紧迫，团队开启疯狂"加班模式"，团队成员曾广军记得："大年三十的上午，大家还在加班，正月初三就又回到战位了。"

如何仿真复杂的战场环境？怎么调控红蓝网络对抗？难题一个接一个。团队成员每天"吵架"，嗓子沙哑了，问题也辩明了，大家开玩笑说："模拟训练中心是干出来的，也是吵架吵出来的。"

有志者事竟成。3年时间，全军第一个指挥信息系统集成训练环境终于建成。学院基于中心组织综合演练，大家发现，训练模式已发生巨变：实兵实装实网变成了虚拟仿真战场，态势"动"起来了，信息"流"起来了，敌我"抗"起来了，实战氛围更浓了。

驻地空军某部获悉，立即请求支持该部指挥所演习。演习结束，部队首长发来感谢信："在贵部成果支持下，我们的指挥信息系统训练模式实现了重大突破和创新！"

教书育人，老教授有"新姿态"

很多人说，邹教授虽然年过五十，但在教学上，干劲犹如年轻小伙。

今年疫情过后，学校第一届融合式培养学员要来学院，但受封城影响，一门"指挥信息网技术与装备"新课还未建设。教研室主任周明点将："邹教授，新课只有两个月准备时间，你能不能接？""这时候，老同志不上，谁上？"临危受命，邹自力撸起袖子就开干。

按照教学标准，一门新课至少需要完成教材、教案、课件等"七个一"的准备，邹自力面对的却是"八个零"的条件，连课程涉及的装备都无法满足教学需要。邹自力带领1名年轻教员加班加点，用50天时间准备了"九个一",不仅利用软件模拟器解决了装备短缺难题,还建立了一套完整的作业数据,为分步进阶的装备组网作业提供支撑。

随后,他主动申请教学组、教研室、系、学院层层试讲。很多人不理解:"您一位四级教授,没必要试讲了吧?"邹自力却说:"新课试讲,这是规矩,充分吸纳意见,更能把课上好!"试讲结束,因准备充分,课程质量高,广受好评。

"学高为师,德高为范。"罗颖光对于导师邹自力的学术"执着"深有感触。罗颖光即将博士毕业时,被一个仿真难题困扰,当时邹自力在长沙出差,忙到晚上11点半也没忘记给他打电话,指导破解论文核心难点,师徒一直聊到深夜2点。

培养博士研究生7名、博士后1名,获国家精品课程1项……编制体制调整后,学院面临重大转型,邹自力又牵头论证院校教学改革、军队指挥学学科建设等一系列重大课题,作为一名资深教授,他始终以"冲锋"的姿态,在强军赛道上奔跑。

"走"出一条智慧扶贫路

——学校援建"八一爱民学校"纪事

● 方 娇 薛 波

蜿蜒而上，一路颠簸，国家第七个扶贫日前夕，扶贫工作组终于抵达此行目的地，学校援建的"八一爱民学校"——湖南省怀化市芷江侗族自治县新店坪镇小学。

这所地处当年红军便水战役旧址所在地的乡村学校，创办于1913年，是一所百年老校，上千名少数民族学生在此就读。这里的孩子几乎没见过外面的世界，可稚嫩的孩童却识得那身"绿军装"。国防科大的"绿军装"，经常在线上线下与他们相见。

这一次，他们将"城乡互联"合作共研活动推到了这里，一场场国防科技活动走进校园，让乡村学生感受着科技魅力；一堂堂课程展示持续推进，将先进的教育理念和教学方法传递到当地；一茬茬国防科大的师生利用自身教育优势，帮助乡村"斩穷根"……走出了一条有温度的教育扶贫之路。

科技进校园启蒙筑童梦

"快来看,快来看,这是什么?"

"哇!这个飞机好漂亮!"

"我好想摸摸它们。"

……

操场主席台上,武器装备等模型一字摆开,这些平日里尽显腼腆的孩子,看到模型一下子炸开了锅。他们踮起脚尖,将其围了个水泄不通,一会儿伸出小手轻轻抚摸着它们,一会儿又拉着小伙伴窃窃私语,一场奇妙的科技探索之旅就这样在他们幼小的心灵里开启。

"孩子们,你们知道这些模型都有什么共同之处吗?"看着底下大家一双双渴望的眼神,前沿交叉学科学院的讲师肖鹏博围绕"什么是激光陀螺?它是用来干什么的?如今又应用在哪些领域?"等问题,不仅给同学们普及了国防科技知识,而且着重介绍了我国激光陀螺的发展历程与取得的重大成就!爱科学、学科学、用科学的种子,就这样润物细无声地播撒在了孩子们的心田。

"加强乡村小学的国防教育很有必要,不仅有利于国防建设,也有利于增强同学们的爱国主义观念和民族忧患意识。"前沿交叉学科学院干事贾朝星目睹了近年来新店坪镇小学学生的变化,很是感慨,他说,孩子是祖国的未来,也是今后国防建设的重要力量,在校园中开展系统的国防教育,加强国防知识的普及、宣传,是教育扶贫的有力措施之一。

抱团石榴籽散作满天星

"现在我们乡村老师,是一直跟着一个优秀的团队在学习进步、资源共享,这种城乡老师'抱团'成长的模式,对我们帮助太大了。"该小学语文教师江钰莹从2019年第一届活动开始便参与其中,这已经是她第三次参加活动了,对她这样刚从教2年的新老师来说,参与其中能让她得以快速成长起来。

江钰莹老师说的"抱团"成长方式,正是由国防科大政治工作处组织、国防科大附小优秀骨干教师牵头,5所城乡学校近80位老师参与的"人人为师"城乡合作共研成长共同体。目前该团体已覆盖9所城乡学校,惠及百余名老师。

在这次新店坪镇小学举办的培训活动中,各联盟校的老师各显神通,呈现了一节节精彩高效的优质课堂。

"让我印象最深刻的是科大附小李菁莎老师的剪纸课,她将芷江的民族文化、红色基因很好地融入课程中,是一堂十分优秀的课程思政展示课,我们很受启发。"在株洲炎陵中村民族学校教师刁珊珊看来,此次送教不仅是单纯的课例展示、先进的教育理念和教学方法的学习交流,而更重要的是,它时刻提醒着老师们立德树人的教育初心。

扶贫先扶智,扶智在教师。教育扶贫长效机制能取得怎样的效果,关键在于教师。为此,为帮助帮扶地区教师提高专业素养,科大在送教的基础上,还组织教师参加高层次研修,进行教学信息化新思路的培训。

"这样常态化的课题研究、经验交流等活动,不仅可以让城乡老师共享最前沿的培训资源,还能在交流中碰撞智慧、相互影响、共同成长",科大附小书记刘慧萍说道。

科大伸援手校园换新颜

迎着清晨灿烂的阳光,走进新店坪镇,一阵琅琅的读书声从新店坪镇小学传来。进入校园,映入眼帘的是洁白的围墙、平整的地面、崭新的塑胶跑道……很难想象,这所小学曾是"两最"校园——芷江规模最大的农村学校,也是最破旧的农村校园。

"现在可不一样了,学校大变样,就像新建的。"在新店坪镇小学教师的眼中,历经岁月磋磨,校舍环境日趋老化破旧,无足够资金追加现代化教学设备,教师也鲜有赴外地学习交流、提高业务水平的机会,教学质量得不到保证,"但科大的'绿军装'一来,学校就有了翻天覆地的变化"。

新建教学楼、塑胶跑道,添置电子显示屏、投影仪等教学办公设备,组织师生参加学习交流培训、"我是小讲师"网络直播,开展跨越多地的"军娃村娃共读一本书"等活动,校园美了,师生精神面貌焕然一新。

原来,这些改变得益于科大广泛开展的"六个一"活动——资助一批贫困学生,打造一个国防教育基地,用好一个网络成长平台,帮训一支骨干教师队伍,组织一次温暖牵手活动,改善一所乡村学校面貌。科大师生在接续帮扶中一直有一个共识:孩子是国家、民族的未来和希望,也是乡村振兴的"接班人",要阻断贫困的"代际传递"就应该让孩子享受公平公正的教育,不能"输在起跑线上"。

如今,满脸稚气的萌娃们在红绿相间的运动场上奔跑、嬉戏,充满活力的样子,教师运用多媒体设备在教室自信上课的模样,已成为舞水河畔一道亮丽的风景线。

这样的画面,不仅呈现在芷江。平江助学持续17年,春晖行动开展9年,炎陵帮扶延续8年,扶助革命老区、民族地区贫困生"千人工程"接续6年,绿树行动也已经是第5个年头……在过去的日子里,从革命老区到民族地区再到贫困地区,科大师生全力帮助着像新店坪镇小学这样的56所乡村学校,累计资助贫困学生3300余人次、发放助学金130多万元,投入专项资金帮助改善办学条件,足迹遍布湖南平江、炎陵,贵州毕节、金盘,湖北咸宁,陕西子长等16个地区……在一茬茬师生的爱心接力下,梦想的种子早已破土而出,正在茁壮成长。

精细之处见真功

——国防科大学员参加第九届全国大学生金相技能大赛侧记

● 顾 莹

实验大楼916室,抛光机的运转声清晰可闻。清洗完试样,范晓波拿起抛光膏,轻轻挤出,均匀涂抹在抛光布上,他微蹙眉头,小心翼翼调整力道。"抛光膏要适量,多或少一点都会影响最终品相……"金相制备,最考验的就是细致、认真和耐性。

在前不久举行的第九届全国大学生金相技能大赛上,范晓波获得一等奖,另外两名战友陈力赫、张雨林获得二等奖,三人总成绩拿下团体二等奖。这是自2012年该赛事举办以来,我校学员取得的最好成绩。

训练百里挑一

盛夏的长沙骄阳似火,没有空调的实验室就像一个闷罐,待久了让人头昏脑涨。7月11日,空天科学学院材料科学与工程系的李顺、王震、朱利安、暨波四位指导教员来到实验室,与全校报名参赛的120多名学员见面。学员来自各个专业，水平参差不齐。教员平时有授课任务，培训只能安排在晚上和周末。

一块小小的圆柱形金属，断面切削痕迹明显，通过磨制、抛光、腐蚀，使其光滑如镜，这个过程就是金相制备。通过与显微镜相连的计算机，可以清晰看到加工后样品的微观组织。别看做实验的是一小块金属，将来到部队，面对的将是武器装备。在装备研制阶段，通过分析金相来破解材料的组织密码，指导材料制备工艺，可进一步提升装备性能。在装备生产阶段，观察金相确定材料的组织样貌，从而判断选材是否合适。当装备失效时，对失效部位取样，剖析金相获取装备的组织证据，反馈问题助力装备升级……金相制备高手好比侦探，要随时随地发现、分析和解决问题。

培训期间，为激励学员，几位教员想了一个办法——定期评选优秀作品，作为实验室计算机的桌面壁纸展示一周，学员们铆足了劲，都想让自己的作品成为壁纸。在这样的竞争氛围中，范晓波、陈力赫、张雨林从预选赛里脱颖而出。

备赛一波三折

备赛期间，陈力赫在一次游泳训练时右耳被踢伤，医院检查结果显示：耳膜穿孔，需住院治疗。陈力赫傻眼了，离比赛只有一个多月，正是磨炼"手艺"的黄金时期，怎么办？

范晓波安慰他："磨制不需要在实验室完成，只要你想练，我给你带砂纸和试样！"在病房里，陈力赫每天输完液就拿出砂纸，一道、两道、三道……金属试样划过砂纸，发出清脆的摩擦声。

陈力赫出院后的第一件事就是来到实验室练习。此时，空天科学学院专门建设的金相实验室已投入使用，完全参照比赛规格和环境配置仪器设备。也许是过于真实的环境让人紧张，那几天陈力赫制作的样品水平直线下降。两位队友受到影响，频频发挥不稳定。

几位指导教员很着急，经过细致分析，找到了症结——新实验台与以前的临时台面存在高度差，由于操作习惯，几位学员对样品表面变形层的消除不够。

"要学会根据环境变化调整制备工艺。"教员的话给三位学员提了醒。他们对制备中的力度微调，不断巩固练习。练久了，手上磨出水泡，按起来生疼，三个人互相鼓劲，谁也不肯歇。

出发比赛前的最后一天，范晓波和陈力赫在离开实验室前，相互比了一个"V"。而张雨林，当晚一直练到10点才离开。

合力斩获佳绩

赛程分复赛和决赛，三人分在三个不同的大组里。复赛时，陈力赫所在大组最先上场。候场期间，对手们有的玩游戏，有的聊天，尽量放松自己，陈力赫却紧盯着比赛实况。

"为什么很多人的原始车痕没有磨掉，而且样品颜色偏淡？"陈力赫敏锐地发现了问题。"教员讲过，腐蚀液的浓度不同，在相同时间条件下，样品的颜色会不同……"

陈力赫上场后，在磨制步骤选用更粗的砂纸，腐蚀比以往延长2秒。样品图像出来了，组织结构清晰、形态规则。然而，显微镜下可以清晰看到一根棉絮。一定是棉絮擦拭环节，吹风没有吹干净。陈力赫懊恼地拍了一下大腿，这无疑是个扣分项。

下场后他赶紧跟两位队友传授经验。待队友进入候赛区，陈力赫像泄气的皮球一样坐在场下，他担心自己进不了决赛。李顺教员拍拍他的肩："分数还没出来，打起精神！如果进了决赛，交样前一定要记得'多吹一口仙气'。"教员轻松的口吻让陈力赫的心理负担轻了一些。

激烈的角逐过后，三人都取得了不错的成绩。拿下一等奖的范晓波回顾备赛过程:"培训时教员给我们讲得最多的就是'大国工匠'的事例,重复机械的练习很枯燥,但每解决一个问题,就向胜利迈进一步。"三人说,将来走上战位后,也要用最精湛的技艺为武器装备的性能保驾护航。

棋局博弈，兵马战犹酣
——记我军大型兵棋系统的缔造者、科大优秀校友胡晓峰

● 方 娇 姚 宏

他，是恢复高考后的第一批大学生，是国防科大创建系统工程专业时招收的首批本科学员。

他，是在国防科大求学、工作、生活了20年的老兵，是军内外同行口碑中的佼佼者。

他，是习主席在"八一"前夕亲自签署记功通令的对象，是为国防事业做出突出贡献的科学家。

他，是大型兵棋系统的缔造者，国防大学联合作战学院教授胡晓峰。

萌于沃土者，必茂于原野。在战争实验室中指挥着"千军万马"的胡晓峰，军龄已过40余载。也许是一种巧合，前20年，他在国防科大求学、任教，成长为军内外多媒体信息系统同行口碑中的佼佼者；后20余年，他在国防大学学以致用、厚积薄发，开创了我军战争模拟的新局面。

细数胡晓峰的时光轨迹，仿佛有一段特殊的密码，贯穿在他人生的各个历程。记者试着走近这名科大老兵，去探寻这段时光密码。

科大20年：有些答案在开局早已写下

一子落下，战鼓声声急；棋局博弈，兵马战犹酣。

北京，红山脚下，国防大学兵棋演习大楼内，一位年过花甲的将军一如往常开始了繁忙的教学与科研工作。他把千军万马浓缩于战场棋盘上，把陆海空天熔铸于方寸间，用信息之光驱散战争迷雾，用智慧方程破译打赢密码。对弈棋局上，他推演出的不仅是胜负输赢，还有正义与和平。

而在胡晓峰的人生棋局里，有些答案在开局早已写下。

"小时候，我想做一名军人；中学时，我又想当一名科学家；上大学后，我决定做一名老师。"对胡晓峰来说，他这一生极为幸运，曾经的三个梦想，在国防科大都一起实现了，母校于他而言，是梦想的起航、科研的起点。

1974年，在毛主席号召用知识"改天换地"的时代，刚刚中学毕业的胡晓峰上山下乡成了知青。2年以后，循着知青回城的潮流，他又来到工厂成了学徒工。但不管干啥，他都有一股拼劲儿，他的师傅总说："这孩子以后一定有出息！"

1977年，那个被诸多评论家称为"一个国家和时代拐点"的冬天，胡晓峰成为中国历史上规模最为庞大的考试中的一员。因为父亲是名老革命，对部队和"哈军工"有着深厚的感情，受此影响的他在自己的第一志愿上填写了"长沙工学院"。

那年，胡晓峰以高分考入长沙工学院，成为"文革"后的第一批大学生。又因数学几近满分的成绩，成为学院培养师资中的一员，开始学习数学。1979年，胡晓峰赶上一件大事儿，这件事改变了他的求学轨迹，也为他指明了自己一生的科研学术方向。

"当时，钱学森院士在全国推广系统工程，国防科大就是他的重要试验田。"凭借着扎实的专业功底，在学了 2 年数学后，胡晓峰转改专业，幸运地成为钱学森创立的科大系统工程专业、全国首批招生的 30 名本科学员之一。

"那个时候，给我们上课的都是孙本旺、汪浩、吴国平、方舵等一批名声在外的名师大家。钱学森虽然没有直接给我们上课，但他的学术思想和科学理论，通过教员传给了我们。"说起求学经历，胡晓峰兴奋不已，老教授上课时的严谨、细致，极大地影响着他和同学，"我一生中最低的分数就是科大入学摸底考试，有一门课居然考了 46 分，当时都快哭了。在那之后，我把精力都放在学业上，毕业时，总成绩跑到了班级前列"。

回想起科大的时光，胡晓峰总是满怀深情。而在记者眼中，这份深情不仅是毕业学子对母校的眷念，不仅是曾经的教员对老单位的回忆，更是一位"攀登者"行至高峰后对来路的深情回望。

无论是钱学森远见卓识创建系统工程系，还是老教授的躬身示范，亦或是实验室里经久不息的灯光……在这些过往的时光里，共同蕴含着一种精神，科大人的目光，总是聚焦国家和军队需要；科大人的脚步，总是奔波在强军兴国征程上。也正是这种精神特质，日复一日，年复一年，潜移默化影响着胡晓峰，让他萌于沃土、茂于原野。

国大 20 年：深厚积淀下的必然盛开

大屏幕上，海陆空联合作战，沉着迎击来犯之敌；计算机上，各要素实时显现，兵力调动紧张有序……轻触屏幕，战场一览无余；指尖游弋，指挥千军万马。数百名指挥员编组红蓝绿三方，依托网上共享态势图，搏杀在虚拟战场。

在一片紧张的气氛中，作为兵棋系统总设计师的胡晓峰，总会目不转睛地观察态势，他就是在这样一次次的"战争"中总结，改进兵棋推演。

　　胡晓峰的军旅人生注定与兵棋系统结缘——他亲手组建兵棋系统团队，见证了我国首个大型战略战役兵棋系统研发的每个环节，而他的人生轨迹也和该系统一样，都经历了从零开始的历程。

　　1981年底，胡晓峰在科大毕业后留校任教，同时开始了计算机网络技术的研究。没过几年，他在读研究生期间成为出国访问学者，学习人工智能。回国后，他开始转到多媒体系统领域研究，带领自己的研发团队闯出了一条创新之路。

　　从1987年到1997年，胡晓峰在这10年的时光里，不断拓展着自己的研究，带领团队相继做了野战微机网络、多媒体超文本系统、超媒体数据库、军事多媒体视频会议系统等一系列研究，解决了军队急需的同时，其技术也走到了国内前列。凭借不懈努力，他在军内外信息系统工程界已经名声在外。

　　1997年，就在胡晓峰事业如鱼得水的时候，他突然接到一纸调令：从国防科技大学调任国防大学。那一年，胡晓峰刚满40岁，都说四十不惑，可这个向来敢为人先的山东汉子此时却倍感困惑，因为这意味着他要放弃自己的学术专长，放弃长期积累的研究成果，放弃稳妥的发展前景，一切都得从头来。别说对胡晓峰，对任何人来说这都需要巨大的勇气。

　　但科大多年的培养，给了胡晓峰足够的勇气和底气，他欣然接受调令，重新组建团队，展开了战役指挥训练模拟系统的研发。在科大学习和积累的系统工程理念，也正是从那时起，被他运用到战争模拟系统的研发中。

　　战争模拟系统是世界六大仿真难题之一，当时全军训练模拟系统建设刚刚起步，任务难度可想而知。但每每遇到困难，他都会想起在科大求学时，带他走向科研之路的研究生导师——史永焕教授的那句话："再坚持一会儿，坚持总会成功！"这句话激励着他始终奔走在强军路上。

"说实话,一开始我也不知道自己能走到什么地方,就是循着黑暗隧道的那点光亮不断前行、前行。"在胡晓峰看来,这条漆黑的小路恰如一个研究课题在刚起步时,那种暗无天日的状态。

达尔文曾说,数学家就像身在一间黑屋里的盲人,努力想看清一只黑猫,而那只黑猫也许根本就不存在……他说的没错!无尽的黑暗,就像霍比特人比尔博误入咕噜的洞穴一样,但胡晓峰凭借心中的光亮,带领全军训练模拟团队以及国防大学兵棋系统团队,构建起了战争模拟理论体系和技术应用体系,科研成果一度出现"井喷"式爆发,获得了多项国家大奖。

今后 20 年乃至更久:
为国家和军队培养更多优秀的年轻人

"我现在的任务就是,把年轻人扶上马、送一程,一程不行送两程。"胡晓峰爽朗的笑声背后,是他已经两次推迟退休,超期服役超过 3 年的时光。

从最初不到 10 人的技术攻关小组,到中期近百人的研发协作,再到与校内外数十家几百名科研人员组队前行,胡晓峰在组建团队上可谓花费了多年心血,"刚到国防大学我就开始在为团队物色人才,为的就是下好人才培养'先手棋'"。

在国防大学,胡晓峰以爱才、惜才闻名,至今流传着他不拘一格用人才的一个个故事。

当年,获悉国防大学将组建作战模拟团队的消息,吴琳正在海军一所军校读书。他给胡晓峰写了一封长长的"毛遂自荐"信。

胡晓峰决定给吴琳一个面试机会,这是专门为一个人进行的面试。也正是这次面试,让吴琳叩开了国防大学作战模拟团队的大门。

吴琳也不负众望,于"四两拨千斤"之间将一个被认定需要 10 个人、3个月才能完成的项目，他一个人、半个月就完成了。

30岁才刚出头，吴琳就被评为国防大学最年轻的教授，并成功问鼎"中国青年科技奖"等重要奖项。

眼看着一大批青年科研工作者从"毛头小子"成长为顶梁柱，胡晓峰由衷感到欣慰。如今，通过"以老带新、以导师带学生、以专家带外行"，胡晓峰带领兵棋系统团队锻造出一支坚强的"棋兵方阵"："70后""80后"早已挑大梁，"90后"也开始崭露头角。

兵棋团队顺利完成代际传承。2020年7月，胡晓峰指导最后一名博士生毕业，最后一名博士后出站。与此同时，他任顾问的新一代"兵棋系统2.0"也呼之欲出。

不仅如此，胡晓峰利用乘车、散步等"边角料时间"，将自己所著《战争科学论》录制成103讲的音频课，上传到军事职业在线教育平台。截至目前，他的音频课累计播放量高达几千万次，全军有40多万人点击学习，一举打破了军事职业在线教育的历史纪录。

去年，他带着这本书去看望了史永焕教授，在书的扉页上，他写下了这样一句话："感谢您引导我走上科研之路。"

事实上，当我们把时光的镜头拉得再高、再远一些就不难发现，胡晓峰的故事，也是大多数国防科大人的故事，他们总是目光坚定，他们总是讷言敏行，他们总是朝着强军兴国事业不懈奔跑，这就是时光历程中透射出的强军密码。

他们给地球造了台"CT 仪"

——智能科学学院重力测量团队技术创新纪实

● 龚　仪　焦西凯

三代四型、有方有圆、大小不一、轻重各异……在国防科大智能科学学院的实验室里,藏着这样一批神秘的"铝匣子"。在外人看来,这些带着蓝色屏幕的"铝匣子"长相古怪,不知做何用途。懂行的人却知道,它们填补了中国国产重力仪研发的空白,使我国成为继俄、美、德之后第四个研制出捷联式航空重力仪的国家。

这些被称为"地球CT仪"的重力测量"神器",由一支当时平均年龄不到31岁的年轻人,耗费17年时间自主研发而成。它的诞生,为中国核心重力测绘装备的国产化开辟了一番崭新天地。

打破垄断:"五年内攻下这个山头!"

9.8 N/kg,这是人们对重力系数的常规认知。但实际上,由于地表构造复杂,不同地区的重力系数相差甚大。

在该团队负责人吴美平教授看来,"精确的重力信息分布图已成为国家重要战略资源，没有自己的重力信息分布图，远程精准打击就无从谈起"。

绘制精确的重力信息分布图，就像给地球拍"CT"，微小的重力误差极可能引起"误诊"，从而导致导弹偏离预定落点几百米甚至上千米，或者影响潜艇的导航性能与战略隐蔽能力。

随着科技的发展，精确的重力信息分布图对国家安全的重要性与日俱增。而围绕军用重力测量领域的技术博弈与封锁也频频上演。

2003年以前，我国对国内地形复杂区域进行重力测量只能依赖进口的高精度重力仪。而一台重力仪，往往要花费数百万元甚至上千万元。由于重力信息敏感，一旦仪器出现小故障，无法返修，只能直接报废。

与造成巨额的经济损失相比，更让人无奈的是"有钱都买不到"。"国外卖家很警惕，一听说我方有对超高精度重力仪与关键器件的购买需求，直接拒绝。"

此情此境下，研制具有自主知识产权的高精度航空重力仪的需求呼之欲出。2005年，国家"863"计划将此目标列入项目名单，并在全国范围内寻找研发机构。可面对国外技术封锁、关键器件禁运与诸多未知的困难，几乎所有科研团队均望而却步。

"五年内攻下这个山头！"时任自动控制系副主任的吴美平，带着一支年轻的6人队伍，接下了这块难啃的"硬骨头"。

"国内该领域技术一片空白，这要怎么搞？"虽然早在2003年，团队就已经开始了捷联式航空重力仪理论方法的研究，但面对"五年内攻下山头"的军令状，大伙儿心里还是没底。

项目申请成功后，大伙儿马不停蹄，投入紧张的研发之中。一间不足20平方米的房子，成为他们简陋的实验室。夏天光着膀子调试设备，冬天裹着被子推导公式，实验室的灯光常常从早上亮到第二天早上，焊接仪器烧坏的电路板也在角落里堆了一摞。第一年，吴美平就瘦了近20斤。妻子常抱怨："家就在学校门口，却像是两地分居。"

功夫不负有心人，3年后，第一代捷联式航空重力仪试验样机终于诞生了！在距东海海平面400米高的飞机上，当航空重力仪的显示屏上出现一条条变动的函数曲线时，大家心里那根紧绷了3年的弦，终于可以暂时松一松。这台试验样机，成功测出了我国自主研发重力仪的第一批重力数据，内符合精度达到5 mGal/10 km。

逆境赶超："在颠簸中测出头发丝1/100的位移"

数据测出来了，可团队的"野心"远不止于此，他们把目光投向了更高的"山峰"——提高测量精度和空间分辨率。于是，第二道坎又摆在了眼前。离样机中期验收的时间仅有1个月了，可样机测算数据距预想指标还遥遥无期，每个人的心情又沉重起来。

"基于国产器件不可能研制出高精度重力仪。"申请立项时，国内权威专家的论断似乎又响在了耳边。

"没有'中国芯'，研制出来的仪器还是要受制于人！"

"国产器件的精度缺陷真的不能被补偿吗？"一筹莫展之际，吴美平提起了钱学森利用系统控制原理，在各部件加工精度有限的情况下成功研制出导弹的故事。仿佛看到了黑暗中的曙光，他们瞄准了研制"中国芯"的新方向——优化系统设计与算法。

一行行实验数据、一条条测试曲线、一份份实验测试方案……项目组成员聚在实验室里研究、分析、讨论，几乎没有周末。近半米高的文字资料和实验数据摆满案头，他们逐字逐句对比每一份资料，反反复复分析每一个测试数据。这个从0到1的过程，也把团队成员逼成了"多面手"，"搞电气的懂得了机械设计和软件流程，做机械的明白了电气走线和滤波算法"。

用国产传感器在飞机飞行中测出10^{-6}克量级的微弱重力异常，其难度相当于在颠簸的车辆中去测车内设备一根头发丝1/100的位移，这可能吗？

完全可能！当他们将国产加速度计安装到优化设计后的仪器中，测出了比传感器出厂精度指标还要高的精度时，连厂家都无法置信，"这相当于用卷尺测出了游标卡尺的精度"。

千淘万漉虽辛苦，吹尽狂沙始到金。2009 年，团队终于研制出第一代具有完全自主知识产权的捷联式航空重力仪工程样机——SGA - WZ01，精度达到了 1.5 mGal/5 km，这标志着我国成为继俄、美、德之后第四个研制出捷联式航空重力仪的国家。

2012 年 8 月，应丹麦技术大学的邀请，吴美平带领三名团队骨干师生，携带 SGA - WZ01 飞往丹麦，参加北极格陵兰岛航空重力联合科学实验，这是我国自主研发的重力仪在国际舞台上的"首秀"，每个人既满心期待又"压力山大"。

令人骄傲的是，这台"独苗"不负众望，完美完成 8 个架次共 7500 千米的飞行试验。当计算机屏幕上显示出飞行试验重力数据初步处理结果的一瞬间，欢呼声沸腾起来，国际测地协会副主席 Rene Forsberg 教授也微笑着竖起了大拇指，"这才是真正意义上的航空重力测量仪器！"

科研之路，进无止境。17 年来，在提高重力仪精度与分辨率、拓展重力仪环境适应性、实现重力仪小型化的征途中，团队一直在"爬坡过坎"。如今，团队已经拥有四种型号的捷联式重力仪，可分别应用于陆地、航空、海面、水下等不同区域。近 2 年，"不满足"的他们又把"主意"打到了无人机上。今年 5 月，团队在敦煌成功开展了国内首次无人机航空重力测量试验。

当被问及为何"永不满足"时，他们这样回答："除了国土疆域，每个国家还有技术疆域。技术疆域越大，受制于人的地方越少，国家的'腰杆子'就越硬，国际认可度就越高。这些年我们所做的事，就是要为扩大我国的技术疆域贡献一份力量。"

挑战极限：向南极与珠峰进军

2019 年 11 月 17 日，上海地质码头，两套新型捷联式重力仪被封装进"雪龙号"科考船的大舱。它们将与团队的曹聚亮研究员一起，横跨半个地球，直抵南极中山站，加入我国第 36 次南极科学考察队固定翼飞机队。

此次携带自主研制的重力仪挺进南极，不光是全校科研团队首次南极科考，更是在全国此领域开了先河。

"在南极高纬度和极低温的环境条件下，惯导系统初始对准精度下降，自研的捷联式重力仪精度和可靠性如何，能否顺利完成测量任务？"纵然对自家的设备信心满满，但一想到即将面对的是南极特殊的地理位置和恶劣的气候环境，大家心里难免捏了把汗，手上的准备工作也加快了进度。

哪知，计划赶不上变化。试验伊始，就遇上了电源不足的问题。出于安全考虑，重力仪在飞行过程中不能接入飞机机载供电系统，只能用自带电源。可"一旦开启实验，设备不能断电，而携带的 UPS 不间断电源在低温下仅能够续航 5 小时，飞机一架次 8 小时，剩下的 3 小时去哪里找电源呢？"

思来想去，曹聚亮找到了解决之道——改装 UPS。在队友的协助下，他将 UPS 充放电回路分开，提高供电效率，现场制作了一个 24 V/100 AH 的超级"充电宝"，充满电后可保证重力仪工作 10 小时以上，解决了实验电源不足的问题。

可飞行试验期间，机载的测冰雷达又出了故障，功放报警，信号无法发射出去。飞行高度不断攀升，高原反应也愈加剧烈，精通电气系统的曹聚亮只能一边吸着氧气，一边协助定位故障原因并进行临时性修复，保证了科考任务的顺利完成。

就这样，在长达3个月的南极科考期间，曹聚亮独自一人超额完成捷联式重力仪的各项测量任务，首次成功获取了南极伊丽莎白公主地、埃默里冰架区域的第一手重力场数据。这是我国自主研制的航空载荷首次实现在南极的应用示范，对拓展自主载荷应用和提升我国南极考察监测能力有着重要的意义。

在海上漂泊了43天后终于回到了上海，正赶上国内疫情肆虐，曹聚亮被滞留在上海隔离。隔离期满的前一天，5个月未归家的他，接到了保障捷联式航空重力仪珠峰测量任务的命令。

15年后我国重启珠峰"身高"测量，举世瞩目。深知任务的重要性，第二天，本该飞回长沙的曹聚亮，二话没说坐上了前往拉萨的班机。

5月的珠峰北坡，白雪皑皑。2020珠峰高程测量登山队队员携带雪深雷达、地面重力仪等仪器设备向最高点进发。

与此同时，在珠穆朗玛地区10 000米的高空，当飞机载着团队自主研制的新一代捷联式航空重力仪，像犁地一样沿着事先设计好的测线飞行获取空间重力数据时，日喀则机场的停机坪上，现场工作人员也在耐心等待着飞机的降落。每飞完一个架次，趁着飞机落地休整空隙，大家赶紧从重力设备中导出测得的数据。而这一忙活，往往从"鱼肚白"忙活到"夜深沉"。

"对取回的测量数据进行初步处理分析后，我们得出了这两张珠峰重力模型图。"指着计算机上两张看起来一模一样的区域重力场分布图，曹聚亮继续说道："这两张图的数据一张由我们的航空重力仪测出，另一张由国外最先进的同类装备测出。你看，测量结果基本一致。"这意味着，在极限环境中，团队所研发的捷联式重力仪性能与国际最先进的同类装备已不相上下。

如今，珠峰高程测量任务已圆满完成。长路漫漫待求索，翻越了这个"山峰"，在为国开拓技术疆域的征程中，团队成员仍旧步履不停。

锤炼胜战 "火眼金睛"

——记电子对抗学院教授王海

● 李 哲　王宗怡

大海深蓝处,一艘不明航母形迹可疑,战机凌空盘旋。

数海里外,电子对抗学院教授王海和其所在舰船紧跟其后,他沉着处理信号,分析数据,及时将态势报送战区。

"我们的任务就是通过研判电磁信号,收集分析作战目标的各项信息。"航母的情况被有效监控,直至其驶离我国领海附近。

电子侦察,战于无形无声,火药味却丝毫不减。打造辨敌精准的"火眼金睛",是王海一直追求的目标。

活用专业破迷局

1996年,王海考入我校电子对抗学院的前身——中国人民解放军电子工程学院,从通信对抗分队指挥到军事情报专业,他逐步熟悉电子侦察战场。

王海在校期间,无人侦察机成为电子侦察领域的新兴研究对象。从阿富汗战争到伊拉克战争，某型战略无人侦察机开始崭露头角，面对这个"机体容量庞大、电子设备先进"的家伙，王海直言有压力：假设在未来战场碰到它，该怎么办？

没想到"会面"来得这么快。2012年，该型战略无人侦察机进入我边境。当时已担任教员的王海收到紧急任务：前往一线，捕获其合成孔径雷达信号。

合成孔径雷达是该型无人机的重要探测装备，可获取类似光学照相的高分辨雷达图像，如果任其滋扰，我国边境领土将被它"一览无余"。彼时的团队有点儿犯难：面对一个从未接触过的对手，该从何处着手？王海毫不犹豫站了出来，前一年，他刚捕获某卫星的合成孔径雷达信号，换成机载雷达，应该有可复用的方式。

按照王海的建议，团队改进了设备运用方式，新增了信号采集和多源印证的要求。一周后，该型无人机果然被我方探到！捕获信号固然可喜，可由于技术代差，难以采集完整的数据样本。

大家再一次把目光投向了王海，"逆向推导，重构脉冲！"他和团队综合频率变化、脉宽参数等信息，将捕获的信号"拼接"起来。这一整套成功的研判加分析，让王海获得当年全军某侦察成果一等奖。

七年后，该型无人机的某升级机型又一次"故地重游"，可它面对的，已是经验老道的王海，迅速捕获信号，形成关键报告，这一次，他没有在对手面前迟疑。

锚定前线做"先知"

"强敌无时无刻不在进行侦察，每一个平台都是'情报收集员'。"多年的一线经验让王海目标明确：敌一动，我必须"知"。2012年，边境某地，紧张的侦察节奏是这里的常态。

据公开情报，对手某新型预警机列装边境。彼时的王海，正在某军区组织的联合电子侦察行动中担任侦察组长，捕获该预警机相关信息，是他和团队的首要任务。

"该飞机能高空勘探我方边境纵深情况，能力可辐射到敏感地区。"王海对该机型基本情况了如指掌，可数日的监测，总是无功而返，重要的雷达数据，迟迟捕获不到。

若任凭该预警机飞临敏感地区，我方的重要目标和相关行动可能会被对方陆续掌握。王海意识到，侦察阵地的选择或许出了问题。他的小组有着闻"报"即动的高行动力，反过来说，也容易被对方"牵着鼻子走"。

主动预判，刻不容缓。分析相关资料后，王海决定把侦察主阵地搬到前线某处，该地离边界不到百米，在"最危险的地方"，王海架好设备"守株待兔"。

果不其然，第三天，雷达情报便显示有不明飞机在附近活动。王海赶忙协调侦听员破译对方传文，自己则盯紧电子屏，实时监控该飞机所发出的雷达信号。

通信内容和飞行所示轨迹匹配！雷达信号样式，十分罕见！

"就是它！"

王海没有迟疑，当即将该预警机情况上报，并着手和团队将数据整编。最终报告给机关首长时，距离发现敌情仅过去12小时。此次截获的是预警机最新数据，也补充了我军电子目标数据库，下次再碰到该机型时，我方平台便能据此实现准确告警。

"找我们寻求支持的部队太多了。"随着边境紧张局势加剧，出差成了该教学团队的常态，他们在课程间隙几乎走遍了全军的侦察哨位。

课堂战场不分家

"只有到了前线，才知道形势的严峻。"高强度的侦察经历既锤炼着王海的打仗本领，也时刻启发着他创新教育教学模式。

2019年，某基地迎来了一批新的值班员，王海带着30多名学员驻扎在此，开启了他们为期一周的课程实训。"敌军的监测从未间断，动态信息时刻都有。"根据安排，学员24小时参与值班执勤，把在校学习的理论知识，结合装备实操，最大限度保证数据研判的准确性。侦察一线的紧张氛围，把课堂的"战味"拉到最满。

然而，并不是每一门课都能现地教学，去不了一线，王海便把战场"带"回学校。某堂专业课上，王海针对教学主题，复盘了他本人侦获某型导弹系统雷达信号的全过程，从受领任务到侦获信号，他的讲述细致而具体；最近边境局势紧张，学员经常问及一线情况，王海结合前线经验，将他交锋过的对手一一梳理，学员听完后如临边境，参与感很强。

"部队解决不了的问题交给学校，学校研究的成果回馈部队，相互影响，共同提高。"秉承这样的理念，王海时刻回应着部队的燃眉之需，同时将一手经验反哺课堂，在电子对抗的无声战线里，形成"向战育人"的良性循环。

海上 33 天

——气象海洋学院深海科研团队的探海故事

● 姚建兴　　王小丹　　王微粒

初冬,山东青岛,一声悠长的汽笛响起,科考船缓缓靠港。从深海归来的王俊和老师胡永明站在船头,兴奋地向码头上迎接的人群挥动双手。10月中旬,气象海洋学院深海科研团队奉命执行某航次外业调查任务。在接下来的海上33天,团队33名科考队员每天经历着不一样的故事。

如果你不敬畏大海,就不要来海上

天很空,云很淡,阳光仿佛从海底透射出来,海面如蓝色绸缎,温柔、丝滑、荡漾。

当队员们感叹深海之美时,没料到大海会给他们来个"下马威"。

第一个感受到这种"痛苦"的是该院助理研究员杨锦辉,晕船,一秒一次失重,头疼,搜肠刮肚地吐,嗓子眼像被堵住,唾液咽不下去。此外还有恶劣海况下的"寝食难安"。徐志明睡觉要抓住床帮、用背抵墙,"不这样睡,一个浪过来,人就甩出去了"。

更为惊险的是作业时遭遇巨浪。一次甲板作业,船方一位经验丰富的老船员被涌上甲板的海浪拍飞近 10 米,幸好他系了安全绳并及时抓住固定物,逃过一劫。

"在大海面前,人类是渺小的。如果你不敬畏大海,就不要来海上。"团队首席科学家胡永明教授今年 60 岁,他记不清自己出过多少次海,但每一次都如履薄冰。

一次作业中,同船友邻单位投放的 5000 米潜标未按计划下沉到底,而此时最顶上的浮球都在水下 100 米,海下是怎样的情况,没有人知道。怎么办?所有人都一筹莫展,胡永明想出种种方法来确定潜标位置和状态,最后他判断:"我们先等一晚上,明天早上再看。"次日,队员断开重力锚后不久便发现,浮球在船的不远处冒出水面。"为什么没有下沉到底,原因我们要继续分析。事实上,我们对深海的了解还远远不够,海面下有太多未知。"在大家敬佩的目光中,胡永明格外冷静。"这不正是我们这群人来这里的原因吗?"

每一步都踩在点上

"南边已经有台风生成,很有可能影响到 M1 站位作业,不如先去东边的 M2 站位",指挥室内,船长陈修峰指着海图对航次首席科学家胡永明和总指挥王俊说。

20 多年的航海经验告诉船长陈修峰,绕着台风走才是正确选择。但此时,该院科研团队却有不同意见。"我对家里面的预报结果有信心,台风对 M1 站位近期不会产生太大影响。"杨锦辉斩钉截铁地向航次领导组汇报。他口中的"家里面",就是远在千里之外、一直关注他们航行的该院数值预报团队。"我们学院的数值预报搞了几十年,可以说是国际领先、国内一流水准。台风预报绝不会错。"

最终，航次领导组依据预报结果开展航程和定点作业，后来发生的事和杨锦辉预料的一样，任务未受台风影响，异常顺利。

当航船抵达最后一个作业站位时，数值预报又一次发挥关键作用。在台风到来前一天，队员们压着点顺利撤出作业区域。在避风海域，望着满屏的红色台风标识，坐在驾驶位的陈修峰感叹："这次出海真是每一步都踩到了点上。"

33天的海上航行，科考船航线周围不同程度地出现了4个台风。科考队员凭着精准的数值预报，抓住每一个窗口期，在台风中"秀起了神操作"。

把时间精确到分钟

跟船出海的研究生刘泽玉清楚地记得那个场景：

4米多高的海浪不停拍打着船帮，海水涌上甲板，夜幕下灯光随船体晃动，把甲板上的人影拉得细长，队员全体上阵紧拽住一根绳索，绳索的一端，是2吨重的重力锚。

在接下来5分多钟的时间里，这个庞然大物被吊起、摇摆、下放，由于海况恶劣，重力锚像一个巨大的钟摆，稍不留神就有可能撞上船体，所有人用尽全力，最终有惊无险地完成了布放。

"箭在弦上，到了点就得干。"说起手下的这个团队，某室主任朱敏语气中透着心疼，又有自豪。

在总指挥王俊制定的工作日程表里，有两组精确到分钟的数据：M1点站位——00:25，到站；04:25，完成扫海；11:20，完成潜标布放。M2点站位——23:59，完成潜标布放；05:56，完成2条测线作业。

半夜到站、凌晨扫海、连夜完成布放，这是团队在海上经常上演的一幕。"出来一趟不容易，我们不光要完成既定任务，还要尽可能为国家和军队多搜集一些数据。"这是出发前胡永明对团队说的话，也是每名队员在航程中经常挂在嘴边的言语。

"33天的航程,我们可以说一分钟都没有浪费。"王俊说,无论是定点作业还是去往作业点的航程中,团队的日程都被排得满满当当。"赶路时我们都没闲着,边走边做试验。"

当刘泽玉看到平日里潜心研究的老师披星戴月、顶风冒雨作业时,心里感觉"被什么东西击中"。"出海最大的收获,就是在老师们身上学到了科研精神,这会让我终身受益",刘泽玉说。

"晓"课堂的大能量

——记军事基础教育学院学员七大队副大队长付晓

● 方姝阳 欧阳大名

新挂着"教导员"门牌的办公室里,面对桌上厚厚一沓教育材料,付晓沮丧地靠在椅背上,脑海中又浮现出他念完材料后,底下学员茫然疑惑的神情。那一刻,如坐针毡的他,恨不得尽快结束这"冷场"的"第一课"。

3年后,基层政治教育课竞赛的讲台上,丰富翔实的素材、科技感十足的课件、流畅自如的讲述……"脱胎换骨"的付晓微笑着接受全场雷鸣般的掌声。次年,他被表彰为全军"四会"优秀政治教员。

从不知所措的"基层小白"到游刃有余的"教育骨干",10年来,付晓的育人之路走得坚定而踏实。在他心里,"队干部就是学员军旅生涯的第一个领路人,有责任帮他们'扣好第一粒扣子'"。

从实入手,讲好每堂教育课

在学员队俱乐部内,时任教导员的付晓正围绕"从军服演变看我军成长"为题展开授课。以往,这类话题难出新意,而这堂教育课却与众不同,台下学员或认真记录,或踊跃发言,大家的目光被课堂深深吸引。

一件别着勋章的老军装、一张老军人和年轻军人穿军装的对比照、一段让人热血沸腾的阅兵视频……付晓不时抛出"压箱宝",将课堂氛围调动至高潮。

"老一辈的军装虽旧,却依然穿得干净利索;军装再新,如果邋遢,也会影响军人形象""细节反映的是你对'军人'二字的理解"……45 分钟的授课,付晓全程脱稿、滔滔不绝。有如此效果,要归于他善于发现问题和勤于思考的习惯。一次,在军容风纪检查中,付晓发现部分学员存在不爱惜军装现象,更让他震惊的是,居然在垃圾桶发现了穿旧的军装衬衣。职业敏感让他觉得这是一个教育的好时机,便加班加点备了这一课。

课后,衬衣的主人——学员小刘走进付晓的办公室,"教导员,您讲得真好,以后这类错误肯定不会再发生了"。后来,小刘还自告奋勇,成为学员队的军容风纪监督员。

交友、婚恋、血性教育……和学员密切相关的"干货"被不断充实进付晓课件的案例库。遇到重大时事热点、重大政策出台、重要会议召开,他也第一时间搜集资料,确保冒"热气"、接"地气"的教育走进课堂。

从心出发，做温暖的代言人

付晓本科学的是军事心理学专业。因此，他对"从心出发搞教育"的重要性再明白不过。

"小李今天在微博随意发表不当评论""临近毕业，学员对毕业分配很关注，需及时讲清政策"……翻开厚达200多页的笔记本，一面，工工整整记录着学员的"小动作"和"小心思"；另一面，谈话内容、问题分析以及解决办法一目了然。这是他提炼出的"望、闻、问、切"工作法——"望"的是日常行为举止，"闻"的是网络动态，"问"的是关注关切，"切"的是症结根源。

一次，学员小朱走进付晓的办公室，阳光开朗，满面笑容。和之前眼神黯淡、脾气暴躁的他判若两人。

"晓哥，我决定去西藏戍边了！"一封申请书递到付晓面前。望着眼前的小朱，他感慨万千。

小朱出生于单亲家庭，"望子成龙"的母亲急切地把全部的希望寄托于他身上，过于严苛的要求让他感觉自己肩负着"生命不可承受之重"，压力大到接近崩溃。付晓发现小朱的异样后，便带着他回了自己家，给他做饭、陪他聊天……让他感受到家的温暖。一学期后，小朱的心结渐渐解开。现在的小朱，依旧和"晓哥"保持着密切联系。

学员跑步不合格，就陪着他一起跑；通过视频自学，为有颈椎病的学员按摩；给不适应饮食的回族学员做当地饭菜……在学员心中，"晓哥"就是温暖的代言人，这份直抵人心的暖意，化成动力，激励青年学员勇往直前。

以身作则，激活教育动力源

"向右看！一、二。"

"同志们好！""同志们辛苦了！""首长好！""为人民服务！"

2013年11月5日，习主席专程来到学校视察，并检阅受阅部队。付晓带领的第16方队以奋发昂扬的士气、整齐洪亮的口号圆满完成阅兵任务，获得上级好评。

阅兵训练期间，一提到第16方队，学员们异口同声："狠！"在方队里，常常一端就端5分钟的腿，一甩就甩不下百次的头……每天训练完，总有学员私下抱怨："感觉腿和脖子都不是自己的了……"付晓听闻既心疼又欣慰，他说："阅兵阅的不仅是动作，更是军人的精神品质和纪律作风，经历过后，你们会更明白军人的使命和担当。"

"要求别人做到的，自己首先要做到。"同样作为受阅人员，近视的付晓和学员一起训练、生活、吃苦，一起体会着身体、意志的"煎熬"。训练久了，汗珠便不听话地流入带着隐形眼镜的眼角，引发剧烈刺痛。他强忍不适，咬牙坚持，高质量完成每一次训练。在他看来，"队干部带头吃苦训练，对整个学员队是一种无声却有力的命令"。

因带兵育人有绝招、出实效，付晓所带学员队党支部被表彰为全国"先进基层党组织"，本人两次被评为学校阅兵先进个人，荣立三等功1次。在他所带的学员中，30余人次获得国家、国际级竞赛奖励，5人获得国家发明专利，15人先后荣立三等功。

创新才能"路阔"

——记第十二届"中国青少年科技创新奖"得主路阔

● 陈　思　冯政慧

　　本科期间专业成绩年年第一，读博 2 年间参加了军内外重大科研课题 7 项，发表学术论文 11 篇，申请发明专利 6 项。他是路阔，同学眼中的竞赛达人、全能学霸。前不久，他又将"第十二届中国青少年科技创新奖"收入囊中。从"小白"到"主力"，路阔的创新之路和大多数人一样，都是从零开始。

"蹭课"得来的一等奖

　　大一的路阔是个科技"萌新"。2014 年举办中国大学生飞思卡尔智能汽车竞赛时，他想都没想就报了名："当时只知道是比谁的小车跑得快。"

　　备赛阶段，路阔组开局不顺，电磁小车始终无法规避周围环境磁场的干扰，频繁失控。校内友谊赛时，其他团队的小车风驰电掣，他们却连最基本的赛道都跑不完。眼看赛期临近，大家都很焦躁。

路阔是出名的"蹭课"大王,这个爱好给这次比赛带来了意外惊喜。"蹭课"时的一个知识点引起他的注意——"利用卡尔曼滤波可以在测量方差已知的情况下,从一系列存在测量噪声的数据中,估计动态系统的状态"。路阔当即想到:"为什么不把这个算法移植到电磁小车上呢?"经过论证,他们的电磁小车完全符合卡尔曼滤波算法的生态环境。在原有的算法架构上增加卡尔曼滤波算法之后,小车失控现象随之消失,在省赛中以绝对优势斩获冠军。

"小白"初战告捷,"蹭课"仍在继续,从单片机到 FPGA,从模拟电路到数字电路,从控制原理到神经网络,从 C 语言到 Python,这段多学科交叉的学习经历犹如养分,源源不断地为路阔今后的学科竞赛和课题研究创新提供动力。

"变形金刚"的进击

2018 年,进入研一下学期的路阔,担任出访团队长,带领 13 名队友,远赴埃及参加第三届国际地面无人系统创新挑战赛。

有了前期积累,攻坚训练仅用 2 个多月,团队设计的无人车已能顺利完成主办方设定的全部任务。这时,路阔又冒出一个大胆想法:提速!

"队长,我们已经达到比赛要求,为什么不求稳?"有人说。

"我们已经能完成任务了,为什么不再向前迈一步?"路阔反问。

说服队友,提速计划开始了,测试、突破,每个人都全情投入。比赛前夕,他们成功实现 5 倍提速。

然而,当他们信心十足站上国际赛场时,新的挑战又来了。由于赛制调整,原本准备的两组操控手,现在只能上一组,而且单独的"越障"变成"带装备越障",意味着要改变车的载荷——这犯了比赛"大忌"!

临时状况杀了大伙一个措手不及。"没关系，我相信我们行！"路阔立即组织队员改装赛车。哪里要卸，哪里要加，改装时限只有20分钟，时间滴答滴答走，路阔的脑门上冒出豆大汗珠。

"其实放开了看，赛车就像'变形金刚'，打开思路，就有无限可能。"路阔从小就爱拆东西，收音机、望远镜，拆了装，装了拆。只是这一次，他们装的是全队的希望。

20分钟后，赛车上路了，在赛道关键点——1米高台的位置，小车奋力一跃，没有跌落。"Yes！"路阔在心里暗叫一声好，对场外的老师和队友们竖起大拇指："稳了！"

那一次，他们赢得三个项目的"全满贯"，在国际赛场上以最短时间和零失误的成绩夺得冠军。

"蜂巢"带来的灵感

进入博士研究生阶段后，路阔的主攻方向为高性能微惯性器件。当前在制导武器上潜力巨大的嵌套环陀螺，被他瞄准为攻关对象。

现有的嵌套环结构抗冲击力较差，对加工误差很敏感，这限制了它在军事上的应用。有什么形式能够弥补结构带来的硬伤呢？

一天，路阔在去实验室的路上，被花丛中几只小蜜蜂吸引，一个想法突然浮现："蜂窝……六边形结构牢固，'窝'可以储能……"为什么不试试做一个六边形的陀螺？

然而，新方案的第一次流片就陷入困境。等了2个月的样片拿到手，根本测不出信号。路阔捧着装陀螺的"小盒子"去照显微镜，发现样片与自己设计的尺寸差距非常大。跟导师商讨后他才意识到——自己忽视了实际的加工误差。这个误差只能和加工方一起反复打磨，这一磨，就是4个月。

2018年夏天，第一版蜂巢式MEMS陀螺问世，它的零偏稳定性与嵌套环结构相当，抗冲击性能提升了一个数量级。该研究填补了我国高性能微惯性器件的空白，有效推动了具有自主知识产权的国产微惯性器件在武器装备上的应用进程，打破了国外技术封锁，申请了2项发明专利。

路阔坚信天道酬勤。对他而言，中国青少年科技创新奖的荣誉是一种鼓励，也是一种提醒，提醒他不能懈怠，要在科技强军的征程上不断奔跑向前。

熔铸在血脉中的"精神密码"

——记气象海洋学院学员大队

● 许 鑫 何 畅 齐旭聪

模拟气象台,学员董瑞龙正带领着值班学员进行天气会商;夫子庙广场,学员李跃正在为社区居民理发……初冬的南京,寒风瑟瑟,气象海洋学院学员大队却一片热闹景象。该大队虽两度易名,几经转隶,可熔铸在每名官兵血脉中的海天精神从未改变。2019年,大队被评为"全国民族团结进步模范集体",所属学员二队团支部被评为"全国五四红旗团支部"。荣誉的背后,蕴藏着该大队建设发展的"精神密码"。

谋天谋海谋打赢

"大家看天气图,风随高度逆转,有一股从北方来的冷平流席卷南京,预计这两天会降温……"走进学员大队模拟气象台,学员董瑞龙正带领着今天的值班学员进行天气会商。

别看他现在一副游刃有余的样子,其实,第一次来气象台值班时,董瑞龙并不明白在这里重复画天气图和天气会商的意义。看着墙角堆积着一人多高的历史天气图,董瑞龙有些头大,"现在数值预报那么准,而且上网一查就有,还在这浪费时间干嘛?"

很多学员都跟董瑞龙有相同想法,他们认为人工预报难度大、精度低,做的都是"无用功"。了解到学员心中所虑,大队及时为他们请来了曾参与过全军多次重大演训气象保障任务的张云教员进行讲解指导,"在我们面前确实只有海量的探测数据和堆积如山的天气图,但数据里藏着克敌制胜的密码,图表上画着稍纵即逝的战机。只有深入钻研专业知识,才能参透'天上的秘密',把脉祖国的万里海天"。

不只是模拟气象台,这些年来,该大队聚焦学员任职能力培养,相继成立了模拟海洋值班室、模拟气象观测站,并每日组织学员值班观测预报;着眼学员打赢本领培塑,先后成立了定向越野、科技创新、数学建模和兵棋推演等4个军事类俱乐部。

长望楼526实验室,学员吕胤埋正在开展仿真实验。在研究中,他跟组员发现,目前国内外波浪滑翔器只能依靠太阳能电池板进行发电,夜间和阴雨天存在发电不足的情况,极大降低了海洋探测效率。他们想研发一种装置解决这一棘手问题。

得知情况后,大队积极联系相关教员进行指导。通过反复试验,吕胤埋小组发明了一种能量转换装置,它可以将波浪能转换成电能。不仅有效解决了波浪滑翔器工作受天气影响的问题,而且对海洋环境要素探测和调查具有重大意义。目前,他们的创新成果"基于波浪滑翔器的波－电转换"技术已经申报专利。

把未来部队的需求作为育才方向,是该大队一直以来坚持的育人理念,以课程学习为基础,狠抓教学工作,为学员搭建平台创造更多的学习机会。同时,将学科竞赛作为"强能突破口",鼓励学员争当"科创达人"。近年来,该大队学员积极参加各类学科竞赛,获国际大学生物理竞赛金奖1项,美国大学生数学建模竞赛提名奖1项、一等奖3项,全国大学生数学建模竞赛一等奖10项,全国大气科学类专业大学生天气预报技能大赛一等奖9项等优异成绩。

报阴报晴报国家

"闺女，我想量个血压。"

"小伙子，你看看我这个头发能帮着剪一剪么?"

……

在南京夫子庙广场，一场"雷锋常驻夫子庙"的学雷锋活动正在火热展开。学员们为来往的路人和社区居民开展便民服务。

"这是我第三次参加这项活动"，学员李跃感慨。上次参加活动时，李跃为一个独居老人提供"上门服务"，他不仅帮爷爷换掉了坏灯泡，还花2小时打扫了爷爷家的卫生。临走时，爷爷紧紧握住李跃的手，不停地点头致谢。

"帮助他人的同时，我也收获了属于自己的快乐。"每当看到接受服务的人脸上洋溢着满足的笑容，李跃都觉得无比自豪。

虽然学员换了一茬又一茬，但学雷锋活动从未间断。20余年来，该大队累计服务群众5万多人次，维修家电8100多台，义诊1万多人，做法先后被《解放军报》、江苏电视台等多家媒体报道，2008年被秦淮区双拥工作领导小组赠授"雷锋常驻夫子庙"牌匾，2019年与夫子庙街道并建成"雷锋常驻夫子庙"实体馆。

在内涵式发展的道路上，该大队并非只有"雷锋常驻夫子庙"这一个品牌。坚守了9年的"春晖行动"是该大队传承红色基因、强化服务人民意识的另一有力做法。

"安雨桐你好，姐姐给你寄过去的书你收到了吗?"

计算机这边，学员陈志秀正在跟贵州毕节大屯乡雅木小学的学生做视频"回访"。每次临近放假，学员们都会在院区里支起桌子组织募捐，并用募捐的钱款为大山深处的孩子购置一些生活和学习用品，利用假期把爱心送到贵州山区。

9年来,"春晖行动"累计行程3万多千米、参与近万人次;帮助建立春晖图书室5个,捐助图书近1万册;捐赠课桌椅、餐桌椅近1000套;募集资金10万余元,并建立专项资金,其中90%以上用于资助少数民族贫困儿童及特困家庭。

此外,该大队还对定点帮扶小学定期开展线上回访,为学生解决思想和生活上的困难,帮助大山深处的孩子种下走出大山的种子。2015年,大队被共青团贵州省委授予"最美贵州军旅行动组"称号。

铸魂铸心铸忠诚

八月的南京,烈日当空,热浪滚滚。新训的日子对王媛有些不友好,高强度的训练、恶劣的天气环境都让这个娇弱的北方姑娘萌生了退意。"也许过了新训就好了吧",她这样安慰着自己。

日子就这样一天天地过,王媛也一天天在留与退之间徘徊。正式开学后的一次训练,王媛突然觉得呼吸困难。她被送到了医院,躺在病床上,看着头上的吊瓶,王媛只觉得这是她退学的"强心剂"。教导员来看她时,她提出了退学的想法。

教导员并没有表态,只是给她讲起了2004届毕业学员侯亚丽的故事。侯亚丽在校期间获嘉奖六次,毕业时却主动放弃优渥岗位,选择扎根西藏,成为全军第一位进藏的女预报员。在岗期间两次荣立三等功,用青春和热血践行军人使命,被大家亲切称为"高原雪莲"。

是什么支撑起侯亚丽"甘把青春献高原"的理想信念?接连几个晚上,王媛彻夜难眠。

出院后的第一天,正赶上大队组织新学员赴雨花台烈士陵园参观。听着讲解员讲解革命先辈的故事,王媛那一刻被一种东西震撼了。"是啊,先辈们面对敌人的威逼利诱,哪怕付出生命都不曾放弃理想信念,我这点困难算得了什么呢?"

从那以后，王媛再也没有提过退学。高中时期有过主持人经历的她主动报名担任学院院史馆的讲解员，还成了全队第一个递交入党申请书的学员，也是第一批入党的党员。去年，她以优异成绩免试攻读硕士研究生。现在，她依然用自己的特长传递党的声音，用自己的忠诚书写强军故事。

人无德不立，育人的根本在于立德。军队院校不仅是培养高素质专业化新型军事人才的熔炉，更是坚定举旗人的摇篮。长期以来，该大队紧贴时代主题抓铸魂育人，组建习近平强军思想理论学习小组，定期开展强军故事会和天海讲坛，聘请"雷锋班"班长和"硬骨头六连"指导员等为校外思想教育辅导员，结合主题教育赴雨花台烈士陵园、南京大屠杀遇难同胞纪念馆等校外思想政治教育基地现地教学，注重传承和弘扬学校"哈军工"优良传统、银河精神和学院海天精神，努力培塑学员听党指挥的坚定信仰和"理想高于天，胸怀大于海"的海天情怀。近年来，该大队毕业学员100%服从组织分配，100%主动申请赴边，100%按时报到。

潮起海天阔，扬帆正当时。气象海洋学院学员大队正用属于他们的"精神密码"，浸润着一批又一批德才兼备的海天学子，不断想新招、趟新路，托举起军事气象海洋事业的未来。

快响拓天疆

——记空天科学学院微纳卫星工程中心快响团队

● 颜　瑾　姚　宏

有这样一支团队，八载五星，零失误，百分百成功。从无到有，从小到大，突破多项关键核心技术，创造数个国内第一乃至世界第一，将"国防科大"的名字嵌入太空，创造航天领域的"科大速度"。这支敢打硬仗、勇于创新的队伍，正是空天科学学院微纳卫星工程中心快响团队。

三天抢出一个最快纪录

"谁能控制卫星，谁就能控制空间；谁能控制空间，谁就能控制地球。"随着现代战争进入发现即摧毁的"秒杀"时代，卫星的快速研制、快速发射、快速稳定、快速应用成为未来战场的制胜关键，而在微小卫星领域，技术革新之快，竞争之激烈，可谓非生即死。

今年5月，在西昌卫星发射中心，一颗高精度视频星被装入火箭，罩子扣上的刹那，在场参与研制的人都落了泪。"感觉像是送女儿出嫁"，该星副总设计师范才智形容这种依依不舍。

这颗命名为"新技术试验卫星 H 星"的卫星被寄予"响应速度最快"的厚望。传统卫星发射后需要几个月乃至大半年才能达到应用水准，而 H 星的这个时间要求则以分钟为单位。

它凝聚了团队整整 3 年的心血，疫情期间发射一延再延，为送它飞天，大家数月不回家，直接在西昌过年。在距离发射只剩几个月时，需求方突然向总设计师李院士提出："能不能让卫星响应速度再快一点？"对方要求速度从一天提升到几十分钟。H 星单机设备达 60 套，光天线就有 20 根，系统如此复杂，牵一发动全身，来得及吗？李院士二话没说，带领团队仅用三天就拟定了修改方向，软硬件同步修改、重新测试，果然抢在发射前达到要求。而且，在快响 4 个特性之外，他们无意间创造出第 5 维特性——快速修改卫星状态。

H 星入轨后，在既定时间如期传回图像，现场成员兴奋得拍红了手。他们知道，在这一刻，H 星创造了中国卫星领域一个响应速度最快的新纪录，放眼世界，亦是领先。

人在地上操控 H 星，犹如在屋内操控房顶上的摄像头，能做到"现场直播"。该项技术在 2014 年发射的"天拓二号"上已得到验证，但 H 星的精度更高。研制"天拓二号"时，团队派教员出国学习，为了节约经费，大家餐餐都是"老干妈"和豆腐乳；回国后为赶研制进度，他们把卫星的总装测试场地搬到千里之外的烟台，那里寒风凛冽，每天上班第一件事就是把茶杯里的冰块倒掉；怀着让卫星降价一个量级的梦想，团队从外面买来不同品牌和型号的相机、镜头，挨个拆解、试验、分析、重组，最后用几十万的成本实现了几百万的功能。"天拓二号"作为世界首颗人在回路直接操控的视频成像体制微卫星，和 H 星一样可调控姿态，需要时唤醒，其余时间休眠，至今在轨运行超 6 年，状态良好。

造星"不按套路出牌"

"这样做出来的卫星能上天吗?"在团队初涉卫星领域的一次评审会上,与会专家对一颗长得像笔记本电脑的小卫星提出质疑。这颗后来被命名为"天拓一号"的卫星,采取了90%以上没有上天经历的新方案,是世界首颗单板纳星,为节省空间、提升有效载荷,团队把所有元器件焊接、拼装到一个插板上。为降低卫星发射状态包络,他们用卷尺当天线。为降低成本,用800多元的芯片代替几万元一颗的。

这颗星就算上天也"活"不了多久!有人这样断定,但团队用半人多高的详细解决方案证明了其可行性。为验证设备在太空极端环境中的可靠性,他们守在试验设备旁边七天七夜甚至更长时间,寸步不离、昼夜监测实时数据。一旦发现问题,团队要立刻会商分析、排障、定位、修改或更换软硬件。在那个环环相扣的非常时期,时任"天拓一号"总体主任设计师的赵勇经常通宵达旦工作,累得全身浮肿,并伴有严重的偏头疼,大家主动提出轮值他的夜班,他却不肯:"人手本来就不够,反正我头痛睡不着,正好值班做事。"

"天拓一号"仅用1年半就完成了常规卫星需要3到5年的任务,刻在卷尺天线背面的"国防科技大学天拓一号卫星"字样,伴随卫星在太空遨游了一年又一年。

"天拓一号"把地面固定基站使用的AIS送入太空,大大便利了船舶的指挥和监测。研制"天拓三号"时,他们在原基础上跨出一大步,在国际上首次提出"纳-皮-飞"三级六星体系结构,用"母鸡带小鸡"的形式实现6颗集群式卫星的智能自组网,只要6颗中有1颗能收到地面指令,就能指挥其他5颗协同工作,实现整群响应;今年8月上天的"天拓五号"所搭载的第三代AIS系统,为提升性能叠加了两套系统,这意味着设备间的电磁干扰也增加数倍,团队不仅解决了电磁兼容难题,还将报文信号接收数量提升一个数量级,用于航班监测的ADS-B处理信息的能力国际领先。2016年上天的"天方一号",颠覆大型卫星中电池和舱板安装占比空间大的现状,将二者一体化处理,同时具备减振功能,直接安装,大大提升卫星载荷比。

不按套路出牌,团队每研制出一颗星,都能创造出几个国内甚至世界第一。他们笑称这是"船小好调头",小卫星成本低,一旦出现故障可以再发一颗。实际上,这么多年来经他们之手上天的卫星,没有一颗不可靠。

干航天最好有强迫症

从"天拓一号"到"天拓五号",研制时间由18个月缩短至8个月,总装测试时间由3个月缩短至30天,进场发射前准备时间由约1个月缩短至6天,在传统大卫星动辄需要五年甚至七八年的时间规划里,这样的"快"难以想象。

为了速度,团队的工作计划精确到分钟。业务文件细致到一个拧螺丝的环节都有十余个规定动作,各个环节间的衔接紧密流畅,做质心惯性测量的成员凌晨2点结束工作,接替做力学试验的人早已提前到岗,卫星刚下工作台,马上移至振动台做试验,一秒不耽搁。

细之再细,慎之又慎,这是团队保持高速的诀窍之一。"干航天最好有强迫症",李院士常与成员说。

"强迫症"不仅是爱抠细节,更要有与难题死磕的勇气。大型卫星的太阳翼展板在对日定向转动和卫星快速姿态机动时会产生振动,真空中的振动很难停止,严重影响卫星成像质量。国外严密封锁相关技术,喜欢音乐的李院士给乐器调音定弦时,忽然想到:"通过改变琴弦张力调控音高,实质上改变的不就是弦的振动频率吗?"经过一番苦算,她得出控制振动的核心公式,当即高兴得直接从椅子上跳起来,从此团队的攻关进度一日千里。为了让"天弦一号"太阳翼振动控制装置赶上"高分二号"的发射,腰椎间盘突出严重的范才智做完手术后,让人用木板把自己抬到实验室,趴在凳子上指导试验。最终,"天弦一号"成功给"高分二号"的相机安上"防抖云台",为我国遥感卫星跨入"亚米级"时代发挥重要作用。

2年后,同样是在研究难度极大的背景下,团队自主设计研制的"天源一号"卫星在轨加注实验载荷,成功完成9项在轨试验。有了这项"给卫星加油"的技术,卫星在轨寿命大幅延长、机动能力提高。据测算,给静止轨道上的卫星补给几十千克燃料,可延长卫星寿命12个月,创造近亿元经济价值。

从软硬件到结构、控制、数据应用,这支团队有完整的卫星研用全流程。大型任务的高强度磨砺和全流程锻炼,逼着成员各个练成"绝世武功",在读的学生也争前恐后申请来这里。团队控制室的《操控日志》显示,至今已有近百名年轻学子亲手操控卫星。有学生自行研制的立方星目前已在天上工作3年,状态良好。从这里走出来的学生,是各航天单位抢着要的"宝贝"。

在困境中冲破迷雾,从破题中发展壮大,团队造就的群星在宇宙中闪耀着光辉。自2012年以来,团队获得各类科技奖励46项,其中国家奖和军队(省部级)一等奖12项。亮眼战绩的背后,是这支队伍永不满足的进取心、只争朝夕的速度和开拓创新的朝气。未来,他们将继续在强军梦想指引下不辱使命,拓展天疆,制胜太空。

"三铁"锁紧钱袋子

——记服务保障中心高级会计师邓建彬

● 陈 思 袁 超

他精打"铁算盘",看紧军队和学校的钱袋子;他练就"铁技能",成为全军为数不多具有"三证"的复合型人才;他忠诚履职,正气凛然,打造审计"铁招牌",他就是服务保障中心高级会计师邓建彬。他从20世纪90年代末从事审计工作以来,独立审计或组织项目审计近千个,先后被评为全军审计先进个人,学校2013年度践行当代革命军人核心价值观新闻人物,荣立三等功一次。

精打"铁算盘",他与利益较量

做审计工作,心中要有一杆秤,面对送审项目不偏不倚。

一次,某工程项目审计,初审审了3天没发现异常,被审计单位负责人得意地说:"我早说了,这个工程没啥可审的。"到了邓建彬手上,他的笔却迟迟没有落下。通过认真分析图纸和实地测量,邓建彬果断指出:"道路基层厚度多算了10厘米。"对方急了:"我们各项手续齐全,你凭什么这么说？"邓建彬不紧不慢地说："路槽高度双方是丈量了的，基层厚度如果按你们的算法，路面就要提高 10 厘米，无法与原有的道路对接，事实难道不是这样吗？"在事实面前，被审计单位负责人哑口无言，仅此一项就审减不合理结算约 18 万元。

没有金刚钻，揽不了瓷器活。审计工作是一项专业性很强的工作，要硬气，更要有实力。有一年，邓建彬受命审计某教学大楼项目，他一刀砍下 168 万余元，施工负责人拒不认可审计结果，高价从其他公司请来造价师与他理论。邓建彬有理有据地与对方周旋，结果对方败下阵来，并对施工负责人说："邓高会对行业政策、定额计价太熟悉了，你就认了吧！"

多年来，邓建彬牢记岗位职责，忠诚履行使命，不管大小项目，无一例外。去年某实验楼做屋面防水，50 多岁的他硬是冒着雨，拿着卷尺，爬上没有围栏的屋面一米一米地计量修正，他说："对你们来说是经济问题，对我来说这是严把经费末端开支的政治问题，要严标准、守规矩。"

练就"铁技能"，他与难题较量

发现问题，将伪装变"素颜"，这样的本领不是凭空而来。

1999 年，邓建彬从财务岗位调入审计战线，面对这个"吃力不讨好"的差事，他没有丝毫怨言，全身心地投入学习。凭着一股子韧劲，他一连拿下"注册会计师证"和"造价工程师证"，成为全军当时最年轻的高级会计师。

学无止境，要审别人自己得先成为行家里手。为了弄明工程地质与造价的关系，他一方面不断翻阅专业书籍，一方面三天两头往工地跑，虚心请教专业人士。为了摸准建材价格，他经常顶酷暑冒严寒到市场上一家家打听，鞋底越来越薄，镜片越来越厚。正因为他凡事亲力亲为，做到心中有数，因此看问题总能一针见血，过招时剑落无声。

一次，邓建彬发现施工方"巧妙"地错套了一个子目，虚增成本12.5万元。为了核减此项费用，他多次深入现场，反复核查相关文件，在确凿的证据面前，施工方不得不承认核减额。从那以后，邓建彬更加严谨细致，为了将隐患从苗头上根除，他不断总结，探索出隐蔽工程"现场查验审"、变更签证"事后及时审"、合同内容"全程跟踪审"等多种审计方法，有效破解了"中标靠低价、赚钱靠变更"等难题。

在邓建彬办公室里，满满三大抽屉，全是笔记本。"金桂黄花开，银桂淡黄白……"园林绿化本中见；"串标围标如何识？"招标投标本中查。他自嘲这是"笨人笨办法"，可在他的后辈同事眼里"这些可都是宝贝"。直到现在，邓建彬依然没有停止学习的脚步，他床头的书码得像座山。为了紧跟时代的步伐，他手机里安装了植物扫描软件，遇上不认识的"扫一扫"，不断丰富自己的知识。

打造"铁招牌"，他与误解较量

在邓建彬心里，做审计工作不怕难，最怕的是被人误解。

"你家老邓太轴了。"一次，邓建彬的爱人回到家，半开玩笑地转达别人对他的看法。"谁让你嫁了个黑脸包公呢？"邓建彬笑着说。

看似黑脸包公，实则真心相帮。邓建彬经常对年轻同事说："审计的天职虽然是监督，但不能把审计和被审计完全对立起来。"

去年，在评审某科研项目任务书时，专家指出，该项目设备占用经费多、外协比例超上限、涉密风险大，初审不通过。科研项目负责人当时不知所措，认为经费既然已经批下来，为何还要这样为难我呢？会后邓建彬再次仔细研读项目资料，与技术专家、项目组成员反复商讨，对方案量身"改造"，调整后设备购置费和外协经费减少，科研绩效适度增加。项目负责人拿到调整后的任务书时非常感动，第二次评审顺利通过。

  如何解科研人心中所急？通过这一次经历，邓建彬又再次忙碌起来，他正在积极筹划"科研预算如何编和结题项目怎么迎审"知识讲座，"让科研人员专心搞科研的梦想"再次起航。

  如今，邓建彬成了红人。有人遇到财务审计或政府采购方面的问题，路上都会逮着他追问，从学院到系所都想请他去上课，为科研工作者"科普科普"相关知识。以前说他"不够朋友"的人现在倒成了"真朋友"。

  多年的加班加点、伏案工作，使邓建彬患上了腰椎间盘突出和颈椎病，但他无怨无悔。因为，他的心里有一块明镜，因为，他在阳光下走得无私无畏。

"三跨生"的逆袭

——记研究生院研究生学员二大队博士学员吴冠霖

● 张丽琪 陈 曦

从会计学跨专业到我校攻读管理科学与工程硕士学位;从没敲过代码的"小白"到国际、国内赛事上捧得荣誉;从地方大学的学生会负责人到军校的研委会主席。吴冠霖就像那奔涌的后浪,虽一折再折,却初心不改,坚定不移地朝着科技强军的洪流汇去。

从商科到工科,他大胆跨界

2015年10月,吴冠霖面临着艰难的抉择:一边,是国内顶尖名校商科热门专业;另一边,则是完全陌生的国防科大工科专业。

作为东北大学会计学专业的国防生,吴冠霖本科四年可谓"高光"满满:通过有"国际财会界通行证"之称的ACCA多门资格认证考试;带领团队夺得"互联网+大学生创业大赛"金奖、两次荣获中国大学生创新训练计划国家一等奖;参与国家自然基金、省部级科研项目5项;带队设计的产品服务于冬奥会国家队训练、国内多所医院的部分医疗诊断。

在多所名校商科的硕士推免面试中,他一路通关。在国防科大的初试中,他是倒数第二名。

当各所学校复试时间"撞车"时,吴冠霖果断放弃其他名校的预录取资格,出现在了国防科技大学的复试现场,"在我军全面提升部队战斗力的大背景下,我认为军事指挥信息系统的研究意义更大"。

在那场"破釜沉舟"的面试中,包教授一眼便看中了吴冠霖善于解决难题的能力,"现有的知识在解决问题的能力面前,不值一提"。

提前2个月到课题组报到,第一天,包教授就交给了他一项系统开发的任务。面对从未接触过的算法语言、指控概念模型,完全不懂编程的吴冠霖一时间不知从何下手。

"在我不占优势的环境下,必须投入百分百的精力改变现状。"尽管在新训期间,吴冠霖仍坚持每天加班到两三点钟,每周阅读论文30余篇。3个月后,吴冠霖给导师交上了一份满意的答卷。

从地方院校到军校,他从内突破

从实验室无缝进入新训,吴冠霖迎来了他入校的第二道坎。报到第一天,晚点名一声声嘹亮的"到",开启了他的军校生活。

虽然国防生也有规定的军事训练,但地方大学的管理相对宽松,"自由惯了,纪律意识较差,作风没有本校学员优良",吴冠霖坦言道。

严格的一日生活制度让他深感疲惫,周围也渐渐响起了对训练、管理抱怨的声音。吴冠霖不以为然,"既然选择来到这里,就该舍弃安逸,苦练本领!"不仅如此,每当有战友坚持不下去时,他还会充当"知心哥哥"鼓励他们。

从外打破是压力,从内打破才是成长。从每一次的点名到每一个科目的训练,吴冠霖力求完美。从那时起,他渐渐完成了由国防生向军校生的转变。

作为一名军校研究生,不仅要协调好学习、训练、科研的时间,吴冠霖还加入了研究生学术活动组织委员会。在任研委会主席期间,策划了一系列别具特色的文化活动。

酷炫的灯光、潮流的音乐,在银河广场交织成一场盛大的青春盛典。吴冠霖参与策划的第二届草地音乐节,让来自全国30余所高校的2000余名观众,实地感受了军校学员的激扬活力和军校独特的文化氛围。

除此之外,他积极探索、勇于作为,带领研委会为学员提供食堂意见反馈、校内外超市比价、心理咨询等服务,为地方生提供国内一流企业实习机会、增加暑期社会实践活动与校园招聘,牵头举办"湖南省学术创新论坛",为学员搭建起学术交流的桥梁。

从云计算到智能博弈,他向战而行

2016年,一朵"云"飘入吴冠霖的视野。它频繁地出现于美军最新的作战理论中,被称为"可以改变游戏规则的颠覆性技术"。

"作战云",以多平台跨域联合作战为核心的"资源池"。吴冠霖着手相关研究,发现面向"作战云"的信息资源调度与优化问题,是未来指挥信息系统建设的"痛点"。

在作战中,如何用更少的时间和资源,为更多的任务需求提供更好的服务?吴冠霖的跨学科优势显现了出来,他巧妙地将本科阶段所学的经济管理理论方法转化成相应的机制,显著提升了"作战云"的信息资源调度与处理能力。

相关研究成果3篇发表在SCI检索期刊上,4篇发表在高质量国际会议上。其中以第一作者发表在IEEE EDGE 2017上的论文获评全会唯一的"学生最佳论文奖",毕业论文获评"2020年全军优秀硕士论文"。

在此基础上开发的平台在第四届高校云计算应用创新大赛中获得全国一等奖 1 项,二等奖 1 项。其部分理论方法被运用于阿里云"移山"系统的研究与部署,在提升阿里巴巴"双十一"峰值应对能力上发挥了作用。

在一片赞许的目光中,吴冠霖保送攻读博士学位,又再一次调整了冲锋方向。他主动申请到军事科学院参与联合培养,"打赢战争是最重要的课题,我未来的任务,就是把颠覆性技术和作战一线的需求结合起来"。

为了离战场更近一步,他将目光锁定在了"智能博弈"上。面对又一全新的研究方向,他"以赛代练",成立智能战争研讨兴趣小组,在成熟的游戏虚拟环境中,探索未来无人设备的智能化决策。他带领团队先后参加了国际星际争霸 AI 开发大赛 SSCAIT 19/20、2020 腾讯 AI Lab 王者荣耀 AI 开发大赛,取得 SSCAIT 19/20 天梯赛第 3 名,刷新了中国最好成绩。

"尽快把游戏决策融进作战决策。"这一次,探索智能决策的军事运用被吴冠霖写进了科研日历……

初心隽永

CHUXIN JUANYONG

——国防科大新闻作品选

2019 年

大漠胡杨

——记前沿交叉学科学院副研究员、外场试验大队大队长杨轶

● 姚　宏　方姝阳　杨彦青

千里之外的巴音郭楞蒙古自治州，学校激光技术创新团队的外场试验大队，在此安营扎寨。每年，一波又一波科研人员，带着问题而去，带着答案而回。

在那里，他们总能见到一种树、遇见一个人。树，是千年不倒的英雄树胡杨；人，是扎根大漠的坚守者杨轶。

胡杨，扎根沙漠戈壁上千年，一身沧桑，却始终保持峥嵘挺拔的姿态；杨轶，投身外场工作 17 年，以其铮铮铁骨，扛起科技强军使命，奏响忠诚奉献之歌。

科研人员都说："杨轶就是大漠胡杨！"

17 年攻坚克难，他是坚韧不拔的"胡杨"

胡杨，为了守护一方绿洲，风摧不垮，沙打不烂；杨轶，为了型号研制任务，宁可自己晒黑，也不给型号抹黑，宁可自己趴下，也不能让型号趴窝。

2001 年，杨轶本科毕业留校，还没来得及看看岳麓山的风景，尝尝坡子街的美味，便进驻外场。茫茫戈壁，环境恶劣，条件艰苦。没有绿水，没有青山，只有大漠孤烟、黄沙漫天。搞建设的农民工，干了几天就要走，说给再多钱也不干。农民工走了，但杨轶没有走。

一次激光水平传输试验时，一场大雪不期而至。突如其来的低温，令人瑟瑟发抖，口中呼出的热气，在眼镜片上形成雾气，又在短短几秒间结冰，容易挡住视线。杨轶的任务是负责数据采集与测试，他二话不说，爬上 18 米高、四面镂空的简易平台，等待测试时机。由于平台空间有限，加之担心活动干扰光路通视，杨轶不敢跺一下脚，四五个小时后，他全身都被冻成了冰疙瘩。

光束指向标校试验是决定激光瞄准精度的重要环节，被形象地比喻为"千里穿针"，难度极大。2013 年起，杨轶接手外场试验现场指挥调度，在"千里穿针"过程中，不但要协调各方力量密切配合，还要对出现的误差做出准确判断，及时进行修正。刚开始，杨轶对试验中的一些误差感到莫名其妙，摸不着头脑。为此，他恶补仿真计算、设备零漂规律等知识，沉到一线，熟悉试验中数十个流程和方法，最终确保试验的顺利进行。

在 2016 年一次试验中，瞄准精度几次出现误差，"针眼"老是穿不上。在场参试人员意见相左，相持不下。杨轶走进试验一线，一个环节一个环节找，一个岗位一个岗位查，最终找到问题所在，把"针眼"穿上，确保试验顺利进行，令大家心服口服。

17年来，杨轶参加了30余次大型外场试验任务，并获得军队科技进步一等奖、国家科技进步二等奖。正如他常挂在嘴边的话："只有荒凉的沙漠，没有荒凉的人生。"

17年执着坚守，他是初心不改的"胡杨"

胡杨，千年如一日，忠诚地守卫着贫瘠的土地，深情地眷恋着漠漠的黄沙，痴心不变；杨轶，常年坚守外场，初心不改，无怨无悔。

和杨轶一块分到外场的同学，有的转业，有的换岗，只有杨轶和其他两名同事还坚守着。亲戚朋友劝他："奉献了10多年，也该回城市享享福了。"地方老板"挖"他："到我的公司来，保证收入翻几倍。"但杨轶从没有考虑过离开。

17年的坚守，初心在哪里？杨轶说，如果自己选择离开，会对不起两个人：父亲和恩师。

杨轶毕业前夕，母亲查出身患癌症。选择外场工作，意味着在家尽孝的时间有限。杨轶的父亲是资江机械厂一名老军工，在实验室设计了一辈子机械图纸，他看出了儿子眼里的彷徨。父亲对杨轶说："实验室里的数据必须通过外场验证，外场工作地位重要，作用关键，你不要有后顾之忧，家里有我。"

恩师舒柏宏，不但教给了杨轶知识，也教给了杨轶担当。一次外场试验间隙，杨轶无意中听到老师和家人通电话，原来老师的孩子马上要参加高考，问他能不能抽时间回家辅导一下学习。舒老师沉默了半晌，喃喃地说："忙完这次试验再说。"

"家里有我""忙完这次试验再说"，两句朴实无华的话，一直激励着杨轶在风餐露宿、披星戴月的征程中前行。铺开中国地图，杨轶的足迹遍布大江南北，身影遍布戈壁、荒漠、岛礁、高原……常年在外奔波，40岁不到的他早已两鬓斑白。2018年10月，杨轶被评为全军"长期在艰苦岗位甘于奉献"典型宣传对象。荣誉对他而言，名副其实。

17年"以身相许"，他是书写大爱的"胡杨"

胡杨，把最深处的情感埋藏在根底，不求索取，不图回报；杨轶，把对家人的眷恋深埋心底，将外场当作自己的家，将自己的家当作歇脚"驿站"。

对于父母，他心中有愧。母亲患病之后，光化疗、放疗就做了几十次。杨轶是家中独子，母亲长时间住院，父亲一个人实在撑不住，无奈之下，杨轶不得不打电话请人帮忙照看一晚。他说："有段时间，我每次拿着电话都要挣扎良久。我怕听到电话那头父亲低落、疲惫却又怕影响我工作而欲言又止的声音。"

对于女儿，他也满怀歉疚。有人说，女儿是父亲上辈子的情人，但对杨轶而言，女儿却有点像上辈子的路人。因为长期聚少离多，缺乏交流，有时杨轶在外打电话回家，想听听女儿的声音，女儿都不肯接电话。幸好，随着女儿年岁渐长，她开始理解父亲，慢慢懂得了父亲"无情"背后的大爱。

家庭的困难，杨轶很少提及，也从未因此而缺席过任何一次外场试验任务。2015年，杨轶的母亲去世，恩师舒柏宏也因病离世。来不及化解悲伤，接到任务的杨轶又带队赶赴西北外场。

随着事业的发展，外场试验任务越来越重。由于种种原因，原来的骨干剩下不到三分之一，但杨轶仍选择继续坚守。他说，为了我国的激光事业，前辈付出了毕生心血，现在他能做的就是把团队的事业传承下去。

用眼睛"思考"战场
——记系统工程学院教授魏迎梅

● 方　娇　朱梦莹

某海域上空，天高云淡。突然，一架不明飞机驶入该领域，预警卫星立即通知地面站，瞬息之间，指挥所开启雷达搜索目标进行跟踪锁定。同时，拦截设备"枕戈待旦"，准备对其进行精准打击。

目标变化、炸点模拟、情况导调……空军预警学院信息中心大屏幕上，战场态势实时显现。这套空军预警三维数字化战场环境系统，运用虚拟现实技术，把看不见、摸不着的预警信息以三维立体图像形式呈现出来，让学员更直观且形象地了解预警过程中各个设备之间的配合与分工，成为该校经典的教学案例。

提及这套系统，就不得不提起我校系统工程学院教授魏迎梅。作为多媒体信息系统与虚拟现实技术的带头人，魏迎梅利用虚拟现实技术这双透过战场数据迷雾的"火眼金睛"，带领团队拨开层层信息迷雾，让将帅稳坐"中军帐"，用眼睛"思考"战场。

超前眼光决定前进方向

在魏迎梅的办公桌上，摆放着院士汪成为的《灵境（虚拟现实）技术的理论、实现及应用》一书。近600页像小词典般厚实的书早已泛黄。魏迎梅与虚拟现实技术的结缘，就得从这本书开始说起。

1996年，刚刚攻读博士的魏迎梅，师从我国著名计算机专家吴泉源教授。吴教授非常喜欢这个勤奋好学、善于钻研的女弟子，特意将《灵境（虚拟现实）技术的理论、实现及应用》这本书赠予她，希望她可以在虚拟现实这个国内刚刚兴起的技术领域有所探索。

不同于地图、态势图和沙盘等传统演绎战场的可视化手段，虚拟现实技术能根据战场数据实时构建战场态势详图，将网络、电磁等不可见空间和山川河流等物理空间叠加到一起，在指挥员眼前呈现出跨空间的立体、动态场景，如同把战场"搬"进指挥所，从而产生一种身临战场指挥作战的"现场感"。

"如果能把这个技术运用在我国军事领域中，生成战场推演，构造虚拟战场环境，支撑军事模拟训练，岂不是为我军指挥员提供了一双驱散信息迷雾的'火眼金睛'？"早在20世纪80年代，美国国防部高级研究计划局就致力于虚拟现实技术的研究，利用共享的虚拟工作空间构建虚拟战场系统，实现部队协同训练，达到作战比训练"简单"的效果。彼时，我国虚拟现实技术研究却刚起步，在军事领域中的应用还是一片空白，魏迎梅决定在此一展拳脚。

相关资料难以查阅、研究点无法确定……种种困难袭来，魏迎梅渐渐迷失方向，甚至产生了退缩的想法。"军队的需要就是科研的方向，你不能退缩！"吴教授的一番话点醒了魏迎梅，军人的使命与担当，让她倍加珍惜求学机会，魏迎梅顺利通过博士论文答辩，并留校任教。

"火眼金睛"也能排兵布阵

战场态势瞬息万变,在未来信息化战争中,提高指挥员对战场态势的快速认知能力是制胜关键。

2007年,原第二炮兵演习现场,红军"中军帐"内波峰如簇,千余份敌情信息涌动荧屏,演习人员将信息快速汇总,熟练操作某三维数字化战场环境系统,将危险天气、复杂电磁、侦察探测、预警反导等战场信息进行综合,动态再现敌我态势,指挥员准确下达指令,排兵布阵,剑啸蓝天。

这是魏迎梅作为主力,参与系统工程学院牵头的第一个军队重点型号项目,也是原第二炮兵第一个软件型号项目。该项目首次将侦察、导航、气象等卫星信息综合应用于原第二炮兵作战指挥控制决策,构建出三维数字化战场环境,为指挥员提供了动态掌控战场、指挥控制的辅助决策手段,用"眼睛"生成了战斗力。

在这场现代版"运筹帷幄、决胜千里"之战背后,是魏迎梅与团队日夜兼程的付出。

"当时还有4个月部队就要进行演习,需要我们抓紧时间研制以便系统装配部队。"时间紧、任务重不说,魏迎梅和团队还面临着在战场环境复杂、数据量大、分辨率要求高的情况下,如何把这些态势要素综合集成,形成一致的战场态势图,并保证信息显示实时这一瓶颈问题。为此,魏迎梅多次走进部队与科研院所深入调研,反复与相关单位研究作战需求和专业领域技术细节,掌握第一手资料。做了百余次实验验证,不断改进、优化算法,终于赶在演习前圆满完成任务。

系统设计定型后装配到原第二炮兵指挥所,多次参与部队重大演习,其项目成果也在总参作战目标中心等6家单位得到应用。此外,魏迎梅作为技术骨干或主要负责人还承担国家和军队重大科研任务10余项，加快了我国虚拟现实技术向军事领域转化的步伐。

破敌制胜的未来之眼

"魏老师，我最近在沉浸式作战环境的自然交互问题上感到有点困惑，想跟您聊一聊。"去年年底，在一场有关虚拟现实技术的学术研讨会上，邓宝松多次向魏迎梅请教自己在科研上遇到的问题。其实，邓宝松并不是学员，如今的他独当一面，是军事科学院国防科技创新研究院人机共融研究室的主任，在2014年，还曾荣获国家科学技术一等奖。

理论进入实践，才能催生战斗力。作为大学生干部，陈润发毕业分配至空军某试验训练基地，短短1年时间，他便迅速掌握机务保障、飞行指挥和数据分析处理、飞行报告撰写等基本功，成长为靶机总体专业技术骨干。

某卫星测控站工程师卞燕山、云南边防某部边境事务科参谋李虹颖、卫星发射中心测控室工程师聂龙生……这些带着"火眼金睛"，如满天星一般散落全军各个岗位，成长为军队信息化建设生力军的科大学子，魏迎梅如数家珍，这都是她悉心培养、引以为傲的学生。

"学为战，教为战，课堂连着战场，只有让学员带着'火眼金睛'下部队，才能在未来战争的海量数据中发现态势变化的蛛丝马迹，破敌制胜。"教最前沿的，学最核心的，在魏迎梅的课堂上，学员于课题研究中提高实战意识，青春梦与强军梦"同频共振"。

生命之火为强军燃烧

——追记电子对抗学院教授樊祥

● 孙程浩　潘俊琦　李　哲

鲜红的党旗覆盖着一个燃烧的生命，覆盖着一个把毕生精力都献给电子对抗事业的杰出专家。

寒风中，电子对抗学院教授樊祥的亲友、学生最后一次簇拥着他。他们不相信，这个始终充满旺盛激情、纵使身患绝症却从未停止前行的顽强生命会突然停止燃烧。

樊祥走了，而他的名字，却永远铭刻进电子对抗发展的长河中……

他一直眷恋的，是那片无形战场

1993年，樊祥果断从雷达工程专业转行，开始研究光电对抗。

很多人不理解。在当年，雷达工程是学院的王牌专业，这个专业的教员，无论是发表论文还是争取课题都极为便利，发展前景一片光明，为什么要转到一个无人问津的专业中呢？

长期关注世界军事变革的樊祥，知道自己选择的分量。那段时间，樊祥翻遍了所有光电对抗的资料，了解得越多，恐慌越强烈。在此领域，美国已经优先发展了40多年，而我国的研究几乎是空白。

在一间小小的办公室里，光电对抗专业起步了。发展规划，他一个字一个字仔细斟酌；教员团队，他一个一个地再三挑选；没有合适的实验室，他就蹭其他实验室的空地搭个简陋的台子；连早期使用的教材，都是自己亲笔写成的……在无数个通宵达旦的实验、点灯熬油的加班、马不停蹄的调研中，这个专业终于做大做强了——

2000年，光电对抗专业开始招收本科学员；

2011年，招收首届博士生；

2013年，光学工程一级学科博士学位授权点通过评估。

樊祥的学生，如今多数已成为光电对抗领域的骨干力量，回想起和导师在一起的一幕幕，他们不由得潸然泪下："这个专业是导师用生命熬来的啊！"

把生命融进祖国的江河

对军队科研工作者的最大肯定，莫过于其研究成果转化为实战装备。樊祥苦心研究的某型末敏弹药对抗技术一问世，便吸引了全军上下的目光。

末敏弹，是一种多弹头智能弹药，能够在弹道末端自动搜索、识别定位目标，专门攻击坦克最薄弱的顶装甲，被称为"坦克杀手"。末敏弹由于弹体小、初速高、角度刁钻，问世后便被各国断言"根本不可能防御"。

樊祥提出要干扰末敏弹时，遭到了其他人的一致反对。同事曾苦心劝他："何必把宝贵的时间投入没希望的事情中呢？"

是他的一再坚持征服了众人。事后得知，早在立项之前，樊祥已经完成了理论上的准备工作，这些推演再三的计算给了他足够的底气。

无法描述在所有人质疑的目光中，他们负重前行奋力攻关是一种怎样的体验；无法想象既没有经费又没有器材，他们辗转全国做实验是一种怎样的艰辛。为了省钱，他们无论走多远都是硬座加站票，随身带的食物也仅仅是泡面和饼干……时间一天一天过去，难关接二连三攻破，当关键实验成功的消息传来时，他将数据反反复复看了一遍又一遍——他不相信自己的眼睛，原本计划10年才能干成的项目，最后居然只用了2年零几个月！

"无法防御"的神话，在他面前变成了一纸空文。

高尚有高尚者的墓志铭

一生都在操劳的樊祥，似乎从未顾及过自己的身体。

咳嗽一天比一天严重，他仍然不在意，直到半年后实在撑不住了才去医院检查。

肺癌晚期！

这四个字足以摧毁任何一个正常人的神经，却唯独没有击垮樊祥。医生建议立刻住院治疗，而他的第一反应却是："我要是离开了，课谁来上？"

休息几天后，再次回到课堂的樊祥像平常一样，和学生一做实验就到深夜。

然而，樊祥毕竟是一个生命濒危的人，羸弱的躯体已经无法支撑他这般忘我工作。随着病情再次恶化，这一次，他真的起不来了。护士在病房门口贴上"谢绝探视"，他嚷道："为什么不让学生来看我？"他一次次挣扎着，将学生逐个叫到病床前，叮嘱他们一定要注意自己的身体，又反复询问他们的学业，病房再次成为探讨博士、硕士论文的课堂。当得知导师病重的消息，有不少已经毕业的学生甚至请假回来照顾他。他们说：这是尽孝。

就在除夕的前一天，樊祥安静地走了。学生来到他家整理遗物，一进门就呆住了，这是一个教授的家吗？屋子里基本没有什么陈设，电视还是20世纪的21寸老彩电，卫生间的瓷砖大多残缺，桌椅边角磨得发亮，书柜中，放着一个已经开胶的纸盒，显然是被经常拿出看的。

轻轻打开，原来是满满一盒贺卡。卡片被樊祥按照年月整整齐齐排好，有的因为时间长已经变质发黄，但上面的字仍然清晰可见。

"祝老师教师节快乐！"

那一刻，所有人再也绷不住眼中的泪水。

锻造军事外语教学"利器"
——记文理学院军事外语教学团队
● 雷 雯 田 靖

孙子曰:"知己知彼,百战不殆。"在全球化的今天,语言作为文化的桥梁,作为信息化战争新质战斗力,已成为高素质新型军事人才拓展国际视野、洞察国际军事动向的"利器"。20 多年来,国防科技大学军事外语教学团队将梦想扎根三尺讲台,用坚持与执着锻造军事外语这把"利器",以改革创新的精神让外语教学不断焕发新时代光彩。

新路是闯出来的

长期以来,大学英语教学基本是"一个年级一本教材",有人"吃不饱",有人"吃不了"。时任教学团队负责人刘晶意识到:大一统的外语教学难以适应新时期军事人才的培养,外语教学改革必须向国防和军事需求聚焦。

2004 年,在充分酝酿的基础上,团队在全国率先提出分级分层教学理念,从课堂教学、课外实践、网络空间三个维度,对外语教学进行大胆改革。2005 年，学校开设大学英语教改班，按学员英语水平划分不同层次，实施不同的教学计划，帮助学员在不同起点上共同进步。经过 4 年摸索，团队建立起一整个培养周期的各项指标体系，撰写系列研究论文，为分级教学奠定了理论基础和实践依据。2009 年秋，学校 2009 级 1125 名新学员走进"大学英语"分级课堂，我校"大学英语"正式迈入教改新阶段。教改小组核心成员段新颖介绍："'授之以鱼不如授之以渔'，我们用的是'可伸缩鱼竿'，教学手段因教学目标不同而灵活多样。"

教改是摸着石头过河，需要拼劲和闯劲。原来一门课只需一套教案、一套试卷，改革后需三套教案、三套试卷；原本一人的教学工作量，改革后连翻了三倍。大家不言苦不言累，各施所长。马教员开展"课前三分钟口语"活动，锻炼学员口语能力；彭教员组织小组 PK 赛，培养学员创造性思维……学员成为课堂上真正的主角，听说读写能力显著提升，大学英语四级考试通过率高达 99%，过级平均分从 465 分跃升到 550 分。分级教学成功实施，对全军乃至全国外语教育教学改革起到了重要的示范与推动作用。

作为教学分级改革的践行者，教员自身能力素质在实践中快速提高。教改以来，团队获校级教学成果奖一等奖 5 项，省级和军队级教学成果奖一等奖 2 项；9 人次获省级以上教学比赛一等奖；发表高水平教学研究论文近 300 篇；出版专著、译著、教材 40 余部。在硕果满枝的背后是教员的倾力付出。因病早逝的关虹副教授，20 岁踏入科大校园，她一人扛下了全校法语课程，工作 35 个年头，从未缺过一次课，从未因私请过一次假。就在她遭受病痛之际，还在准备期末试卷，将生命最后的时光留给了她最牵挂的学生。回顾探索"新路"的艰辛，系主任眼泛泪光地说："'路在脚下'就是教改探索的答案，教员的无私奉献是我们成功的源泉。"

英才是炼出来的

转型后的英语教学尤为重视学员走向部队岗位任职时的英语应用能力和跨文化素养的培养。在模拟联合国大会、英语辩论赛等课外平台上，学员们实现了从单纯学用英语到强化军事综合能力的跨越。

"具备广阔的国际军事视野、强大的跨文化沟通能力，才能在国际舞台上掌握话语权。'模联'就是一方提升跨文化能力的沃土"，该系况守忠教授这样认为。2009年，团队将"模联"赛事引进国防科大，首开军队院校"模联先河"。团队从零起步，完成了一项项纷繁复杂的工作。在重大国际赛事前，教员结合国际维和经历，将晦涩难懂的国际政治知识剥茧抽丝，帮学员在赛场上捕获"战机"，牢牢把握话语权。2011年，国防科大成功承办第八届中国模拟联合国大会，原联合国副秘书长陈健大使盛赞："这是一次史无前例、无与伦比的'模联'盛会！""模联"新颖的赛制，国际化的议题，演讲式的辩论，极大激发了学员热情。10年来，学员在各级"模联"赛事中先后近30次荣获"最佳代表团"奖，50余人次获得"最佳代表"奖，"模联"成为我校课外活动中一张亮丽"名片"。

如果说"模联"是对学员跨文化沟通能力的综合淬炼，那么英语辩论赛则是对学员"听说"与"思辨"能力的强化培训。2010年起，团队开始组队参加"外研社"杯辩论赛，初赛选拔面向全校本科生。用英语舌战群儒并非易事。团队分成十多个小组，数据收集、口语练习、修改讲稿、模拟比赛，教员学员忙得不亦乐乎。当年还是大三学员的屈静雯回忆，为了晋级决赛，她把津贴全部买了英文读物，连枯燥乏味的英语科教片都看得津津有味。决赛阶段，教员针对300多个议题做了充分准备，4名参赛队员准备的讲稿摞起来足足一米高。功夫不负有心人。同年11月，国防科技大学首次征战东北亚国际英语辩论赛决赛便摘得桂冠,在国际语言类赛事上展示了中国青年军人的实力与风采。百炼成钢,2009 年至今,其学员在国内外各大语言赛事中夺得特等奖 71 项、一等奖 67 项;雅思平均分高达 7 分,200 余人进入剑桥、牛津等世界一流高校深造。

金课是磨出来的

面临新挑战,团队勇于"吃螃蟹"。他们精心雕琢一门门"金课",沉心锻造教学技能,探索的脚步从未停歇。

从线下到线上,团队强力推进学科建设。在一次英语学习调查座谈会上,学员们反映军事英语掌握还远远不够,大家开始思考,如何针对性地加强军事英语教学。大家一方面研读外军相关教材,另一方面通过旁听野外训练课、下部队调研弥补军事素养短板。2014 年春,学校首开"军事英语",教员将真实作战案例引入课堂,学员直呼过瘾!为培养联合作战通用保障人才,团队还开设了"美国战争文学""国防科技情报学"等一批"军味"浓厚的课程。

2013 年盛夏,团队进军慕课这一全新领域。在酷暑蚊虫陪伴下,大家开始"大学英语(口语)"慕课建设,查阅文献,认真设计,反复推演,经过 300 多个日夜的辛勤付出,精心构建起一个循序渐进的口语交际能力训练体系。"首批国家精品在线开放课程""全国最受欢迎十大慕课"……2014 年上线来,课程屡登慕课评比榜单。"我们从学生的参与热情感到课程带来的效果",荣获"全军优秀教师"称号的刘源源欣慰地说。慕课建设成功以星星之火之势带动了英语慕课群建设,2018 年底,团队再添两门国家精品在线开放课程——"大学英语写作""大学英语综合",外语主体课程焕发勃勃生机。

"金课"离不开良师。教学比赛是青年教师蜕变为教学能手的必经之路。2015 年,文职教员陈旭传代表国防科技大学参加第四届军队院校英语教学比赛,即兴抽题的全新赛制,极具挑战。系里成立专家组,全程为其保驾护航,深度剖析近百篇军事文本,赛制模拟试讲 10 多次,练就扎实功底的她勇夺一等奖。"老中青"相结合、"传帮带"一体化,团队涌现出一批高水平教学能手。2014 年来,林骊珠、李园芳等 8 人获省级以上教学比赛一等奖。2016 年,彭天笑夺得第七届"外教社杯"全国高校外语教学大赛总决赛一等奖,实现了军队院校在这项大赛中零的突破。

姓军为战。团队紧贴军事需求,不断探索外语教学在练兵备战中的独特作用。"随着军事外交活动频繁开展,军队外语人才培养逐渐提升到战略高度。团队立足'三个面向',积极开辟为军服务新战线",文理学院梁副院长介绍。2016 年,他主持的"国防和军队改革视野下的国防语言能力研究"成功申报全军首个外语类国家社科基金重大招标课题。栽得梧桐引凤来。一线部队多次邀请团队进行维和、护航、飞行员等英语培训,面向战场的外语教学受到各级部队和指战员普遍欢迎。一大批军官在培训结束后,马上投入军事行动保障中,以良好姿态在国际舞台上展现我军风采。

生命之光为强军"旋转"
——追记中国激光陀螺之父、中国工程院院士高伯龙

● 姚 宏 颜 瑾 方 娇 陈 思

2019年4月23日,中国,黄海。

苍茫海天间,舰阵如虹,白浪如练。潜艇群、驱逐舰群、护卫舰群、登陆舰群、辅助舰群、航母群破浪驶来,接受统帅习主席检阅。这是庆祝中国人民解放军海军成立70周年海上阅兵中最为壮观的一幕。

挺进深蓝的壮美航迹,离不开一个仅手掌大小的尖端仪器——激光陀螺。它的诞生,历经20余年艰苦攻关;它的应用,经过40余年漫长跋涉;它的"生命",和一个人紧紧相连。

他,带领团队在重重艰难险阻中,开辟出一条具有中国自主知识产权的研制激光陀螺的成功之路,使我国成为全世界第四个能独立研制激光陀螺的国家。

他,在临终之际,念念不忘的,仍然是激光陀螺。

他,就是中国激光陀螺之父、中国工程院院士——高伯龙。

自主创新，方寸之间铸重器

激光陀螺，是自主导航系统的核心部件，被誉为现代高精度武器的"火眼金睛"。因为集成众多尖端科技，这个方寸大小的仪器极难研制。1971年，当钱学森将两张写着激光陀螺大致原理的纸交给学校时，中国在该研究上已两次受挫。

要依据纸上描述造出实物，无异于让一个从未见过火箭的人去设计登月火箭。这两页纸所代表的难度，堪称世界级"密码"。谁是那个能破解钱学森"密码"的人？他就是高伯龙！

数理功底极其深厚的高伯龙，通过大量计算，反推出激光陀螺的若干关键理论认识和结论，提出了我国独有、完全没有任何成功经验可借鉴的四频差动陀螺研制方案。同年，在全国激光陀螺学术交流会上，进入该领域不到1年的高伯龙一鸣惊人——依照我国当时的工艺水平，如果继续仿制美国，想在10年内有所突破都不可能，只有四频差动陀螺因为降低了工艺难度，才最有可能实现！此言一出，四下哗然，一个"新人"，凭什么口出狂言？但高伯龙用扎实的理论和计算说服了与会的众多专家。

次年，高伯龙所著《环形激光讲义》出版，该书是我国激光陀螺理论的奠基之作。直到今天，研究激光陀螺的人不学这本书，就不敢说入了门。

理论解决后，工艺难题如连绵高山，高伯龙开始了长达20年的攀登。几乎每一个攻关都是从零开始，而其中最难攻破的是激光陀螺的"命根"——光学薄膜。在对它发起冲锋之前，高伯龙首先要解决没有检测仪器的问题。靠肉眼无法分辨膜片是否符合要求，国内国外的仪器都不符合需求，高伯龙便选取全新的方向，设计出一种符合我国实际、具有原理创新的测量仪器——DF透反仪。它的面世引发国内同行热烈反响，为停滞不前的激光陀螺研究打开新局面。高伯龙的创新精神，从 DF 透反仪上可见一隅。

攻关之路多险阻。1984 年，实验室样机鉴定通过之时，一阵"凉风"袭来。由于美国彻底放弃同类型激光陀螺研制，国内质疑四起。有人说高伯龙："国外有的你们不干，国外干不成的你们反而干。"面临经费短缺，窘境下的高伯龙从不言放弃。他知道美国在最初就犯了结构上的原理错误，而自己的方案无此问题。

"外国有的、先进的，我们要跟踪，将来要有，但并没有说外国没有的我们不许有。"10 年后全内腔四频差动激光陀螺工程样机通过鉴定，证明了高伯龙所言非虚。

被质疑的 10 年，高伯龙顶住了无数压力。为尽快攻破镀膜工艺，高伯龙的学生曾淳三进成都学习修理总出故障的镀膜机，师徒二人合作研制出当时国内最先进的镀膜控制系统。1991 年，初步研制的小型化工程样机通过航天部验收。眼看成功已不远，却在 1993 年，激光陀螺工程样机在鉴定过程中突然出现问题，有专家说："什么中国特色，原来是犯了原理错误，浪费了许多钱，就此画上句号吧！"这句话的潜台词，便是要终结团队 20 余年的辛勤劳动，中国将就此没有激光陀螺。

"请再给我们一点时间！"高伯龙在专家组面前立下"军令状"：一年内一定解决此问题！这是攻关最白热化的阶段，高伯龙带领学生龙兴武等人全力投入攻关。他夜以继日地工作，每天天没亮，就到实验室打开镀膜机，在精神和身体的双重压力下，那一年他明显憔悴，体重下降了 13 公斤。

1994 年，激光陀螺工程样机的鉴定顺利通过。与此同时，一批号称"检测之王"的全内腔 He–Ne 绿光激光器问世，引起轰动。它的膜系设计皆由高伯龙一手完成，它的问世意味着我国在镀膜的膜系设计和技术工艺水平上有重大突破，成为继美国、德国之后第三个掌握该技术的国家。

有 10 家联合攻关 10 年都未能攻克该技术的单位派人来参展，看见绿光管非常激动:"有人说,如不引进国外的先进设备、材料和技术,是无法成功的,现在你们竟然成功了,而且没有用国外任何技术,是大家万万想不到的。"

从 1975 年到 1994 年,高伯龙在冷板凳上苦坐 20 年,终于以我国自主研制的激光陀螺,完美破译了钱学森"密码"。在此过程中积累下的成果,为团队后续成功研制二频机械抖动激光陀螺打下了坚实基础。

这时的高伯龙早已到退休的年纪,但他又盯上了新的高地——新型激光陀螺。该型陀螺能消除损耗和温度敏感性等不利因素,正是瞬息万变的战场环境所需要的。由于外国对此型陀螺的技术严格封锁,国内资料有限,高伯龙所见到的只有一张它的图片。

这张图令高伯龙思考了很久。那时是 20 世纪 90 年代,国内的工艺能否满足它的要求?他伏案写算,耗尽心血设计出一种降低工艺要求的全新方案。

在研究该型陀螺的同时,高伯龙将目光投向激光陀螺最主要的应用领域——惯性导航系统。走向战场,才能让这个方寸大小的"玻璃品"成为真正的"武器之眼"。那时国内已有多家单位开展此类研制,采用国际主流的捷联式惯导系统。这个系统到底行不行?高伯龙亲自调研的结果是——必须给该系统加转台,否则无法满足长时间、高精度的惯导需要!这个方案又是一个无经验借鉴的中国特色,在一场专为旋转式惯导系统召开的专家研讨会上,与会专家大多对此持否定态度。

这一幕,和 1984 年四频差动激光陀螺的遇冷,何其相似!

对此,高伯龙的反应是继续干!把理论变成战斗力,是他一生的执着追求,70 多岁的他义无反顾带领学生从零开始。在他的悉心指导下,2006 年 12 月,国内首套使用新型激光陀螺的单轴旋转式惯性导航系统面世。4 年后,具有一定工程化的双轴旋转式惯导系统面世,精度国内第一。如今,旋转式惯导系统已成为国内惯导界主流。

姓军为战，轴心不偏移半厘

谁曾想到，这位"中国激光陀螺之父"在投身激光陀螺研究之前，因为理想而苦闷挣扎。

高伯龙毕业于清华大学物理系，理论物理功底深厚，成绩优异，同窗杨士莪和何祚庥曾用"天才"一词来形容他。1951年，高伯龙被分配到中科院应用物理研究所。彼时，中美正在朝鲜鏖战。为大批培养军队技术干部，加速国防现代化建设，1953年9月，新中国第一所高等军事技术学府"哈军工"诞生。次年9月，高伯龙调入哈军工，成为物理教员，开始了他姓军为战的人生。

物理教学虽然不是高伯龙的理想，但他深耕教学，把最难教的量子力学、原子武器等课程讲得深入浅出，在"哈军工"讲出了名气。后来，他又报考了中科院研究生，期待重返理论物理界。然而"哈军工"太需要高伯龙这样的人才了，为留住他，陈赓院长在家亲自请他吃了一顿饭。高伯龙后来回忆，饭一吃他就知道走不了了。

这是高伯龙人生的第一个转折点。他人生的第二个转折点，则在1975年。

当年全国撤销基础课部，高伯龙离开讲台，被304激光教研室"收容"，该室做的研究恰是激光陀螺。高伯龙的到来，仿佛一道分水岭：在此之前，由于对一些基本原理不了解，研究几乎没有进展，但高伯龙仅花一个星期，就令很多搞不清楚的问题一下子明明白白。

而这时，国内各科研单位由于迟迟无法突破闭锁效应而纷纷放弃激光陀螺的研究，国外则在该研究上进展神速。美军在越战中频频使用精确制导武器，展露出远程精确打击的强大威力。如果不立刻开始研究，或许永远也难有了！看到激光陀螺领域举步维艰，面对国家和军队的迫切需要，高伯龙没有犹豫，他将自己的人生坐标彻底锚定在战场。

"这一选择异常艰难，但我最终还是迈出了具有决定性意义的一步。"多年后，当他接受媒体采访时，曾这样袒露心迹："明明你生活在高山上，却不想爬山而想学游泳，这必然引起主观与客观的矛盾。一个人的志愿应该跟客观实际相符合，应该符合国家的需要。"

此后，高伯龙全力以赴、心无旁骛地投身激光陀螺研究。激光陀螺的研制工艺复杂、难度极大，且我国当时还面临西方严密的技术封锁。面对如山的困难，高伯龙并未打退堂鼓，在动荡年代出生、从连天炮火中走出来的他，坚信自己一定可以为国家、为军队研制出适用于各型武器装备的激光陀螺。

为此，他毫不犹豫当起"蓝领"。没有实验室和设备，高伯龙就在临时改造的废旧食堂里，用废旧仪器上拆下的配件做加工；听说大理石膨胀率低，适合做光路系统的支撑平台，高伯龙就推着板车去长沙火车站建筑工地捡大理石废料。一次天降大雨，高伯龙又出现在工地。看到一个高级知识分子已经年近半百还这样拼命，工人师傅被感动了，一起帮他装车又送出很远……失败、重来、再失败、再重来，在一次次跌倒和爬起来中，激光陀螺坚若磐石，"淬火"而生。

"一定要满足武器型号需求！这是高院士带着我们技术攻关时，反复叮嘱的一句话。"作为高伯龙的学生，罗晖一直谨记导师的教诲，时至今日，每款陀螺设计完成之后，团队都会让其经过恶劣环境的检验，确保陀螺在强震动、大冲击环境下依旧能够保持高精度性能，提升部队战斗力，"在武器装备上好用、管用、顶用，这就是一直以来国防科大的激光陀螺口碑好的秘密所在"。

抗高过载，是加装在武器上的精密仪器所面临的普遍问题。因为在此环节没有突破，西方某国就下马了平面四频差动激光陀螺，认为其无法应用到武器装备中。某部筹建数字化炮兵营时，提出了将激光陀螺应用到某型火炮上的设想。火炮发出阵阵"怒吼"时，加速度计显示的指标瞬间超过量程，但国防科大的激光陀螺装载在近10吨的火炮上，硬是完好无损，接受住了战场环境的考验。中国，成为迄今为止世界上唯一一个把平面结构四频差动激光陀螺运用到武器装备上的国家。

慕名进校寻找陀螺的，还有某型装备研制单位。此前，由于装备上使用的陀螺，无法经受导弹运动所带来的冲击，要么坏了，要么不再精准，他们为寻找耐环境能力强的陀螺遍访全国，却一直苦寻无果。虽然国防科大的陀螺正好满足需求，但其耐温度环境的能力却始终不太稳定。

"用在武器装备上的激光陀螺，不能有任何问题，必须好用管用！"汗水在无声中流淌，时针在寂静中跳跃。团队加紧攻关，从镀膜、结构设计上进行改进，终于将"绊脚石"一一搬开，陀螺满足了地面各项实验中的高需求。

但凡经历磨难，惊喜总是不期而至。20世纪初，该型装备在某海域进行测试，发发命中，以战时一剑封喉的姿态，傲视九天！这是人民海军历史上首次取得"百发百中"的历史性时刻，激光陀螺功不可没！此后，该型装备成为海军慑敌中坚力量，筑起我国坚不可摧的和平盾牌。

我国某型卫星，长期被微振动测量不够精确、图片成像不够清晰等问题困扰。为解决这一问题，航天某部来到国防科技大学请求支援。

怎么解决卫星对陀螺体积的需求？团队首先想到的是高伯龙。"高院士都这么大岁数了，还会'出山'解决陀螺问题吗？"大家不免有些疑虑。凭着对激光陀螺的热爱，高伯龙二话没说，爽快地"受领"了任务。

从那时起，高伯龙办公室的灯光就常常亮到深夜。他要么和团队科研人员研讨技术方案和技术难题，要么独自设计专门用来核算相关参数的程序。这位倔强的老头儿，不顾自己已是耄耋之年，硬是凭借深厚的物理理论功底，在短短几天内将程序编写完成，论证了参数的合理性。

"高院士，我们的陀螺上天了！"卫星首次搭载激光陀螺发射成功时，高伯龙已缠绵病榻多时，当从学生口中得知这个消息，瘦削的老者在病床上如孩童般咧嘴笑出了声。42载痴心不改，他终于令我国海、陆、空、天有了"火眼金睛",他终于等到激光陀螺飞天,耀我国防!

以身许国,至真至纯如激光

激光陀螺的光芒闪耀,高伯龙的生命之光却在 2017 年 12 月 6 日永远地熄灭了。时光倒转回 2015 年,在湘雅医院病房内,一个消瘦的老头儿捧着一叠满是复杂计算的文件,在台灯下逐字逐句地看。

"该休息了,老爷子!"查房的护士已经来了七八次,高伯龙只是口里应着,却一动不动。因为双腿浮肿得厉害,他只能将腿架在凳子上,以此缓解糖尿病并发症的痛苦。这位"不听话的病人"在多种器质性疾病的侵袭下,坚持工作。

"住院 3 年,直到去世,他没有任何生活上的诉求,他只要求工作",照顾他的护士说。

进入激光陀螺领域时,高伯龙已近知天命之年,他将自己全部的热情与精力投入激光陀螺的研制中,开始了与生命赛跑般的执着攀登。激光陀螺的研制之路是爬不尽的高山。彼时国内基础工业力量薄弱,别说极低损耗镀膜,就是加工一个超精抛光水平的镜片都做不出来。倔强的高伯龙偏不信邪:"正是这样,我们才更要坚持。不干,就可能给国家留下空白,不能把自己的命脉掌握在别人手上!"

"院士干起活来不要命。"团队的李晓红回忆说,"那时条件很差,夏天没有电扇和空调,整个工作间就像个大闷罐,院士经常穿个背心浑身是汗地工作。"几块钱的小背心是他夏日的"标配",后来高伯龙 80 多岁高龄时穿着背心在计算机前工作的场景被镜头拍下,"背心院士"之名不胫而走。

从事激光陀螺研究的 40 余年,高伯龙几乎没有按时吃过饭,常常推迟两三个小时吃,有时候还会忘记,以至于后来正常的饭点他倒不适应了。一次临近中午,高伯龙的学生去向他请教问题,想着先吃饭再来详细讨论，没想到，高伯龙一拿到问题便立马投入思考，完全没有要吃饭的意思。思量许久，高伯龙突然站起来："走！我带你去见个人，他是这方面的高手。"于是，师生二人骑着自行车、顶着夏季正午的烈日，去拜访学校在显微镜检测方面的王姓教授，王教授正在家吃饭，见到二人只好放下碗筷，三人一谈又是两个小时。"不仅我们的中饭泡了汤，王教授估计也没有吃好。"这样的故事在高伯龙身上数不胜数，他的老伴曾遂珍曾经无奈地说："我这辈子做得最多的一件事，就是给老头子热饭。"

在他人眼中，高伯龙有些"另类"，在被称为"四大火炉之一"的长沙，他的军大衣一穿就是大半年，并非他天生怕冷，而是因为他患有严重的哮喘，对冷空气特别敏感。为了减少发病频率，他宁愿整天裹着军大衣，以便将更多的时间与精力投入工作中。

为延长发病间隔，高伯龙跑到医院去开了大剂量的药。起初，医生并不同意，因为激素类药物对身体伤害大，但高伯龙却满不在乎："管它什么副作用，能工作就行。"后来医生也拗不过他，只好任由高伯龙一次性将几个月甚至半年的药抱回家。

高强度的工作加上长期服药，带来的是透支身体的代价。到了晚年，高伯龙的身体机能全部紊乱，双腿又黑又肿的他甚至需要搀扶着才能上楼，他拒绝坐轮椅，他总说："坐下就再也站不起来了！"

为了与病魔做斗争，高伯龙可谓想尽各种办法。为了调节肺部问题，他坚持游泳，83岁时还能一口气游1千米；为了控制高血糖，他就吃清水面条与水煮白菜，餐餐如此，团队成员说"院士对自己身体的自律达到了苛刻的程度"。

2008年冰灾，电力供应紧张，实验室只有晚上才给电。80岁高龄的高伯龙为了工作昼夜颠倒。一次，他在实验室连续做了十几个小时的实验，回到家脚肿得连袜子都脱不下来，老伴看了心疼得眼泪在眼眶里打转："你都啥岁数了，咋就不知道悠着点干。"高伯龙回答："留给我的时间不多了，我要抓紧！活着干，死了算，一天不死一天干！"总想多一点时间在实验室,就连最后一次去医院做检查,还是在他的学生秦石乔和该系协理员刘和旭二人的连哄带骗下才去的。

对工作近乎"痴狂",对生活却几乎没有要求。一身老式作训服、一双绿胶鞋,穿了一辈子。家中,只有简单得不能再简单的几样家具,瓷杯是缺了口的,藤椅是变了形的。他有两件宝贝,一件是学生在他生日时送的湘绣,另一件是从"哈军工"运过来的年代久远的衣柜。

在多年前的一次学术会议中,高伯龙因不满主办方"用公家的钱大吃大喝",自己拿个小碗夹点菜到一边吃,会后的纪念品他也退了回去,说不能把公家的钱变成自己的东西。

心无旁骛,一切为了科研,一切只为科研。这样一位业内公认的开拓性大师,因为从事的工作密级较高,高伯龙和团队几乎都是埋头默默攻关,很少出现在媒体大众的视野,更谈不上名利。与其交好的清华大学张书练教授曾说:"如果你只是赶时髦,追求短期效果,为了晋升职称,那肯定不会干这个。因为这个陀螺说不定十年八年都出不来。"

在医院度过的最后 3 年,高伯龙一刻也没有放下过他挚爱的事业,他的床头摞着高高的书籍与资料,学生前来看望,他总会提前很久挪到沙发上坐着,然后关上门,促膝长谈。

护士郭佳回忆说,高老为了方便工作,不愿打留置针,只接受一次性扎针,扎针的次数多了,手背便肿了起来。有时护士扎不中血管,高老不仅毫不介意,甚至还鼓励她们继续"实验":"年轻人永远不要怕犯错,就怕你失去了挑战的勇气。"

随着身体日渐衰弱,高伯龙开始抓紧时间发短信,他要把自己的思考全部告诉学生。他坐在病床上,捧着老人机艰难地打字,一条短信要耗费半个小时,看得一旁的护士偷偷抹眼泪:"他总说在办公室的抽屉里还有一篇学生的论文,很有价值,他要回去继续深化。直到去世前的那一年,他还想着要出院的事儿……"

长沙南郊的阳明山,是人们最后和高伯龙告别的地方。那日,无数人从全国各地甚至国外赶来,只为送他最后一程。他的夫人曾遂珍在挽联上写了这样一句话：该休息了老头子，安心去吧。

军旗下，这位老人的脸庞已深深凹陷，那颗滚烫的爱国之心，永远停止了跳动。高伯龙走了，这位老者的生命之光，一如激光陀螺的光芒，至真至纯，闪耀不灭！

多重角色演绎出彩人生
——记国际关系学院讲师王晓榕

● 许　鑫

作为一名政治理论教员,任教10年里,她主讲过"军队基层政治工作""军队心理服务工作"等六门课程,专业涉及哲学、伦理、政工、宗教、心理等五个门类,是教研室承担课程门类最多、专业最广、跨度最大的教员。

10年里,她赢得了不少称号:"优秀教员""青年教学能手"是教学岗位上荣封的称号;"人气讲师""超人妈妈""知心榕姐"则是她收获的昵称。

近日,记者走进国际关系学院,采访了这位称号颇多的年轻教员——王晓榕。

"人气讲师":思想战线的"播火者"

新时代军校学员每天接触大量的多元化思想,如何在直面各种观点和思潮中坚定信仰信念,是思想政治理论课必须要解决的问题。

从原南京政治学院宗教哲学专业硕士毕业后，为了弥补专业上的"先天不足"，王晓榕整天泡图书馆、资料室，研究教案、请教专家，几乎每天都在加班加点备课，即使怀孕也不见她打过一点折扣。经过大量的对比研究、案例分析，王晓榕归纳出紧扣不同类型学员思维矛盾的热点、难点，运用情景再现、角色扮演等形式给理论画像、把道理讲活，逐渐形成了问题牵引、以问代教的独特授课模式。

"你会怎么办？""有没有更简单有效的办法？"……问号永远是王晓榕的课件中最抢眼的字符，一个个问题成了她抓住学员思维的法宝。

学员马超毕业后一直在基层部队工作。特战专业出身的他，初任连队政治指导员时，给战士讲党课只会照本宣科，战士不仅听不进，甚至还产生了厌烦情绪。

"教育离了兵，一切等于零。"他想起晓榕教员经常在课堂上这么讲。于是，马超将王晓榕的授课方式运用到部队实际中，以问题为牵引激活战士的兴趣点，拨动战士的情感弦，从根本上打通政治教育不接地气的症结。

已经毕业 6 年的马超，此次利用休假时间，专程回母校看望王晓榕。"榕姐上课从来不说教，我们关心什么她就讲什么。她的课堂为我开展基层政治工作打下了坚实基础，给了我很大启发。"

"无论在校学员还是已毕业学员，工作生活中遇到困难都喜欢找王晓榕请教、探讨，她一直是我们系里的'人气之星'"，该院军队政治工作教研室主任欧任国向记者介绍。

"知心榕姐"：心灵港湾的"守护者"

身为该院军队政治工作教研室副主任，王晓榕每天忙得不可开交，恨不得一人当成几人用，但这丝毫不影响她与每一位需要心理帮助的学员的约定。

2016级学员郭朝，一直憧憬军营生活，可当他真正走进军校后，高强度的军事训练给了她当头一棒，"当时咳嗽了1个月都不好，去医院竟然检查出心室间隔膜部瘤，我深受打击，那时候退学是我唯一的念头，谁劝都没用！"

得知此事的王晓榕随即主动联系郭朝进行心理疏导，谁知已经抱定退学念头的郭朝怎么都不开口。"一次不行就两次，两次不行就三次，总有一天她会对我袒露心声。"

除了定期跟踪疏导，王晓榕还经常发微信关心郭朝的学习、生活、病情等方方面面，光是两人的聊天记录就有近千条。"晓榕教员是牵引我走出黑暗的那束光，正是她的耐心和关心，我开始爱上了这身军装，担起属于军人的责任"，翻看着聊天记录的郭朝庆幸地说。

不止郭朝一人感受过王晓榕的神奇"魔法"。作为学院首批思想政治导师之一，依托教研室的政治工作站和心灵俱乐部，王晓榕先后为学员做了近百次个案心理咨询，及时为他们解除心理困惑，帮他们放下心理包袱，学员总是亲切地称呼她为"知心榕姐"。

"超人妈妈"：教学一线的"坚守者"

2013年底，王晓榕因工作突出提前调级，就在她干劲十足，准备大展拳脚时，生活却给了她重重一击——年仅一岁半的儿子川川被医院诊断有"面颌部横纹肌肉瘤"。

"恶性！"

"立即手术！"

"马上化疗！"

一连串生活的打击将王晓榕拉到深渊。看到川川因化疗的副作用呕吐不止，饭也吃不进，话也没力气说，连头发都掉光了，日渐消瘦的样子，王晓榕的心像被刀割般疼。

虽然生活的重担压得她无法喘息，但王晓榕仍然坚定地守在教学一线。每次川川化疗结束后，她就独自坐高铁从上海赶回南京，为维和培训班的学员讲授"宗教与文化"课程。

维和班的学员大都在国外执行任务，为了搜集任务一线的素材资料，王晓榕就算好时差，每天凌晨跟他们交流探讨，经常一聊就是一宿。医院里无数个失眠的夜晚，成了王晓榕进行调查研究的"大好时机"。看着深夜还在病床前修改教案、分析图表的王晓榕，病友都称她为"超人妈妈"。

回想起那段特别的"超人"时光，王晓榕显得格外平静："希望我能像现在这样始终坚守三尺讲台，尽心尽力，精益求精。希望我的孩子也可以像这些兵哥哥、兵姐姐一样健康成长，在前行的道路上永远阳光快乐！"

引"爆"实训场

——记军事基础教育学院某教研室主任汪庆桃

● 陈 思

"准备好了吗?""预备——投。"汪庆桃站在全副武装的学员身旁,低声下令。漂亮的撤步、挥臂,汪庆桃迅速将学员头部按下,两人一起蹲在掩体内,静待那一声巨响。

这是今年夏天本科学员实弹课上的一幕,汪庆桃——军事基础教育学院某教研室主任,他已记不清这是多少次站在掩体内,与学员共同迎接"触弹"的欣喜。15年来,汪庆桃始终围绕实战搞教学、着眼打赢育人才,在他的带领下,教研室承担的教学任务有三分之一以上为实爆实弹实践环节,创造了零险情、零事故的战绩,他主建的手榴弹教学体系与场地居全军领先水平。

标准,一点都不能降

大匠教人,必以规矩,学都亦必以规矩。组织实弹教学,必须严格按纲施训。

2013年,学校开始实弹教学,主攻爆炸力学方向的汪庆桃带领团队挑下了这副担子。课程建设之初,没有范本可借鉴,首当其冲便是"手榴弹投掷"。教材怎么编?场地怎么建?汪庆桃跑到基层部队调研,发现他们大多是找到合适的地形就开始投,这样的方式虽然贴近实战,但用于院校教学,隐患无穷。翻阅大量文献后,他又发现寥寥数笔的介绍根本不足以撑起一门课程。

"当时压力很大,和平年代的实弹教学,标准不能打折扣!"

在3个月的筹备时间里,汪庆桃基于自身的专业基础苦钻理论,寻找实战化与科学化的平衡点,他"白+黑""5+2",四处调研。终于与团队一起编写出适用于军校学员的手榴弹投掷教程,并制定了组训流程、安全预案、场地设计等一系列规范。

"最初,我们连场地都没有,汪教员就带着我们自己干",2012级学员肖学东回忆说。那年冬天,汪庆桃带着上百号学员,扛起铁锹,搬起水泥,集体上阵,"天真叫一个冷,但我们都干得热火朝天"。看着投掷场的雏形慢慢成形,大家心里充满了喜悦。

如今,汪庆桃所带领的手榴弹投掷教学团队和场地建设均处于全军领先水平,其他院校来国防科技大学参观,无不感叹于学校组训的科学规范。原火箭军某基地相关领导了解之后,更是热情地邀请教员去部队讲学。

每到这时,汪庆桃总是骄傲地说:"这个实弹投掷教程是教学团队一个环节一个环节演练出来的,这个模拟弹场地是我们带着学员一锹一锹建起来的!"

血性,一点都不能丢

军人血性不仅仅激扬在炮火中,更体现在关键时候拉得出。

麻栗坡地处云南边境,群山环抱,耕地稀少。

2005年，硕士毕业留校不久的汪庆桃随同原总参某部前往中越边境的麻栗坡县，宣讲雷患知识。当地村民在明知脚下有雷的情况下，为了生存，仍甘愿冒着风险劳作。"在座谈中，一个村里有20多位都是残疾人，有的没了胳膊、有的断了腿，那样的场景给我带来了极大的震撼。"

回到学校后，汪庆桃做了许多"未爆弹药处置"与"险情处置"方面的研究，对于"寻弹"，他练就了一双"火眼金睛"。

6月29日，实弹投掷场的指挥所内一片寂静，所有人都凝神屏息，但期待的爆响却迟迟没有来。眼下，多一秒意味着多一分危险，"其他人留在指挥所，我与陈志阳去找哑弹！"作为掩体内指挥员的汪庆桃果断说道。落弹区是及膝的淤泥，加上连日来的暴雨，寻找哑弹困难重重。如果是机械故障，此时一点点的风吹草动都可能爆炸。怎么办？汪庆桃脑子里在飞速运转："最后这名学员的投掷动作、方位……应该是……正前方15米左右偏右！"汪庆桃思忖后脱口而出。在其锁定区域，陈志阳发现了这枚哑弹。

与弹药打交道15年，汪庆桃熟知弹药性能，专业功底深厚，已树立起独有的专业自信。在他的带领下，教研室年均消耗炸药500千克、雷管1500发、导爆（火）索3000米、手榴弹4000枚……人员多时达到2000人。"样本越多意味着风险越大，但我们多年来做到了零失误、零险情，这样的成绩在全军来说，应该是少有的"，该系主任胡其高说。

底线，一点都不能松

足球运动有一个"底线"规则，在汪庆桃心里，也有一条不可逾越的"安全底线"。

一次实弹投掷，医护人员迟迟没有到场，一个小时过去了，演练仍然没有开始。现场观摩领导很多，气候阴晴不定，有些同志坐不住了：

"要不就先开始吧,边练边等。"作为现场指挥员的汪庆桃却斩钉截铁地说:"不行!少哪一个都不能开始!"直到所有人员就位,这才下达指令。

每次起爆前必须点到,撤退时必须到安全区域外再加50米,每次课前不仅要练学员,还要练教员……汪庆桃的心很细、规矩很多。在他心中,没有什么比学员的安全更重要。

保障人员一个都不能少,投掷人员也是一样。在汪庆桃所做的样本分析里,记者看到这样一行字——初次接触实弹的新学员,20%手抖、动作变形。

怎样帮助学员更快过好心理关?

学员吴志勇,身高一米八,前期表现都很优秀,但拿到实弹后,却怎么也拔不出保险销。看着额头冒汗、浑身僵硬的他,汪庆桃找到了症结。"记住,一定要握紧弹体,只要保险握片不弹开,这枚弹就不会爆炸……"在几番心理调适以后,他轻声询问:"你愿不愿意再试试?"舒缓了心情的吴志勇,重新站上投掷场,顺利完成了两枚实弹投掷。

"如果从安全角度出发,有紧张情绪的学员完全可以不投,但汪教员不一样,他一个都不想落下,他明白这样的历练对于兵之初的他们来说有多重要",团队教员任才清说。

底线,一点都不能松!

血性,一点都不能丢!

标准,一点都不能降!

这是一位军人的斗志昂扬,是一位军校教员的使命担当!

谱写0与1的育人交响曲
——记计算机学院计算科学系教学团队

● 龚 仪 王雅琼

谁能想到，一堂程序设计课能够如此热闹：欢呼声、叫好声、加油声一波接着一波。

到底发生了什么？

原来，在计算机学院陈立前副教授的课堂上，一场小擂台正如火如荼。学员们围坐一团，为两位打擂选手呐喊助威，而格斗主角竟是两台乐高机器人。这些机器人并不普通，学员们通过编程来控制它们参加比赛。一场对抗下来，胜利方欢呼雀跃，落败方摩拳擦掌，准备为下一次对抗养精蓄锐。

课堂游戏的背后是陈立前的良苦用心。他深知，"计算机程序设计"课的知识点繁多、概念抽象，按照"填鸭式"的老方法讲授，势必浇灭学员学习的热情。为了激发学员学习兴趣，提升学习成就感，他费尽心思设计了这堂"游戏课"。

而这样的课堂成效，正是计算机学院计算科学系教学团队教改以来孜孜不倦追求的目标。这个平均年龄43岁的教学团队，多年来深耕教学一线，立足教学实践，不断创新教学方式，磨炼教学技能，为我军培育了一批又一批计算机教学、科研与业务领域的专业人才,谱写了一曲 0 与 1 的育人交响曲。

"我们要'换着花样儿玩'"

2015 年,一份全球最受好评的 MOOC 课程 TOP50 排行榜出现在果壳网上。入选首批国家精品在线开放课程的"大学计算机基础",从收录的全球 1887 门课中脱颖而出,成功入围 TOP50。而这,正是计算科学系教学团队的杰作。

时至今日,这门被学员们亲切简称为"大基课"的课程,在团队老师们的努力下有了新面貌。

进入新学期,学员们发现,"大基课"课堂变了。人手一台笔记本电脑成为课堂标配。原来,为了便于教员采用问题牵引、知识植入、实践验证的方式展开教学,携带笔记本电脑上课已成为课堂的新规定,边讲边练也成为课堂常态。教授 Python 语言,变为开门见山讲案例。某次授课,由教员指导学生绘制心形函数曲线。看着教员绘制的图形,学员陈翊觉得曲线不够优美,索性自己动手,利用课间"现学现卖",通过修改程序绘制出了完美的心形。

变的可不止"大基课"课堂!其他课程的实验课时比重显著增加,甚至占据总课时的"半壁江山"。课堂内容也越来越"放飞自我"——二进制炸弹、机器人竞跑、自动花盆等诸多实验设计在课堂上亮相。有学员说:"你永远不知道计算机课程的老师会在课堂上玩什么。"

为了"玩"得更科学,团队干脆凭借科研实力,搭建了群体化的资源库和实践实训平台。通过平台发放问卷、在线测试、设置游戏英雄榜……当"玩"的过程被量化,学员们的形成性成绩也在一次次提交作业与闯关中顺势而生。

"为了激发学生的兴趣,培养学生的计算思维,我们要'换着花样玩儿'",团队周海芳教授笑着说。

说是这么说,可做起来难度系数还真不小。单就教学案例设计来说,案例难度就要合适,"太难了够不着,太容易了缺乏挑战"。另外还得巧妙融进知识点。有的案例甚至要设计二三十个步骤。于是,为了建设好每门课程,让计算思维在"玩"中"落地",团队老师们开启了"5+2""白+黑"的工作节奏,用心打磨着每门课程。

一组数据或可说明这耕耘背后的收获:近5年来,团队获全国计算机类课程特等奖1项、国家教学成果奖2项、军队教学成果奖一等奖3项、二等奖4项。

"黑发积霜织日月"

这是一个实力雄厚的团队,高级专业技术职务占比75%;这是一个够拼的团队,59人承担全校六分之一的公共课,年人均授课课时约150;这是一个业专而精的团队,80%以上的成员接受过国际ISW教学培训。所有的青丝与白发,都是为了学生更好地成长。

2017年,计算机学院主动承接了一项在全军院校开办导教班的任务。当年6月,该院便接到开班命令。为全军培养联合作战保障信息类人才已非易事,更遑论为全军院校培训"大学计算机基础"课程教师。难上加难的是,距离8月开班仅有不到2个月的时间,而此时团队面临着"三缺"的境况——"缺教材、缺师资、缺时间"。"事实证明,越是时间紧任务重,越能激发银河人愈难弥坚的干劲。"接到任务后,该院第一时间成立了专门的课程组,一起解读《新大纲》,研讨制订授课方案,快速进行分工。

缺教材,大家二话不说,编!3位教员组成教材编写组,开始了压力最大的教材编纂工作。翻资料、查文献、借鉴外文教材……编撰工作紧张而又有条不紊。出手教材时间仓促,为免错误还得多次修改,教员只能通宵达旦，反复打磨。

缺师资，怎么办？学院领导和机关处领导在内的各级领导带头走上讲台。整个课程组成员全身心扑在导教一线。"面对困难，虽然'压力山大'，但院、系领导亲自带队并全程参与导教，给课程组所有成员打了一剂强心针。"谈起那段攻关的日子，课程组负责人周海芳颇多感慨。

缺时间，那就从休息时间里挤，"一分钟掰做两分钟用！"7月的长沙骄阳似火，正值暑假，校园冷冷清清，与之形成鲜明对比的是，银河大楼二楼的灯光，从凌晨亮到了第二天凌晨……

苦心人，天不负。2017至2019年，团队陆续举办4期导教班，为全军30多所院校培训了80多名"大基课"骨干教师。课程组新编写的《大学计算机基础》配套教材不仅成为全军示范性教材，更被地方多所高校采用。

"科大计算机基础课程教学团队的老师真是'黑发积霜织日月，粉笔无言写春秋'"，参加导教班的空军预警学院教员郭乐江深情赞誉。

"为战而教向战而师"

"几乎每个暑假都在实习。"大学期间，该院学员王泽宇感受最深的就是频繁的实习。诸多实习中，让他记忆犹新的，莫过于2019年上半年在某军事研究院的实习，他第一次深刻感受到了"知识生成战斗力的过程"。

初入实习单位，王泽宇就被实习导师委以重任，参与了该研究所某舰艇军事训练管理系统开发项目。这是一个提高舰艇训练管理信息化水平的项目。项目中，他主要负责训练查询与统计分析模块的开发。如何将不同兵种的训练大纲代码化，统一在系统中科学管理？如何将实用的报表统计工具嵌套进管理系统？如何进行训练数据库的优化处理？……研发中，各种技术难题扑面而来。实习中途回校，王泽宇前往校内导师唐晋韬的办公室求教，并通过电话、邮件等形式源源不断地从学校汲取技术养分。在唐老师的点拨下，他明确了攻破技术难题的方向，节省了大量精力和时间。

技术困难倒在其次，更难的是设计难题。如何运用掌握的理论知识和技术服务部队实战？这是技术人才进入工作岗位的第一个难题，王泽宇提前体验到了。与基层经验丰富的干事、参谋、工程师的沟通让他拨云见日，与不同岗位、不同专业背景的战友协同作战、攻坚克难也成为他实习的常态。一分耕耘一分收获。回校后，王泽宇获悉，该训练管理系统已投入基层部队试用。"试用反馈效果很不错，有效解决了舰艇训练管理难题"，实习导师欣喜地告知他。

对南极科考数据进行大数据分析、将人工智能运用到"自由航行"多舰艇对抗拦截模拟中、为解放军报社研发融媒体微信小程序……近年来，越来越多的学员被团队教员送往全军各个岗位，在朱日和战场、在天河超算机房……实战实训的磨炼，让学员快速成长为联合作战信息保障的"新血液"。

"为战而教、向战而师，诠释着我们这个团队教学工作的终极价值"，该院计算科学系协理员寻兵斌说道。如其所言，该团队参与部队实战实训，结合课题研究为部队解决多项难题并取得实际应用成果。在学科竞赛中，该团队同样大放异彩，先后指导学员取得国际一等奖 8 项，国家一等奖、二等奖 55 项，全国金奖 3 项、银奖 7 项、铜奖 16 项。

走心打造样板队的"战斗堡垒"

——记研究生院研究生学员六大队三十队党支部

● 席方丹　方姝阳　刘世飞

　　走进研究生院学员六大队三十队，温馨气息扑面而来，欢迎新学员的标语醒目突出，制作精美的橱窗和党支部简报《奋进的三十队》映入眼帘。该队还创下了近年来未发生一起重大安全事故、无一人出现严重心理问题、毕业学员100%服从分配的"傲人成绩"，而这都离不开"战斗堡垒"——党支部。谈及这个集体，学员们几乎异口同声："这个堡垒很走心。"

爱心暖人心

　　出完早操回到办公室，该队党支部书记薛子哲一眼就看到了博士生学员小范情绪低落地蹲在支部会议室角落里。一问才知道，因为导师退休，具体指导老师转业导致课题研究独木难支，科研"压力山大"，小范萌生了退学的想法。

　　"有困难就解决困难，不要轻易退学。"副大队长甘可行得知情况后，当即开导起小范，并积极与其所在专业学院协调。"越是遇到挫折，越要想想家庭，退学就意味着前功尽弃，你已为人父，要给孩子树立榜样。"大队领导的一席话浇醒了小范，他重新振作投入学业，顺利完成毕业答辩，到海军某部任职。

一天，刚接到分配命令的小支一脸焦虑地走进党支部，因最终被分配到绵阳某基地，留在北京的设想落空，对家属的承诺也"泡汤"了。

"有困难找支部，有问题找干部。"党支部考虑到小支和爱人长期两地分居的实际情况，向其所在大单位极力推荐他。在全面了解其学术成果和综合表现后，该单位也欣然表示，有机会可考虑将其调回北京。"遇事就畏难逃避，这不是军人该有的作风。"党支部书记薛子哲的话一直在小支耳边回响。几个月后，薛子哲接到小支的电话："教导员，我决定就在绵阳继续干！基地领导对高学历的科技干部非常重视，既解决了住房问题，还给予了经费支持，我爱人也到绵阳找工作了。谢谢组织的帮助。"

针对博士生学员部分有家室、有子女的实际，该队党支部多年来坚持以情带兵，在学员受伤生病、家庭出现变故时主动靠上去，帮助出主意、想办法，解除思想包袱。还有入学教育、中期考核、论文答辩、毕业分配……像这样紧跟人才培养阶段及时"把脉开方""量身定制"的思政教育，已经成为学员心中的"定心丸"。

"哪怕被严厉批评，我还是愿意和党支部说出自己的心里话。"党建走心了，学员就放心了。这是一份沉甸甸的信任，更是一股坚定不移的力量。

公心稳军心

2018年年底,该队有3个年度立功指标,而在此前,学员立功只有专项指标,唯有赴边远地区或者是高水平竞赛获奖等情况才能参与评选。3个指标该如何分配?在支部党员大会上,支部书记薛子哲提出要打破"唯论文论"。

"学科性质不同,并不是所有学科都适合出论文成果,尤其是一些工程性学科和一些特殊领域,发表的理论成果并不多,但却很有军事应用价值。"话句句在理,可标准该怎么定?支部一班人深知,在立功受奖等涉及学员切身利益的敏感问题上,必须实行阳光操作。

支部委员开始分头行动。薛子哲向兄弟学员队取经,广泛开展调研,其他委员则在学员中广泛征集意见建议,经过反复商讨,《三十队学员立功受奖考评办法》出炉。从此,在三十队,立功不再单单考虑论文数量和影响因子,而是有了更加全面和公平的考量。

留学生小刘因为学业原因延期回国,面临组织处理。由于无法理解组织决定,他甚至一度怀有负面情绪,还动起了退学的念头,成为党支部锁定的"重点人"。支部委员小张是在职干部,又是小刘的同门师弟,他了解情况后,主动请缨,当起了小刘的"知心大哥哥"。小刘情绪最不稳定的时期正值端午,小张却没休一天假,一直在小刘身边陪伴、疏导,最后,小刘认识到自己的错误,顺利参加分配。

作为学员成长路上的"一杆旗""一盏灯",该队党支部成员以心换心,用心当好带头人,凡事冲在前,做表率。求关照、找关系等早已不复存在,因为,在这里,每个人都能感受到稳稳的幸福。

匠心铸初心

SCIENCE 科大零的突破！

博士生杨镖以第一作者身份在顶级期刊 SCIENCE 上发表最新研究成果的喜讯瞬间传遍博士生楼。如同一团火，让寒冷的冬夜顿时温暖和明亮起来。杨镖取得这样的成果并非偶然，就像一棵参天大树，他所深深扎根的土壤必定是片沃土，同样，党支部也给了他收获的养分和能量。

有着一百来号人的三十队虽然人数不算多，却已成为一支响当当的"学霸强队"。学员平均每年发表 SCI/EI 论文 150 篇左右，获得国家级、省级各类优秀学位论文奖励和科研成果奖励的学员超过 50 人次。

在外人看来漫长而枯燥的科研路上，三十队的创新实践风气缘何欣欣向荣？这要得益于党建工作为学员创新实践注入了强劲动力，学员队"比学赶帮超"氛围也日益浓厚，薛子哲为记者解开了疑惑。

党建如何激活创新实践？薛子哲带着记者来到密密麻麻的宣传栏前。建队以来，党支部涌现出一批立得住、叫得响、大家公认的先进典型，铸就了一座蕴含丰富精神资源的"富矿"，在年终总结、评功授奖、支部决策时，也会向学术科研优秀分子倾斜。在一波波榜样力量的感召下，该队人才星光熠熠，学术硕果累累，先后将全军"人才培养先进单位"、全国高校"百个研究生样板党支部"等多个奖项收入囊中。

2015 级博士生郭凯，也是理工学霸、乐团指挥、大提琴演奏者、公益达人的"斜杠青年"，曾登上央视，引发热烈反响；"妈妈博士"邢中阳，无论在海外课题组如何碰钉子、遭排挤，她依旧斗志昂扬，奋起直追，不到 26 岁就获得剑桥大学博士学位；"周明鸂奖学金"和"学术创新之星"双料得主黄龙，是名副其实的"学霸龙"，已发表学术论文 29 篇……在党支部的统筹引领下，这些标杆成为引领全队"见第一就争、见红旗就扛"的"活范本"。

除了身边的典型，党支部还统筹考虑专业学院、校内外专家、来校进修干部等外部优质资源，精心烹饪了"广覆盖、高密度"的"大餐"，"将军论坛""名师论坛""学员论坛"，加上不定期举办的"学术沙龙"，学员张昊冉算了算，"每个月队里就会有1到2次学术活动"。就这样，创新实践在三十队已蔚然成风，对待科研的一片"匠心"铺就了三十队的破茧绽放之路。

长风破浪会有时，直挂云帆济沧海。三十队党支部将心比心、以心换心，用心战胜一个又一个困难，攀登一座又一座高峰，为实现强队崛起不懈奋斗。

探寻武器装备的未来"大脑"
——记电子科学学院智能信息器件研究团队
● 陈 思 谭 芳

摩尔定律将能否和如何延续,冯·诺依曼结构计算机似乎越来越难以适应武器装备"大脑"的高速进化需求,寻找智能信息器件颠覆性的变化,为未来武器装备装上更加强劲的"大脑",成为没有硝烟但又火花四溅的大国竞争重要战场。

在这个关系国家军队未来的战场上,电子科学学院智能信息器件研究团队已经拼搏10年,围绕以忆阻器为代表的新型智能信息器件,聚集了一群充满"野心"、潜力无限的年轻人,从一穷二白到沉寂中迸发,换来一个个世界级的突破。他们期待着武器装备"大脑"颠覆性变化早日到来,但他们同样明白,这份光荣事业充满挑战、艰险漫长。

"忆"三年沉寂,终见一线曙光

2008年5月,春光明媚,在团队一次例行研讨会上,*Nature*上的一篇论文引起了师生们的极大兴趣。惠普实验室宣称找到了"被遗忘"

的第四种基本无源器件——忆阻器，该器件具有集成密度高、功耗低、速度快等优势，非常适合构建下一代新型存储器。

这并不是忆阻器第一次出现在人们视野，早在 1971 年，华裔教授 Leon Chua 就从理论上推导出忆阻器的存在，但因其前沿性，在此后的 37 年里几乎无人问津。

学术带头人徐晖和师生们敏锐认识到，忆阻器的潜力远远不止这些，就像当年晶体管替代电子管一样，忆阻器可能给信息技术的物理基础带来颠覆性的变化，可能给国家和军队带来抢占信息技术未来制高点的重大战略机遇。这次研讨令大家永生难忘，他们心情激动，对从未谋面的忆阻器心生向往，好像找到了一个未来，决心成为第一批"吃螃蟹的人"。

忆阻器领域看似极具战略意义，却又让人充满疑惑和争议。科学和技术问题体系尚未建立，参考文献寥寥无几。没有科研经费，没有项目支持，没有实验条件，起步要从哪里开始？争取科研项目、条件支持似乎是不可能的事，高水平成果似乎遥遥无期。整整 3 年，团队几乎没有在高档次期刊上发表过相关论文，没有一项忆阻器相关项目上马。

彼时，博士研究生李清江、田晓波等面临毕业压力，急得直挠头；刘海军等老师在任期考评、职称晋升中面临着无项目、无论文、无成果的尴尬处境。难道，他们给自己找了一条看不到头的黑胡同吗？在最困难的时期，师生们再次进行了冷静的思考，"前行的道路越是困难，发展的前景越是光明。"凝聚的共识越来越清晰，决心越来越坚定。

梅花香自苦寒来，师生们看到了美好未来的曙光。当第一篇重量级论文成功发表，那天，办公室里笑泪交叠。在黑胡同里摸索了 3 年，终于迎来一篇篇高水平论文和国家级项目，他们向忆阻器领域的冲击终于"开始"了。

跨重重险"阻",勇争世界第一

梦想的羽翼即将展开,此时,学术界出现的一个声音却令忆阻器的研究陷入困顿。德国学者研究发现,实际忆阻器 I/V 特性与忆阻器理论不一致,从而对忆阻器经典理论提出了质疑。一时间,这一问题引发了巨大的学术争议。

在风光秀美的泰晤士河畔,博士生李清江也在苦苦思索这个问题,此时他已被派往英国帝国理工大学留学,希望能为忆阻器研究打开局面。他反复思忖:如果德国学者的质疑为真,则无异于给原始理论判了死刑,但真的是这样吗?凭着一种直觉,他觉得其中暗藏玄机。

在一次常规测试中,因加班而十分疲惫的李清江出现一个失误,他忘了关直流电的信号。这时,忆阻器 I/V 曲线交叉点持续来回移动,细看,还呈现出一定的规律,他猛然意识到:难道说忆阻器里不止有忆阻特性?不如"将错就错",再试几次。通过反复摸索,他设计出一套新的实验方法,证实了自己的猜想。原来,实际器件有忆阻、忆容、忆感特性的共存,这既符合经典忆阻器理论,又能够完美解释实际器件表现出来的一系列属性。李清江由此成为国际上解决经典忆阻器理论之争的"第一人"。

这次强有力的"出拳"给团队带来了声誉,"忆阻器之父"Leon Chua 教授高兴地发来邮件称:"这是一个里程碑式的工作。"

忆阻器性能的不稳定是业界公认的难题,其原因就是测试和使用过程中的所谓"复位失效"问题。博士生刘森暗下决心要一探究竟。

探寻原因就必须反复观测,每一次提取不仅费用庞大,而且观测到"有用部分"的概率非常小,这无形中给刘森带来了不小的压力。但幸运总是眷顾努力的人,第三次提取,他便观测到:金属离子渗透进入惰性电极是导致器件复位失效的内在原因。既然这样,那何不采用一种材料,阻挡在阻变层与电极之间呢!说干就干,试了无数种材料,效果始终不理想。是材料不行还是自己的猜想错了……一次看新闻报道,新型材料石墨烯重新引起了他的注意,他立马跳起来,尝试用轻薄的石墨烯来做阻挡层,果然成功了!

这一成果成为顶级期刊 *Advanced Materials* 的内封面论文,引起学术界的广泛响应和跟进,并成功应用于团队与中科院微电子研究所合作开发的忆阻器工艺中。

接二连三的"世界第一"给团队带来了巨大的激励。见证了忆阻器领域创新全过程的刘海军说:"团队每个成员都拥有各具特色的成长空间、不可或缺的学术地位,享受科学发现和技术创新的快乐。"团队选送博士生到牛津大学、帝国理工大学等世界一流大学联合培养或攻读学位,与国内外一流团队合作培养一流人才、创造一流成果的学术生态已经形成。同时,属于他们自己的实验场地也投入建设,他们终于可以期待一个更大的舞台。

铸信息利"器",征战强军战场

2016 年,军队有关机构征集颠覆性与原创性的项目,团队提出了忆阻器重点基础研究项目建议,获得首批立项。2017 年,类脑芯片研究获得立项。站在这个充满挑战的舞台上,32 岁的团队负责人李清江说:"我们感觉自己在军队智能化建设中大有可为,更加感到在换道超车的历史突破中责任重大。"

用忆阻器做芯片,又是两眼一抹黑的全新开始。但这一次,忐忑之余更多的是兴奋。

每个教员桌上都垒起了高高的书籍,电子、材料、纳米、微电子、生物学……在繁忙的教学任务之外,他们挑灯夜读,恶补备战,学术交叉的复杂性让他们面临各领域专业知识的挑战。

利用忆阻器构建"物理"的类脑芯片，实现星上智能信息处理。从神经元、神经突触到网络连接，能否出色地展示忆阻器的神奇魅力？辛辛苦苦的设计，大量的经费投入，能不能换来一块无法工作的"石头"？幸运的是，好消息如期而至，板级原型系统、首款原型芯片先后成功并达到技术验证目标。"有了这次'试水'，大家心中终于有了底。"李楠、王义楠如释重负。两款芯片相继交付生产。他们正像等待糖果的娃娃一样期待着第二款芯片的返回，期待重点武器装备的未来"大脑"得到成功应用演示。"为军队做贡献，这既是我们的初心，也是我们的目标，而现在，我们离这一目标越来越近了"，陈长林说。

在军队改革大潮中，已近耳顺之年的徐晖和陈长林等团队成员一起主动加入"孔雀蓝"阵列。"穿什么衣服不重要，重要的是，我还想陪团队的年轻人再走几年"，徐晖说。

军事需求与前沿创新完美结合的魅力吸引着团队的每一个人，走过柳暗花明的 10 年，这支队伍走不散、打不倒。他们坚信，"明日宝藏"将在不久的未来绽放出无限华彩。这份坚定，10 年前如此，10 年后，依然如此……

锚定蓝天六十年
——记空天科学学院飞行动力学与控制教研室团队

● 颜 瑾 姚 宏

六十年传承至今，参与临近空间飞行器、航母舰载机、卫星发射基地测控等多项研究任务，培育出中国工程院院士范国滨、航天领域首位女院士姜杰、全军一等功臣反导专家陈德明等一大批杰出人才……这支队伍就是国防科技大学空天科学学院空天工程系飞行动力学与控制教研室团队。

让战机降落于"邮票"

2012年11月23日，歼-15战机从蓝天呼啸而落，尾钩稳稳咬住航母甲板上的拦阻索，漂亮着舰，这一举击碎了西方媒体口中"没有舰载机的辽宁舰不过是废物"的嘲讽。当国防科大飞行动力学与控制教研室团队的成员看到这一激动人心的画面时，无不露出笑容。航母在空中看起来不过邮票般大小，为了让歼-15更为准确、方便地降落在"邮票"上，他们在过去七八年时间里，在国外的技术封锁下艰难地攻克了高精度与实时性两大难题，自主研制出北斗/惯性组合着舰引导原理样机，并成功为着舰引导雷达标定提供了引导基准。

"但我们的研究远没有结束。"团队成员吴杰说出一个鲜为人知的事实——舰载机着舰引导技术中最重要的高完好性问题始终悬而未决。高完好性，简言之就是要让舰载机着舰一千万次而无失误，这是个"卡脖子"难题。国外已经解决了该问题，但其文献都是泛泛而谈，团队试着向外国同行请教，然而发出的电子邮件全部石沉大海。与此同时，国内几家科研单位按照中低精度伪距差分相对定位、侧重地基增强的传统民航着陆引导完好性监测思路开展研究，但在理论体系上遇到了困难，因为传统方法难以完成相应的完好性风险监测，而理论研究是团队强项，他们另辟蹊径，从高精度情况下区别总时段风险和单一时刻风险这一角度着手，首创一套完整闭合的相关理论体系，如今已经得到航母工业相关部门的认可并进入试验。

飞行动力学与控制是航天领域基础学科，许多关乎未来战争的前沿技术都在研究之列。临近空间飞行器，是继传统航空、航天飞行器之后又一国际研究热点，在该类飞行器的先进制导控制研究上，团队持续10年发力。临近空间飞行器特殊的飞行环境和宽速域飞行任务令原有理论不再适用。团队钻研好几年才摸清其特性，并逐渐在动力学建模、轨迹规划与先进制导控制方面形成了自己独特的理论方法和解决方案，协助航天工业部门啃下不少"硬骨头"。在2019年7月，团队科研成果以明显优势通过军队科技进步一等奖评审。

此外，从2004年开始，团队便一直在进行X射线脉冲星导航研究，卫星导航如果碰上被拒止、深空探测等情形，没有这项技术就是"睁眼瞎"。从起步之初只有一份PPT做参考，到后来在国内率先建立导航理论体系，深度参与试验卫星研制，团队解决了困扰国内外该领域多年的系统误差补偿、动态信号处理等难题，在国际上率先研制出高动态信号模拟器。

用巧办法"增加"卫星

现今军用装备使用北斗系统定位已不是新鲜事，但在十几年前，想要发挥出北斗优势却不容易。2000年，我国成功发射首颗导航定位卫星，中国北斗向太空迈出第一步。团队预想到北斗系统应用于定向将能补足惯导系统定向成本高、时间长、使用条件较苛刻的短板，极大提升武器系统的机动性，助使部队从容应对更复杂的环境。为此，团队主动叩门询问需求，某炮兵旅副旅长听后非常惊喜："对啊，我们很需要，你们快点、快点研究吧！"他连用两个"快点"，突出其迫切性，甚至希望当年就装备上。

需求迫切，研发却不易。"整周模糊度"，这个非专业人士完全听不懂的名词，一度难倒团队，不找到其求解方法，就无法实现北斗定位。求解的惯用方式需要多颗卫星完成，可"北斗一号"仅有两颗卫星，是绝对无法改变的客观限制条件。怎么办？团队独创了一个极为巧妙的"土办法"——转动炮塔。转动炮塔就能增加未知参数的可观性，简言之，转动炮塔相当于增加两颗卫星，一举解决了计算难题。以此为基础，团队研制出了"北斗快速定位定向系统"。该系统获得2009年军队科技进步二等奖，并在炮兵、地空导弹部队批量装备，填补了我军北斗定向装备的空白。

除了主动对接部队需求，还有送上门的合作。太原、西昌，两大卫星发射基地每年要送几十颗卫星上天，而在发射过程中如何及时预报卫星轨迹、控制飞行状态，曾经是令两大基地头痛的难题。为此，两大基地上门请团队协助，请他们为基地设计一套自主可控的弹道预报系统，满足测控任务需求。这套系统主要涉及弹道计算和制导，团队早在20世纪80年代就已完成理论研究，项目对团队来说不难，但任务繁重，为了让设计的系统规范可靠，必须完成模型梳理和数据标准化处理。两大基地的每次发射任务都必须建立模型,近百个繁重的任务压下来,团队常常在基地一待就是半个月,不仅做火箭飞行动力学模型的梳理,还给基地技术人员培训,最终建立了自主可控的弹道预报系统。在火箭上天之后,该系统能提前预报火箭轨迹位置,飞行状态实时可控,基地对其赞不绝口。

在实践中学会飞翔

"我们的学生年年都有单位抢着要。"担任该团队教研室主任的王鹏如实陈述这个现象。

飞行动力学与控制是一门涉及学科领域多、系统性强、实践要求高的专业,团队教员从学生入门开始就教他们脚踏实地。"导弹飞行动力学与控制"是一门开设长达50余年的经典课程,各环节融入大量工程应用内容,早在20世纪60年代,教授程国采就将参与DF-X导弹研制的经验补充进课程,之后每一代参与过DF导弹研制的教员,都会将自己的宝贵经验增补至教材,并从科研任务中提取问题"为难"学生。"长征三号甲"火箭总师姜杰院士、DF-XX导弹总指挥赵民、XX导弹总师江涌等人,就是在这种"为难"中学会了解决航天工程的现实难题。

越是前沿领域,越是要让学生尽早了解,等到学生毕业走上工作岗位,前沿知识就成了储备能力。早在20世纪80年代,国内物资十分匮乏,张金槐、程国采等一批老教授宁愿其他方面节省一点也要购买昂贵的计算机PDP-11,供本专业学生免费使用。由于专业特点,他们计算使用的公式多、计算量大,教员一边自学,一边教学生用计算机进行模拟仿真演算,如今全军闻名的反导专家陈德明,其计算机基础正是在校期间的一点点夯实。现在,团队每年都特邀多名院士授课,请"慧眼"卫星首席科学家开设前沿课程,培育学生的科学精神。

团队通过课程设计、创新项目、学科竞赛和实际工程的四级实践体系培养研究生的实践能力，使学生在工作中能很快发挥能力。陈芳，毕业后参与我国某重点武器型号项目研制，创造性提出导弹试验中惯导工具误差分离的新方法，获军队科技进步二等奖；钱山，毕业后进入西安卫星测控中心工作，遇到某型卫星控制系统失效的问题，他发挥对卫星的姿态确定与控制原理非常熟悉的优势，成功挽救卫星，荣立二等功并获五四青年奖章……

在长期的教学实践中，团队持续探索教学规律，注重培养年轻教员，教学成果层出不穷，近年来累计获全国研究生教学成果奖2项，省部级教学成果奖4项。团队中获军队院校育才奖金奖、银奖的各1人，1人获全国学科优秀博士学位论文奖，1人获学校首届教学质量名师奖，1人获学校优秀教师，1人被授予"湖南省普通高校教学能手"荣誉称号，2人次在国家级、省级教学比赛中获奖，4人次在学校教学能手比赛中获奖。

血脉传承一甲子，团队始终不忘姓军为战初心、牢记服务打赢使命，用部队需求、作战需要牵引科研攻关、人才培养，锚定蓝天，矢志不移，在强军征程上阔步向前。

"老"教授的"新"教学法
——记智能科学学院教授尚建忠

● 张丽琪

1983年底,国防科技大学研制的中国首台亿次巨型计算机横空出世,震惊世界。电视机前的尚建忠看到新闻后便记下了"国防科技大学",半年之后,他在高考志愿一栏郑重地填上了这所大学。从此,他的一日三餐、一年四季都与这里紧紧联系在了一起。

作为学校机械设计学科带头人,尚建忠长期担任机械工程及其自动化教学团队负责人,28年如一日坚守在教学一线,先后主讲6门机械基础系列本科课程,年均授课100学时以上,授课质量全部为优秀;指导学员参加各项创新竞赛逾千人次;主持建设国家级精品课程、精品资源共享课程、实验教学中心、实践教育中心,培养了一大批新型军事人才。

用"套路"让课堂活起来

"作为教授和学科带头人,你为什么愿意为本科生上这么多课?"常常有人这样问尚建忠。

"站稳讲台上好课是我追求的目标",他始终把给本科学员上课当作职责和使命,"教学贵在知行统一,'知'是前提和基础"。对于学员的培养,他十分重视课堂教学,既在教学内容上下功夫,也在教学形式上有创新。

1991年,尚建忠留校任教,负责讲授"机械设计基础"课程。那个年代还没有多媒体教学设备,却有著名的"科大一景":机械课的老师带着各式各样的模型,蹬三轮车去上课。遇到难懂的理论,他们就用粉笔头、图例和模型三大法宝来讲解。尚建忠用计算机编程模拟机械的结构和运动过程,让机械真正动起来,一下子提升了学员的学习积极性。

"PPT用不好,容易变成'骗骗他'或者'片片谈'。"随着互联网的发展,学员可以随时随地在网上获取所需信息,课堂上的学习劲头没有那么足了。

为了提供更优质、更丰富、更有趣的教学内容,尚建忠花了不少心思。他将现代化教学手段与传统板书结合,灵活应用多媒体,将每堂课的时间进行"分割设计"。先用动画形象生动地表现机构运动原理和空间形体,再通过视频展示最新科技进展、工程运用,最后辅以实物模型做演示,使学员更好地理解每个机构的运动原理。

现在,尚建忠已经习惯了每年给学员上课,"不管多忙,和学生在一起,为他们答疑解惑,看着他们成长成才,心底的满足与快乐就会像蜂蜜一般溢出来"。

用"新意"让学生学进去

"我常常想：怎样才算是一名好教师呢？不是说你上的课时有多长，课件做得多漂亮，而是学生主动去吸收知识，然后运用到实践上去。"

一开始，尚建忠以课本为讲授重点，但是机械基础系列课程知识点繁杂，与力学结合的部分更是晦涩难懂，学员往往在学习之初便打了退堂鼓。课堂上讲过的内容，左耳朵进右耳朵出，不留一丝痕迹。

"你们知道中国最早的机械有哪些吗？"

为激发学员的兴趣，在授课之初，尚建忠结合教学内容，为学生介绍我国古代的记里鼓车、指南车等机械案例。几次试验下来，学员的积极性果然提高了不少，不仅听得更加专注，而且主动提问，与教员频频互动。

于是，尚建忠将更多的故事和案例融进课堂。讲到重点难点，他还会以往届学员的获奖作品为例进行讲解。

"这些都是你们的学长设计的，其实就是通过一个个机构实现不同运动的转换。他们可以做到，你们也可以。"在尚建忠看来，这一实践不仅完成了知识传输，更是增强了学员的自信心。

为使学员熟悉我军武器装备，在未来岗位任职中胜出，尚建忠率团队到全国各部队和科研院所开展广泛调研，制作出260余幅涵盖我军主力枪械、榴弹炮、坦克炮、装甲车等典型武器装备原理和结构挂图；集成视频、动画、模型等手段，开发典型武器装备案例素材库。

用"德育"让忠诚开满地

"服务部队、献身国防,是尚教授常挂在嘴边的话,也是我一直谨记于心的话。"2016届博士毕业生于乃辉是尚建忠的"得意门生"之一,他在毕业时主动申请分配到全军英模连队"白刃格斗英雄连",在其他新同事迷茫于一身所学无处施展之时,他开发了一套训练电子档案,实现考核成绩分门别类,训练计划"私人定制",大幅提升了训练效果。其科技兴军的事迹被多家媒体广为报道。

在日常教学过程中,尚建忠积极引导学员面向国家和军队需求,树立使命责任意识,激励学员将所学所思落实到强军兴国的实践中去。他培养的硕士和博士,都愿意放弃科研院所舒适的工作环境,到基层去建功立业。

为了掌握学员的思想情况和心理状态,尚建忠经常找他们谈心。"尚老师就像春日的暖阳,周身散发着柔和又温暖的光。"学员们也如"向日葵"一般,有什么困难和烦心事都会找他,尚建忠总会耐心开解,尽他所能帮助大家。

一次交谈中,尚建忠了解到地方生的生活补助一直没到位。他当即找到负责该项事务的参谋,向他说明情况。当月,这笔补助便打到了每个学生的卡上。

从去年的全军优秀教师到今年的"万人计划"教学名师,尚建忠的事迹被更多的人知晓。然而在此前的10余年间,尚建忠不评功、不评奖、不选优,他总说"把机会留给年轻教员"。他指导的青年教师,有7人获全国全军教学竞赛一等奖,3人获学校教学能手一等奖,1人获学校教学质量新星奖。

"做人如酒样香醇,做事如刀般锋利,尚老师当得起'优秀教师'四个字",多年老同事罗自荣这样评价尚建忠。

国防通信事业的"光语者"
——记信息通信学院教授张引发

● 张丽琪

"我愿把党和国家教给我的知识贡献给我们的国家,我们的军队;我愿为我国的国防建设贡献青春,为共产主义事业贡献一生。"

今年4月,信息通信学院基础通信网络系举办主题党日活动,为张引发过政治生日。张引发重读入党志愿书,这段话是张引发的入党宣言,也是他奋战在我军光纤通信教学科研领域30年的真实写照。

探路:创建全军首个光纤通信人才培训中心

1989年,张引发从南京通信工程学院硕士毕业,分配到当时的西安通信学院。他主动申请到通信线路教研室光纤通信教学组工作。

对于这一举动,他的同学与同事都很惊讶:"不去搞当下最时髦的计算机,也该去搞学校的王牌专业载波通信呀……"那时,国内的光纤通信系统初露萌芽,光纤通信还没有形成专业,张引发却绕过最热门的计算机和程控,直奔最冷门的光纤通信。

"未来的通信,一定是属于光的;未来的世界,也一定是属于光的。"本科专业是有线通信工程,研究生主修数字信号处理专业,然而他却通过对学术前沿的追踪,敏锐地意识到了光纤通信新技术的发展前景。

1994年6月,学院成立光纤通信教研室,张引发接到通知,由他来负责新教研室的管理。没有事前谈话、考核,一个只有5年工作经验的年轻教员走马上任了,"3年之后,我才知道自己还是个副主任"。

1年前,学院才招收第一批光纤通信本科班。临时受命,张引发没有考虑太多,他只知道,组织把一个新专业的建设任务交到自己手上,不能辜负组织的信任。

新成立的教研室没有建设经费,9名同志只有900元的人头办公费。"那时候年轻啊,干工作就是有股子劲儿。"没有教材,就自己编写;缺少光纤通信教学设备,就在现有设备的基础上,研发了国内第一套光纤通信原理实验箱和某仿真训练系统。

就这样,张引发带领平均年龄不到30岁的队伍,建成了全军第一个光纤通信人才培训中心,开启了部队专业人才基地化培训的路子。如今,该中心已培育11 000余名基础扎实、装备应用能力强的高素质光纤通信人才,走上了部队各级信息通信保障岗位。

拓荒:率先开展光网络基础设施安全研究

"光缆骨干网已成为我军信息化建设的基础平台,然而整个军事信息网络赖以生存的光纤通信系统是否真的安全?答案是否定的。"

2003年,在军事通信抗干扰研讨会上,当与会专家都在探讨军事通信的安全可靠传输时,张引发首次提出了"光纤通信系统物理层也存在安全隐患"这个长久以来被学术界忽视的问题。

话音未落,便吸引了全场的注意。

光纤通信就像是一次完整的快递配送过程，由光充当"快递小哥"，将信息完好无损地送达接收端。由于光的带宽高、信道质量好、损耗低，能够在"高速公路"上完成信息配送的过程，人们已习惯认同光纤通信具有保密性好、抗干扰能力强等教科书上的观点。

然而对于光纤通信系统，"可以用十分低廉、低端的技术手段实现破坏，例如割断光缆"，张引发在美国前光网络安全组公布的一份统计结果中发现，光纤通信设施的平均故障时间是每次435分钟。

"对一场精心策划的破坏来说，故障时间将远超435分钟。"故障发生在普通用户身上可能仅仅意味着不便，如若攻击发生在特定地域、重要时刻和传送敏感信息的情况下，将产生不可估量的后果。

为避免这些威胁，张引发经过4年多的研究，向原总参提交10余份报告，使我军理解和掌握了光纤通信系统物理层安全的特点、光纤通信系统的主要攻击方法，提高了我军对光纤通信系统安全性的认识，促进了军事光纤通信系统的规划、设计和优化。取得的主要研究成果获军队科技进步一等奖2项、二等奖6项、三等奖12项，各类专利5项。

重构：创新任职教育实战化改革

"我读书的时候最爱也最怕上张教授的课，每次都痛并快乐着。"任帅已经走上教学科研岗位，仍然记得那被课堂所支配的恐惧。

"学生要轮流准备张教授指定的题目。"轮到任帅时，他要讲的是"光网络的生存性问题"，每天利用课余时间泡在图书馆，忐忑不安了一整个星期，终于硬着头皮讲完了。

就在任帅松了一口气时，张引发将他所讲内容中的问题一一指出，并要求他重新准备，下次课再讲一次。"那个星期食堂的饭菜都不香了，每天盼着下次课，又怕下次课的到来。"在悉心准备的过程中，任帅发现自己看待问题的视野更加开阔，解决问题的思路更加清晰，语言上的表达也变得更加精准凝练。

"研究生学员需要更多独立思考和实践的空间，我们基于建构主义理论，提出'留白式'教学法。"张引发借鉴国画留白的概念，构建一种以学员为主体的教学方式。

通过"留白"，使学员主动参与、积极思考，建立授课内容和内化知识之间的映射，使学员应用所学知识解决实际问题，建立授课内容和工作能力之间的映射。

为打通院校教育到部队岗位的"最后一公里"，张引发带领团队积极开展任职教育实战化教学内容改革，围绕部队装备运用中的实践问题，先后提出了"基于行动研究的问题式教学法""基于任务行动过程的组训模式"等，完成的教学研究课题获得军队级教学成果一等奖1项、三等奖2项。

30年间，张引发见证了我军光纤通信从无到有，而他也一如最初那个志愿入党的热血青年，永葆初心使命，挥洒热血赤忱，为我军的光纤通信事业倾其所有。

军旅情深　芳华无悔
——记教研保障中心科研项目与质量管理室主任丁丁

● 肖云舰

"满载着那责任重托，我们在变革中受领使命。虽然身上不穿军装，同样也是军中之星……"一首《文职人员之歌》，仿佛就是教研保障中心科研项目与质量管理室主任丁丁工作生活的真实写照。

转身——
一个人的决定稳定一支队伍的军心

1999年，17岁的丁丁踏入科大校园，2010年，她以优异的成绩博士毕业留校，从事教学和科研工作。2018年，作为室主任，穿了近20年军装的她，主动申请转改文职，成为教研保障中心第一名由现役军人干部转改文职的人员。

"我是中国人民解放军文职人员，我宣誓……"2018年12月，在教研保障中心文职人员任职通知宣布大会上，丁丁站在队列前，面对着军旗，高举右手，庄严宣誓，目光坚定。

当被问及主动转改的初衷,她的话语朴素:"一是服从学校改革需要,另外作为一名室主任,只有带头转改文职,才不会让下属同志觉得转改会吃亏!"丁丁介绍,"自己在科大一路成长起来,内心对科大始终有一种无法割舍的情感。"

然而,脱下穿了近20年的绿军装,丁丁一开始也有点不舍。但是当换上一身全新的"孔雀蓝",仍然能在这个挚爱的工作岗位上、科研道路上与大家一起并肩作战,丁丁很快便适应了新身份,感觉"并没有什么两样"。

星星之火,可以燎原。近年来,在丁丁的带动影响下,科研项目与质量管理室现役骨干除1名同志外,其余同志都已完成转改,科研人才队伍得以稳定保留。室里今年转改文职的李荧说:"从丁丁主任身上,看到了一种科大人的情怀,而这种情怀也是大家心里所共有的。"

蓄力——
身份转变倒逼能力"蜕变"

2014年,丁丁从一名讲师调入学校原科研部任职质管办担任参谋,2017年年底,被任命为教研保障中心科研项目与质量管理室主任。

该室作为学校编制体制调整改革中新成立的单位,其工作重心由以往学校科研质量管理单一任务,逐步向科研项目过程管理、科研质量管理、专利服务等多方面扩展。

作为该室的"掌舵手",如何让人员思想稳定,确保学校科研管理工作不断线、不掉档,成为摆在丁丁面前的"第一大难关"。

"是压力也是动力,是挑战也是机遇!"面对压力,丁丁并没有退缩。首先,她通过经常性与室里同志谈心交心,算清"政治账""事业账",规划个人成长路线等,进一步打消现役干部的顾虑。

她在室里人手严重不足的条件下,就暗下决心先自己钻研弄懂业务情况，理顺新单位的人员管理、场地建设等各项工作。在团队管理上，她又通过"以点带面"的方式，组织业务培训、画业务流程图等多种办法提升大家的业务能力。

在该室人员眼中，丁丁主任总是那个"加班最多、出差最多、下班走得最晚的人"。大家都说："作为一名女同志，她顶住了压力，挑起了全室最重的'担子'，顺利实现了从一名科研参谋到室主任的转变。"

丁丁担任室主任以来，该室建立、运行并持续改进学校科研质量管理体系，让业务工作得到了平稳有序过渡，科研保障服务工作逐步走上正轨。从一组数据可见一斑：2018年以来，该室共受理各类项目申报2000余项，开题及中期检查900余项，结题验收400余项……

冲锋——
打最硬的仗啃"最硬的骨头"

2019年11月11日，这个日子让丁丁难以忘怀。

这一天，全军武器装备采购信息网新版上线暨第二批异地查询点开通授牌仪式在北京举行，学校作为长沙分中心建设单位参加仪式并领牌。

今年1月，学校受领全军武器装备采购信息网长沙分中心建设单位的任务，这项时间紧、任务重的工作，最终由教研保障中心科研项目与质量管理室具体牵头负责。

受领任务后，丁丁带领室里的同志，多次深入一线考察办公地点。对她来说，加班出差成了"家常便饭"。

"仅选址工作就进行了6轮！"丁丁介绍，此中心作为中南片区装备领域的重要服务窗口，对进一步破除军地信息交互壁垒、提高装备建设质量效益，具有重大现实意义，只有选定一个对内、对外都方便的地方，才能发挥出最大效益。

那段时间，她每天早上都是第一个到办公室，像一根上得紧紧的"发条"一般高速运转：统筹安排全室工作、撰写相关建设改造方案、修改科研成果评选材料……等忙完一切回到家中，已是深夜，她只能在熟睡的孩子额头上轻吻一下，在心里道一声"晚安"。

室里的同志都说："丁丁主任敢啃'最硬的骨头'，很多急难险重的任务都是亲力亲为，直到理顺了情况才敢安心放手。"丁丁却说："只有攻下'山头'、铺好了路，大家才能一起快速冲锋。"

近2年来，丁丁带领全室同志啃下了一个又一个"硬骨头"，学校科研质量管理体系持续改进，成果丰硕：有效监管学校国家专利800余件，国防专利720件，代理国家发明89项……

绚烂芳华，科大绽放。入夜，灯光再次照亮丁丁的办公室，也映照出新时代文职人员的光彩，回望转改文职1年多的征程，丁丁说："只要科大需要，我愿穿着这身'孔雀蓝'，一直跑下去。"

北斗突击队

● 龚盛辉　胡达平　胡浩巍　杨　柳

2018年12月27日,"北斗三号"基本系统完成建设,并开始提供全球服务。这标志着北斗系统服务范围由区域扩展为全球,北斗系统正式迈入全球时代。

但对于国防科技大学电子科学学院导航与时空技术工程研究中心(简称"导航中心")的每一名成员来说,这只意味着前行路上的小憩。因为建设世界上最好的北斗才是团队成立的终极目标!

走进导航中心,两行黑体大字一下子跳入眼帘:"我们的目标——围绕党在新时代的强军目标,用科技创新推动北斗成为世界最先进的卫星导航系统","我们的愿景——贴近国防和军队建设需求,建国际一流卫星导航团队,做北斗建设的核心主力"。

"世界最先进""国际一流""核心主力",这些词汇、这些字眼、这种气魄,形象直观地告诉人们,这个团队理想多么高远、抱负多么远大,让人抑不住心生敬仰。

走进导航中心科研成果展室,人们就会发现,这些直冲眼球的词汇和字眼,对于国防科技大学导航与时空工程技术团队,实至名归、当之无愧:"北斗一号"全数字快捕与接收、"北斗一号"用户机、"北斗二号"系统体制、星上抗干扰、高精度测量、零值测量、"北斗三号"地面运控系统主控站时频统一系统、"北斗三号"地面运控系统主控站RDSS信号收发分系统、"北斗三号"地面运控系统注入站、"北斗三号"监测接收机、卫星载荷……

这一个个项目、一项项成果,哪一项不是世界导航领域的关键技术?它们全部臣服于该团队攻坚的脚下,变成一朵朵高山雪莲,以其独特的"雪域之光",照亮了北斗工程建设之路。

特别"倒计时"

2013年11月5日,对于国防科技大学、对于北斗、对于导航中心,都是个值得永远铭记的大喜日子。

这天,习近平主席带着缕缕春风走进国防科技大学,视察了这所曾号称"东方奇迹"的"军中第一工程技术学府",向全校官兵提出"努力把国防科大办成高素质新型军事人才培养高地、国防科技自主创新高地"的"两个高地"建设目标,参观学校科研成果展示,亲切接见了学校北斗团队代表王飞雪等专家代表,习主席在北斗成果展台前,边看边问,而且看得细致、问得具体,不时满意地微笑点头……原定团队负责人王飞雪向习主席汇报5分钟,结果习主席在北斗展台前参观了10分钟!

那晚,王飞雪激动得久久难眠,习主席亲切的话语,一次次浮现在脑海。他真没想到,20年前一次敢为人先的"试水",竟让他一生与北斗结缘。那年,北斗系统建设遇到一大技术瓶颈,他和雍少为、欧钢等三位平均年龄不到26岁的博士生,在导师郭桂蓉的指导下,提出了一套全新解决方案,得到中国卫星测量控制技术奠基人、中国科学院院士陈芳允的高度赞誉,步入了北斗人的行列。更令王飞雪没想到的是,18年后,他能作为北斗代表,向习主席汇报北斗系统的科研成果。

2014年1月29日，王飞雪迎来了44岁生日。这天晚上，王飞雪又度过了一个不眠之夜，习主席亲切和蔼的笑容又一次出现在眼前，习主席"把北斗系统建设好"的叮嘱，又一次在耳旁回响。天亮时，他又打开那本日记，郑重写下两个意味深长的数字：450，1797。

450，是习主席来视察并叮嘱之后的天数；1797，是距2020年北斗导航系统实现全球覆盖目标的天数。

北斗团队就是以这种特别方式不断警醒自己：习主席对北斗寄予厚望，党中央正期待着北斗系统早日建成；离党中央要求北斗全球系统建成的时间越来越近，技术攻关越来越紧迫，一定要争分夺秒地工作，以百米冲刺的状态去奋进！

在导航中心，从团队带头人，到每一名科技人员，心中都装着这样一个"倒计时表"。可以说，自从1995年加入北斗阵营，他们就以这种只争朝夕的紧迫感，夙兴夜寐、追星逐月的冲刺状态，奋进在卫星导航技术创新之路上。

在那段最关键、最紧张的攻关时期，欧钢教授突然连续高烧，打针吃药也不见退，每天都烧到近39度。为了赶任务，他没有休息一天，坚持天天和大家一样上下班，和大家一起出差调研，直至最后完成攻坚任务，体温奇迹般恢复正常。

在导航中心，若问大家："你们中心领导在做什么？"大部分时间，大家会回答："他们在路上！"若要继续问："在什么路上？"大家会说："他们在出差路上！"

2013年12月31日，导航中心迎来大喜讯：团队荣获由原总政宣传部主办、解放军电视宣传中心承办、全军政工网和中国军网协办、享有"军人奥斯卡"美誉的"2013年度践行当代革命军人核心价值观新闻人物特别奖"。

这一天，王飞雪代表团队前往北京领奖。下午6点，颁奖晚会结束，接下来便是庆功宴。刚刚走下领奖台的王飞雪，没有随着人流进入宴会厅，而在中途拐了一个弯，溜到大楼门口拦下一辆的士，火速前往机场，于深夜12点回到学校，直接赶到办公楼，先将从北京领回来的"小金人"放到成果馆醒目的位置上，然后换下军装、披上工装，前往实验室和大家一起加班。

在实验室大厅，他见大屏幕上写着一行大字——"夜深了为什么我们还没有睡"。

王飞雪十分感动，默默拿出手机拍下这行大字，发到了微信朋友圈。很多朋友来问："用得着这么着急吗？元旦的凌晨了，还在加班，太少见了。"

王飞雪回复了四个字："时不我待！"

"创新尖刀"的锐度

国防科技大学导航中心，在我国导航技术领域享有"创新尖刀"的美誉。他们始终用敏锐的目光扫描世界，把创新的目光投向前沿，发现最新科技动态，捕捉最新前沿技术，带领大家用"最新方案"创造"领先成果"。

北斗导航系统建设之初，地面运控系统关键技术——卫星信号快捕精跟技术，有关单位运用模拟技术方案攻坚10年，始终未能突破，成为"北斗一号"建设的"瓶颈"。他们却大胆地使用美国、俄罗斯等卫星导航强国尚处于基础研究阶段的全数字信号处理技术，运用于"北斗一号"工程建设，提出了全新的快捕精跟技术方案，让"北斗一号"重新迎来"柳暗花明"。

2006年，"北斗一号"卫星导航系统成功运行多年，面临卫星和地面设备的更新换代。当时，由于"北斗一号"系统稳定正常，因此不少人主张只实施"外部手术"，更换硬件设备即可，继续沿用过去的技术指标和基本参数。

但国防科技大学北斗团队却敏锐地意识到，这是一次让整个导航系统体制升级的绝佳机会，制定出北斗系统体制升级方案。此后，他们带领团队夙兴夜寐、埋头苦干3个月，完成了对北斗系统的升级改造，整个导航系统效能得到大幅提升：所有的终端设备功耗降低一半，抗干扰性能提升一倍，各项参数达到理论上的最优值，并为国家节省了大笔资金，为确保我国第二代卫星导航系统建设开拓了广阔平台与空间。

2008年，"北斗二号"卫星导航系统建设进入攻坚阶段。就在这关键时刻，突然出现地面强电磁干扰，导致卫星发生间歇性失联络。这时，卫星发射计划已上报相关国际组织无法更改，距离下颗卫星发射只有3个月时间。换句话说，若该问题不在3个月内解决，将迟滞整个北斗工程进程，甚至可能使组网发射的数十颗卫星沦为太空垃圾。在此危急情况下，他们另辟蹊径，创新采用前沿技术，仅用3个月时间，就为北斗卫星铸造出"神奇盾牌"，把别人施放的丛丛"暗箭"，给硬生生顶了回去，为中国北斗消除了电磁干扰的隐患。

从"北斗一号"快捕精跟、手持用户机，到"北斗二号""北斗三号"的卫星载荷、主控站测量与通信、监测接收机、仿真系统等，团队为北斗工程研制的近百种、上千套设备，都选择世界最新技术路线，具有世界先进水平。

做自己的北斗走自己的路

"北斗二号"组网首星，是颗高轨道卫星，它是否能向地面成功发回信号，事关北斗系统建设前途命运。它顺利发射升空后，北斗"两总"把10多家监测接收机研制厂家全部召集到西安卫星测控中心，把各家产品摆在一个大操场上，等待着在太空遨游的"北斗二号"首星发回信号。

这既是对北斗高轨卫星的一次检验，也是各设备生产厂家研制的监测接收机的一次质量PK。

大家心里都很紧张，既担心天上的卫星不能发回信号，又担心自己的监测接收机收不到信号或比别人晚收到信号。北斗团队成员更是捏了一把汗。

预定卫星发回信号的时间到了。几秒后，国防科技大学团队研制的监测接收机显示屏上跳出一条优美舞蹈的曲线。他们的机器最先收到了卫星信号！

北斗团队成员们不约而同地跳跃、欢呼："我们收到了！收到了！"

全场目光"唰"地聚了过来，羡慕而又纳闷地望着他们尽情庆贺。监测接收机，是北斗系统中最高端的精密测量接收机。国防科技大学导航中心，无论科研历史还是人员数量，与专业生产厂家相比，都是"小弟弟"，而且他们还肩负着繁重的其他科研任务，但他们却研制出了灵敏度最高的监测接收机，有什么绝招？十几家设备生产厂家纷纷前来取经。

"建自己的北斗，要走自己的路。"团队合心齐力、集智攻关。

当初，他们在设计监测接收机技术路线时，果断摒弃国际流行的 GPS novotel 接收机研制套路，大胆探索符合中国国情、代表未来趋势的新兴技术方案，其性能指数相比国际主流机型迈上了一个新台阶。

该型监测接收机，第一批次便生产了 30 套，安装于北至哈尔滨、南至南沙、东至南京、西至喀什的各站点，对境内北斗导航卫星实施适时观测，为系统提供星地时间同步、精密定轨、电离层传播延迟修正和完好性等数据，而且全部处于无人看守的自动运行状态，具有高可靠性。

这些年来，习主席"真正的核心技术买不来"的谆谆教诲，时刻在北斗人的耳畔回响。"建中国的北斗，走自己的路"，成为团队每一名成员的思想自觉、行为自觉。

国防科技大学导航中心，作为我国首批成立的卫星导航学科，既是北斗工程技术创新的主阵地，又是我军卫星导航技术创新人才培养的主平台，为北斗导航系统建设和军队信息化输送了数十名博士、一百多名硕士。他们在校期间，积极参与北斗工程前沿项目研究，大胆破除迷信，坚持自主创新，所完成的数十篇博士学位论文、上百篇硕士学位论文，不仅技术含量厚重，而且均独树一帜，有着显著"中国创造"印记。

来不及停歇，他们又已踏上新征程，积极开展北斗系统实战化及创新性技术研究，着眼未来信息战场论证国家综合 PNT 体系建设，向着用科技创新推动北斗成为世界最先进的卫星导航系统的远大目标迈进。

四十八小时摘金之路
——我校斩获第九届国际大学生物理竞赛金奖侧记

● 方 娇 雷 雯

48小时内完成题目选择、物理过程分析、建模、编程与数值计算、结果评估与分析、英文论文撰写……这是参加第九届国际大学生物理竞赛参赛队面对的共同考卷。

2018年11月中旬,来自美国加州大学洛杉矶分校、英国爱丁堡大学、上海交通大学等世界知名高校的281支队伍将目光聚焦于该赛事。国防科技大学派出的34支参赛队伍经过两日两夜激烈鏖战,刷新参赛以来历史最高记录,一举摘得2金6银13铜。

时针指向凌晨4时,智能科学学院学员杨明月揉了揉通红的眼睛,在计算机前按下Enter键,上传了竞赛最终成果——论文。

此时,长舒一口气的她与其余两位小伙伴并不知道,他们小组在竞赛中围绕问题"堆肥尺寸问题"展开的论文,会在几日后的结果揭晓中榜上有名,成为全球5项金奖获得者中的一项。

"对于本科生而言,要在48小时内完成这项比赛,对他们的身体和心理都是一次严峻的挑战",此次物理竞赛负责人刘永录副教授介绍。国际大学生物理竞赛是一项面向全世界大学生的国际性赛事,要求学生以团队合作的形式利用基本物理原理来分析实际物理场景，且比赛赛题极具开放性，每道题目只提供简短的背景介绍和基本要求，需要参赛队员进行一系列背景研究和一些合理的假设分析，并提交对获得结果进行合理性分析的参赛学术论文。"像这次比赛就分为问题 A '将纳米船用光帆推动送到半人马座'和问题 B '堆肥尺寸问题'，学生可以任选一题进行切入分析，只要结果合理就可能被认可。"

乍一看，问题 B 涉及生物学、化学、物理等多门学科，题目较为复杂，所以大部分参赛队员都倾向于选择另一道题目，第一次参加该项比赛的杨明月、刘浩和孙美晨小组也不例外。面对挑战，指导团队教员钟鸣鼓励参赛队员，虽然问题 B 相对复杂，但亮点颇多。权衡之下，杨明月小组从一开始选择问题 A 转向了问题 B，寻求在合适的温度、湿度与充足的氧气中，让堆肥在 24 小时内达到最优效果。

孙美晨建模，刘浩编程求解，杨明月查找资料、写论文。尽管团队分工明确，但因 3 人课程冲突耽搁了 12 个小时比赛时间，这让他们倍感压力。而小组一开始想到的方案因考虑因素较多，参数复杂，难以实现。"这可怎么办？"时间一分一秒流逝，大家六神无主。

"别慌！将问题简化，注意问题背后基本的物理因素。"文理学院国际大学生物理竞赛指导团队赵增秀教授的建议，让杨明月小组茅塞顿开，他们立即着手将复杂的生物学特性和化学过程略去，看到该问题的物理本质，建立起以热传导和空气扩散方程为基础的模型框架，用规则的圆柱体来建模，并考虑重力影响，最终给出了解答，在距离比赛结束还剩 4 个多小时的时候，提交了小组论文。

与杨明月小组不同的是，由空天科学学院学员李泽越、刘铭江和电子科学学院学员吴天昊组成的参赛队中，李泽越、吴天昊曾参加过去年的国际大学生物理竞赛，分别拿到优秀奖和铜奖。有了上一次比赛经验，这一次，他们在时间分配与协助配合上显得得心应手，但工程实践过程中影响因素太多的问题 A 却让他们犯了难，迟迟找不到关键所在。好在犹如"智囊团"般存在的指导团队教员为他们指方向谋出路，让队员顺利找到突破口，在迈向金奖的路上踏出了坚实的脚步。

"48小时极其短暂，学习能力在这种短时间内解决复杂问题的竞赛中显得尤为重要。比赛那两天我们就像是在打一场攻坚战，每天都熬到凌晨三四点，但不管什么时候，只要我们需要，都能搜索到相关文献，请教到教员。"李泽越回忆说，虽然比较辛苦，但在竞赛场上得到的关怀与保障让不少学员倍感温暖。

为了备战此次竞赛，由文理学院和电子对抗学院8位教员组成的国际大学生物理竞赛指导团队从全校92支报名参赛队伍中遴选出34支最终参赛队伍，对他们进行了严格、规范的培训。与此同时，学校图书馆还专门成立了信息服务团队负责信息检索和文献援助等多项服务内容，为参赛队员提供坚强的后勤保障。

"这次比赛，图书馆给本科参赛学员开通了远程访问账号，让学员随时随地都可以查阅、下载文献。"刘永录表示，比赛期间，图书馆信息服务团队至少有一名技术人员在线服务，学员不管是资料不好找、找到无法下载，还是太忙抽不出时间去找，都可以向图书馆老师寻求帮助，"我们那个群里面，向图书馆老师道谢的消息可是一茬接着一茬"。

北斗梦之队

● 颜　瑾　胡达平　胡浩巍

1月4日,国防科技大学电子科学学院导航与时空技术工程研究中心(以下简称"导航中心")被表彰为"全军备战标兵单位"。

这是一个充满传奇色彩的科研团队——从一个3人"手工作坊式课题组",一路成长为拥有4名国家级专家、300余人的军民融合大团队,成员平均年龄不到30岁,却已是"北斗三号"系统卫星信号收发业务载荷、地面运行与控制系统研制的国家队和主力军。

逐梦北斗不畏难

2018年底,导航中心为久别的"孩子"举办了一场特殊的退役仪式,这个"孩子"就是"北斗一号"全数字快捕与信号接收系统。

这项被誉为北斗系统"千里眼"的装备,在不间断稳定运行12年后,终于功成身退。时光倒回20多年前,当时我国正在建设的北斗卫星导航系统遇到了技术瓶颈,尚在国防科大读博士的王飞雪等人另辟蹊径,以大胆、超前的眼光拿出一个全数字化快速捕获与信号接收技术方案，请缨攻关任务。

这是一条从未有人走过的路，这意味着寂寞与痛苦，也意味着梦想与激情。3年后，这项10年攻关未果的瓶颈技术被他们拿下，一举打破国外在该项核心技术上的垄断，对我国成为继美国、俄罗斯之后第三个拥有卫星导航定位手段的国家发挥了重要推动作用。也就是从这时起，导航中心雏形初具。

2006年，"北斗一号"卫星导航系统面临卫星和地面设备的更新换代，导航中心成员精准预判这是一次导航系统体制升级的绝佳机会。

机不可失，大家集智攻关，提出一套信号体制与主动抗干扰相结合的方案。这个小小改动带来的是整个导航系统效能的一次大飞跃：所有北斗位置报告终端设备功耗降低一半，系统抗干扰性能大幅度提升。

2007年，北斗卫星受到强烈干扰，导致信号传输中断。若3个月内不能解决问题，即将组网的数十颗卫星发射将无限期推迟，已发射的卫星将无法使用，其损失之大，无法估量。

情况危急，导航中心立下军令状："3个月内拿出解决方案！"不到3个月，他们果然成功研制出了具有强大抗干扰能力的卫星载荷，将我国北斗卫星抗干扰能力整整提高了1000倍。

2009年，北斗二代导航卫星二期工程期间，一个由欧洲航空航天局专家领衔的代表团飞抵北京，代表欧盟的伽利略卫星导航系统要求与北斗系统展开争议已久的频率谈判。

谈判桌上欧盟专家咄咄逼人——除非绕开欧美专利技术，否则中国无优先使用权。艰苦卓绝的拉锯式谈判一直持续了3年。在此期间，导航中心刻苦攻关，探索出一套创新的信号调制理论并申请了专利，为保护国家"电磁领土"提供了技术利剑。

2018年，在"北斗三号"组网过程中，"北斗三号"某两颗卫星接连出现信号故障，负责攻关的黄龙和刘哲两位同志急得直掉眼泪。得知这一情况，导航中心领导立刻调集精兵强将齐上阵，与时间进行赛跑：中心总师率先奔赴一线"作战"，各项目组和产品线互相支援，团队成员誓将问题归零。整个团队没日没夜奋战 3 个多月，顺利完成卫星载荷在轨升级并进行了相应的防护设计，保证了卫星稳定运行。

追梦北斗敢争先

"创新"一直是团队的核心和灵魂。在承研的"北斗三号"短报文信号收发系统过程中，团队成员发现个别指标存有缺陷。

如果仅仅是单纯的保进度，继续往下凑合着开发也能交差完成任务，对系统性能效果提升不会有质的飞跃。此时任务期限已过半，推倒重来极大可能不能按时完成任务甚至影响到"北斗三号"系统建设。

是推倒重来？还是勉强交差？在两个选择之间，团队没有犹豫。"干科研没有最好，只有更好……哪怕创新难度再高，也要奋力一搏"，导航中心主任孙广富说。这一次，他们依然决定推倒重来。

数个月的挑灯夜战，几十人的彻夜不眠，最终将这套系统实现了全新跨越，系统入站容量提升 10 倍，为北斗系统的应用变得更加小型化、更加便携提供了强大技术支撑。

20 余年间，带着创新基因而生的导航中心，不断攀登创新高峰，取得过一系列关键技术突破和原创性成果：

——"北斗一号"时期，突破制约北斗广泛应用的终端小型化难题，成功研制我国第一款手持式北斗用户机，在我国抗震救灾、抢险救援、边防巡逻等任务中发挥了重要作用；

——"北斗二号"阶段，突破系统建设中"卫星抗干扰"和"系统高精度测量"两大难题，成功研制卫星信号接收业务载荷、地面运控系统主体设备，发挥了主力军作用；

——"北斗三号"阶段，实现任务全体制、全系统、全链路技术覆盖，在北斗卫星系统、地面运行控制系统、测试仿真系统等均承担重要任务，使北斗系统信号收发更好、授时定位更准、服务精度更高、发射功率更低、服务容量更大、终端设备更小。

在这个团队，开展学术讨论和项目研讨时没有师生之分，每一个人都能充分发表学术观点。"争吵过程是相互磨合和不断提高的过程，最终大家找到了很好的解决办法"，导航中心副主任倪少杰说。

导航中心坚持不按资历、不讲级别，激励每个人都在岗位上奋发向上贡献价值，鼓励大家向着同一个远大目标团结奋斗。正因如此，团队成员都愿意为了导航中心和北斗事业竭心尽力、倾其所有。这些年，一个个远不见头、高不见顶的难题，被导航中心逐项攻克。

筑梦北斗质当先

既要开展核心技术攻关，又要研制系统装备，还要提供系统保障服务，这些都是导航中心的职责。虽然工作千头万绪，但这支团队在北斗系统建设过程中，始终严守标准和底线，不断追求卓越。

卫星导航系统对时间和频率的准确性和稳定性要求极高。作为"北斗三号"主控站时频统一系统主任设计师，龚航深知他的担子有多重，"北斗三号"的建设容不得任何一点马虎和侥幸。临近系统信号切换，却意外发现某单机测试指标出现异常。

"也许发生问题的可能性极小，但我们不敢有一丝懈怠，即使只有一纳秒的误差，都有可能造成系统的错误运行，甚至崩溃。"龚航没有犹豫，和团队在不断反复怀疑和排除的焦灼中，最终查出了问题。

2015年上半年开始，北斗全球系统试验星紧锣密鼓地陆续发射，国防科技大学卫星导航定位技术工程研究中心承担了芯片研制等一系列紧迫而又艰巨的任务。

为保质保量按时完成任务，团队成员加班加点、精益求精，对方案严谨设计、对计划科学论证、对质量一丝不苟、对管理精细追求……依靠每个环节的细致认真，为科研攻关的每一个步骤、每一个瞬间保驾护航。

在导航中心的每间实验室角落里,都摆放着折叠行军床;不少人一日三餐都在实验室吃盒饭;每个人的办公桌下都备有行李箱,随时准备出差。有时加班晚了,大家就睡在实验室,遇到大项科研任务,连续几个月在办公室吃住是常态。工作确实辛苦,但都成为大家日后可以一起回味的快乐,有不少问题都是成员在实验室吃盒饭、交流技术时找到了解决方案。

开展科研管理创新,实行矩阵式科研组织模式,建立起指挥线、技术线、质量线的"三线"管控制度,建立专业信息化平台……导航中心在实践中贯彻质量就是生命、质量就是胜算的理念,逐步迭代完善质量管控体系。

现任电子科学学院副院长王飞雪说:"'北斗一号'到'北斗三号'是从溪流到海洋的跨越,坚持自主创新、奋力攻坚克难是我们完成跨越的灵魂,也是我们迎接未来融合时空挑战的基石。"

如今,"北斗梦"已然凝聚成这个团队响彻云霄的坚定誓言——"用科技创新推动北斗成为世界最先进的卫星导航系统!"

"开心小屋"的神奇密码

● 王微粒　杨彦青　贾朝星

在常人眼中，军校女教员尤其是教授群体，光环夺目，气场两米八，但事实上，在她们身上，除了高知群体的睿智聪慧和科研群体的严谨务实，更有女性所特有的温馨浪漫。她们同样也有风花雪月，也有家长里短。在她们的办公室里，常常会传来阵阵欢声笑语。且看学校前沿交叉学科学院——

2月底，北京。走下领奖台，前沿交叉学科学院某研究所研究员侯静第一时间把情况发到"开心办公室"的微信群里。手机的那头，是她办公室的三个好姐妹。"谁家有好事，都得第一时间通知大家。"这已经是四人延续多年的习惯。更何况，这次的"好事"，是她们四个人共同的大喜事——10年攻关取得的成果获得军队科技进步一等奖。

"我们在'开心小屋'等着给你接风。"微信里的这句话，让侯静的心绪瞬间飞向星城长沙，回到校园内一间不起眼的办公室里。

快乐的密码

一间不大的房子,四张桌子占据四角、四个书柜靠墙而立,看起来普普通通。但在这间挤着四位女教授的办公室里,总是洋溢着欢乐的笑声,充满了开心的氛围。在该院,无论是领导还是教员甚至是学员,都叫它"开心小屋"。

在程湘爱的心中,这里就是她的另一个家。"以前办公用房紧张,我们几个女老师就挤在一起办公,谁知从此就再也分不开了。后来,条件改善了,领导本来要给我们每人分配单独的办公室,但我们都觉得挤出了感情,就不想'分家'了。"

都说"三个女人一台戏",这间小小的屋子里,坐着四位理工科的女教授,三个博导、一个硕导,个个都是军队科技进步一等奖获得者,个个都是军队"国防科技创新特区项目"的负责人,全军优秀教师、军队育才金奖、军队高层次科技创新人才培养对象、全军重大专项课题负责人……不分伯仲的荣誉光环一个接一个。

按理说,同在一个屋檐下,难免会有些磕磕碰碰,更何况四人个个都是"学术大牛"。可事实却是,她们从挤在一起的那天起,"开心"就成为这个办公室的标签。休息时,这个办公室里总有笑声不断传来。四位女教授总有聊不完的话题:课题遇到什么困难、学生取得什么成绩、家里又有什么喜事、孩子应该怎么教育,甚至是哪件衣服时尚……欢声笑语地聊了10来年,这四个女教授依旧乐此不疲。

"别看我们办公室小,个个都是'部级'领导。"采访中,程湘爱笑着介绍每个人。"华卫红教授研究规划控制,我们就封她为'规划部长',侯静研究员组织活动多,我们就叫她'外交部长',宁禹副研究员课题经费多,我们打趣她是'财政部长'。"

华卫红急忙抢过话茬:"程师姐是同事心中的知心大姐和学生心中

的程妈妈,她管总的,是'综合部长',她是个热心肠,很多同事和学生有烦心事都找她,都快成兼职'副政委'了。"

在笔者面前,一说起对方的好,"开心小屋"里每个人都恨不得多长一张嘴。"我们四个里面,宁禹最年轻,别提有多热心了。"侯静张开手臂边说边比划,"一次,她父亲在湘江边钓了一条1米多长的鱼,她倒好,直接分成四段,让老公开车给我们每家送了一段。"

"加入'开心小屋',我学到更多的就是坚韧和乐观,还有同事之间的坦诚相待、像姐妹一样的相互关爱。"宁禹说,"那次程老师家里老人生病,侯老师又是打120,又是帮着送医院;我跟家人说了之后,家里立马熬好了汤,让我送去医院;华老师也打电话询问,主动担起了办公室的工作。"

制胜的密码

四人刚在一起时,也曾有人嘀咕:"四个女教员成天乐呵呵的,会不会耽误干活啊?"但当她们拼出一项项科研成果后,质疑烟消云散。"开心高效工作,快乐健康生活"也成为她们的口号。

熟悉"开心小屋"的人都知道,开心的笑声背后,是四位女教授在工作中付出的百倍努力。她们所在的创新团队从事的都是国家、军队级的科研项目,每个人身上都挑着"千钧重担"。真正工作起来,她们那股敢打必胜的要强劲儿,无论是研究所领导,还是在一起共事的男同事都服气。

2008年博士毕业留校工作的宁禹,干起工作来风风火火。"她呀,比男同志还能吃苦,是团队里有名的'女铁人'。2015年产假还没有结束,她就从湖南跑到大西北参加试验了。年纪轻轻,军队科技进步一等奖都拿了2项了",同事们这样评价她。

程湘爱的梦想就是"当一名好老师",常年伏案工作的她,患上腰肌劳损，痛得厉害时只能趴在床上备课。"那次一边拔罐一边备课，结果备课太投入，把拔罐的事给忘了，背上全是血泡，但第二天的课是怎么也不敢耽误的。"说起上课，程湘爱眼里透出兴奋，"学院评选'我最喜爱的老师'，学生们投了我，虽说得过那么多奖，但这个奖，我觉得最开心。"

开心，不仅仅是在办公室里的谈笑默契，更源于她们醉心于工作、执着于卓越的境界升华。

为了一项费时费力又没有任何显性成果的方案，华卫红一干就是半年。"评不评奖无所谓，只要对作战人才培养有用，就值得去做。"

2007年，侯静的孩子只有2岁，但她忍痛出国去做访问学者，一待就是1年。"心里当然舍不得家，但不亲身感受世界前沿科技动态，研究怎么进步？"

胸中有丘壑，浮尘自飘落。"开心小屋"之所以开心，缘起于彼此的乐天性格，浓厚于相互的姐妹情谊，升华于共同的事业追求。当她们把全部心思都用在教学科研上，自然就少了对日常琐事的苦恼，多了一起奋斗的快乐。

温暖的密码

悠长的号声响起，时针指向上午10时。"开心小屋"里的"部长"们不约而同放下手头的工作，从抽屉里拿出点心，再冲杯热咖啡，开始了每天的"茶歇时间"。

"大家身上的教学科研任务都很重，能够放松的机会也不多。所以我们就干脆定了个时间，短时间的换换脑子，这样效率会更高"，程湘爱告诉笔者，"这时谁要是出差了，就会成为大家谈到最多的那个人，有时还来个现场视频聊天，因为大家想她。"

这时，小屋门口时常会有不请自来的客人。由于任务繁重，研究所不少同志"压力山大",但"开心小屋"就像是一枚"开心果",很多年轻同志路过门口时,都喜欢进去找她们聊聊天,久而久之,也摸清了"茶歇时间"的门道。"你说不出来怎么回事,但笑容不自觉地就挂到了脸上,心里也很快放松下来。"

其实,"开心小屋"的"快乐辐射"并不仅仅局限于"茶歇时间"。江天副研究员是程湘爱带的第一个博士研究生,在博士毕业论文答辩时,程老师带他反复推演答辩委员会可能提的问题,直到深夜他去睡了,老师还在为他准备相关资料,第二天江天才得知,老师几乎整晚没睡。答辩很顺利,最后陈述时,江天哭了,他说他的成绩离不开程老师的辛勤付出。

对于这种传递温暖、融洽氛围的模式,研究所政治协理员陈永忠有着自己的理解:"四位女教授都是学院高能激光技术创新团队的骨干成员,'开心小屋'的快乐密码之一,就是传承和弘扬了团结协作、合作共赢的团队文化。"

事实也的确如此。从前沿交叉学科学院的院名就不难看出,教员们往往需要通过跨领域、跨专业的大协作来进行科技攻关,这无形中就形成了大家愿意协作、主动协作的文化自觉。而四位女教授的专业更是如此。

四人中间,侯静和宁禹曾是程湘爱的学生,而华卫红与程湘爱,读博时又都是赵伊君院士的"高徒"。她们每个人的研究方向都不相同,但又形成了系统研究的完整闭环,事业的需要和师生的情谊就这样把她们牢牢地"捆"在一起,成了科技创新的"铁四角"。

把强国梦写进太空

——酒泉卫星发射中心优秀校友60年风采

● 颜 瑾 姚 宏

    中国，内蒙古，酒泉卫星发射中心发射场。蓝天与戈壁相交的地平线上，清晨的太阳低悬。

    酒泉卫星中心60岁生日过后不久，是中法海洋卫星发射的日子。在略显紧张的寂静氛围里，0号指挥员的倒计时声响起："10，9，8……3，2，1，点火！"刹那间，巨大而耀目的火焰伴随赤红色的烟雾熊熊燃起，一声轰鸣震天动地，搭载卫星的"长征二号丙"运载火箭冲天而起，直向太空飞去。

    发射场测试指挥大厅内，发射测试站（以下简称发测站）副站长李兵紧盯着屏幕上的火箭轨迹曲线。当中法两种语言的"发射任务圆满成功"从大屏幕中实时传出，李兵多日以来因备战而紧绷的面庞终于松懈下来。同一时间，酒泉卫星发射中心主任张志芬、中心总师郑永煌、发测站总师高敏忠、发测站副参谋长吕楠、发测站型号总师谭洪义、指挥控制站（以下简称指控站）副站长刘永利、指控站光学测量队工程师孙锐、指控站USB系统设备负责人姜伟……每个人都放下了悬着的一颗心。技术部的女博士李婷，正在她开发的数据分析平台上接收来自同事许圣涛的遥测数据,以便快速生成本次任务的完整分析报告。

2018年,他们把64颗卫星顺利送入太空,创造了多项中国航天发射的新纪录;他们都来自一所共同的母校——国防科技大学。

国防事业的拓荒者

酒泉卫星发射中心,又称东风航天城,这片位于戈壁深处的绿洲,在60年前只是一片苍茫戈壁。1955年,钱学森到中国人民解放军军事工程学院(以下简称"哈军工")参观时,校长陈赓问他,中国能不能发展导弹,钱学森说:"可以。"2年零6个月后,在内蒙古的额济纳旗青山头地区,中国首个陆上综合导弹试验靶场拔地而起——这就是后来著名的酒泉卫星发射中心的前身,新中国的第一枚导弹、第一颗人造卫星皆从此升空。

"蓝天做帐地当床,黑河边上扎营房,三块石头架口锅,咸菜盐巴就干粮。"这是建设靶场时生活情况的真实写照。初创艰难,但更难的是靶场建成后,如何拉起一支能执行发射试验任务的队伍!靶场一穷二白,优秀的人才肯来吗?

当然肯来!年轻的"哈军工"学子甫一毕业,便前仆后继主动要求到靶场工作。每个"哈军工"人都牢记着陈赓校长和钱学森的那番对话,人弱受欺,国弱挨打,既然中国必须发展导弹事业,那就从我们这一代开始干起!

靶场条件之苦,现在的人很难想象。他们睡地窝子,啃大白菜,干燥的风沙使人鼻血不止,黄沙肆虐时满面尘土,夜晚则把人冻得直哆嗦,而最让人难以忍受的当属戈壁上永无止境的荒凉和寂寞。

戈壁是荒凉的,但人生不是。靶场初建,从零起步,那时候没有几个人见过导弹,"哈军工"学子如饥似渴地向苏联专家学习导弹和发射知识,不分昼夜、通宵达旦干自己热爱的工作。条件艰苦没关系,一牙缸的水珍惜地分三次用来洗脸、刷牙、洗脚；时间不够就拼命挤时间，有时疲倦得不知不觉睡着时手里的干粮还没啃完。这些从我国当时最顶尖军事院校毕业的年轻人，有一股子不怕困难、勇于挑战的拼搏精神，他们用最短的时间掌握了最多的知识与技能。1960年苏联专家撤走后，靶场能很快扔掉"拐棍"，并在当年成功发射第一枚地地导弹"东风一号"，和当年"哈军工"人艰苦奋斗、自强不息的精神分不开。

据不完全统计，"哈军工"仅一、二期学员就有140余人奋战在一线，并成长为靶场早期的中坚力量。轻拉出一张长长的名单，上面的每一个名字都光彩夺目：胡文全，"哈军工"一期学员，在戈壁滩扎根28年直到因癌症倒下，共拼出4项科技成果奖、14次嘉奖、1次一等功和4次三等功，如今他长眠于东风革命烈士陵园，墓冢就在聂荣臻元帅的右侧；李若盛，"哈军工"一期学员，1958年进入靶场工作，和战友一道把"两弹一星"送上天空；杨桓，"哈军工"一期学员，"东方红一号"卫星发射总指挥；张其彬，"哈军工"六期学员，1966年我国进行导弹核武器两弹结合试验，他作为唯一负责技术的人员，与其他6位同志一起留在离发射现场仅100米的地下发射控制室，后来他们被称为"阵地七勇士"。

从原子弹、导弹、人造卫星到洲际弹道导弹发射试验，再到后来的载人航天工程，"哈军工"人的履历，就是半部中国国防科技事业发展史。"哈军工"学员作为靶场第一代拓荒者，经历了筚路蓝缕的创业艰辛，从中成长起来的科技专家灿若星辰：胡世祥，1970年担任"东方红一号"人造卫星操作手，后曾任中国载人航天工程副总指挥，有"发射将军"之誉；刘庆贵，参与"东方红一号"发射，参加返回式卫星、科学实验卫星、多种战略导弹和战术导弹试验任务数十次，后曾任酒泉卫星发射中心副主任；李凤洲，曾任酒泉卫星发射中心总工程师、主任；张建启，参与核试验、战略武器试验、常规兵器试验、风洞改造等上百次任务，后曾任酒泉卫星发射中心副主任和载人航天工程发射场系统总指挥，"神舟一号"发射前是他做出打开飞船大底的决策，排除了两个致命故障。

死就死在戈壁滩，埋就埋在青山头。"哈军工"人壮士出征般的大无畏精神和强烈的爱国情怀，深远地影响着他们的继承者——国防科大人。

飞天逐梦的先行者

1978年，在邓小平同志的亲切关怀下，"哈军工"南迁后的主体——长沙工学院，正式改建为国防科学技术大学，重回军队序列。从此，国防科大人沿着先辈足迹，在酒泉卫星发射中心的历史上，书写下崭新的辉煌乐章。

1978年，崔吉俊恰好从学校毕业，背着行李来到大漠深处的酒泉卫星发射中心。2年后，他担任了我国第一代洲际弹道导弹"东风五号"的点火操作手，这次圆满成功的全程飞行试验标志着我国终于打破了美苏等"超级大国"对洲际战略核武器的长期垄断。那天，全体技术人员都在发测室这个使崔吉俊深深爱上的地方沸腾欢呼。而后，崔吉俊陆续担任酒泉卫星发射中心主任、载人航天工程发射系统总指挥，从"神舟一号"到"神舟十号"的每次发射任务，他都在一线，亲眼见证了神舟系列飞船的每一次成功。

1992年，对酒泉卫星发射中心来说是个不能忘记的年份。这一年的9月21日，代号"921"的中国载人航天工程正式被批准实施。"921"的实施，使当时条件还很艰苦的酒泉卫星发射中心发生了日新月异的变化。

在距离中心几百千米之外的敦煌莫高窟，摇曳多姿的飞天壁画梦幻了千年，从甘德和石申写出世界上最早的天文学著作《甘石星经》，到明朝万户尝试火箭飞天，再到新中国"714""863"计划对航天的探索，中国人探索浩瀚宇宙的愿望从来不止于神话与想象。"921"工程上马时，老一辈"哈军工"人陆续退休离开，在这一时期进入中心的国防科大人，承载着老校友的意志，从零开始拓疆天宇，他们骄傲地称自己为"航天人"。

0号指挥员，在发射任务中是个十分特殊的角色。"0号"负责读秒和下达发射指令，从发射前8小时开始行使指挥权，在发射前30分钟担任各大系统的最高指挥。载人航天任务的情况复杂，担任0号指挥员的人要求熟练掌握上千条指挥口令，了解各大系统发射知识。

从神舟系列到天宫系列的多次发射任务中，国防科大人不止一次担任这个重要岗位：郭保新，"神舟一号"到"神舟五号"的0号指挥员，是他的口令将杨利伟送入太空；郭忠来，"神舟七号"的0号指挥员，中国第一艘多人飞天任务的发射指令由他下达；周晓明，"神舟十号"的0号指挥员，他的一声"发射"让聂海胜、张晓光和王亚平三人飞入太空；王军，"天宫一号"和"神舟八号"发射、交会对接任务的0号指挥员，"神舟九号"的0号指挥员。"神舟七号"发射前3天发射场暴雨如注，王军带队在疾风骤雨中用绳子、毛毯和防雨布将105米的塔架包了个严严实实。

载人航天，人命关天，质量是航天发射的生命线。说到严苛的质量控制，必须要提及中心现任总师郑永煌。郑永煌和王军是大学同学，1987年从国防科大毕业。在长期的技术实践中，郑永煌练就了一副给火箭、卫星和飞船"把脉"的好身手——1998年零高度逃逸飞行试验结束后，他从遥测曲线中敏锐捕捉到异常部分，据此提出改进油腔设计的建议；"神舟三号"发射时，他从浩如烟海的数据中发现某系统火工品保护电阻值超差，重新测试后排除了故障；"神舟四号"升空后他通过研究数据发现6个问题并逐一找到原因及对策；"神舟五号"成功返回地面后，他从厚厚的飞行数据中发现异常情况，通过立即报告上级排除隐患，为后续任务"割除了毒瘤"。

要使巨大的火箭成功托举飞船遨游太空，推进剂非常重要，它被称为火箭的"血液"。邹利鹏，酒泉卫星发射中心计划部部长，1988年从国防科大硕士毕业,曾在特燃处长期担负酒泉、西昌、太原三大卫星发射场的燃料提取、储存和运送协调指挥工作。他破解了困扰航天界多年的四氧化二氮纯度化验超百之谜;他攻克了航天界的世界性难题"偏二甲肼发黄变质原因";他主编的 3 项液体推进剂国家军用标准颁布实施多年,为中国航天发射液体推进剂保障做出了突出贡献。

高敏忠,中心发测站总工,1992 年从国防科大本科毕业。他担任了 20 余年的火箭加注指挥,推进剂剧毒且易燃易爆,因此他被称为"敢死队长"。"神舟四号"发射时天气极度寒冷,必须缩短加注时间以保证发射成功,他大胆提出交叉加注模式,带头赤手工作数小时,最终将加注时间缩短了 2 小时;"神舟五号"发射时他提出迂回加注的故障处置预案,保证飞船准确入轨;"天宫一号"临发射时正值父亲病危,高敏忠作为发测工作协调组组长难离岗位,直到"天宫一号"如期升空,几天几夜没合眼的他才连夜赶回父亲身边尽孝。

据了解,在中心,自 2000 年之后共有 9 人次荣立个人一等功,其中就有 5 人次来自国防科大,包括郑永煌、王军、邹利鹏等,荣获个人二等功的国防科大人就更多了,张承宗、李季春、赵龙海、胡广庆、谭锋……每个名字背后都有一段与航天的动人故事,每个人都为祖国的载人航天事业献出了全部的忠诚和热情。

现任酒泉卫星发射中心主任的张志芬也毕业于国防科大,他介绍说,中心几乎全年都有发射任务,三垂一远发射模式以及质量归零的双五条标准,使中心的航天发射安全性达到世界先进水平,让产品从进场到发射完成只需 15 天,中心航天任务年发射能力超二十次。

中心里有一句不知出处但广为流传的话——国防科大是航天的人才森林。飞天不是一个人能成就的神话,但当一代代科大人前赴后继时,便成就了辉煌的事业。崔吉俊的一首诗,可以看作航天人精神的写照:"我很渺小,在地球上找不到自己的坐标,我也伟大,因为我融入了宏伟的事业。"

转型新征程的探索者

走在酒泉卫星发射中心的生活区，秋日里金色胡杨和如雪芦苇，让人宛如置身森林。种树是中心人最重视的事之一，每年植树节活动几乎是全体出动。和60年前相比，这里的年降雨量和湿度都高了许多，甚至会出现戈壁滩上晴朗一片、独独中心阴雨绵绵的现象。这里还有个有趣的小故事，在国防科大校友、前校长张育林担任中心主任时，在他的主持下种植且成活的树特别多，极大改善了中心自然环境，大家都说"育林"名副其实。

曾经栽下的小树苗已长成参天大树，走过一甲子风风雨雨的酒泉卫星发射中心，而今又迎来了它的第三个转折点。2016年是长征胜利80周年，也是我国全面深化改革的一年，对中心而言，如何响应中央号召、落实改革要求，为助力我国航天事业做出贡献，其承担的历史使命和责任非常重大。

现任中心计划处处长的贾立德无疑是走在中心转型最前头的那批人。这位2008年从国防科大毕业的博士，履历丰富、工作出彩。他刚到中心时开发的一款人机交互系统非常便捷，至今还在使用；他的技术报告在部门评比年年拿第一，多次承担重大技术分析报告任务；在他担任发测站的遥测室主任期间，带领团队拿下20余项专利。对转型时期的人才需求，贾立德认为，中心论证和规划的内容要适应国家改革发展需要，这要求探索者有长远的眼光、广阔的视野、系统的思维和科技的素养。因此，复合型人才是中心最需要也正在极力培养的一类人才，既要懂技术、懂理论，还要有锐意进取的精神。

中心的80后、90后将是中心转型过程中承担重要任务的未来一代。在这批年轻的探索者中，有很多国防科大校友的光芒在其中闪现。"娘子军"是中心年轻技术人员中一道靓丽风景线，贾立德的妻子李婷，与他在国防科大的校园中定情，又"夫唱妇随"来到酒泉卫星发射中心，成为中心有名的博士夫妻。李婷负责发射后的各个系统数据分析，以前的分析技术很耗费时间和精力，要五六个人加班加点 4 至 7 天才能做出一份分析报告，李婷开发出一个数据分析平台，将分析时间缩短至 3 分钟，她也因此获得多项科技进步二等奖。

杨博，2012 年从国防科大毕业的她，是个多才多艺又不爱闲着的人。文艺细胞十足，常代表部门参加歌唱和朗诵比赛；技术上不甘人后，怀孕期间连着做了好几项室里的科研课题；产后为了尽快熟悉新岗位，她加班加点看材料，孩子才 2 岁就送去幼儿园。杨博常挂在嘴边的一句话就是"女同志不比男同志差"，总有一天她要做"女 0 号"。

与外界的固有印象不同，如今中心的年轻人并不认为来这里是一种"牺牲"。虽然外面是茫茫戈壁，但中心内部的小环境良好，能静下心来扎扎实实干事创业。现任 USB 系统负责人的姜伟，就是主动报名来酒泉的。因为曾有幸来中心参观，再加上自己热爱航天事业，在学校队干部做动员时，他毫不犹豫报了名。虽然 2010 年才从国防科大本科毕业，工作时间不算长，但姜伟动手能力强，理论功底扎实，在"神舟八号"、"神舟九号"和"天宫一号"发射任务中担任分系统操作手，后又担任 USB 系统设备负责人，参与"神舟十一号"和"天宫二号"发射任务。他说，在这里潜心钻研技术是件幸福的事。

如姜伟一样的国防科大人在中心有很多，且都干出了一番成绩——刘永利，2003 年毕业于国防科大，现任某站副站长，荣立三等功一次；吕楠，2005 年毕业于国防科大，现任发测站副参谋长，荣立二等功和三等功各一次；孙锐，2010 年毕业于国防科大，光学测量师，获中心科技进步奖 2 项，荣立三等功一次，出版专著一部；许圣涛，2011 年毕业于国防科大，现负责数据处理，荣立三等功一次……

一茬茬国防科大人，宛如漫天星子般闪烁着光芒，共同构成一幅和谐美妙的星图。60 年风雨征程，他们伴随酒泉卫星发射中心走过一甲子岁月，助力我国国防和航天事业腾飞。现在又逢全面深化改革时期，他们在筑梦太空的征程上不断创新突破，必将创造出更加辉煌的成就。

"双高"老军人的"科普大篷车"

● 陈 思

一辆旧面包车载着几十箱科技"宝贝"驶向贫困山区,几位白发苍苍的老人刚一下车,就被孩子围住,村庄瞬间被激活。这几位老人正是以"高科技"与"高年龄"为特色的"科普大篷车"中的成员。

2006年,在军休站的支持下,从国防科技大学退休的30多位老干部、老教授组建了这支特殊的队伍,他们平均年龄已逾八旬,有来自教学一线的骨干力量,有来自物理、航天、计算机领域的研究员。他们根据自身所长,精心设计符合青少年口味的科普课程,亲手制作趣味十足的科普装置,去往各地中小学、社区与贫困山区,播撒下科技的种子。

大山里有了"神奇的玩具"

"孩子们,你们看!我把这个孔堵上,灯灭了,我把手拿开,又亮了!"张俊科演示着自制的光控灯装置。"啊!"围观的孩子有些胆怯,却又按捺不住内心的激动与欣喜。

坐落于岳阳平江的观音阁小学,是一所大山脚下的学校。3年前,这里没有年轻老师，也没有娱乐科技类的课程，全校 120 余名学生，留守儿童占 70%。正是在那时，"科普大篷车"经社工组织介绍，在一个艳阳高照的日子，来到了这里。

"老人早上 5 点就起来了，整理了 13 个大箱子的实验装置，每一个小零件都精心贴好标签、装好箱，三个半小时车程，一直用手护着"，军休所工作人员周舟说。

正是这一次的下乡科普之旅，让老人深深感受到农村孩子对新知识的渴望。后来，"科普大篷车"不仅为他们带去好玩的课程，还带去了科普类图书，并帮助学校开设图书角，孩子们轮流值日管理，干劲十足。

除了知识的传播，更有精神的感染。卓尚攸曾一时兴起，为孩子们讲述自己在罗布泊参与原子弹设计与试验的故事，孩子们听得着了迷，缠着他问各种问题，直到日落下山，红云升起。

"说不定他们其中就有一个未来的钱学森、陈景润呢！"每次活动结束，老人都会意犹未尽，他们谈论着哪个孩子最踊跃，哪个孩子提的问题特别深，"科普大篷车"里欢声笑语，完全没有疲惫的影子。

载满欢笑与梦想的大篷车

"科普工作室"有五位"常任理事"。会长杨昂岳是原机电工程系的退休老教授、全军优秀教师，是大伙选来的主心骨；授课担当张俊科是"哈军工"时期最早的一批计算机科研人，获得过国家发明奖等荣誉。年轻时，张俊科为了攻关任务，曾放弃调令，与爱人天各一方。如今退休了，夫妻俩并肩作战，老伴于丽玲也加入了"科普大篷车"。"她参与过'银河二号'的样机研制，比我厉害！"每当介绍起老伴，张俊科总这样说。

"科普大篷车"的成员 90% 以上都是教授与副教授，面对孩子，他们同样不含糊。如今，他们开发出上百个科普小项目，演示设备有电子积木、激光打靶、安全行驶、气浮景观等，每年举办活动达20余次。通过这些科技小设备，以及老专家的现场演示与讲解，孩子们打开了一个小小的新世界。

工作室里有一个古董级的"电磁钓鱼"装置，如今在各大商场屡见不鲜，但它的诞生却是在团队成立初期，你用一个垃圾桶盖我用一个废弃不用的电机，拼拼凑凑做出来的。"玩了11年了，现在还能用。"负责设备维护的吴国芳向记者演示了一小会，就关掉了电源，张俊科悄悄告诉记者："大家都很稀罕这个'宝贝'，因为它见证了团队多年的坚守与发展。"

在他们眼中，年龄并不成为奉献与进取的限制。"联合国世界卫生组织规定了，59岁还属于中年人，那我们也就算个中老年人吧！"吴国芳笑着说道。

科技很潮，奋斗永不停歇

"科普大篷车"成员年轻时都是科研业务骨干，最害怕的便是自己跟不上时代，"现在科技发展太快了，不过我们也不甘落后！"去年，他们参观了天河机房，还参加了载人航天展览和节能展览。他们不定期举办科技沙龙，讨论的问题新鲜又实用。

计算机系退休教员王保恒有个孙儿，喜欢询问十万个为什么，"他有时候问到一些现代生活中的东西，我一时半会也答不上来，就上网查。还好有点基础，查一查、看一看也就懂了"。

创新没有止境，奋斗不分年龄。循着孙儿的问题，王保恒寻找着孩子们最感兴趣的话题，然后将科技知识融入其中，开发出一个又一个受孩子们欢迎的课程。

如今，"科普大篷车"已走过上万里路，累计惠及1500名孩子。他们深入高山,在浏阳、城埠等偏远农村地区,为留守儿童开展科普活动,他们也走进城市,在曹家坡小学、一师附小留下了难忘的回忆。每年,都有全国各地的社区代表团慕名而来,一次,有位台湾老板看到工作室的景象,竖起了大拇指:"没想到大陆社区还有这样有特色的活动!"

谈起这些,这群老军人的脸上写满自豪,成绩是一步一个脚印走出来的。"我们这个团队,有的身体不好退出了,有些年岁太高已经去世了,但我们的活动从未断线。我们相信'科普大篷车'将一直开下去,让梦想的种子遇水发芽。"杨昂岳说着,又戴上了那顶发白的老军帽。

向大数据要战斗力
——记系统工程学院副教授吕欣

● 张丽琪

今年 36 岁的吕欣,已经是国家自然科学基金优秀青年科学基金项目的获得者、教育部"长江学者奖励计划"青年学者项目获得者、美国国家自然科学基金项目评审专家,学术成果在学术顶刊 *Nature*、*PNAS* 上发表……年纪与成就虽不相称,但他的科研成果完全撑得起这些荣誉。

2010 年 2 月,正在德国参加物理学会议的吕欣,接到一通来自海地的电话:"这边受灾十分严重,首相府和王宫都震塌了,救援情况不容乐观,你能否帮忙确定灾民位置?"正是这通电话,开启了吕欣的人类行为动力研究。

吕欣与瑞典卡罗林斯卡学院、美国哥伦比亚大学的研究者一同对当地手机运营商提供的 300 万用户的 10 亿条通信数据进行数次清洗,结合多种分析方法,建立起大规模的信息系统,并采用定位技术对灾民的分布进行量化。经过几天几夜的攻关,他们惊喜地发现灾后人群移动行为具有高达 85% 的可预测性,并准确分析出震后 60 余万灾民的移动方向与分布情况,为当地救援工作提供了极为有效的决策支持。

在此基础上，吕欣创办了国际应急救援组织 Flowminder 基金会，开创了大数据时代下应急管理新模式，在之后的孟加拉台风、西非埃博拉、尼泊尔地震、非洲猪瘟等事件的应急救援中得到广泛应用。

"艾滋病、毒品、暗网……这些危险的事物真实存在于世界上，在你我身边。"为了降低高危行为的危险性，吕欣将目光瞄准了高危人群行为研究。

然而高危人群的难接触性，决定了直接的数据统计无法实现。如何保证数据源的易获取性成为困扰吕欣的头号难题。偶然间，吕欣从微信朋友圈的共同好友中得到启发，运用"最多通过五个人就能够认识世界上任何一个陌生人"的六度分离理论，选用抽样统计方法，以移动通信网络和社交网络为基础，在国际上首次对传统的 PDS 抽样方法的统计假设提出质疑，独立开发出一种使用中心网络数据的新方法，设计了国际上首个 RDS 在线社会调查系统。

该创新统计法能通过有限的调查样本对总体情况进行估计，从而为公共安全、网络检测和控制等提供宝贵信息，被用于越南、泰国、荷兰、瑞典等国家的高风险人群调查。吕欣也因此被中国疾控中心聘请为研究员，参与我国公共卫生监测预警工作。

"吕欣是一名出色的科技工作者，更是一名优秀的军人"，导师谭跃进教授这样评价他。

早在卡罗林斯卡学院攻读博士学位期间，便有许多国外顶级科研机构极力向吕欣发出工作邀请，但他一一谢绝，在取得学位后第一时间归国。因为，让大数据服务国防，为未来战争插上信息化翅膀，是他走进国防科技大学那一天便立下的目标。

为此，吕欣长期坚持围绕复杂网络采样与统计推断这一基础前沿问题开展攻关研究。

某研究所获取了片段的、不全面的敌方通信时段和链路信息，却无法从中获取有效信息，听闻吕欣有"窥一斑而知全豹"的技术，便邀请他去"救急"。吕欣要了一台操作计算机，当即开始数据统计与分析，他的手指在键盘上飞快地敲击，一行行反射到他镜片上的代码快速滚动，2个小时之后，吕欣将预测出的整体通信网络拓扑和节点分布情况形成报告，汇报给了相关技术人员，得到了他们的高度肯定。

与此同时，吕欣还通过时空大数据、网络大数据等开发了地理信息与社会信息的融合及可视化等多项关键技术，积极将极端社会条件下大规模人群移动模式的研究成果应用于物联网传感设备、现代战场环境中去，为战场态势感知、行为预测等领域提供了有效参考。

喀喇昆仑山"生命女神"姜云燕之子豆旺——

踏着英雄母亲足迹前行

● 顾 莹

"这个孩子刚来的时候身体比其他人弱一些，但骨子里有一股拼劲。记得有一次五公里测试，他的脚在几天前就起了水泡，我劝他改天再测，但他不肯放弃，咬牙坚持下来，成绩达到良好，原有的水泡上又磨出了密密麻麻新的一层，我看着都心疼……"曾担任新训班长的童航回忆起国际关系学院2018级学员豆旺新训情景时对记者说道。

豆旺来自新疆，成长于军人家庭，母亲姜云燕是解放军第十八医院传染科护士长，曾坚守在全军海拔最高、环境最苦、保障最难的喀喇昆仑山三十里营房医疗站长达10多年，从战士到护士长，从17岁的小姑娘到31岁的母亲，姜云燕把最美好的年华全部献给了雪域高原，被誉为喀喇昆仑山上的"生命女神"。

豆旺出生之后就被送到了父亲位于陕西的老家，由爷爷奶奶抚养到3岁才被送回父母身边，彼时父母已调动至乌鲁木齐工作。豆旺是在七八岁时知晓母亲经历的。一天，豆旺正在翻看家里的相册，一张母亲年轻时背着医药箱站在哨卡楼梯上的照片瞬间吸引了他，他随即问母亲这是在哪里拍的？

"是在喀喇昆仑山上的神仙湾哨卡。"

"喀喇昆仑山在哪里？神仙湾哨卡又在哪里？"

豆旺对这个地点充满了好奇，对母亲青年岁月的了解也从这一次谈话中开启。

在豆旺印象中，母亲为人正派，做事细心，责任感极强，对他要求也很严格。"母亲常对我说的一句话就是：一定要做好自己的事。"这句简简单单的话如今已深深融进豆旺的性格品行中。

母亲的耳濡目染让豆旺对"医者仁心"这四个字充满敬畏，他的人生理想曾是像母亲一样从医，然而母亲却希望他报考军校，当一名军人。豆旺一度并不认同，直到高三那年的寒假，一件事触动了他。

姜云燕在高原待了10多年，受高原气候影响，落下了心脏病和高血压。一天早上起床后她心脏病又犯了，血压升高，头晕严重，但她依然坚持要去上班。豆旺劝母亲请假在家里休息一天。

"不行，还有一个病人在等着我去做治疗！"

"医院里不是还有其他医生和护士吗？"

"那个病人很信赖我，我已经答应他要过去，不能让人家白等。"

就这样，母亲吃了点药又匆匆赶往医院。留下了既生气又心疼的豆旺。印象中，母亲再难都没休息过，再苦也没抱怨过，那一刻，豆旺认真思考到底是什么在支撑母亲如此毫无保留地奉献。

"她是一名军人，这就是流淌在军人血液里的品格，就像基因一般天成，这是我能想到的唯一答案"，豆旺笃定地说。

高考结束后，成绩不错的豆旺犹豫了，是报考地方大学还是上军校？填报志愿前，乌鲁木齐市举办了一次军旅题材展览，豆旺去参观，赫然看到母亲的事迹也在展览之列，在墨染的字迹之下、图文并茂的表述中，一位生动鲜明甘将热血奉献雪域高原的母亲让他热泪盈眶，他被深深感动了，同时也坚定了一个想法：要上军校，要做一名军人，像母亲一样，将自己的青春奉献给祖国。

入读国际关系学院之后，豆旺对自己的要求更加严格了，大一第一学期的寒假，他并没有放松自我，每天坚持温习功课，同时，隔一天练习一次5公里跑，保持体能成绩。才刚刚大一的他已立下了考研目标，立志要用自己所学为祖国的强军事业做贡献，为此，他片刻不敢懈怠。

豆旺的心里早已悄悄立下了自己的强军志："等到毕业的那一天，如果有可能，我很想去喀喇昆仑山，去母亲当年驻守过的地方，重走她的路，体会跟她一样的军旅青春"，豆旺对记者说道。

"航母战斗机英雄试飞员"戴明盟之女戴偌冰
我最大的梦想就是成为你

● 陈 思

"我们交谈不多,但他的话对于我总有一种神奇的魔力。"国际关系学院学员戴偌冰这样描述父亲。

她口中的父亲,正是中国航母舰载机首飞第一人——戴明盟。2012年,戴明盟驾驶着歼-15舰载机,从长空之外稳稳落在航母宽大的甲板上,全中国为之沸腾。当时的戴偌冰正上初中,对父亲从事的工作并没有太多了解,在她的印象中,父亲就是那个"几个月回家一次,每次回来都既开心又陌生"的存在。

戴偌冰的父母都是军人,从小耳濡目染军人作风,让她成长为一个正直、勇敢的女孩。她的军旅梦也与父亲密不可分。在她的记忆中,父亲总是胸有成竹、处事不惊,似乎再大的难题他都能完美化解。"我想了解他,我想知道他的波澜不惊来自哪里,我想知道,成为军人的感觉。"

带着这样的心思,戴偌冰迈入国际关系学院的大门。在同学眼中,乐观坚强是戴偌冰的特点。烈日下站军姿,她双腿颤抖、汗水打湿衣背,却依然咬牙坚持、拒绝休息。内务做不好,她凌晨5点就抱着被子往外走，只为一遍一遍地练习，不吵醒其他战友。"爸爸曾经对我说，无论遇到什么困难，只要坚持下去，总能找到破解之法。"

对父亲的理解，随着在军营中的摸爬滚打越来越深。戴偌冰越来越明白，父亲面向蓝天时那份从容与自信从何而来，是千百遍的刻苦训练与对事业的忠贞使父亲成为优秀的"空中舞者"，而她，扎扎实实学好专业、练就一身本领也将是其成为强者的起步。

2018年12月18日，学院组织观看庆祝改革开放40周年大会直播。会上，国家领导人为"改革先锋"称号获得者颁奖，戴明盟作为"航母战斗力建设的实践探索者"荣列其中。看着荧屏上满脸荣光的父亲，以及坐在台下观礼热泪盈眶的母亲，一种强烈的情感涌上心头，"我第一次觉得那不再只是我父亲，而是一位英雄"。回到宿舍后，戴偌冰郑重地写下了这样一句话：让我成为你！

此后，戴偌冰更加发奋努力地学习、训练，同时，热爱绘画的她开始将军营点滴与心情故事汇于笔下，努力走出自己的精彩。"我们之间的话题变了，以前我说得最多的是：'爸，给我零花钱。'但现在打开微信聊天记录，全是关于成长的讨论。"爸爸开始向女儿"汇报工作"，女儿更是勤于分享自己的点滴。在一次射击测试中，戴偌冰打出了47环的成绩，这对于她来说是一次不小的进步，休息日一拿到手机，戴偌冰便赶紧向父亲报喜，戴明盟故意夸张地说："你简直是神枪手啊！"尽管还和从前一样，父女俩隔着遥远的空间距离，但在戴偌冰心中，他们的关系从未像现在这样亲近。

3月，全军配发英模挂像，戴偌冰每天都要去挂像的地方看一看。张超——歼-15舰载机一级飞行员，在一次执行任务时为保护战机壮烈牺牲。这位年轻的英模，曾是父亲的战友。戴偌冰没有与任何人分享她的心事，只是把对父亲的祝福默默藏在心里。"军人这份神圣的职业是与风险共舞的，当心中有了足够的底气，便无所畏惧，而成为军人，就要不惧牺牲。"说着，戴偌冰这名大一女兵的眼中充满坚定。

悬挂光荣牌：致敬最可爱的人

● 方姝阳 许 鑫

"咚咚锵、咚咚锵……"2019年3月的一天上午，春雨淅淅沥沥，但位于福建省音西街道马山村的国防科技大学本科学员林嘉伟家却锣鼓喧天、鞭炮齐鸣，人们脸上喜气洋洋，仿佛比过年还热闹。原来，该村村干部亲自为林家送来了"光荣之家"牌匾，工作人员郑重将光荣牌钉在林家门楣上。随后，村干部还与林家人唠家常、问情况，并叮嘱他们保重身体，离开前，大家还一同合影留念。

一份专属荣光，城乡两地同享。3月，山东省淄博市临淄区某单位家属楼，国防科技大学战士学员徐钰喆的家又一次成为众人羡慕的地方，作为三代军人家庭，这已是他们家的第三块光荣牌。当地政府给他家挂上光荣牌的情景迅速"占领"了军属的朋友圈。

像林嘉伟和徐钰喆家一样，截至2019年4月上旬，全国各地已为2000多万户退役军人、军属、烈属挂上了新制作的光荣牌。那么，这项牵动千万户军人家庭的工程在国防科技大学官兵中进展如何？小小的光荣牌又激起了怎样的涟漪？

"你看，我家挂了块'金牌'！"今年春节后，电子科学学院智能感知系教员杨威家的大门上挂上了光荣牌，7岁的女儿自豪地向小伙伴

"炫耀"起自己家的"新宝贝"。"光荣牌既是荣誉,也是责任,我只有加倍努力投身强军兴校实践,才不辜负家门上那块光荣牌",杨威说。

同样是春节过后,国防科技大学一号园区所属的科大社区工作人员来到学校第三干休所,为49名退伍老干部和53名遗孀送来光荣牌和挂历。看到工作人员拿来金灿灿的"光荣之家"牌匾时,老人纷纷上前,前前后后、反反复复地想看个仔细,家中挂上光荣牌的老人开心得像孩童一般,互相唠起曾经的辉煌岁月,念起生死与共的老战友。

94岁的老人张锡池曾任哈尔滨军事工程学院政治部组织部干事,国防科技大学材料燃料系副政委,他于1944年参加革命,一生历经百战,从淮海战役、渡江战役,再到抗美援朝战争,多次和死神擦肩而过。"光荣之家"的牌匾和一张老人戴满功勋章的照片并排悬挂着,熠熠生辉,光彩夺目。

一次参军,一生光荣。"作为一名退伍军人,我要对得起这块'光荣之家'牌。"孙振江是校图书馆原副馆长,如今在湖南超能机器人技术有限公司从事管理工作,他不无感慨地说:"我曾经当过兵,我就永远是个兵。虽然岗位变了,但我军人的本色不会变。"孙振江家在开福区德雅路483号科苑小区,今年3月,科大社区为小区里像他一样的近80个退役军人家庭挂上了光荣牌。见到门楣上那金光闪耀的牌匾,老兵纷纷拿出手机拍照留影,记录下这充满仪式感的时刻。

满满的仪式感,传递出满满的正能量。但我们也看到,个别地方或为尽快完成任务,匆忙采取电话通知,自取自挂的简单方法;或因工作进入收尾阶段,有所迟缓,未领取的个别人员未执行到位;又或悬挂的仪式感和宣传力度不够,诸如此类的现象也影响了工作效果和挂牌对象的满意度。

值得欣慰的是,此次退役军人事务部专门印发补充通知,让"光荣之家"牌匾悬挂有了更明确的章法,也让"光荣之家"通过仪式感受到实在的光荣。东风路街道领导告诉记者:"各社区对挂光荣牌的过程非常重视,亲自送、亲自挂,这才对得起军人的付出和军属的荣光。"

光荣牌，上标有"光荣之家"四个大红字，下印有长城暗纹，它诉说着英雄烈士、革命军人的感人故事，凝聚着军人强军兴国的赤诚之心，既是"一人参军，全家光荣"的象征，也是推进军人荣誉体系建设的重要标志。不少曾在国防科技大学任职的退役老兵说："光荣牌之所以分量重，不在于它值多少钱，只因这是一份沉甸甸的荣誉，也是一种心贴心的认可。国家没有忘记我们老兵，我们也会一如既往以忠诚相报。"

小小光荣牌，浓浓拥军情。悬挂光荣牌的消息鼓舞了现役官兵的士气。教练勤务营警勤连战士李鹏举获悉家中挂上了"光荣之家"牌匾，听到电话那头父母的喜极而泣，也十分感慨："远离家人亲友，身在他乡的我们，唯一牵挂的还是家人。一块小小的光荣牌，是党和军队对我们至高无上的鼓舞和鞭策，也是对家人的认同和关心。在连队，虽然战友来自五湖四海，但我们都有着共同的目标——强军兴军，报效祖国。请放心，我们在部队一定加油干，好好干！"

淬火铸利剑

——长沙校区"强军-2019"毕业学员综合演练侧记

● 方姝阳　宗山水　唐　东

武装奔袭，防空疏散，夜间搜索，突破身心极限；硝烟弥漫，火力阵阵，装备高精尖，打造逼真环境；隐显目标射击，电子对抗，网络保障，检验真才实学……

4月，国防科技大学长沙校区举行了"强军-2019"毕业学员综合演练，近600名学员在实战化演训场上奋力作答毕业"考卷"，这是学校自调整组建后长沙校区首次组织的工程技术类毕业学员实兵综合演练，旨在在近似实战背景下摔打锤炼技术类"准军官"专业实践能力和战斗素养，着力解决毕业学员到部队后"水土不服"的问题。

经过4年军校生涯历练，学员们实战能力到底如何？分配到一线部队后，能否与部队需求"无缝衔接"？演练常务副总指挥老松杨介绍，此次演练遵循"实战牵引、检验对抗、信息主导、体系集成"的总体思路，紧贴部队编制调整，结合学员专业特色，将文理学院、系统工程学院等8个学院的专业学员编成2个作战支援保障群，构建实战演练环境，设置专业演练课题，重点演练联合作战背景下多专业综合支援保障和基于班组的战斗行动，综合检验4年教学训练成效。

据了解，此次演练采取战备等级转换、编组作业、组织战斗、战场机动、战斗实施、复盘检讨连续实施方式进行，在战场机动途中，设置了防空疏散、战场救护、通过火力封锁区、武装奔袭、夜间搜索、隐显目标射击和战时政治工作等 10 余个军事共同演练科目。在专业技术课题演练中，分别设置了化学武器袭击应急处置、信息化战场密码对抗、无人作战模拟系统对抗演练和复杂战场环境下导弹发射等 13 个专业课题，进一步提升了军事知识、战斗体能、专业技能、装备操作等多方面能力。

"报告，一分队通过防敌空中侦察课题演练，人员装备齐全。"刚完成演练的学员紧张的心弦松了下来。

"演练课题失败！"导调组教员刘卫东厉声说道，学员们一脸不解。

原来，当接到敌空中侦察情报后，分队无线电没有立刻保持静默，部分同志疏散隐蔽动作不够迅速，武器装备也没有隐蔽伪装好，被导调组裁定"不合格"。

"战场就是这样残酷，你们如果松懈了、大意了，失去的不仅是自己，还有战友的生命。"

此次军事共同科目演练的所有导调都遵从"仗怎么打，兵就怎么练"原则，从严、从难、从实战出发，"逼"着学员们了解战场、适应战场、把控战场，真正做到"打一仗，进一步"。

而在看不见的无形战场空间，一场场高强度的专业技术对抗演练也正紧锣密鼓展开。没有面对面的短兵相接，只有鼠标的飞快移动和敲击键盘的密集嗒嗒声。

"雷达发现敌方目标，正在进行手动定位，距离 16536，方位 2587，疑似为敌装甲车。"这是电子科学学院雷达电子侦察干扰与防御行动演练现场，红军雷达操作手郭海玉正有条不紊地操作着，并及时向上级报告，为红方火力打击提供信息支援。

"报告！我方雷达受到敌电子干扰，出现大量虚假目标。无法精确定位。"

"将雷达工作模式调整到Ⅰ，采用手动调频方式切换频率，避开敌方干扰，采取反制措施。干扰机操作手密切关注敌雷达状态，随时准备实施300 MHz宽带阻塞干扰，副操作员做好数据记录。"面对雷达突遇干扰敌情，一连一排排长曹来保头脑清晰，果断采取措施，保证了雷达正常工作。

"报告！敌干扰消失，目标已重新定位。"

"报告！发现敌方雷达开机侦察，已实施宽带阻塞干扰，一切正常。"

"成功了！"学员们不禁欢呼雀跃起来，演练一整天的疲倦感仿佛也消失得无影无踪。

"为更加贴近实战化，我们设置了红蓝对抗模式。从雷达开机到战场转移的短短30分钟内，红蓝双方需要完成目标定位识别、雷达干扰、反制干扰、改变模式、转移战场、战斗简评等诸多科目"，演练指导张文鹏如是说。

与此同时，在三号院306教学楼红蓝对抗室内，计算机学院的网络信息系统对抗与保障行动也在紧张进行中。参演学员要完成信息系统保障、网络系统保障、网络防护、网络攻击四个主要任务，真切感受网络战场的刺激和紧迫。

"报告队长，我方检测到红二对我靶机进行远程连接并获得部分权限"，蓝一队徐新阳紧盯着屏幕，早在2个星期前，徐新阳便制订了详尽的演练计划，从外网嗅探、漏洞扫描，到潜伏攻击、流量转发、内网渗透，层层深入。可是，理论和实践之间始终隔着一道鸿沟。"我方检测到敌监测行为，但未发现木马程序位置。"有着3年夺旗竞赛经验的他直呼"没想到"。

经过思索，徐新阳意识到了不足之处——方案重进攻，轻防御。又是一番资料搜寻和探讨后，"报告队长，结合流量分析和进程监控，已定位到恶意文件位置"。随着徐新阳响亮的报告，清除任务顺利完成。

"战术想定在不断变化，没有预定的剧本，这哪里是演练，明明就是实战啊！过瘾！"学员们走出演训场，兴奋地说。

不同的虚拟战场，有着同样"无声胜有声"的震撼和精彩：文理学院负责的信息化战场上的密码对抗演练，电子科学学院负责的信息作战对抗模拟，前沿交叉学科学院负责的战场摧毁无人机行动，智能科学学院负责的数字模拟战场上的无人作战系统对抗演练，空天科学学院负责的复杂战场环境下导弹发射综合演练，军事基础教育学院负责的战场炮火显示……对学员们来说，几天"键对键"的无声交锋，就是一场场刻骨铭心的实战考核，让大家意识到一名技术军官所肩负的使命和职责。

演练以来，所有参演人员高标准、严要求运用灵活的技战术和过硬的专业技能，将"演""练"体现得淋漓尽致，既打通了学员从课堂走向战场的"最后一公里"，也为学校"通用专业人才"和"联合作战保障人才"培养探索了经验方法。

吹响新时代青春号角

——记"全国五四红旗团支部"、
气象海洋学院学员大队学员二队团支部

● 徐 寅 黄 岩

这是一个由 44 名团员和 7 名团支部委员组成的团体,他们钻研政治,深入理论,举旗筑魂;他们脚踏实地,勤奋刻苦,固基培本;他们无私奉献,传播温暖,笃行致远。

他们就是气象海洋学院学员大队学员二队团支部。日前,他们被共青团中央表彰为 2018 年度"全国五四红旗团支部"。

"又和大家见面了,今天,海天广播站将为您带来以下栏目……"柔美的女声通过扩音器,洒落在学员宿舍的每个角落。

海天广播站由该队团支部一手承办,其广播内容都是精心筛选过的时政新闻或强军故事等栏目。正是通过这个平台,该队团支部将习近平新时代中国特色社会主义思想和习近平强军思想牢牢铸入每个学员的灵魂,将党最新的理论成果和政治要闻播撒到每一个听众的心头。

然而这并不是全部。成立"习近平强军思想学习小组"、编印口袋学习资料、制作漫画板报、开展"月读一本书"活动、荣获 2014 年全军"军魂永驻"读书演讲活动优秀组织奖……这些都是该队团支部传播先进思想和先进理论的痕迹。

"爱天爱海爱祖国，爱校爱院爱专业。"在做思想先锋的同时，该队团支部也形成了自己独特的文化，并在潜移默化中打牢了学员的思想根基。38 名体能落后人员成功通过毕业联考，毕业学员 100% 服从分配，累计 60 余人主动奔赴艰苦边远地区工作……正是靠着这种文化认同感，学员们才能克服重重困难，创造辉煌成绩。

"人才培养是我们的中心任务，提高学员的政治素质和综合素质是我们的首要目标"，该队团支部书记赵则正这样说道。

许多学员在专业学习和军事训练的过程中，常常会感到迷茫，找不到前进的目标。该队团支部针对这样的问题，为学员提供多样性平台，树起"风向标"。

每天下午 4 时，如果你走进气象海洋学院的模拟气象台，或是模拟海洋预报室，都会发现有学员正在进行数值预报和专业实践，该院每天的天气预报就是由这群学员完成的。这些平台帮助学员们找到了专业应用的方向，在进行岗位实践的同时也锤炼了第一任职能力。

除此之外，该队团支部还牵头组建了大队英语学习、数学建模、科技创新、定向越野等 8 个俱乐部。这些有明确导向的学训平台，助推学员们斩获国际、国家和军队各类竞赛中的一等奖 10 余项、二等奖 20 余项等骄人战绩。

"绵绵深情颂雷锋，经年不改做雷锋。"说的就是该队团支部积极参与学院"雷锋常驻夫子庙"便民活动的例子。27 年，该团支部始终如一，坚持引导团员青年弘扬优良传统，做新时代的雷锋传人。如今，已有上万人得到过该活动的帮助，而"雷锋常驻夫子庙"也已经成为南京市创建文明城市、连续 8 年当选"全国双拥模范城"的特色品牌。

成为特色品牌的，还有该队团支部坚持组织团员参加的"春晖行动"爱心接力。每年的寒暑假，总会有一支"最美贵州军旅行动组"深入贵州贫困山区腹地，为那里的孩子们带去希望和温暖。

"党和国家培养了我们，我们应该用自己力所能及的方式去回馈社会",该队团支部团员韩汝月如是说。

6年来,"春晖行动"已经累计帮助当地困难小学6所,捐款捐物8万余元,资助贫苦学生1100余名。该队团支部已经成为军民共建行动行列中的"排头兵"。

"网红"App走俏校园的背后

● 龚　仪　黄方超

时针指向 23 时,夜已深。

研究生院研究生学员三大队十三队 507 宿舍陷入入睡前的安静。舍员吴晓龙在微信群里丢了个《如何愉快地刷满"学习强国"66 分攻略》的链接,原本静悄悄的群突然间炸开了锅。

"这道题里的'实践是检验真理的唯一标准'要加书名号!血的教训。"

"我一开始也不懂,好多考试白做了,浪费积分了。"

"刷分不是目的,学习才是嘛!"

微信群聊里,大家你一言我一语地讨论起来。

这是一个被"学习强国"App 圈粉的普通夜晚。记者调查发现,"学习强国"App 已经成为全校官兵心中的"网红"。

被"圈粉"的官兵

"我们队应该是最早安装'学习强国'的学员队之一",研究生院研究生学员三大队十三队教导员吕云飞告诉记者。据不完全统计,该队目前全员安装了"学习强国",所隶属的三大队也有近半数学员、干部安装。

而最初的被圈粉,源于学员的"安利"。2月底,队里召开寒假过后的第一次班务会。"我爸妈每天刷'学习强国'。我用了一下,发现确实不错,强烈建议大家安装。"班务会上,学员的提议勾起了吕云飞的兴趣,他决定先试用看看。

试用后才发现,这真是个"宝藏"App!不光有新闻素材、视频课程、党军史资料,还可互动、吐槽、刷分做题。"以前上思想政治课,形式相对单调,学员只是被动地接受。'学习强国'资源丰富、形式多样,恰好可以让学员化被动为主动。"

既然如此"硬核",为何不能推广?吕云飞与队长一合计,决定在全队"推销"。鼓励安装、介绍功能、摘选资料……政教课上,吕云飞化身"学习强国粉"。

同样点赞该App的,还有电子科学学院学员大队政委洪钟。他把"学习强国"定义为"一个纵向到底、横向到边的网络学习平台",更是在朋友圈里实名推荐起来。而更多的干部、学员则是在默默地使用。军事基础教育学院学员王泽文,在准备入党考试期间,每日刷"学习强国"成了他最开心的事;智能科学学院学员高巍,最喜欢平台上的《中国诗词大会》;电子科学学院干部姚忠祥,闲时会用"学习强国"刷新闻资讯……

悄然成风的背后

既无硬性下载规定，也没有积分评比要求，一个时政类 App 缘何能在校园内悄然成风？

"'套路'深、无 bug、很强大"，学员曹健志的回答道出了部分使用者的心声，"答题刷分找回了小时候比 QQ 等级的感觉；资源丰富强大，既可以学习党政知识，还可以刷新闻、看慕课、读期刊等，关键还免费无广告。更神奇的是，有些商家还支持积分兑换"。

"各类知识系统规范，视频资源清晰快速，答题模块刷分的同时又'涨知识'，还契合了官兵碎片化阅读的特点，是一个充满正能量的 App"，研究生院研究生学员三大队十五队教导员吴锐说。

研究生院干部陈曦从两个方面对 App 的走红进行了分析：一方面，"学习强国"内容丰富、更新及时，资源免费且信息权威，确实是很好的学习平台；另一方面，学校政治理论教育深入，还建有自己的思想政治教育"红客"App，官兵政治理论素养高，关心社会热点，有很强的学习意识。

在洪钟看来，这一 App 的走俏，一部分原因是从"知乎""得到"等平台上付费获得的优质知识，官兵都能从"学习强国""红客"App 上免费获取；同时巧妙地通过积分形式激励大家转发分享等，非常有"互联网思维"。

文理学院军队政治工作系讲师吴穹则认为：一是平台适应了学习需求，成为官兵理论武装头脑的有效渠道；二是平台担任了"把关人"角色，聚合了大量优质内容；三是平台通过学习积分等形式实现了有效激励，激发了官兵参与热情和学习兴趣。

"学习"启示录

"学习强国"圈粉的背后,凝聚着更多的思考。

"兴趣是最好的老师。"洪钟认为,"学习强国"的"走红"启示了一个道理:军队思想政治工作在内容形式上也应该以人为中心,从兴趣入手,才能更好地把组织意志内化为个人的自觉行动。"在今后的军队思想政治工作中,如何创新思想政治教育形式,在严肃性中寓教于乐,化教员被动授课为学员主动学习,也应是我们政工干部积极探索的方向。"

"思想政治教育要适应网络传播的新特点。"文理学院军队政治工作系讲师朱道坤说道,"'学习强国'平台不仅提供了极为丰富的政治理论学习素材和前沿知识,更方便了广大官兵利用课余碎片化时间进行理论学习,使政治理论教育学习从政治理论课、党课教育拓展到网络系统、手机平台,更加促进了习近平新时代中国特色社会主义思想入脑入心。"

"政治工作创新要把握移动互联网发展这个大趋势。"在吴穸看来,"学习强国""红客"等移动平台在学校的走红,反映出军队思想政治工作要随着互联网新技术、新业态的不断涌现,创新思维理念和工作模式,注重用新形式、新方法、新手段破解新矛盾、新问题、新挑战,不断用信息力增强生命力,用数据链加固生命线,从而实现与时代发展和理论创新同频共振、同步推进。

人生处处是沙场

● 方 娇

2017年7月30日,朱日和联合训练基地沙场阅兵吸引了全世界的目光。22岁的战士张辉站位右翼突击群第四个方队,接受习主席检阅。2年过去,如今已是国防科技大学学员的张辉——

夜幕渐渐低垂,高温尚未消退的训练场上,悬垂的麻绳每晃一下,都重重撞击着军事基础教育学院学员一大队五队学员张辉的好胜心。

"要拿优秀!必须是优秀!"张辉已经不记得这是第几次训练爬绳了,8米的麻绳,徒手爬上4次已经可以拿到良好,但他非要和自己较劲儿,向着优秀进军。

咬着牙,张辉索性扯掉手掌上的创可贴。擦破皮的伤口还没来得及结痂,血红一片。他纵身一跃,双脚踩定后、蜷身、攀爬、再踩……粗糙的麻绳撕裂着伤口,阵阵痛感沿着神经直导大脑,一滴汗珠悬垂在他的眉梢,隐没于夜色中。

"我是接受过习主席和祖国检阅的战士,就是要站排头、冲第一!"时间过去了快2年,但朱日和沙场大阅兵那一段军旗猎猎、剑锋所指的时光却历历在目,永远镌刻在张辉的军旅生涯中。

2017年6月,大学生士兵张辉还是服役于66336部队的一名战士,刚刚结束军考的他来不及松口气,立即打包行囊,跟随部队前往朱日和联合训练基地,执行庆祝中国人民解放军建军90周年阅兵任务。

朱日和,在蒙古语里的意思是"心脏"。复杂的地形、多变的气候,使这里自古就有"天然练兵场"之称。对于不少初上朱日和的战士来说,印象最深的是漫天的黄沙、狠毒的烈日和"冰火"两重天的昼夜温差,张辉也不例外。

在这样恶劣的条件下,战士们每天的训练时间长达10个小时,主要进行军姿站立、单兵动作、答词等训练。看似简单,却容不得一点马虎,哪怕一个眼神、一个表情都要进行严抓细抠。

阅兵考核采取全程淘汰制,40秒眨眼频率快慢,两腿间有无缝隙,枪的位置卡点是否准确,以及呼吸时胸部起伏的大小是否均匀都会影响到考核结果。当时,为了准备军考,张辉比66336部队晚了近1个月才抵达朱日和,训练时间的缺失,让他的考核结果不尽如人意。

"不奋起直追,等待我的或许就是淘汰!"朱日和的风沙刮在脸上,背上的汗水像"画地图"似的布满迷彩服,浓浓的胶皮气味从脚底作战靴冒出,刺眼的阳光让人泪流不止……对荣誉的渴望与追求,早已让张辉将这些困难置之度外,他一边调整心态,一边查漏补缺加强练习。最终,各项考核优异的他如愿踏上阅兵场。

2017年7月30日,盛夏的草原极目青天,火热的沙场鼓角铮鸣。这是我军首次以庆祝建军节为主题的盛大阅兵,是我军整体性、革命性改革重塑后的全新亮相,也是我军向世界一流军队奋力进发的庄严宣誓。战士张辉站位右翼突击群第四个方队,光荣接受习主席检阅,胸中激荡强军豪情。

当晚,张辉查到了自己的军考分数——538分,中部战区第二名。

"当兵要当最好的兵,报军校就要报最好的军校!"当阅兵场的硝烟散去,张辉心中的硝烟却正浓。志愿填报时,他毫不犹豫地选择了国防科技大学。而沙场上归来的他，用异常艰苦的磨砺和接近极限的身体考验所烙下的力量——阅兵精神，也伴随他来到国防科大，指引他前进，鞭策他进步。

新训体能考核全优，队里第一批预备党员，文化成绩专业排名前三，多次被学校和学院评为"学习标兵""训练标兵"，担任课代表并为学习加强组辅导……这是张辉在国防科大求学2年间，向"阅兵标准"看齐交出的一份过硬答卷，用他自己的话说，就是时刻准备着做到最好。为此，张辉像"魔怔"了一般，全身心投入学习与训练中，战友被他的拼搏与执着打动，称他为"无敌小辉哥"。

大二上学期，体能考核包含了3公里、100米短跑、蛇形跑和单杠二4个科目，前3项张辉都能拿到优秀，独独这个单杠二，成了他向全优进发的"绊脚石"。

单杠二练习讲究的是臂力、腰力、爆发力和技巧相结合。刚接触练习的张辉拼尽全力都拉不了一个，这距离及格都有不小差距，更别说拿优秀了。曾与强者比肩为伍，好胜如张辉，"阅兵精神"不允许他畏难低头，摆在他眼前的唯有一条路、两个字：赶超！

一方面向教员、战友请教方法技巧，另一方面给自己制订计划加练。仰卧起坐、仰卧举腿练腰力，举哑铃练臂力。不仅如此，每天饭前饭后，张辉都在宿舍门上拉单杠。训练场上，他和那些后来居上的尖子一样，别人练10分钟，他练1小时；别人的手磨出老茧，他的手磨破一层皮……一天的训练时间被张辉安排得"滴水不漏"，极大的体能消耗让战友不堪重负，而"无敌小辉哥"的称号也在这时悄然叫响。2个月后，张辉在单杠上划过一个又一个完美弧线，成功拿下全优。

这学期，张辉又瞄上了另一个山头——爬绳和单杠三。为把成绩从良好提升到优秀，便出现了开头他跟自己较劲的那一幕。

在一次又一次与自己较真的过程中，张辉并不是没有气馁之时，只是每当困难袭来，受阅方阵如山般雄壮挺拔，战车战机在阳光下熠熠生辉，最高统帅发出的强军号召……这一幕幕如电影般在眼前放映，变成沉甸甸的责任，让"阅兵标准"一次比一次更深刻地刻进他的灵魂里、血脉中。

2 年已过，从沙场走来的张辉，就像一面旗帜，红在学员队的角角落落。

在国际赛场标绘中国轨迹

——28天决胜国际空间轨道设计大赛纪实

● 颜　瑾　宁凡明　王微粒

这是一幅浪漫唯美的图案——螺旋臂银河系的星图上，繁星密布，红黄蓝绿紫的移民轨迹被均匀排列。

在6月13日4时落幕的第十届国际空间轨道设计大赛中，国防科技大学和西安卫星测控中心联合组队以绝对优势力压欧美参赛队，为中国赢得世界冠军。

应众多参赛队伍要求，大赛组委会将冠军方案放在了官方网站供大家学习。浩瀚星图之中，这幅图案仿佛在无声地诉说，这就是中国方案，这就是中国轨迹，这就是中国实力。

起步：让分数再"飞"一会

时间的镜头拉回到5月16日4时。

有着"航天界奥林匹克"之称的国际空间轨道设计大赛公布了本届的赛题：银河系移民。从这一刻开始，包括欧洲航天局、美国航空航天局、莫斯科国立大学等在内的 73 支队伍，要驾驶着他们的"星河战舰"，用 4 个星期时间，在浩渺宇宙中，为人类找到星际移民的最优解决方案。

命题越是宏阔浪漫，越是考验参赛队伍的实力和底气。

星城长沙，这艘"星河战舰"的钥匙掌握在一个 14 人的团队手中。这支由国防科技大学和西安卫星测控中心组成的联队，除了 1 位教授、1 位讲师外，其余都是在校的博士、硕士和中心的助理研究员。

这样一支年轻的队伍，有竞争国际赛事的底气吗？

在指导参赛队员吃透赛题后，带队老师、空天科学学院教授罗亚中走出实验室，出乎意料地来到球场打起篮球。对于比赛，他充满自信："星际移民轨道设计基本问题是从一颗星出发交会另一颗星，在交会轨道设计领域，这样的难题我们解决过许多。"

事实的确如此，这支团队中有的是多次参加"国字号"任务的业务骨干，有的是国内空间轨道设计大赛的冠军，他们虽然看起来年纪尚轻，却早已在军队和学校的重大科研任务锤炼中羽翼丰满。罗亚中所在的空天科学学院应用力学系，是学校众多"老牌国家队"中的一支，曾多次为神舟、天宫交会对接做出重要贡献，其中有 3 人荣获"中国载人航天工程突出贡献者"称号。罗亚中正是其中一位，他从 2001 年起就从事空间轨道设计和交会对接任务规划的研究，未曾缺席过"神舟八号"以来的每一次交会对接。

5 月 22 日早晨，团队第一次提交结果：96 分。当天 13 时，清华大学也提交了结果：396 分。面对多于己方 4 倍的分数，讲师杨震说："才发射了 5 艘种子飞船，看来清华也只是试试水，大家不要太过紧张，我们的种子飞船比他们多得多。"

"让分数再'飞'一会儿。"赛程前段，团队的得分压根没进排行榜前三。但经历过众多重大任务洗礼的团队成员对此并不过于在意，而是按着自己的方案和分工探索求解思路。比赛对于他们来说，仿佛成为一次练队伍和做课题的实操训练。

超越：三天内方案几易其主

转机在一次"紧急集合"后到来。

在 5 月 24 日凌晨 2 时，校园空天楼的 A306 机房内，团队成员、该校博士生黄岸毅独自留守。眼前是浩瀚的星图，耳边是计算机的轻微嗡鸣，灵感在冥思苦想后不期而至，负责筛选初始繁殖星的他，突然想通了该如何布局初始构型，实现对"5 颗种子飞船"方案的超越。

军人的作风在这一刻显露无遗。深夜的铃声如同紧急集合哨一般，黄岸毅一连播了几个电话，团队成员纷纷从住处赶到机房，从深夜一直鏖战到旭日初升。

5 月 24 日 6 时，负责提交前最后一步工作的博士研究生孙振江起床，点开手机，看见队友留言，这才知道昨晚 A306 机房发生了什么，匆忙拎着计算机出了门。

清晨始发站的公交车上除了司机，空无一人，孙振江坐到最后一排，快速打开计算机，开始接收队友传来的数据。公交车晃悠了 1 个多小时，其间不乏上下车的乘客，好奇打量这个噼里啪啦敲键盘的年轻人。终于，孙振江在抵达学校前，将处理完毕的数据回传给队友。

8 时 10 分，官网通报成绩：441 分。他们第一次超过所有对手，荣登榜首。

高兴并没有持续太久，当晚 19 时 50 分，欧洲航天局悄无声息放出一个成绩：548 分，差距瞬间拉开 100 多分，团队在榜首待了还不到 12 个小时，便被挤了下来。也正是在这个晚上，西安卫星测控中心的助理研究员张天骄提出一个新想法——反着来。"搞正向出不来，就想到罗老师的博士论文，能不能反向做？"

张天骄提到的这篇博士论文，正是罗亚中 2007 年完成的《空间最优交会路径规划策略研究》。那一年，28 岁的罗亚中刚刚博士毕业。那时的他，不会想到 6 年后，他会以 34 岁的年纪被学校破格提拔为正教授；也不会想到 12 年后，他会因载人航天领域的成绩被授予"中国载人航天工程突出贡献者"称号；更不会想到他的那篇全国百优博士论文，如同宇宙中的一束亮光，由年轻的先行者发出，穿越时光隧道，于多年后落入同样年轻的后来人眼眸。

看似"叛逆"的思路，为大家带来了惊喜。当晚大家通宵完成了程序编写和调试。26 日 7 时 4 分，团队提交了按照此流程产生的第一个解，分数：597 分。

此后，他们再没把排行榜第一的位置让出。

冲刺：最后的对手是自己

采访时，记者问及团队最大的感受是什么？所有人口中都谈到三个字：攻山头。

霸榜之后，罗亚中给团队定下一个个小目标，1000 分、1500 分、2000 分直至 3000 分以上，这一个个分数，像漫长战役中的一个个山头，让队员们不断奋力冲刺。

"其实，我们的成绩早就可以拿到冠军，但我们的目标不再仅仅是赢得比赛，而是要挑战自己，找到逼近题目的理论最优解"，负责超算数据集生成的博士生朱阅诀说。

在 A306 机房的白板上，画着一幅"灵魂画作"：每个重要的分数突破点上都画了一个"笑脸"样的钟盘，时钟排成 U 字型，中间留白处画着奖杯，很像一条贪食蛇，从右往左绕一圈，最后"吃"到冠军。

一个个时钟和分数，不仅记录着团队成员奋力攻关的足迹，也写下了他们挑战自我、获得成长的故事。

6 月 5 日 0 时 10 分，博士生黄岸毅和西安卫星测控中心助理研究员沈红新用化学置换反应的思路交换已有点，团队突破 1500 分。在这个

"赛前预估的分数上限"上，两人写下的故事叫"合作"。

6月9日23时，博士生舒鹏从去应力退火的工艺中获得启发，让移民序列更均匀，团队突破2400分。在寂静的深夜，舒鹏写下的故事叫"创新"。

6月13日3时55分，刚刚读研一的史兼郡用自己的程序完成最终方案测试，团队得分3101分。在完成冲向世界冠军的临门一脚中，本以为"自己来打酱油"的他，写下的故事叫"信心"。

6月13日4时，比赛结束，答案揭晓，我们是冠军！在眼前年轻人的掌声与欢呼声中，同样年轻的罗亚中写下的故事叫"希望"。

采访中，记者与罗亚中之间发生过这样一幕对话。

"为国争光高兴吗？"

"高兴。但更让人高兴的是，这群年轻人通过自己的努力成为世界第一的一部分，所获得的绝非仅限于荣誉，在未来的科研攻关中，这群年轻的科研工作者定然会有无比的信心攻坚克难。"

"28天的比赛，你们总是在深夜开始和结束，实在是太辛苦。"

"没办法，根据比赛规定，夺冠者将赢得下届赛事的主办权。所以我们要按照上一届冠军——美国航空航天局喷气推进实验室制定的赛制来完成。"罗亚中坚定地说，"但是下届比赛，将会以北京时间为基准。"

6月13日凌晨4时，罗亚中在朋友圈里发了一条简短的状态：我们是世界冠军，我们创造了历史……

是的，我们是世界冠军，我们创造了历史，我们还将继续创造历史！

这，就是中国声音。

这，就是中国表达。

士官教员王云强

● 徐钰喆　卢锦青

6月中旬，宽敞阴凉的修理车间里，60多个身着迷彩的学员正围在一辆布雷车旁认真听讲，一位士官正在为国防科技大学最后一批工程兵学员上课，从车辆构造到重要零件构成，从特种车辆使用到维护，他都讲得格外细致。这位士官正是军事基础教育学院教勤连二级军士长王云强，40岁的他从事教学勤务保障工作已经有22年。这一天，是他教学生涯的最后一堂课。

谁曾想到，中等个头，脸庞黝黑，平时并不善言辞的王云强放下解刀扳手，已经走上讲台17载，把晦涩难懂的原理性问题讲得深入浅出。虽然没有正式的教员编制，但他却主动承担起教学任务，为了培育军队人才呕心沥血；虽已是二级军士长，但他却依然在保障一线，为保障教学训练起早贪黑。22年光阴岁月，王云强躬耕一隅，默默在岗位上为教学勤务保障事业发光发热。

"我只是把课本上的知识与多年来在外场保障的经验相结合，用口语化的方式讲述出来，没有什么特殊的技巧。"在该院，不少学员对王云强充满了好奇，面对大家内心的问号，王云强这样解释道。

2002年，教研室需要新的教员，而为学员授课的教员必须具备丰富的外场维护经验、出众的骨干能力、较高的业务水平。正当领导发愁的时候，王云强主动提出担任教员一职。"作为一线骨干，我有责任也有能力担任教员一职，参与维护保障了这么多年，也应该为这个专业技术的延续做点事情"，王云强坚定地说。

自信来源于实力，翻开王云强的履历，映入眼帘的是这样一组数据：从军22载，先后荣立三等功2次；1998年、2000年和2001年3年参与抗洪抢险救灾并荣获嘉奖，所在单位被军委评为"抗洪抢险英雄营"；2008年被学校评为"通用装备管理先进个人"；2011年参加朱日和基地跨区军演获得个人嘉奖；2013年荣获"全军士官人才奖二等奖"。

转变成为兼职教员后，摆在面前的问题不再是如何排除故障，而是怎样把课讲好。为此，要强的王云强没少下功夫。为了弥补专业知识上的不足，原本只有初中学历的他，通过自考获得了本科学历，每天晚上备课到深夜更是家常便饭。此外，王云强常常因为课本上一些存在争议的问题虚心请教各专业主任，翻阅相关材料以求解惑，在外场"不让故障过夜"的他在教学上坚持"不让不懂的问题过夜"。正是因为他的这份努力和付出，他的工程兵教学不仅受到上级首长的肯定和表扬，还为全军各项战训任务培育了大量人才。

走上讲台能教学，走到训练场能保障。除了教学能力备受赞赏，王云强的维护保障能力在战友眼中也是数一数二的。22年前，为响应组织"一专多能"的号召，王云强主动把学校里所有装备的使用方法学了个遍。在基地举行的毕业综合演练，他每年都会到场，负责保障装备的押运和正常运行。在综合演练过程中，他本着学生安全第一的原则，做好自己的每一项工作。王云强说道："在演练过程中，即使我们保障受伤，也不能让学员受伤。"

2011年的一次毕业综合演练中，学员在发射扫雷弹时，遇到一枚哑弹，未能将其发射出去，王云强第一时间跳到了发射车车顶，叫车内的两名学员先跑。而后，王云强和另一位士官拆掉了哑弹，解除了危险。如果这件事件没有得到妥善处置，后果将不堪设想。事后王云强说："对于我们来说，研究各种雷这么多年，已经不那么怕这个东西了。"就这样，凭着王云强多年的经验和高度负责的态度，他不管是在综合演练还是教学过程中，都没有出现过任何的安全事故。

"这次参与上课的69个学生虽然上完这次课就要离开国防科大了，但是他们认真地对待这堂课，遇到问题就及时问，这让我感到非常欣慰。"在自己教学生涯的最后一堂课上，王云强很是感慨，"我不过是一个很平凡的人，每天想的就是怎么把组织分配的任务高标准完成好，坚守好自己的岗位罢了。"

虽然每次参与保障和教学后，王云强全身上下都是油泥，但在他看来，这正是属于自己的荣光。

创新铸就超算"中国速度"

——记"最美新时代革命军人"、"天河一号""天河二号"副总设计师肖立权

● 方 娇 姚 宏 刘于蓝

仲夏时节,已步入夏休的校园不复往日热闹。在校园东北方向"天河"大楼机房里,长达数十米的机箱整齐排列,持续发出高速运转的低沉"嗡嗡"声。近日,在中央宣传部、中央军委政治工作部联合发布的9位"最美新时代革命军人"中,"天河一号""天河二号"副总设计师肖立权作为矢志创新的科研专家,榜上有名。现在的他正带领团队攻关新一代高性能计算机,向新的"中国速度"吹响冲锋的"集结号"。

1997年,博士毕业留校后的肖立权成为计算机学院计算机研究所的一名科研人员。从那时起,他就与巨型机一起成长,先后参与了"银河""天河"高性能计算机多代机型的研制,从一名普通的科研人员一步步成长为今天学校超级计算机团队的核心骨干。

"走别人没有走过的路,太难!但我喜欢挑战!"这是肖立权在接受采访时常挂在嘴边的一句话。

20世纪末,大规模计算机系统中通常采用的电互联技术传输速率低且易受干扰,极为影响系统稳定性,成为我国研制千万亿次级超级计

算机路上的一颗"绊脚石"。

如何搬开这颗"绊脚石"？用光互联替代电互联好像是唯一的最优解。研究所将这一任务交给了肖立权。而这，是一条别人没有走过的路，注定充满荆棘和坎坷。

2003年，受领任务后的肖立权立即将科研准星瞄向了该技术难题。然而，按照自己思路做出来的系统根本跑不起来。

"是哪里出了问题？"那个夏天，肖立权满脑子都在问为什么，就连午休，他闭上眼睛，脑海中也都是屏幕里滚动的实验数据。

"没法睡！去实验室！"肖立权翻身而起，穿好衣服就往实验室跑。架起示波器、逻辑分析仪……他全神贯注观察着，生怕自己一眨眼就错过了关键数据。

解决思路一次次提出，但又一次次被推翻。一天，正在做实验的肖立权突然冒出一个想法：是不是数据传输有问题？灵光乍现，他找到了解决问题的"钥匙"，随即逆向思维反推，最终找到症结所在。这一刻，我国光互联技术在大规模计算机系统中得到有效验证，为后续该技术在超级计算机系统中的应用奠定了坚实基础。

此后，肖立权马不停蹄，瞄准这一技术领域，拿下一只又一只"拦路虎"，解决了光互联替代电互联的系列技术难题，成功研制出我国首台采用光互联技术的并行计算机互联通信系统，传输速率从原有的400 Mbps一路飙升为10 Gbps，实现数量级飞跃。

2010年11月，"天河一号"凭借优异性能登上世界超算500强榜首，中国超算首次摘夺世界超算桂冠，五星红旗"飘扬"于世界之巅，震惊世界；2013年6月，"天河二号"以峰值运算速度每秒5.49亿亿次，持续计算速度每秒3.39亿亿次，轻松摘夺世界超算500强桂冠；2013年11月，"天河二号"蝉联世界超算500强榜首；2015年11月，"天河二号"六次问鼎世界超算500强，"中国速度"继续"领跑"世界……

这些耀眼成绩背后，是肖立权瞄准世界高性能计算机技术前沿、不懈探索创新的丰硕成果。

高速互联通信是决定大规模并行计算机系统实用效率的关键，美国对中国严格封锁高速互联技术转让。当时，"天河一号"在国内首次创新性地采用了 CPU + GPU 异构融合体系架构，其内部数万个 CPU 和 GPU 需要通过互联通信系统实现信息交换，难度可想而知，组织并全面负责互联通信系统自主设计研制任务的肖立权倍感压力。

闯关路很艰难，但肖立权走得很坚实。寒来暑往，他不仅协助制定系统的总体技术方案、技术路线和设计指导原则，还经常铆在一线，从原理验证到工程实践，一个环节都不放过。团队在他的带领下，开展关键技术、核心技术攻关，迅速打响了一场没有硝烟的战斗，成功将"天河一号"送上世界超算第一的宝座。

短暂的喜悦过后，肖立权又开始了紧张的工作，他早已将目标瞄准了运算速度更快的亿亿次超级计算机系统——"天河二号"。在原有基础上，他带领团队进行了 10 个月的"封闭攻关"，"天河二号"高速互联通信系统性能得到提升，是当时国际商用互联系统的 2 倍。它可以把上万颗微处理器联系起来，共同解决同一个计算问题，解决了高效互联中"微处理器越多效能越低"的世界难题。

在这条自主创新的道路上，肖立权带领项目组在校外进行了长达 1 年的封闭设计工作，自主研制出互联通信系统最核心的两块芯片：路由器和网络接口。

依靠自主创新，掌握了属于自己的核心关键技术。这是"天河二号"在发展迅猛、竞争激烈的世界超算领域长时间保持领先地位的主要原因，一如国际 TOP500 主要撰稿人杰克·唐加拉所说："中国自主研发了内部互联技术，这是买不来的，这是他们基于芯片、路由器及自主生产的交换器开发出来的。"

"我们参加世界排名并不仅仅是为了第一。世界超算 500 强榜单其实是一个交流平台，只有在国际上有了声誉，别人才愿意和我们交流。"肖立权深知，只有掌握自主核心关键技术，才能在国际上掌握话语权，让世界听到中国声音。

今年夏天,肖立权依然没有放松。他正带领团队全力投入新一代高性能计算机的研制攻关,他的目标是摘取"超级计算机的下一顶皇冠"。

逐梦尼罗河

——国防科大学员参加"第四届国际无人系统创新挑战赛"侧记

● 方　娇

夜幕中，搭载着中国军校学子的飞机抵达埃及开罗国际机场。这群来自星城湘江之滨的本科生，在盛夏的尼罗河畔，与来自埃及、加拿大等国的 32 支代表队在"第四届国际无人系统创新挑战赛"上一争高下。

最终，代表我军出战的国防科大两支代表队以多个项目竞赛最高分卫冕地面无人系统竞赛（UGVC）冠军，并首次斩获水下无人系统（UMVC）冠军，为祖国和军队赢得了荣誉。

满分夺冠　"麒麟"征服赛场

埃及时间 7 月 28 日上午，答辩手徐昱静面对一众评委，完成了 UGVC 技术答辩。此时，答辩委员会主席、埃及前教育部长——Mohamed EI‑Nashar 博士向她竖起了大拇指。站在主裁判身旁的队长郭策,则意外听见裁判之间窃窃私语所蹦出的"Champion"一词。可以说,国防科大代表队一亮相,便成为赛场最令人瞩目的那颗星。

这并不奇怪,早在 2016 年首届国际无人系统创新挑战赛上,国防科大参赛队便一举夺得 UGVC 桂冠,2018 年更是成功卫冕。这一次,队员们摩拳擦掌,只为荣誉而战。

"开始!"随着裁判一声令下,国防科大自主研制的地面机器人"Kylin Conqueror"(麒麟征服者)携带机械臂快速驶入赛道。

翻滚木、爬斜坡、下高台、过草地······"Kylin Conqueror"一路飞驰,充分发挥全履带式驱动灵活、快速的优势,攻坚克障、披荆斩棘,顺利找到规定物品,伸出机械臂将其拾起并运送至指定地点······一系列动作连贯有序,一旁的裁判向队员竖起大拇指,在评分表上打下满分100 分,高声说道:"China,Top1"。

这一刻,在场地边帐篷内的 4 名遥控操作手长舒一口气,"Kylin Conqueror"一气呵成的动作背后,是他们的默契配合,但其实 4 人磨合的时间不过赛前几小时。

不同于以往,本届赛事赛前规则突变,主办方今年首次将远视距遥控地形穿越和远视距遥控装备服务两个原本分开的竞赛任务融合在一起进行操作。4 人临时授命,无惧挑战,拿下了两项任务满分的好成绩。

在随后进行的复杂地形自主穿越任务中,虽然导航设备出现故障,但这一小"插曲"并未阻挡"Kylin Conqueror"驰骋赛场的步伐,一系列堪称完美的穿越动作再次获得裁判青睐,收获又一个满分。至此,国防科大参赛队在 UGVC 中以 3 个任务分别满分的绝对优势,获得冠军。

水下首金 "东方龙"翻身腾飞

飞机残骸恢复挑战、水下结构挑战、海洋考古探险挑战······这是今年参加 UMVC 所有代表队面临的共同考卷。在赛前赛事规则发布会上,设计竞赛规则的裁判 Tamer 便撂下"狠话":"没有一支参赛队能够完成 UMVC 所有任务!"

看着台上洋洋得意的裁判,本就憋着一股劲儿的国防科大参赛代表队,心中熊熊斗志早已被点燃。今年,队员特意沿用了去年水下机器人的名字"Oriental Dragon"(东方龙),只为"一雪前耻"。

原来,去年第三届国际无人系统创新挑战赛首设无人水下平台竞赛这一组别,国防科大参赛队虽实力在线,但组队仓促,对竞赛规则也不甚了解,最终铩羽而归。这一次,重新组队的学员信心满满,要让这条"东方龙"在国际赛场上腾飞。

赛前调试,一切都在有序进行,不想,机械臂却漏水了!

"应该是长途运输颠簸所致,在学校测试是没问题的!"该队指导教员于瑞航说道。令他欣慰的是,学员并没有因此慌张,而是沉着冷静、分工协作,很快就将备用机械臂组装完成。

透明外壳搭配白色的支架,四方外形拖着一根长长控制线的"Oriental Dragon"跃入水中,开始在 6 米深的水下一步步完成抓取、投放等一系列动作。

"要知道,这些平日里看上去再简单不过的动作,在视线昏暗的水下,再加上浮力等影响,想要精准完成其实并不容易",遥控操作手叶泽祺表示。

就是在这样复杂的水下世界,国防科大代表队成功击败去年 UMVC 冠军——埃及亚历山大代表队,成为赛场上用木棒插直径 2 厘米孔、低光环境打开棺椁打捞木乃伊等多项比赛任务中唯一一支完成任务的队伍,攻破裁判撂下的"狠话",打赢"翻身仗",将冠军收入囊中。

自主创新　296 天备战征途

第一，第一，又是第一！

参赛那几天，对于我校两支代表队来说，每场比赛都有新惊喜、新收获。这是国防科大首次派出全部由本科生组成的参赛队伍，他们在国际比赛中密切配合，取得了多个项目的最高分。

冠军来之不易。早在去年11月，承担组队参赛的智能科学学院便迅速选拔了20名本科生分别组成地面和水下2支参赛代表队，按所学专业划分研制小组，并由控制科学与工程、机械工程、仪器科学与技术等10余位教员组成"智囊团"，开始了地面机器人和水下机器人的设计与研制工作。

"制敌的关键在于创新！"指导教员徐晓红说。

深谙此道理的学员，随即打响了一场创新攻坚战。行走结构是地面机器人的基础，负责该项研制任务的刘博龙、刘坤两位学员，根据穿越复杂地形需要，提出全履带机构的创新设想，将机器人的速度从去年轮履结合行走机构的 0.5 m/s 提高到了 1.5 m/s；副队长余升带领操作手刘相铭和刘天晴，搭建了机械臂操作虚拟仿真环境，解决了远程控制中摄像头难以观测死角、盲区这一短板；负责水下机器人机械结构设计与组装的刘修伯，创新提出使用唇形油封圈的想法，克服了水下动密封的水密性难题……

在296天的日日夜夜，学员在教员的指导下，实现了全履带行走机构、局部和全局路径规划、水密性等一系列创新突破。至关重要的是，今年无论是"Kylin Conqueror"还是"Oriental Dragon"，都创新性地首次采用了模块化设计，不仅大幅度缩短了组装时间，还可以随意进行机构重组。这一设计上的优势，让国防科大参赛队在面对主办方赛前不足24小时的时间里修改赛事规则这一棘手问题时，有了挑战的底气，成为国防科大问鼎冠军之路的制胜"法宝"。

拿到冠军只是起点,如今,满载荣誉归来的年轻学子,正将目光投入加快军事智能化发展的创新实践中。

"玩"出别样盛夏天

● 方姝阳　姚　宏

　　时教必有正业，退息必有居学。暑假，是难得的课外时光，忙碌了一学期课业的学员们，假期节奏自然也不会放慢，他们会开启怎样的"充电模式"？他们在暑期活动中又收获了哪些成长？让我们一起来感受他们这个新鲜而忙碌的盛夏天。

玩科技，玩出一片新天地

　　"太好了，终于可以过把'科技'瘾了！"7月初，电子科学学院学员鄢宇和同学们就从队干部那里得知，学校将首次针对大一学员举办暑期课外科技活动。选课题，分小组，大家的心早已迫不及待地飞向半个月后的活动现场。

　　可是，一群"未出茅庐"的大一学员，有玩转科研的能力吗？

　　"搞科研？我们能做什么？我们该做什么？"当大伙儿第一次见到"智能红外人体感应灯"时，满腔热血的他们坦言"理想很丰满，现实很骨感"。首次接触"高大上"的科研课题，知识储备不足、实操经验少、动手能力差，都是"开玩"前绕不过的坎。

"知难而上不言难，迎难而上不怕难。"鄢宇一直记得教员的话，教员们手把手地指导也驱散了大家心头的疑惑和不安。

为了做出电路板上的元件，第一次使用电烙铁的他们，现学现用，反复熔锡焊锡，直到成型为止；为了各个电路元件能达到匹配相容，他们进行了上百次参数调试；为了搭建电路模型，学原理、查资料、读文献，深夜的图书室里总有他们忙碌的身影……

"嘿，你们快看，它亮了！"一天，简易电路成功搭建完成，鄢宇掩饰不住内心的欢喜，不禁喊起来，学员们都瞪大了眼睛，一眨不眨地盯着，生怕眨一下眼它又不亮了。

放大信号顺利出现，感应信号清晰显示，感应灯调试成功……走出实验室，鄢宇发了一条朋友圈：今天，我们玩出了一片新天地！

对于智能科学学院学员邱学凯来说，他也在"第一次"中开启了自己的新世界：第一次学习"串口通信"，第一次让小车按照自己编写的程序自如前行，第一次完成无人车绕障、侧方位停车等科目……

"以前，无人装备就是停留在书本上的一幅画，现在我们可以亲手操控它。"邱学凯愿意像他操控的智能小车一样，做一个未来智能领域的不懈探索者。

玩科技，玩出创作的乐趣

此前，在学员黄福驰印象中，3D打印，是只闻其名不见其身的绝技，带着神秘的面纱，而在智能科学学院创客空间，这层面纱将被学员们亲自揭开。

像黄福驰这样的大一学员，刚刚摸清大学基础课的门道，"我们这种机械制造技术零基础的人也能操作3D打印机吗？""能！"教员张萌投来信赖和鼓励的眼神。

第一次亲密接触，青年"创客"们满怀好奇、跃跃欲试：设计产品、建立模型、导入、打印、修整……大家围在一起，守着眼前这个小小机器，舍不得离开半步。伴随着轻微的吱吱声，打印针头不断蠕动，吐出的细丝一圈一圈不停地堆积。在两台机器的共同努力下，6个小时后，一个惟妙惟肖的直升机造型的钟表座跃然而出，还附带相框、手机支架等功能。"你摸，它比瓷质的更轻，比塑料的更有质感呢！"

"哇！想要什么就有什么，这就是一个哆啦A梦的宝盒啊！""未来的战场，如果没有枪没有炮，3D打印机还能给我们造！"大家你一言我一语，兴奋不已。

这次体验点燃了黄福驰心中的创意火苗，"以后亲人朋友过生日，自己也可以亲自设计礼物，让3D打印机帮忙实现！"

在创客空间的日子，每一天都是惊喜。他们用激光切割技术完成了风车的拼装，还别出心裁地将两者巧妙结合，见证了"开新能源汽车的小人驾驶员"模型的诞生。看着激光缓缓移动，零件贴合工整，产品有模有样，黄福驰和同伴们发现了"创造并制造"的乐趣。

"我们所向往的，就是与志同道合的伙伴，一起'玩'出更多精彩的成果。"在活动分享会上，黄福驰的眼里闪着亮亮的光。

玩科技，玩出领悟与思考

"好样的，哥们儿！"

在三号院实验大楼里，计算机学院学员汪文姚和同伴们看着自己设计和组装的机器人"领军号"迅速启动，直线加速、转弯后退、爬坡越障……他们不禁长舒了一口气。

汪文姚所在的小组选择的是"机器人深度学习平台及其应用演示"课题，为了设计出能"久经考验"的机器人，组员们卯足了劲，一有空就钻进实验室，组装机器人、安装操作系统、编程、调试，一刻也不得闲。

一切似乎都在按部就班地向前推进，就在大家暗自欣喜，以为"万事俱备，只等按键"时，有人意外发现，机器人的结构存在缺陷。

"找到了，就是它。"从头开始，逐步检验。原来，是一个螺丝钉，不小心被上错了位置，导致齿轮卡住而无法转动。这不该犯的低级错误让实验室陷入一片尴尬的寂静。大家不敢大意，将问题零件全部拆下来，重新按说明书操作，再次完成组装。

悬着的心还没放下，在测试系统过程中，汪文姚又发现要安装的文件包没有出现在操作系统目录所在的路径下，在忐忑中度过2个小时，系统才恢复正常。

有了前两次"那么痛的领悟"，在最后的调试阶段，"每一个动作都要反复操控数十次，不到最终移动的那一刻，绝不掉以轻心"，汪文姚说。

"粗心大意是科研工作的大敌！看似不起眼的小错误却耽误了如此多的时间和精力，不仅影响结果，还有可能导致事故发生。"总结讲评时，指导教员丁博的话让组员们陷入沉思。

未来的学术科研之路漫漫，要想让这些冰凉的机器变得有"温度"，更让那些枯燥的数字符号变得"可爱"起来，没有捷径，唯有用心。玩科技，也要玩得认真！

攀登科技高峰的铿锵脚步

——细数学校创造的"世界第一""中国第一"

● 颜　瑾　姚　宏

军队,虎狼之师;科技,虎狼之翼。"哈军工"创建之初,首任院长陈赓大将形象地比喻:"中国人民解放军是老虎,我们就是为老虎插上翅膀。"这句话,为学校近70年发展之路奠定了基调。以"解放军最高工程技术学府"著称的国防科技大学,从诞生之初,便以国防科学技术研究为己任。66载春秋,学校在许多关键领域自主创新,突破一系列国防关键技术,使我国从跟跑到领跑,从一片空白到世界领先,为实现中国梦、强军梦提供了重要支撑。

翻看"哈军工——国防科大"近70年的辉煌历史,众多"中国第一"璀璨夺目,数项"世界第一"令人惊叹。在抗美援朝的炮火中,大批集结于"哈军工"的优秀科技人才,在这个寒冷的北国之地,掀起一场场技术革命高潮:我国第一台军用电子计算机、第一台声速梯度仪、第一个超音速风洞、第一个现代弹道实验室、第一代水陆坦克初样车,我军第一台轻型坦克、第一艘小型实验潜艇、第一艘水翼艇和气垫船、第一部鱼雷快艇攻击射击指挥仪……皆出于此。600多项高水平科研成果的诞生,不仅为改变新中国成立之初我军武器装备落后面貌,推进国防和军队现代化建设做出了重要贡献，更积淀了"科学求实、奋力拼搏、猛攻尖端、为国争光"的科研精神，对日后的国防科技大学产生极为深远的影响。

1978年，迎着改革开放的春风，重归军队序列的学校也迎来了新的自主创新技术高潮。就在这一年，学校受领研制亿次巨型机的任务，时任计算机研究所所长的慈云桂立下军令状："现在我已经60岁了，就是豁出这条老命，也一定要把我们自己的巨型机搞出来！"1983年，被称为"争气机"的我国首台亿次巨型机研制成功并通过鉴定。它的研制成功，填补了国内巨型计算机的空白，标志着我国成为世界上第三个能研制亿次级巨型机的国家。20世纪60年代，美国率先研制出世界上第一台环形激光器，引起了世界光学领域的变革，但技术难度太大，让国内许多单位望而却步，高伯龙院士身先士卒，他铿锵有力地说："如果我们不干，就可能给国家留下空白，将来就可能受制于人，要干，就要解决好这个世界性难题！"1994年，我国第一台环形激光器工程样机通过国家鉴定，国人纷纷称赞"长国家志气，提民族信心"。从1978年到2000年，在国防科技大学的校园里，诞生了我国第一台液体双组元变推力姿态控制火箭发动机BFY-03、第一台全数字仿真计算机"银河仿真Ⅰ"（YH-F1）、第一台自主式雷达光栅扫描猜测显示系统X-500、第一台双足步行机器人、第一套舰船雷达目标自动/智能识别系统KD85-466、第一台磁悬浮列车实验室样机、第一台虚阴极高功率微波发生器、第一套全空间高精度小功率冲激雷达试验系统、第一辆无人驾驶核化侦察车，首次研制成功连续碳化硅纤维……众多璀璨的科技成果，获得的国家科技进步奖、国家发明奖、国防科工委科技进步奖、部委级科技进步奖等诸多奖项能密密麻麻写满好几页纸，不少研究成果填补了国内空白，达到国际先进水平。

步入21世纪后，世界局势风起云涌，新军事变革如火如荼，谁掌握了科学技术的制高点，谁就掌握了军事变革的主动权。面对新的形势任务，学校承担起一批对国防和军队现代化信息化起重要支撑作用的项目。高性能计算、卫星导航与定位技术、信息安全技术、航天技术、光学工程、新材料技术和先进制造技术等一批与国防和军队现代化建设紧密相关的高新技术被学校确定为研究重点，由此形成覆盖国防关键技术领域的学科体系。

"未来战场是科技的对决，是智慧的较量。只有勇攀高峰、勇立潮头，才能掌握未来战争的主动权。"国防科大人再一次吹响了科技强军的冲锋号。

仿人型机器人的研究，可带动军用机器人研究水平的提高。2000年11月29日，我国第一台仿人型机器人在学校呱呱坠地，有关专家表示，它的问世标志着我国机器人技术已跻身国际先进行列；20世纪60年代，美国率先开始超精密加工这一关键信息化技术研究，造出了世界上性能最好的芯片和一批尖端武器装备，而直到20世纪80代末，我国还在使用传统手工作业。面对巨大差距，李圣怡教授带领团队迎难而上，2013年，他们自主研制出"磁流变"和"离子束"两种超精抛光装备，创造了我国光学零件加工的亚纳米精度，使我国成为继美国、德国之后第三个掌握高精度光学零件制造加工技术、世界上第一个同时掌握两种装备研发能力的国家。

找最硬的仗打，向最难攻的山头冲锋。2002年4月，学校成功研制国内第一款"北斗"实用型手持式用户机；2003年12月，国内第一块蜂窝夹层结构的C/Sic复合材料反射镜在国防科技大学诞生；2004年3月，学校成功研制国内第一台交换能力超过每秒千亿位的IPV6路由器；2007年，学校研制的无人车最高速度达到170千米/时，成为当时世界无人车第一速度；2008年，采用学校中低速磁悬浮列车综合技术的我国第一条磁悬浮1.5千米长的示范线在唐山建成；2009年10月，中国首台千万亿次超级计算机系统"天河一号"横空出世；2010年11月，"天河一号"二期系统夺得世界超级计算机500强桂冠；2013年6月，学校研制成功"天河二号"超级计算机，再次夺得世界超级计算机500强桂冠，并六度蝉联；2018年，E型原型机完成研制部署并被评为"2018年国家十大科技进展"……

据不完全统计，从"哈军工"到国防科大，学校取得了6000多项科研成果，自学校重新组建以来，学校获国家科学技术奖励15项，获军队科学技术奖励37项，年发表量进入国际三大检索论文3000余篇。在这里，一系列核心关键技术被攻克，一项又一项记录被刷新，一批批"世界第一""中国第一"横空出世，取得了以银河、天河系列高性能计算机、卫星导航系统关键设备、磁悬浮列车、碳化硅纤维、机器人等为代表的一大批自主创新科研成果，创造出"中国速度""中国精度""中国高度"。

一个个难题被攻克，一座座险峰被征服。浏览着一项项镌刻着科大人赤诚与智慧的自主创新科研成果，仿佛能听到他们奋力攀登科技高峰的铿锵脚步声。胸怀祖国勇攀登，创新路上不停步，在强军兴国的伟大征程上，国防科大人时刻以战斗的冲锋姿态，牢记使命、不负重托，继续向着更高、更远的目标奋进！

新训不到一个月,
四名新学员用五发子弹打出五十环成绩,请看——

新兵"枪王"的制胜秘诀

● 肖云舰 由 里

"枪"对于一名军人来说,就是自己的"第二生命"。对于新训不久的新学员来说,第一次实弹射击考核就打出满环的成绩,会是怎样一种体验?

前不久,新训大队学员一队学员田纪龙感到自己迎来了人生的"高光时刻":实弹射击考核中,他用5发子弹打出了50环的"满堂彩"!

据枪、瞄准……谈起当时的情景,田纪龙仍能感受到一丝紧张与激动。实弹射击考核当天,地表温度超过50℃,按照教员教授的动作要领"有意瞄准、无意击发"操作后,他就开始屏住呼吸,满怀期待地等待报靶。

"田纪龙,50环!"对讲机里,报靶员传来"捷报"。一瞬间,现场所有人惊呼,随后响起了热烈的掌声,田纪龙兴奋得难以自抑,要知道,能在首次实弹射击考核中打出满环的成绩实属不易。但这并不是个例,除了田纪龙,还有3名学员在1600余名新学员中脱颖而出。新训不到1个月的他们,成了新训大队当之无愧的"枪王"。

5 发子弹打出 50 环,他们都有什么制胜秘诀?

"巧练加苦练!" 4 名打出满环成绩的新学员,更多地把"功劳"归于这两点。

"为了更加准确地检查纠正动作,大队把多向瞄准检查镜和 Noptel 激光模拟设备'请'到了训练场。"打出满环的新训大队学员陈礼智谈到,通过这两种专业的射击辅助装备,能够实时显示射击瞄准轨迹,这样,教员便能更好地掌握学员瞄准点变化及其问题,针对性地调整训练。

不仅如此,女兵班长杨小妹为了让大家在实弹射击中打出好成绩,她还专门用手机下载了一张"步枪瞄准景框动图",在休息间隙一遍一遍地给学员看,让她们在直观的"第一视角"中学习正确的瞄准要领。能打出满环成绩,新训大队学员二队学员孙萌还谈到另一个"秘诀",那就是班长巧用心理疏导方式,帮助大家度过"心理关"。

战士考学的孙萌,虽然在当兵的 2 年间接触过实弹射击,但作为女生来说,她与众多女学员一样,一开始接触实弹射击这一训练科目时,内心还是会忐忑。见到这一情况,新训班长便通过"试枪""点赞身边战友"活动和心理行为训练等多种方式,帮助大家树立自信,缓解紧张情绪。

"讲解射击前的心态调整、瞄准时的调整呼吸以及击发时的射击要领等,从理论到实践,教员用近 20 个学时不厌其烦地反复教大家。"新训大队学员十队学员王天琦告诉记者,自己能打出满环成绩离不开教员的辛勤付出。

让王天琦记忆犹新的,还有自己付出的汗水和努力。他们每天在地表温度 50℃以上的环境下练习据枪,把硬币放在枪管上练瞄准,形成了一套"练功真经":训练间隙瞄一瞄,餐前饭后练一练,枪支保养摸一摸,就寝休息想一想。

"我能打出满环成绩也源于自己心底的'英雄梦'。"采访中,田纪龙谈到,自己的父亲及外祖父都是军人,受父辈影响,他的内心始终有一种难以割舍的"军人情结"：从小就喜欢玩具枪。如愿步入军营后，他更加珍惜眼前的一切，暗下决心：一定要干出个样来！在射击练习中，哪怕是休息时间，田纪龙都会利用起来，在一旁熟记教员传授的理论心得，反复琢磨实践当中的动作要领。最后的实弹射击，据枪、瞄准、击发、退子弹起立，他的动作一气呵成，堪称完美。

得知自己打出50环成绩后，田纪龙迫不及待地让班长给自己和满环靶纸合影，并把照片发给了家人。"小伙子，真不错！比你外公当年强多了，我第一次实弹射击都脱靶了！"田纪龙的外祖父打趣道。

拨开信息化战场的"数据迷雾"

——记 2019 年国家"优青"获得者侯臣平

● 许 鑫 雷 雯

瞬息万变的战场态势、实时回传的战场数据……信息化战场就像一个漫无边际的"数据海洋",充斥着来源多样的海量信息,数据挖掘技术就是一张网,把那些"想要的""有用的"数据"打捞"上来。战场上,攻守双方无不想方设法制造"数据迷雾",这就要求我们对战场数据广泛"撒网"、重点"捕捞"。国防科技大学文理学院体系科学系教授侯臣平,通过对数据挖掘领域中动态特征的分析,不断拨开信息化战场的"数据迷雾",探索制胜的"最优解"。

发掘新特征

准确性是数据的生命线,要经得起检验,很多时候需要不断增加新的数据特征来保证准确性达标。但在一次跟学生的交流中,侯臣平猛然发现,实际情况并非如此……

原来,某次课后,一名学生来找侯臣平请教。这名学生在用脑影像诊断精神分裂症时，为了诊断更准确，便用到了脑影像图像里的多种特征辅助决策。按常理来说，特征越多诊断应该越准确，没想到却比用单一特征条件时的准确率差了许多。

这个"反常规"的现象让侯臣平陷入思考——原来使用多种数据信息的分析结果并不一定是好的。那能不能做一套方法模型，提前"预示"哪种情况下用多种特征会取得好结果，哪种情况不适宜用多种特征？这样就可以避免盲目使用多种特征带来的负面效应，有效降低采集新特征所耗费的人力、财力和物力。

受到启发的侯臣平，立即着手做实验。那段时间，他一个人围着几台计算机昼夜计算，每天只休息三四个小时。算法换了一个又一个，数据倒腾了不知道多少遍。经过长达数百个日夜的反复推演，和学生几十次的交流讨论，终于建立了首个安全使用新特征的理论边界条件，在常规方法失效的情况下，将数据挖掘的平均准确率提高了30%以上。

提出新框架

网页、微博、博客……互联网时代，丰富多样的信息获取手段，导致数据特征不断累积。在开源情报分析中，数据通常在低维空间内表达，但数据特征的不断累积致使情报数据呈现高维多类型特征。

就好比三维空间中的西瓜，可以明确地分辨出瓜皮、瓜肉和瓜子。如果把它放到二十维空间中，质量几乎集中在瓜皮上，这个西瓜就没有瓜肉了。所以，当低维空间的情报数据放到高维空间解释时，结论往往是错误的。锁定这一关键问题后，侯臣平开始向其发起"猛攻"。

长沙的雨季阴暗潮湿，加之作息和饮食不规律，侯臣平的腿上和背后多处长了脓包，坐也不是，躺也不行。"小侯，休息几天再过来吧！"教研室的前辈劝他缓一缓再做实验。"再坚持一下，我觉得就差一点点就能出结果了。"于是，在办公室支起的行军床边，侯臣平半躺半坐地坚持做分析。累了困了就合衣躺一会；伤口流脓了拿棉签擦干接着干。

凭着骨子里这股不认输的劲，侯臣平发现原来可以采用稀疏优化理论打通低维表示获取的可解释性与有效性的桥梁，创新性地提出了情报多视图低维表示获取的新框架，攻克了跨视图一致低维表示挖掘难题。这一创新性发现，被英、美等相关领域专家称之为"最能代表目前水平的成果"。

开启新速度

部队的需要，就是攻关的方向。取得创新性成果的侯臣平并没有满足于某一阶段的成功，在系统科学学科团队教授易东云的带领下，向着信息化战场数据的实战前沿发起了"冲锋"。

太原卫星发射中心在进行某次火箭发射时出了问题：如何从当前和历史的大量数据中快速定位找出原因？他们抱着测控数据找到了侯臣平"援助"。经过深入探讨，侯臣平发现航天试验数据也是典型的动态特征，而他之前的技术正好可以解决这些问题。

于是，侯臣平立即带领学生对遥外测异常参数诊断和飞行故障快速诊断两个具体问题展开了攻关。他们发现，之前的处理方式人力介入较深，而且不同的人分析不同的参数，导致数据信息不完整。侯臣平找来发射的历史数据，并将动力系统、环境因素等各种参数进行分析整合，试图找出一些相同规律，从而对火箭发射的整体状态进行一体化和全方位监测。

那个夏天，侯臣平满脑子想的都是各种数据。不同型号装备历史数据的收集、归类和分析；不同参数曲线的勾画、筛选和对比；无数次的推理验证；各种解决思路提出又推翻……誓要打通解决军事问题的"最后一公里"。

经过60多个日夜的潜心攻关，侯臣平从数据挖掘角度出发，使参数诊断的速度平均提高了近 1 倍，精度平均提高了 20% 以上。战略支援部队某基地称赞他们的成果"能够突破理论阈值的限制，使诊断边界更加贴近实战"。

  科研是一种坚守，教员是一份责任！从科研新手到学术骨干，侯臣平一直默默坚守着这份事业。他时常鼓励学生："其实每个人都是一片大数据，唯有坚守你心中的那股不到黄河心不死的信念，勇敢挖掘，终能守得云开见月明！"

他从解放军三军仪仗队走出,
担任院校科研方队副方队长兼总教练,他是——

王新国:"学霸方队"锻造者

● 方 娇 路 遥

10月1日,院校科研方队的队员刚刚走下阅兵场,就把方队总教练王新国围了个"水泄不通",一束小花出现在他眼前,上面贴着一张红色的小纸条,写着:"方队今天完美的亮相,最大的功臣就是你!"看着这捧队员不知去哪儿东拼西凑、用心扎好的花束,这位七尺男儿不禁心头一热。

今年2月,阅兵任务下达,前中国人民解放军三军仪仗队队员、正在学校计算机学院任职的王新国,被委任为院校科研方队副方队长兼总教练。

从一开始,院校科研方队就自带光环:硕士研究生学历以上者占71%,是名副其实的"学霸"方队。但这支"学霸"方队在组建之初,却被阅兵联合指挥部和徒步方队指挥部确定为四大"帮扶对象"之一。

"刚进阅兵训练基地时,一位首长曾当面对我说,'搞阅兵训练,你们院校科研单位还是没法和军种部队比'。"军事素质弱、身体素质差、参加艰苦训练少……这些都是不争的事实。千军万马看指挥。阅兵也一样，方队能不能练好，所有人的目光都落在总教练王新国身上。

"学霸"有"学霸"的练法。面对实际困难，王新国对单兵基础队列动作、排面训练、方队合练的每一个阶段都制订了科学详细的训练计划。队员在他的鞭策下，每天训练10个小时，相当于每天要走25千米左右。这样算下来，阅兵训练期间，平均每名队员走了5000多千米的正步，相当于踢着正步从长沙到北京差不多走了4趟。

王新国一边向汗水要动作，一边向头脑要效益，他利用学校计算机学院的优势，在相关教研室专家的帮助下，研制出一套单兵受阅动作考核系统用于方队训练。

"正步踢腿的高度是30厘米，但教练员不一定看得那么准确，可系统能明确告诉你，是高了两公分还是低了三厘米。"王新国介绍道，这套系统，通过多个摄像头和投影仪，对队员的受阅动作构建出高精度3D人体外形和动作骨架，通过与标准动作模型进行比对，精确分析出每名队员动作的不足之处，使大家清楚改进方向。

王新国带着方队苦练、巧练，用成绩赢得了尊敬：

5月，单兵考核，14个徒步方队（除仪仗方队）总成绩排第9名；

6月，徒步方队优秀排面考核，两个排面分别获得第4名和第15名；

7月，多排面考核，超过海陆空、武警部队等传统强队，名列第3名，获得"优胜方队"锦旗；

8月，徒步方队考核，取得第2名；

9月，全方队考核，位列第5名，获得"优胜方队"锦旗。

那位曾经不看好院校科研方队的首长，亲手将"优胜方队"锦旗颁发给王新国并说："院校科研方队练得真不错，不比军种部队差！"

国庆当日，凌晨2点半，王新国翻身起床，早上6时，他带领院校科研方队来到天安门广场，准备阅兵前的最后3次适应性训练。从东华表到西华表，一共96米，队员需要踢正步行进128步，66秒走完。每次训练，15个徒步方队总计只有20分钟。

"没有进行适应性训练，正式阅兵难免发挥不出应有水平。"王新国满脑子想的都是如何利用时间让队员多适应一下，如何让队员在阅兵中少一丝紧张。此时的天安门广场南侧，已聚集不少观众。看着熙攘的人流，王新国眼前一亮：让方队从原本的行进路线"齐步—正步—齐步"，变为"齐步—正步—齐步—正步"。

徒步方队中，只有院校科研方队这样行进。王新国的这一做法，既利用了有限的时间和空间，也让队员在观众的目光中锤炼了心态。大家蓄势待发，像一颗颗随时上膛的子弹。在第2次训练中，方队正步走过西华表的误差仅为1厘米。

上午9点40分，适应性训练结束。王新国挨个检查了每名队员的服装、配饰、帽子，随后，他站到队伍最后，目送方队精神抖擞走向阅兵场。

当领队下达"向前——看"，当队员从正步换为齐步，王新国紧绷了200个日夜的神经终于松弛下来。没有万众瞩目的荣耀，默默站在幕后的王新国比谁都高兴，因为这支科大人占比40%的院校科研方队，用实力证明了，他们不仅是教学科研战线的尖兵，也是阅兵训练的标兵！

他十年四度受阅,担任坦克方队总教练兼乘载员,他是——

骆阳:金点子闯出新路子

● 方姝阳

10月1日,天安门广场,由22台坦克组成的坦克方队以经典的箭形编队通过天安门,如铁甲洪流般,拉开了装备方队7个模块32个方队接受检阅的序幕。52名乘载员以英武帅气的军姿,和这些受阅坦克一起,构成另一种威慑力十足的展示力量。这些都离不开一个人,他就是十年四度受阅的坦克方队总教练骆阳。

受到曾是军人的爷爷影响,2004年,高考成绩优异的骆阳,二话不说便在志愿栏里坚定写下"国防科技大学"。入学后,骆阳开启了一个新世界,在一次次体能训练、拉练途中磨砺"不抛弃不放弃"的顽强意志;在哲学、物理选修课等一个个崭新的学术世界里培养科学思维和创新意识;在一场场比拼体能和技能的竞赛中体会"团结就是力量"的真谛;在毕业设计时汲取导师严谨务实的作风力量。在骆阳看来,这些都是军旅生涯中最宝贵的精神财富。

10年前,骆阳以陆军学员方队受阅队员身份参加新中国成立60周年国庆阅兵,后又以坦克方队排面教练、中队长的身份分别参加了抗战胜利日阅兵和建军90周年阅兵,在今年庆祝新中国成立70周年阅兵中,他以坦克方队主教练兼乘载员的身份第4次受阅。

骆阳说,每次他都主动申请参加,虽然角色在变,但那一声"我参加"没变,那一颗对阅兵事业无限热爱、对国防事业无限忠诚的初心没变。

阅兵对于骆阳来说早已不陌生,"每次阅兵的感受都不一样,虽然此前已经经历过3次,但每一次都像面临赶考,心中依然充满敬畏,不敢懈怠,有时想着都睡不着觉"。

众所周知,阅兵是讲究精细精准的系统工程。阅兵阅的是标准,阅兵标准不怕高。每次阅兵时,如何在看似枯燥的重复、反复中科学提高标准和提升效率?坦克方队乘载员队伍,看似没有徒步方队气势浩大,训练内容也主要是"站功"和"喊功",但真正练起来却丝毫不含糊,甚至比徒步方队更加精益求精。让已受阅3次的骆阳都惊诧不已的是,光"站军姿"一项就制定了100条细则,这对于总教练提出了不小的挑战。

敬礼摆头要求右摆45度,上扬角度要求18度,要保证两个度数同时精准,着实不是件容易事儿。在一段时间内,方队也没有找到应对良策,进展一度陷入困境。

一天,正在参加训练研讨会的骆阳突然来了灵感,"何不试试相似三角形原理?"创意火花一闪而过,他马上提出"难道站立时非得成一横排站吗,我们能不能成45度站?"他一股脑儿把自己的推理和观点整理了出来。不久,"多排斜向敬礼标齐装置"便应运而生,后来,队员们在不断训练中形成了"肌肉记忆",每一步每一个动作,都完全符合要求。看着方队训练效率明显提升,劲头不断高涨,骆阳满是成就感和满足感。

在"领头雁"的引领下,一个个金点子在坦克方队中生根发芽:乘载员单个人员"六境界"训练理论、单排面"四原则"整齐训练理论等20项理论成果;流水线加工法、强弱光交替眼神训练法等26种训练方法;排面"六线"标齐装置和单方队敬礼标示系统等7种训练器材……他总结梳理出的 2 万余字的训练经验做法，被阅兵装备方队指挥部转发推广，赢得受阅官兵一片点赞。

有了多个"金点子"的给力加持，坦克方队在上级组织的考核中多次名列第一，骆阳也被阅兵联合指挥部评为"优秀教练员"。

作为坦克方队总教练，骆阳始终把自己视为团队的普通一员，他说："阅兵是一场神圣的团队作战，成功靠的是团队的集体心血和汗水，作为其中一员，我感到无上光荣。"

10 月 1 日，参加完第 4 次阅兵，骆阳发了一条颇具诗意的朋友圈："十载军旅，四次受阅，最美年华，与国同殇，艰难困苦，玉汝于成，铁流滚滚，威震万疆，胜利归来，护航梦想。"骆阳一头扎进阅兵任务，把智慧、时间和精力都用在了训练场，只为了那神圣的初心与荣光——向世界展示中国装备的最强力量和中国军人的最美风采。

让知识的雨露浸润希望的田野
——学校教育扶贫工作纪实
● 薛 波 龚 仪

深秋的早晨，娄底永丰镇月龙（松坪）学校的下课铃声响起，86个小小身影从教室里冲向平整柔软的操场。而在1年前，这里还是一片泥泞之地，因为饮用水源未解决、操场未建好，开学日期只能一推再推。了解情况后，结对帮扶的国防科技大学空天科学学院陆续资助30万元，于是水井有了，书籍多了，环境美了……孩子们顺利开学。该校的"蝶变"正是学校助力教育脱贫攻坚的缩影。近年来，学校深入贯彻落实习主席精准扶贫思想，坚持把教育扶贫作为精准扶贫最有效的手段之一，作为帮助困难群众摆脱贫困的根本途径。如何让"教育扶贫"这一治本之策真正做到扶贫扶到根子？国防科技大学在探索中走出了一条别具特色的教育扶贫之路。

足迹广：心之所系行所至

"大家知道我们的北斗靠什么确定方位吗？"

在汨罗市屈子祠镇屈子学校的多媒体教室里，挤满了来自该校各年级的学生。一场国防知识科普讲座正在进行。讲座主讲人是来自北斗团队的博士研究生学员王耀鼎。王耀鼎参加的是研究生院研究生学员四大队"绿树"精准助学公益活动。该院研究生二大队八队学员祁明泽通过该活动，帮扶了一对双胞胎姐妹花周金、周银。在他的鼓励下，今年姐妹俩顺利考上当地重点高中。

帮扶不只发生在汨罗，学校自调整组建以来，全校官兵持续搞好接力帮扶，足迹遍布湖南平江、炎陵、芷江、吉首、常德、桃江、双峰，贵州毕节、金盆，湖北咸宁，陕西子长等10余个地区。从将军到学员，从专家教授到参谋干事，从干部职工到家属子弟，越来越多的国防科大人以实际行动参与到这场教育脱贫攻坚战中。据不完全统计，学校调整组建以来共资助贫困学生1500余人次、发放助学金130余万元，投入120余万元用于改善办学条件、帮训师资队伍等，给贫困地区、革命老区、民族地区教育带来的可喜变化，得到了老百姓的真心点赞，充分展示了学校官兵爱人民为人民的良好形象。

不让学生因贫失学，更不让学生因愚辍学。学校持续深入推进扶助贫困生"千人工程"，确保贫困学生能够平等享有受教育的机会。智能科学学院在吉首矮寨镇完小跟踪了解帮扶情况时得知，部分老百姓依然信奉"读书无用论"，助学资金到了家长的账户后，学生依然没来上学。该校田校长道出了实情，有些家长不反对孩子上学，但一听说要交500元的午餐伙食费，就宁可让孩子在家放牛打柴也坚决不交。因此，助学金发放方式有了改变，从打入家长账户，调整到打给学校直接用在学生身上，让孩子们真正能上学。观音寺小学15名、鸬鹚渡中学25

名、常德桃源一中 25 名、矮寨完小 50 名、双峰一中 52 名……2019 年，学校官兵资助贫困生 389 名，发放助学金约 32 万元，让帮扶孩子受教育的权利得到保障。

理念新：大屏幕改变命运

"这是红桃 K 果，又叫洛神花、补血果。"10 月中旬，一场特殊的课堂在株洲炎陵中村瑶族乡民族学校食堂开课了。来自该校的"小讲师"黄雅乐与钟欣悦，带来了一堂精彩的植物果实科普课。网络直播大屏幕的另一头，连接着来自北京、江苏、湖南、贵州等 10 多个省市 20 多所学校的 1000 多名大小讲师。

缘何会有此次"小讲师"直播课堂？这得从国防科大附小一群"城会玩"的老师说起。2015 年 12 月，科大附小为促进学生自主全面发展，创设了"数学小讲师"项目。2 年后，项目依托沪江网 CCTALK 平台，诞生了"小讲师网络直播课程"。此时，按照学校计划，科大附小承担着 4 所结对帮扶学校的师资培训和业务交流工作。

彼时，学校机关也在思考——如何充分发挥国防科大的教育品牌优势，进一步探索低成本、大规模、可持续、可复制的教育帮扶模式，助推学校教育扶贫取得更好的成效？了解到科大附小的课题后，新的教育扶贫思路灵光乍现：教师是教育的关键。能否推广直播模式，让城乡优质教育资源共享，用先进的教育理念帮助乡村学校建设一支优秀的师资队伍？

说干就干。2018 年 12 月，一根网线将科大附小的老师与中村民族学校的老师联在一起，开启了以"点亮孩子的心灯"为主题的网络交流分享活动。2019 年 4 月，学校政治工作处组织由科大附属小学牵头，联合 4 所帮扶学校成立了"城乡互联"合作共研成长共同体；6 月，5 所联盟学校的 79 名老师成立"人人为师"研究团队，开展首次网络交流活动；7月，"爱我家乡"小讲师网络直播活动拓展到4所帮扶学校。值得一提的是，以小讲师为基础的"人人为师"课题已成功申报了国家社科重大项目《信息化促进新时代基础教育公平的研究》的实验学校课题。在第六个"国家扶贫日"到来之际，"城乡互联"合作共研成长共同体赴中村民族学校开展研讨交流，实现了线上线下的交流互动。

活动中，龙渣学校的学生盘湘钰第一次当小讲师，语气难掩兴奋："没当小讲师前我有点害羞，当了小讲师后，我觉得自己胆子变大了，更自信了。"如今，更多新的教育资源与理念，正通过互联网影响更多帮扶学校，这很有可能成为孩子们改变命运的契机。

关怀深：一路温暖一路情

"往年帮扶，我们都是'走出去'，今年能不能换个模式，让同学们'走进来'。"计算机学院计算机研究所在总结帮扶经验时，一个新做法渐成雏形——近期，计算机学院迎来了益阳桃江县鸬鹚渡中学的师生代表。物资捐助、带领孩子们参观"天河"机房、述超算研发故事……该所协理员欧阳登秩表示，希望通过这次助学活动激发孩子们的爱国热情和学习激情，引导他们做对国家有用的人。

在本次活动的"一对一"交流中，年轻的李教员被一个特别的小姑娘触动。因自小被父母遗弃，由一位老奶奶养大，小姑娘的谈吐中透露出超乎年龄的成熟坚定，她会在参观时主动维持秩序，也会在无人时阅读携带的书本。生活的困苦反而塑造了她好学上进、独立自强的优秀品格。李教员感触："这样的孩子内心善良坚定，给她一颗理想的种子，定能长成参天大树。"据了解，这样的"暖心"帮扶活动，计算机学院已坚持了5年，共帮扶学校6所，资助学生370余人次。

"走心"帮扶不止于帮困与助学，更在于扶志与送暖。学校帮扶的乡村学校都处在贫困地区，除了贫困家庭学生，大部分是留守儿童，给予他们更多的关心关爱，是教育扶贫精细化、人性化的应有之义。多年来，学校教育帮扶一直未曾按下暂停键。19年的"平江助学"活动见证了恩溪中学一砖一瓦的变化，更激励着一茬又一茬学子健康成长；8年的"春晖行动"将人民子弟兵的温暖送到了贵州边远山区和民族地区的孩子们心间；4年的"绿树"精准助学公益活动传递着爱心、智慧与希望；与中村民族学校学生跨越300千米的书信往来，开启了城市与乡村最质朴、最暖心的陪伴；别样的音乐课、国防教育课、军体课，让观音寺小学的孩子绽放出了少有的灿烂笑容；还有与延安子长余家坪镇小学13年后的重聚、东山学校励志夏令营……国防科大官兵用实际行动温暖着全国40余所学校的师生，书写着新时代的军民鱼水深情。

"让留守的心不再孤单守望，让村里的娃看看外面的世界，让知识的雨露浸润希望的田野，让坚定的志气拔掉思想的穷根，让平凡而伟大的理想在幼小的心灵萌芽"，如今，这已成为每一位参与活动的国防科大人最本真的愿望。

阅兵训练200天,发表SCI论文、获得国家专利授权,他是张万里——

紧握钢枪的"笔杆子"

● 颜　瑾

"其实没有那么神。"阅兵训练200天,发表了一篇SCI期刊论文并获得两项国家专利授权,"学霸"人设屹立不倒的张万里,谈起自己的"小成就"相当谦虚。

通过学校的阅兵筛选后,张万里暗自高兴的同时,心里还在惦记着自己的小论文,一心想申请读博的他必须重视任何一项学术成果。直到被通知出发去阅兵训练的前夜,张万里仍在修改他的论文。

张万里所学是智能装备精密工程专业,他写的这篇关于超精密抛光的相关研究论文颇具创新价值,论文投送出去后,很快获得了远在瑞士的 Materials 期刊编辑的青睐。但论文不是投送就能直接录用,编辑反馈给他的第一轮专家意见足有20多条,若是在学校,按意见修改论文只需2天左右,可收到这些密密麻麻的英文意见时,他已经在阅兵训练场接受严苛且紧张的训练了。与此同时,SCI期刊要求严格,如果不在10天内按照专家意见返修,这篇论文就彻底失去了在该刊发表的机会。没有选择项,他只能利用中午1个多小时的休息时间抓紧修改,没有计算机，使用手机无论是修改文章还是查看参考文献都很不方便，身边也没有导师和师兄能够请教，改起来很是辛苦。训练基地信号不好，邮件常常传不出去，他只好趁半夜网速稍微快些时抓紧时间发送。而且，由于瑞士和中国有6小时时差，编辑通过邮件给的意见常常是半夜送达，他要中午才能看到，无形中耽误了不少时间。在高强度的体力训练后强撑着进行高强度的脑力劳动，结果就是犯困、心跳加速，但他说："没事，动起来就不困了。"改论文不能耽误训练，他会紧急冲个冷水澡来赶走倦意，或者自己主动加练，越困越要练，越练反而越精神。

靠着这股"熬"的劲头儿，张万里在10天内成功完成两轮修改，论文终于见刊。与此同时，他也没有耽误训练，在5月初的淘汰制选拔中顺利过关，进入"阅兵村"，还得了一个"硬汉"的外号，关于这个外号的由来，张万里解释："因为我是我们排面训练时最后一个'累趴'的。"

发表论文只是他达成的第一项成就。进村后，张万里去年申请的两项专利一年审查期满，可以进行专利授权了，在预备授权到最后授权期间，有最后修改的机会，这个修改关系到专利受保护的范围，如果创新点不明晰，反而会有侵权的可能。而这时候，训练强度再次加大，手机管理愈加严格，一周只有两次机会能摸到手机。于是，在别人抱着手机给家里人打电话诉说思念的时候，他只能简单和家人聊上几句，然后快速跑到俱乐部或阅览室，聚精会神完成专利的最后修改。两项专利的授权时间前后脚抵达，在5月底6月初那段时间，他从身到心都压根没闲过，平时是紧张的阅兵训练，好不容易等到休息时间，他却又要高速运转大脑搞学术。张万里坦言，其实两项分开的话，他都能很好完成："但是从握枪到拿笔杆子的状态切换，调整确实比较辛苦。"

加倍的辛劳获得了丰厚回报。在200天的阅兵训练中，张万里完成了一篇论文发表和两项专利授权，同时他从本排面的第17号"进步"到第7号，以铿锵有力的步伐在国庆当天通过天安门。阅兵归来，200天积攒的疲惫这时才涌现出来，表彰仪式结束后，学校给每个参加阅兵的学员都放了两周假,但是他却没有离开学校,而是继续完善自己在参加训练前一直写着的毕业论文,忙碌地准备申请博士的答辩。像张万里这样选择放弃休假、快速投入学习的学员有很多,阅兵训练不仅锻炼了他们的身体,更磨砺了他们的意志。张万里说:"我们比以前更加珍惜在校学习的时光。"

"猎人"特战教员吴奇明

● 方 娇

皖南山区,电波涌动,抵近潜伏的侦察分队携带侦察器材,精准测算,把隐匿在伪装下的目标一一挖出。"中军帐"内电文纷至沓来,诸多作战指令有序下达。国际关系学院"锤炼-2019"综合演练正在进行。

"学员的军事基础素质还有很大的提升空间!"这场演练的执行导演吴奇明转过身,一字剑眉下猎鹰般冷峻的目光格外坚毅。除开执行导演这一角色,他还有一个身份——"猎人"特战教员。

"走出国门,我代表千千万万的中国军人!"

在吴奇明的办公室,摆放着一双战靴,那是他军旅生涯分水岭的见证。每当看到这双陪他穿丛林、蹚海峡的战靴,多年前那一段异国他乡的战斗岁月便浮现在眼前。

2001年,作为我军首批被原总参谋部派赴土耳其海军水下特种突击队(简称SAT)军事留学队员之一的吴奇明,从层层选拔中脱颖而出，与7名战友跨出国门，在土耳其与来自4个国家的78名队员一起，接受"人间地狱"SAT的洗礼。

成立于1963年的SAT，是美国海豹突击队的翻版，高达80%以上的淘汰率和曾连续多届无人毕业的现实让人望而却步。能从这里顺利毕业的官兵，都是当之无愧的特种兵"兵王"。正因为训练处处险象环生，时时面临生死考验，按其规定，年龄超过25岁绝不允许参加培训，而当时，吴奇明已经31岁，土方要求将他退回中国！

"你的年龄不适合这里的训练，你必须随时接受被淘汰的命运！"在中方武官一再交涉下，吴奇明得以留下训练，但面对这个超龄的中国人，训练营最高长官麦德上校的眼中充满了蔑视与不屑。

这话如钢针扎心！吴奇明"腾"地站起来，坚定地说道："年龄不是问题，毕业典礼上你会看到我的！"

"走出国门，我代表千千万万的中国军人！"吴奇明暗暗发誓，他要告诉全世界，中国军人坚不可摧，SAT队员能做到的，中国军人也能做到！

行动，是最好的回馈。第二天测试6.4公里，吴奇明和队友便送给麦德一个"真香"：他们如离弦的箭，"蹭"地冲到队伍最前面，最后，8名中国军人全部跻身前十名。实力初显的他们，让麦德不由地伸出大拇指："Aferrin，Cinler（好样的，中国人）！"

"只要我还活着，就能坚持！"

残酷、血腥、贴近实战是SAT的标签。地狱周训练便是它的第一道"鬼门关"：瓦斯熏、泥潭泡、丛林钻，一周不眠……在近乎实战环境中，吴奇明和队友一次次被逼上"绝境"。仅这一关，就有3名土方队员主动退出训练。

"死亡也无法让我退缩！"要为祖国一直拼下去的吴奇明，签下了

"生死状"，一次又一次冲击着自己的极限。

"放弃吧，中国军人！"攀登训练，吴奇明左臂受伤严重，队友劝他休息，教官要他放弃，但他就是憋着口气："只要我还活着，就能坚持！"

打上封闭，没有任何保护措施，吴奇明沿着垂直地面90度、高达20多米的攀登墙俯冲而下，随着速度加快，只能靠右手控制绳索的他在离地面四五米时，重重摔了下来。在所有人震惊的目光中，他却猛地站了起来。

这不是训练中吴奇明第一次面对死神，也不是他最后一次与死神相遇。其中，让他深刻感受到死神"凝视"的，非潜水莫属。

博斯普鲁斯海峡是通往黑海的入口，地理环境复杂，在这里进行潜水训练，无疑是对人意志和体能最大的考验。要知道，这片海域，已经吞噬10多名SAT队员的生命。

那天，背负着七八千克深水炸弹的吴奇明，潜行到2千米时，精疲力尽的他忍不住想呕吐。封闭式潜水，嘴不能松开呼吸器，否则就有生命危险。这种情形，必须马上出水，但这也就意味着放弃、走人。

"不行！"生死瞬间，吴奇明将呕吐物吐在了呼吸器内，吸气时，他硬是将其咽回肚里，坚持完成了训练任务。中国军人不畏生死的冷静沉着，赢得了教员和队员的敬佩，竖起的大拇指，是对吴奇明最好的赞美。

靠着这股狠劲儿，吴奇明获得了土耳其国防部授予的"海上蛙人"荣誉勋章和土耳其海军部颁发的"海峡雄鹰"一级勋章。他和队友，在1000多个训练日夜里，成为最终仅剩的"十八分之八"。当他国的国旗悄然落下，五星红旗始终在异国上空高高飘扬。

"仗怎么打，兵就怎么练，课就怎么上！"

作为队员中唯一的军校教员，吴奇明表面上是受训者，但其实他时常站在组训者的角度来认真观察，总结学习 SAT 的训练思想和方法，挤出时间整理出近 10 万字的训练札记，为回国组织训练、进行教学改革积累了丰富的第一手材料。

2004 年，刚刚回国后的吴奇明马不停蹄赶往我军某军事基地，担负中国首批特种兵"猎人"集训教学任务。这也是全军首次在我军特种部队推广外军先进训法和战法集训，我军特战兵训练从此打开了与国际接轨的大门。

"仗怎么打，兵就怎么练，课就怎么上！"吴奇明深知，三尺讲台，一头连着课堂，一头连着未来战场，当教员就要对未来战争胜利负责。为此，长期奔走在教学一线的他，承担了国际关系学院攀登技术、游泳及武装泅渡、捕俘技术、格斗技术、爆破技术等课程；参与该院组织的潜水教学驻训，向学员教授水上操舟技术、轻潜水等；利用暑假开展有外军特色的战术实战背景强化训练试点，把"猎人"障碍、特种组奔袭、敌后穿插等训练科目穿插其中，成为该院响当当的"猎人"特战教员。

随着学院调整转隶，吴奇明瞄准强军目标紧抓教学，完成了军政教学实践的实战化教学改革，克服了文科院校学员军事技能不足、体能不足、各专业互不关联、无法统一编组进行综合演练的难题，确定了以情报侦察为课题，行程近 500 千米的实战化演习，让学院教学进一步向部队靠拢、向实战聚焦。

"人有家财万贯，我有桃李三千。"已是该院某系主任的吴奇明，对该系教员教战研战提出了更高要求——军事课程实战化、政治课程实践化、文化课程军事化。他要让明天战场上的"烽火"在今天的课堂上点燃。

为中国超算立下"军令状"

● 韩 雪 颜 瑾

亿万星辰聚银河，
世人难知有几多。
神机妙算巧安排，
笑向繁星任高歌。

这是1983年时任国防部长的张爱萍将军为"庆祝我国银河亿次巨型计算机首创成功"，以将军诗人的豪迈所赋的一首诗。

回顾改革开放初期，中国这个古老的"算盘王国"还没有巨型计算机，我国勘探出来的矿藏、石油等数据资料，不得不送到国外去分析处理，不但要花费昂贵的资金，还直接影响国家战略资源安全。即便是到了后来国外可以将巨型机卖给中国，也要附上苛刻的使用条件，相当于外国人在新中国的土地上建立起一块"技术殖民地"，这深深刺痛了银河巨型机事业的开创者——慈云桂的心。

1978年年底，在中央召开的一次重要会议上，邓小平同志提出："中国要搞四个现代化，不能没有巨型机！"并拍板将我国第一台巨型计算机的研制任务交给国防科技大学计算机研究所。早就摩拳擦掌的慈云桂听到这一消息后异常兴奋,他袒露心迹道:"假如人生能实现一个梦,我的这个梦,就是让中国在世界高性能计算机领域能有一席之地。"然而在冲锋号吹响时,学校只研制过百万次计算机,跳过千万次,直接研制亿次巨型机,难度之大可想而知。年过半百的慈云桂连夜赶到北京,与张爱萍将军签下"军令状",并表示:"请您放心,我保证研制的巨型机每秒一亿次,一次不少!5年研制时间,一天不拖!"慈云桂的底气来自他领导的这支计算机科研团队,这个科研团队是在"哈军工"优良传统教育熏陶下,在多次科研攻关制胜中成长起来的一支政治过硬、技术精湛、作风优良、能打硬战的队伍。

从1978年到1983年,5年的时间,学校科研人员为了国家的巨型计算机事业焚膏继晷、殚精竭虑。5年的顽强拼搏、5年的日夜奋战、5年的永不言弃,终于在1983年研制出我国第一台亿次巨型计算机——"银河-Ⅰ",它填补了我国巨型计算机的空白,标志着中国进入世界巨型计算机的研制行列。使我国成为继美国、日本之后,第三个能够独立设计和制造巨型计算机的国家。它是"争气机",为国争了光;它也是"战斗机",为中华民族赢得了尊严!

回望激情燃烧的岁月,银河闪闪照耀前方征途。一支凝聚着银河精神的天河团队,聚星成河,扬帆远航。2010年夏天,距离世界超算TOP500排名的结果提交时间不到4个月,而天津超算中心的机房里还是空空荡荡,志在冲击世界第一的天河团队,为了赶在提交的截止日期前完成安装调试,团队带头人立下"军令状"——为了世界第一,保证3个月完成任务!

时值盛夏,当时机房里还没来得及安装空调,酷热下,所有技术人员一道完成了100车大型货卡的设备卸货安装,140组机柜的安装、调测试工作。"天河一号"采用团队自主研发的光电混合高速互联网络,要将13000多根光纤铺设到层高只有60厘米、温度高达40多度的地槽里,一开始大家趴在地板上作业,进度缓慢。后来,为了抢工程进度,大家主动钻进闷热狭窄的地槽里进行布线,仰卧在粗糙的水泥地上,艰难地挪动着身体，有的后背刮伤了，强忍着伤口被汗水浸渍的疼痛，一根一根地传送着光纤。一天三顿都是外卖盒饭，缺少蔬菜和营养，不少人嘴角都起泡了。大家不分彼此，团结协作，自己的任务干完了，就主动去协助别人。每天都会工作到深夜，困了，就地躺一会儿，醒了就爬起来，在水龙头底下抹一把脸，接着到机房继续干活。就这样，团队仅用3个月就完成了一般需要半年的安装调试任务，确保了"天河一号"如期投入运行。2010年11月14日，国际TOP500组织公布了最新的全球超级计算机前500强排行榜，中国首台千万亿次超级计算机系统"天河一号"排名世界第一，这也是中国超算第一次荣登顶峰。

  从"银河"实现我国巨型机"零"的突破，到"天河"超级计算机7次登顶世界超算之巅。在这个从无到有，从追赶到跨越，直至登上世界之巅的过程中，始终蕴藏着一种强大的精神力量，那就是"胸怀祖国、团结协作、志在高峰、奋勇拼搏"的银河精神。而今，天河团队又开始向"超级计算机界的下一顶皇冠"——E级高性能计算机系统发起冲锋。面对祖国和人民，他们问心无愧；放眼世界，天河团队将以更加昂扬的斗志和超常的雄心，为时代科技前沿奏响最强音！

"学霸宿舍"炼成记

● 龚 仪　薛子哲　颜 瑾　张丽琪

朝夕相处的舍友对彼此的影响有多大？今天分享三个"学霸宿舍"的故事，看他们如何相互扶持和鼓励，成就更好的自己。

"同门"姐妹花

在学校1号院博士生楼，有这样一间"学霸宿舍"。宿舍里的两位女学员，来自研究生院研究生学员六大队三十队。就算是在学霸遍地的学校博士生群体中，宿舍里的两人也绝对算得上颜值与实力并存的"传奇"：拜在同一师门下，9年同窗6年同舍，本硕博期间每人以第一作者或共同作者的身份至少发表了10篇SCI论文、5篇EI论文，均有在外留学经历。她们，就是该队的两位博士生——雷成敏与姚金妹。

说起"学霸宿舍"这个称号，两位姑娘不约而同说道："本科时，我们的宿舍就很优秀。"原来，两人本科时就曾是舍友。大学4年，宿舍4名女学员形影不离、同进同出。从那时起，大家的成绩就一直名列前茅。"军用光电工程专业课程是全校出了名的既多且难，本科期间比高三还累。"虽然累,但雷成敏至今还能回忆起本科宿舍那浓厚的学习氛围:大家开着台灯静静地做题背书,或分享复习资料,或临考前讨论问题。这样优秀勤奋的好传统一直保留了下来。后来,4人又不约而同地攻读了硕士与博士。攻读硕士和博士期间,雷成敏与姚金妹的导师都是前沿交叉学科学院高能激光技术研究所教授侯静,二人成为"同门"姐妹花。读博期间,两人又再次成为室友,延续着彼此的友谊。

问起成为"学霸"的秘诀,雷成敏与姚金妹有着共同的体会——规划与专注。即便是在学业最繁忙的时候,她们也会在晚上12点前休息。"拿熬夜的几个小时换第二天的高效率,太划不来",雷成敏笑着说。而规律高效的工作生活,得益于两人自本科起就养成的规划与专注的好习惯。"雷姐尤其善于规划,我从未看到过她急急忙忙地去赶工,她总是分轻重缓急地规划好每件事情,然后有条不紊地去做。"姚金妹告诉记者,在她的手机里,给雷成敏的备注是"雷阿快"。原来,因为会规划够专注,在她眼中,雷成敏"总能又快又好地干好每一件事",而这样的好习惯也影响着姚金妹。两人的办公桌相邻,但一启动"工作键",就能立马投入、争分夺秒,全然忘记对方的存在。"能从本科读到硕士博士,并拿到全校优秀硕士学位论文,这需要很强的实力。"在雷成敏看来,姚金妹的实力也与她对学业的勤奋细致专注息息相关。让她印象最深刻的,是姚金妹的学习笔记,上面写得密密麻麻又整整齐齐,还用便签分门别类做了标记。

教研室里讨论问题,宿舍中卧谈讲题,食堂路上聊实验项目是两人日常相处的常态。而这样的常态也结出了荣誉的硕果:雷成敏作为全校代表入选国家"未来女科学家计划"提名,姚金妹的论文荣获全军优秀硕士学位论文。去年9月与11月,两人又分别前往加拿大与德国交流学习1年。

作为妥妥的学霸,如果你以为两位博士生"一心只读圣贤书",那就大错特错了。除了科研能力突出,学习成绩优异,她们还积极融入集体之中。身为样板党支部的一员,两人将自己的光和热传导到整个集体。雷成敏一直担任2017级支部委员，她常利用课余时间加强政治理论学习。刚读博一时，她的党课"坚决维护核心、坚定看齐追随"在全院官兵中巡回宣讲，获得一致好评。此外，队里开展毕业生访谈、中秋晚会，她也是当仁不让的金牌司仪。姚金妹长期担任学校校史馆志愿讲解员，承担过很多大型任务的讲解工作。在校研委会也被评为优秀学生骨干，多次组织大型活动。在实验室里，两人也是乐于助人的大姐姐，总是热心指导学弟学妹做实验，耐心解答问题。

读万卷书，行万里路。学习之余，两人还酷爱旅游拍照，常常结伴同游。本科毕业时，她们与几位战友一起出游，足迹遍布青海、西安、凤凰、张家界等地。在旅游的途中，雷成敏因为会规划，总管旅行全程，被大家授予美名"雷总管"。而读博期间，她们也留下了诸多美好的旅行回忆。除了是"绝佳驴友"，两人也算得上是"中国好食友"。穿街走巷寻找美食，是两人的另一爱好。而"囤积"的旅游及寻味照片，储存了满满一硬盘。

9年的相处，相似的经历、类似的习惯、相同的三观奠定了雷成敏与姚金妹之间牢不可破的友谊基石，也成为两人共同进步的催化剂。当问及如何用一句话形容两人的同窗经历时，姚金妹想了想说："我们是相互影响，彼此成就更好的自己。"

与战友并肩奔跑

2年多时间，宿舍四人，共发表SCI论文8篇，EI论文7篇，申请国家发明专利5项，获得国家级二等奖5项、省级一等奖2项，从入学之初并不起眼，到如今取得不小的学术成绩，这个位于学校1号院北16栋的408宿舍是怎么做到的？

"这都要'怪'虎宁"，作为班长的于雷开玩笑说。在读硕士研究生的第一年，虎宁发表了自己的第一篇SCI论文，他发论文的时间不仅在他们宿舍是最早的，在他们大队甚至是同一年级的硕士研究生中，也是最早的之一。虎宁的"速度"让舍友很是惊讶，有种"平时和你一块玩的人突然发论文"的紧迫感，既然舍友如此努力，自己也不能落于人后！大家纷纷"一拥而上"，询问虎宁发论文的秘诀。

"其实没有什么稀奇，主要是我从大四就开始为发论文做准备了。"本科也在国防科大的虎宁很有目标感，从考上研究生起就下定决心要利用这2年半的时间，好好搞研究，多出一些成果，才不辜负宝贵时光。不过，虽然发论文没有秘诀，但却有很多注意事项，比如如何与期刊编辑沟通，如何针对审稿人意见进行修改，虎宁把自己的经验毫无保留传授给舍友，还会帮助改论文。就这样，整个宿舍开始了暗中"比拼"，成天泡在教研室，不午休，加班到晚上11点才回，成为宿舍的常态。在研一下学期，四人都顺利发表了自己的第一篇论文。

和写论文相比，做科研项目更辛苦一些。张宇记得，去年冬天，自己和另一个同学去北京参加一个项目的系统联试联调，十几家单位的负责人都在，哪家负责的部分一旦出问题，整个系统都跑不起来。为了不掉链子，张宇连续三四天没睡觉，只在困的时候打个小盹，零下十几度的天气爬上顶楼调试样机，把手机电池都冻"炸"了。今年国庆阅兵前，因为教研室的一个红外目标识别成果被用于阅兵安保，作为主要负责人之一的张宇又在北京扎根小半年，从早到晚地写程序，做模拟突发状况试验。

科研压力大的时候，张宇会和舍友"吐槽"。远在千里之外同样"苦逼"做着试验的舍友，也会向他倾诉自己的挫折和苦闷。当发觉有人和自己一样处于煎熬之中，而且在手机那头陪着自己一道共渡难关，前面那座看似跨不过去的大山，就变得没那么可怕了。当最黑暗的日子过去，收获必然是丰富的。孙旭独立负责设计、加工、测试和接受鉴定等全过程的一款提高装备探测距离的天线，在去年顺利列装部队，这项成果目前正在申请国家发明专利。而他的舍友于雷研究的SAR成像电离层效应的成果，已经顺利发表2篇SCI论文并申请到国家发明专利。

要问成为"学霸"的秘诀,他们说,首先,目标感是最重要的,大家都有共同的目标,想在读研期间好好做出科研成果来,所以才会拼尽全力;其次,做科研要有观察力和想象力,懂得发现问题;最后,是宿舍的整体氛围帮助到了自己,大家既有合作,又互相竞争,而且懂得彼此调节状态,在忙到不行的时候会抽空集体一块聚餐放松一下,也会相约一起打球,以运动释放压力。

舍友彼此之间的关心,大家都不好意思说出口,却会在许多小地方体现。比如,张宇第一次当值班员时,不熟悉口令,当过多次学员骨干的孙旭给他传授经验,其他舍友也帮着他练习口令和语气;虎宁得胃溃疡住院时,大家默默帮他处理日常事务,相约一同去看他;去年冬天的一个深夜,于雷从教研室回宿舍,推开门看见桌上放着一个漂亮的裱花蛋糕,当舍友点烛、熄灯、唱生日歌时,于雷才后知后觉反应过来:"对了,今天是我生日。"

回忆起 2 年多的宿舍生活,每个人都要许多话要说,其中有一个感受是共通的——"在我们宿舍,我过得非常快乐"。如今,临近毕业,宿舍四人,三人都参加了"申请－考核"制博士的面试和体能测试,目前三人都排在前 30 名。如果能顺利读博的话,他们说会继续专心做科研,为科技强军、科技兴军事业努力奋斗。

用奋斗点亮青春

为培养在某一学术领域具有明显专长的拔尖创新人才,每年,学校会从 1000 多名本科新学员中挑选出 30 名进入"钱学森创新拓展班"。要说学霸,这个班的学员个顶个的优秀;要说到学霸宿舍,就绕不过 208 宿舍。

四人成绩均列本专业第一、全体保研、三人硕博连读,所获奖项加起来逾 40 项。从这些方面来看,他们是相似的学霸,然而每个人又有不同的风采。

平均分90.1，推免光学工程专业硕博连读的张宇辰是个"逆袭达人"。"我刚开学那会儿有200多斤。"因为高中忙于学业，疏于身材管理，张宇辰来到大学的第一个目标就是减肥塑型。

"来，宇辰，尝尝这个炸鸡。"

"这个炸鸡腿有300多大卡，如果以12千米/时的速度跑步的话，要跑近半小时才能将这些热量消耗掉……"

为了科学瘦身，张宇辰自学了营养学和运动学的专业书籍，给自己制订了每一餐的菜谱和每天的健身计划，并且严格执行，从不为"诱惑"所动，仅用3个月时间便减重60斤，所有的衣服都大了三个码，穿在身上松松垮垮的。

别看张宇辰现在的平均分是四人之中最高的，他当初其实是以倒数第一的成绩进入"钱班"的。每天第一个起床预习当天课程，午饭回宿舍消化上午所学的新知识，晚上到自习室加班，他利用一切可利用的时间去提升自己，终于成为更好的自己。

"每当我早起时，都能看到他已经在学习了。比我优秀的人还比我努力，特别能激励我"，王宇盛说道。

外貌出众、成绩优异、体能突出，王宇盛是个"开挂式学霸"。从小学习成绩就名列前茅的他，大多数时候都是班上的第二名，"第一名太累了，第二挺好的"，王宇盛坦言道。

"什么东西他一学就会，就是那种老天爷赏饭吃的天才型选手。"熟悉王宇盛的人都知道，他是个不按套路出牌的"叛逆型学霸"，"我不太喜欢用常规的解题方法和常见的思路，比较喜欢另辟蹊径，探索适合自己的新方法。"

然而，一个人往往要非常努力，才能看起来毫不费力。之所以看起来"一学就会"，那是因为王宇盛在之前的学习过程中练就了强大的学习能力，形成了适合自己的高效学习方法。

在高效完成学习任务之余，他的体能水平也十分突出，五公里19

分 20 秒，100 米 12 秒 3，引体向上 30 多个，400 米障碍 2 分钟以内。

当得了连长，写得了新闻稿，扛得了单反，配得了英语配音，比得了国家竞赛，发得了学术论文，刘威是妥妥的"全能型学霸"。

高考完选专业的时候，"我还不知道想成为什么样的人，所以用排除法选的"。机缘巧合之下，刘威与系统工程相遇，竟也碰撞出了精彩的火花。

本科生发表论文的比较少，但刘威不仅在大三的 2 个月之内就发表了 EI 论文，还一发就是两篇。"那段时间几乎每天都要熬到凌晨 1 点多。"一方面是骨干工作繁忙，另一方面大三下学期面临着很重的课业压力，再加上刚上手写论文，需要学习的东西还很多，压力特别大。那些日子，尽管并不那么轻松，却也是刘威最值得骄傲的时光。

"他能做到不沉浸已取得的成绩，不断提高自我要求的标准，始终保持奋发前进的状态，这是一直以来我觉得最该向他学习的地方。"张宇辰怀着激动的心情结束推免考核回到宿舍时，刘威仍然在安安静静地阅读文献，并没有因为刚刚通过研究生推免就放松下来。

四人之中话最少的就要数李吴迪了，不过，平时内向腼腆的他却是 208 宿舍的"团宠"和"吉祥物"。

2008 年汶川地震时，李吴迪所在的什邡市受灾严重，在社会各界的帮助下，他得以到镇上、市里分别完成了自己的初高中学业，也因此下定决心参军报国回报社会。

刚刚升入大学时，军校对学习和体能的"双高"要求让李吴迪有些吃不消，他有很长一段时间进入不了状态，只觉得每天忙忙碌碌却没有收获，白白荒废时光。

"大家已经有了一种默契，不需要对话，就能够感觉到对方的异常。"虽然李吴迪什么都没说，但是王宇盛却察觉出了他的异样。考试之后，王宇盛主动拿着试卷过来帮他分析失分原因，体能训练时间也带着他一起练。

渐渐地，李吴迪找到了自己的节奏，很快便追赶上来。此后，他便一直保持着乐观积极的学习态度，不为突发情况而自乱阵脚，能够冷静谨慎地应对。

在"学霸"的江湖中，他们每个人都是自成一派的高手，聚在一起便是强强联合，相互促进、彼此成就。在208宿舍，他们都绽放出各自的精彩。

造万物互联之"星"

——国防科大学员荣获2019亚太空间合作组织微小卫星大赛一等奖侧记

● 颜　瑾　姚　宏　宁凡明

6块电路板，约1.5U立方星的体积，500克左右的重量，这个小到能放在掌心把玩的卫星载荷，容纳了船舶监控、飞机监控、人员搜救和数据收集4大系统。在近日举办的亚太空间合作组织（APSCO）微小卫星大赛中，它从来自不同国家35支队伍的优秀作品中脱颖而出，拿下唯一的一等奖。3个多月的奋战，这座奖杯凝结着国防科技大学空天科学学院微纳卫星工程中心所培养的学员的心血。

"螺蛳壳里做道场"

"这是我看到的第一个实现天基互联网概念的实物作品！谢谢你们，做到了我们一直想做的事情！"比赛成绩出来，APSCO秘书长李新军激动地向他们道贺。

被秘书长所钟爱的参赛作品，正是团队历时3个月打造的"万物互联之星"——"面向陆海空天的 4S 物联网立方星载荷"。时间回到几个月前,当亚太空间合作组织面向成员国"一带一路"航天创新联盟成员高校发起微小卫星大赛时,在微、纳、皮卫星平台和电子类载荷技术方面深耕多年且形成了以"天拓"系列卫星杰出成果为代表的空天科学学院微纳卫星工程中心,收到了参赛邀请。以陈利虎和李松亭为指导教员,该中心纳星研究生创新基地的 5 名学员拉起了一支精通电子通信、机械设计、航天力学等多学科的参赛队。

队伍有了,定什么题目呢?大家展开激烈讨论,最后两位指导老师的话征服了大家:"卫星平台五花八门,但最终载荷为王!"何谓"载荷为王"?就是要用尽可能小的体积和重量实现尽可能多的功能,让卫星成为"多面手"。

思路定了,大家立足于课题组的现有技术优势,整合用于船舶监控的 AIS 系统、用于飞机监控的 ADS-B 系统、用于泛在数据收集的 DCS 系统和用于人员搜救的 ESR 系统,集成了一个面向陆海空天的大系统,因为每个子系统的英文缩写中均包含字母"S",所以大家爱称这个尚在孕育中的作品为"4S"。

"4S"是个野心勃勃的项目,因为在传统卫星中,"4S"系统中的每一部分都是独立的分系统,而"4S"却要把 4 颗独立卫星才能实现的功能,压缩到 6 块巴掌大的板子上,可谓"螺蛳壳里做道场"。这么好的创意为什么之前少有人想到?不是因为想法难,而是因为实践难——电路板会"互相打架"。

队员余孙全采用功能堆栈的方式,将每个功能的载荷微缩到标准的 $95mm \times 95mm$ 的线路板上,然后再多层堆栈在一起,这时电磁兼容问题出来了。每个模块单独运作良好,但联合运行,总有模块的性能会急剧下降。队员对所有元件逐个分析,对焊点信号反复测试,3 天过去,一无所获。指导老师一语点醒梦中人:"你们应该在谐波干扰上多找找原因。"谐波干扰指的是看似频率相差很大的两个信号,可能因为彼此是倍数关系而产生干扰。果然!几个小时以后,大家发现 DCS 数据输出的时钟速率是问题的罪魁祸首，正是其谐波的辐射干扰导致了其他接收机导致功能紊乱，队员赶紧重新设计新的时钟速率，并优化射频与数字电路的隔离布局，给敏感电路加屏蔽罩，"4S"终于和谐共处。

用几块钱干几百万的事

在2012年送入太空的"天拓一号"上，两根印着"国防科技大学"的天线如触角一般，几年如一日兢兢业业探测蔚蓝星球，而这在传统卫星上要花费几十万甚至上百万的卫星天线，该中心却只用了几块钱的卷尺代替，因为卷尺伸缩性强，省空间。这曾经被无数专家质疑可靠性的卷尺天线，伴随"天拓一号"和"天拓三号"卫星在茫茫太空运行了一年又一年，始终稳定如初。这一次，这支参赛队伍也打算沿用同样的思路，用能极大缩减星载荷体积的卷尺作为天线。"4S"分别需要4根天线，短的有18厘米，长的有30厘米，远远超出了1U立方星的外包络，如果用卷尺，因为其具有良好弹性，可以在卫星未发射入轨时压缩在分离机构内，当进入空间轨道时，卷尺自动弹开，便可以正常工作，类似的，本来要设计在"4S"顶部的螺纹天线也可以用弹簧替代。

卷尺、弹簧，都是网购来的，几块钱的成本，干几百万的大事。队员陈荣穿上工作服，进入工作间，拿起了剪刀、锉刀和老虎钳对卷尺进行加工，举起锤子、电钻和螺丝刀将天线集成固定在立方星板上，再用焊锡连接电线接入天线测试仪进行测试。测试过程中发现天线的电压驻波比并没有表现出预期的性能，这是什么原因呢？正当陈荣百思不得其解时，教员陈利虎凭借丰富的经验点出天线尺寸可能有问题，因其材质不同，所以计算得出的尺寸可能有偏差，一点偏差就会造成性能的巨大差异。陈荣立马着手进行调试。卷尺和弹簧做了一个又一个，工作间的灯亮了一天又一天。在某个清晨，起床号从远处悠悠响起，一条美丽的测试曲线终于出现在仪器屏幕上——天线合格了。

9月31日,竞赛作品初成,但其是否能适应太空的复杂环境依旧是个未知数。为保证作品可靠性,环境试验势在必行。队员李志远和闫振国抱着作品扎根环境试验室,开启两周无休的24小时"两班倒",起初的振动试验和常压高低温循环试验都很顺利,但是第三个真空环境的高低温循环实验出现了载荷发射功率下降问题。明明常压高温下还好好的啊!百思不得其解的队员求教指导老师,这才明白:真空无大气,没有对流气体能导热,所以芯片过热承受不住!大家赶快增加了导热硅脂和导热垫后再重新试验,这次的发射功率值终于正常!作品顺利通过了全部环境试验。

关键的13分59秒和惊险的1分钟

作品完成,如何在短时间内充分展示其作为陆海空天多节点的物联属性,成为大家探讨的重心。场地有限,且在内陆城市西安,"4S"对船舶的监测作用无法体现,种种条件限制下,团队最终确定了演示实验的核心:充分利用赛场距西安咸阳国际机场较近的地理条件,对机场的飞机起降进行监测。

万事俱备,正当团队信心满满迎接比赛时,突发状况来了。比赛前一天,组委会临时通知,将原有的20分钟答辩时间改为15分钟作品介绍加现场演示,5分钟评委提问时间。收到消息时,参赛队员已经在前往西安的路上。面对这四分之一时间的缩减,大家当即决定演示时间不变,汇报时间压缩至14分钟,修改的重担落在负责答辩的李星辰身上。距离比赛还有不到24小时,李星辰在飞机上、出租车上、宾馆里,争分夺秒修改PPT,一遍遍脱稿演练。直到站上赛场前的1分钟,他仍在练习。

深秋的早晨,火红的柿子挂满西工大的校园。赛场中,李星辰从假设类似MH370事件的人员搜救引入,亮出"4S"的独门功夫——通过提供飞机位置和航迹信息确定坠落点，联系搜救海域民用船舶辅助搜救，探测具体搜救海域环境信息，搜集被救援者生命体征，为紧急救援提供全系统的解决方案。13分59秒，几乎分秒不差！

答辩顺利结束，最后一分钟的演示环节却颇为惊险。演示飞机监测时，场下测试没问题的作品突然"掉链子"。一秒、两秒……会场所有人的眼睛都盯着大屏幕，仍然没有任何信号，队员给自己鼓气：会成功的，没信号只是因为附近恰巧没有飞机经过！果然，等到第40秒的时候，地图上突然出现一个绿色的飞机位置标志。这个绿色，仿佛就是为该作品大开的"绿灯"，它给了队员余孙全从容介绍的底气："请大家看地图上方，这里有一架飞机刚从跑道上起飞。在信号屏蔽如此严重的会议室里，我们的载荷依然收到了来自咸阳机场的飞机信号……"现场响起雷鸣般的掌声。演示结束后，本次评委会主评委忍不住想要留下"4S"作为展品，他感慨道："我一直以为这个作品只是模型，它竟然是功能如此强大的实物！"

丰厚积淀加上充足准备，沉甸甸的一等奖奖杯终于拿到手中，实至名归！但是团队清醒地认识到，要推进作品的实用化和型谱化，早日构建起覆盖陆海空天的天基物联网星座，还有更长、更艰难的路要走。未来，他们希望"4S载荷"能在"天拓五号"卫星上，为开展天基物联网应用领域的探索提供技术支撑，广泛服务于"一带一路"沿线国家。

"天上宫阙"建设者
——记"中国载人航天工程突出贡献集体"空天科学学院应用力学系

● 颜 瑾 姚 宏

1999年11月20日,20层楼高的"长征二号F"运载火箭从酒泉卫星发射中心腾空而起,搭载着中国第一艘宇宙飞船"神舟一号"奔向宇宙,这是中国载人航天工程的起步,20年过去,一代代航天人的奋斗、成长和接力,让我国从一片空白到可上九天揽月。今日讲述的是国防科技大学科研工作者的航天故事——

在学校1号院西北角,一栋乳白色大楼上矗立着两个大字——空天。在晴空蓝天白云的映衬下,这两个字红得格外耀目。空天科学学院应用力学系作为中国载人航天工程重要承研单位,于今年被授予"载人航天工程突出贡献集体"荣誉称号。

精准实现"太空之吻"

　　这支集体几乎是伴随我国载人航天工程一块成长的。20世纪90年代，我国进行载人航天工程论证时，他们便已参与其中。但与此同时，他们又非常年轻，因为应用力学系于2017年组建，其前身为原航天科学与工程学院宇航科学与工程系、军事航天系各一部分。该集体的数个方向分别致力于工程总体系列飞行任务联合仿真、空间交会对接飞行任务规划、逃逸救生与回收着陆仿真、先进关键参数测量等关键任务研究，是承担我国载人航天关键技术攻关的"国家队"。

　　在学院实验室里，以一定比例缩小、模拟空间实验室和载人飞船交会对接的仿真模型占据了大半个房间，"天宫二号"和"神舟十一号"的交会对接飞行任务规划系统就出自这里。回忆起2016年"神舟十一号"与"天宫二号"对接时的直播画面，应用力学系主任罗亚中仍有几分兴奋。这次对接的轨道与未来我国空间站允许轨道高度基本相同，两名航天员在"天宫二号"驻留时间达30天之久，是我国持续时间最长的一次载人飞行任务，也是在为未来的中国空间站建设铺路。这样意义重大的任务对该团队来说是"驾轻就熟"。因为"神舟八号"和"天宫一号"的历史性对接，以及"神舟九号"和"天宫一号"完成的首次载人交会对接，其交会对接飞行任务规划系统，均出自他们之手。如此成绩，得益于团队紧密结合载人航天二期工程实际需求，早在2001年就着手开始研究"交会对接"。那时我国载人航天工程刚起步不久，"交会对接"几乎没有技术积累，有价值的参考资料很少，该课题挑战性极大，令许多科研单位望而却步。明知山有虎，偏向虎山行，承担该项任务的国防科大团队在一片黑暗中摸索。这次获得"载人航天工程突出贡献者"荣誉的罗亚中，那时还是在读硕士，为了这个课题，他在硕士的最后一年更换了自己的研究方向。为解决"飞行任务规划"这个交会对接领域公认的技术难题,他找遍国内外相关论文和技术报告,每天工作时间在十几个小时以上。

2004年至2011年,罗亚中及其团队经过不懈努力,解决了远距离导引轨道变轨规划、故障应急策略设计、飞行程序编排等一个又一个技术难点,建立了一套先进的交会对接飞行任务规划模型算法,研制出我国首套面向工程应用的交会对接飞行任务规划系统,为我国首次"太空之吻"的成功发挥了关键作用。

把天宫"搬进"实验室

从2010年起,团队开始研制交会对接全任务闭环仿真系统,将航天员系统、载人航天飞船系统等载人航天七大系统一同进行跨系统大型联合仿真研制,通过多次演练来发现问题和改进。如果没有仿真系统进行模拟预演,假设航天器在天上出现问题,代价将极其惨重。

可以说,这个系统是把空间实验室、载人航天器等以数据形式统一"搬进"实验室,仿真系统的研制有多难?用该系教授李海阳的话来说:"真实就是个无底洞。"模拟真实意味着永远没有最真,载人航天系统组成复杂、规模庞大、成本昂贵、难以复现等难题,又如遍地荆棘,无从下手。啃硬骨头,是这支队伍的优良传统。为了让"仿真"尽可能贴近真实,团队成员几乎少有节假日和周末的概念,有时候仿真结果出了问题,要一个数据一个数据查找错误,一行行数据密密麻麻,光看一遍就要几个小时。一天下来,大家往往要对着不断滚动数据的计算机屏幕盯上十几个小时。在北京联调现场,他们负责现场协调、仿真试验操作、试验结果分析和总结报告撰写,是所有参试单位中任务最重的。每天清晨他们必须赶在其他单位上班之前启动系统、完成试验配置,等其他单位走完脚本下班回家,他们又要对当天试验数据进行分析整理,总是深夜才离开。凭着一股子韧劲,团队圆满完成由他们牵头负责的系统整体方案设计与系统集成，以及定轨数据模拟等10个核心软件模块的研制工作。

在对真实的追求中，如何更好地利用数据度量真实，是于起峰院士所带领的队伍一直不懈钻研的问题。送一名和送两名航天员上天的不同之处在哪？这绝不是一加一的简单叠加，"神舟六号"飞行员费俊龙和聂海胜上天后会在舱内穿梭运动，这个过程会不会产生摄动干扰？为研究此问题，团队研制了航天员在轨运动测量系统，应用于航天员在轨人体运动参数测量，后来此系统还为"天宫二号"的相关分析提供了重要实测数据。这只是团队测量工作中的一部分。团队先后为载人航天工程多个分系统研制了关键参数测量，比如在发射段，火箭箭体必须垂直发射，否则一定失败，团队研制的飞船待发段箭体倾倒角度监测预警，有力保障了发射安全。发射基地过去光测判读手段效率低、可测参数少，团队创新研制的靶场光测判读系统和靶场目标三维姿态测量方法让其"鸟枪换炮"，如今发射基地所用光测设备可靠性和精度都更高。团队的测量技术还在逃逸飞行试验运动参数测量、返回舱抛投实验运动参数测量等诸多方面应用。正如于院士所说，他们的追求是："有必要测量一切可测的，并努力使尚不可测的成为可测。"

为"飞天"保驾护航

发射段和回收段是航天中最惊险、最可能出故障的阶段，逃逸救生和降落伞回收分别是以上两个阶段中为航天员安全保驾护航的关键技术。逃逸救生系统是CZ-2F运载火箭独有的系统，其研制依托系统仿真技术，以数字试验全面代替低空和高空飞行试验，这是工程研制中的一大创举。这项技术的核心是逃逸救生仿真系统，牵头完成该系统的唐国金教授，也是集体中首个荣获"载人航天工程突出贡献者"的人。为验证系统性能，唐教授带队参加了中国唯一一次航天逃逸装置零高度飞行试验。1998年10月19日上午9时，在酒泉卫星发射基地，随着震天动地的轰鸣，火箭逃逸飞行器腾空而起，在距离地面约1.9千米的高空，飞船返回舱与逃逸飞行器分离，降落伞开伞……逃逸飞行器干净利落完成了所有规定动作，试验结果如教科书一般完美。这是我国航天史上第一次带有载人色彩的航天飞行试验，其试验成败直接关系到中国载人航天工程的总体进度。

当时还是学生的李海阳全程参加了逃逸救生仿真系统的研制，对航天系统的分析与仿真产生了浓厚兴趣，从此一头扎进该领域，最疯狂的时候他每天只睡四五个小时，连出差在火车上都随身带着纸笔，一有新想法就立马写下来。2003年非典时北京戒严，已经是学校老师的李海阳作为该方向骨干成员，正和其他同事一道在北京负责应急救生系统的联试联调任务，任务重、时间紧，他们顶着戒严照样干，宾馆住客到最后只剩他们，宾馆不得已"赶人"了，他们换个地方住，接着干。后来，由李海阳主持完成的"逃逸与应急救生仿真系统的研制及箭船联合救生仿真分析"项目在"神舟三号"至"神舟十一号"中得到持续应用，李海阳成为集体里第二个"载人航天工程突出贡献者"。

在回收段，曾有一次重大事故险些让中国载人航天工程停摆。这次事件在"神舟五号"航天员杨利伟接受采访时首次公开披露："'神舟二号'返回时，降落伞没有打开，返回舱硬着陆，如果人在里面，必死无疑。"那是2001年，"神舟二号"返回时距离春节还有一个星期，在国人喜气洋洋预备除旧迎新之际，秦子增教授却带着队伍匆匆奔赴北京，面对"神舟二号"千疮百孔的返回舱，人人神情凝重，团队整个春节都扎在"神舟二号"的故障分析中。

降落伞回收系统是动力学中最复杂的系统，地面上空10千米以内的风变化非常频繁，不确定因素极多，不仅要找出哪块出了问题，还要不断做空投验证，其过程反反复复，极其磨人。为避免计算出错，秦子增想出一个法子，让几个成员背对背，彼此用不同方法、不同程序，验证同一问题，然后交叉比对验证结果。"那时我们早上7点起床就开始干,不午休,一直到晚上 12 点,每日如此",参与这段攻关的张青斌副教授回忆道。后来他们成功解决了降落伞拉直过程中的绳帆现象,并为"神舟八号""神舟九号"设计了牵顶伞。团队研制的国内首套航天器回收着陆半实物仿真系统,直接服务于"神舟七号"到"神舟十一号"的载人飞船任务,为飞船的成功回收着陆做出了重要贡献。神舟飞船首任总设计师戚发轫院士评价该系统"达到了国际先进水平"。

  面对荣誉,这支"战功赫赫"的集体并未陶醉,而是早已踏上新征程。他们说,下一个目标是载人探月。

博士连长赵常智：把答卷写在战场

● 方 娇 姚 宏

原南京军区某装甲旅历史上学历最高——博士、军衔最高——少校的"两高"连长，国防科大研究生毕业，初入基层部队没多久的赵常智有着一份漂亮的履历，这曾让全连官兵对他充满期待，可第一次跑5公里，他拿了全连倒数第一；第一次组织训练，他口令出现5次错误；第一次参加实弹射击，命令下达过去1分钟，他还对着红红绿绿的按钮发呆……

"博士连长不过如此！"官兵的议论，让赵常智一度怀疑自己主动到基层部队"加钢淬火"的决定，但他锚定战场不放松，发挥学历优势，苦练本领，从"一介书生"成长为"全军优秀指挥军官"，向导师、母校交付了一张完美"答卷"，在国防科技大学传为佳话。面对头顶的光环，赵常智感慨，自己能够快速成长成才，离不开母校的培养。

2006年，怀着对军校、银河超级计算机的向往，赵常智考入国防科技大学，成为计算机学院计算机软件与理论专业的一名硕士研究生。雄厚的师资力量、先进的科研设备、优秀的同窗战友……眼前的一切，令赵常智欣喜万分，他心无旁骛，一心扑在学业上。

从硕士读到博士，从国内深钻到国外访学，从浮于表面理论到申报多项软件著作权……学校完善的研究生培养模式让赵常智脚下生风,每一步都走得踏实、认真。求学时,他的博士生导师——原副校长齐治昌,还会给他和同学讲述自己年轻时当兵锻炼、解决部队实际问题的故事。

"那些故事我听过很多次。"当年,导师"姓军为战"的精神深深地感染着赵常智,激励他投身基层建设。转眼,6年求学路结束,摆在他面前的,是一道人生选择题——

是留校任教学以致用?还是到基层部队"强筋壮骨"?现实与梦想的对垒,让赵常智犹豫再三,但深受导师影响的他始终认为,作为军人,只有从实验室走向战场,才能最大限度实现从军报国的理想。最终,他下定决心,把人生的方向盘转向通往梦想的道路。

就这样,赵常智走马上任原南京军区某装甲旅"人民英雄坦克连"连长。在他的带领下,连队在该旅年终考核中一举摘取5公里武装越野、战术、教练射击等4项第一,被集团军评选为军事训练先进连,他本人也被表彰为"军事训练先进个人"。

荣誉在身,作为连队主官的赵常智自然没少挨过苦与累的磨砺。

博士学历、出国留过学……初任连长时,面对对自己充满期待的官兵,无数个拖后腿的"第一次",不仅给赵常智当头一棒,也让战士们"大跌眼镜"。"什么博士连长,咱'军事训练模范连'的牌子怕是要摘!""逞什么能,还是回技术岗位搞科研吧!"……一句句"风凉话",让赵常智如芒在背。

"难道我的选择错了?"本想在部队叱咤风云,没想到却成了连队"拖油瓶"。躺在床上,赵常智辗转难眠,他想起离校前导师齐治昌对他说的那句话:"别人去我还担心,但你去我非常高兴,期待你在部队干出点实事来。"

"不能让导师失望!不能给母校丢脸!"赵常智心头一振,誓要把"答卷"写在战场上!他深知,军人的最终考场是战场,战场是最严厉的"审计师",规则非常简单,就是优胜劣汰,胜利总是青睐那些有真本事、硬功夫的"考生"。

为此，心里攒着一股劲儿的他不断给自己加码再加码：寒冬里坚持突击 5 公里越野、夏日里在如同烤箱的装甲车内一坐就是好几个小时，包里总是揣着有关坦克专业的书籍……凭着这股狠劲儿，赵常智体重下降了 15 公斤，换来的是 5 公里越野成绩跃升全连第 8，取得通信专业特级和坦克驾驶、炮长专业一级证书，成长为一专多能的好手。

渐渐地，官兵看他的眼神起了变化，但赵常智依旧不敢懈怠。他一边强本领，一边发挥学历优势，改进训练方法。

某新型信息化装备系统一时难以协同融合，成了制约部队战斗力生成的"瓶颈"。"以枪代炮实弹射击训练中，列装的坦克内膛枪固定装置刚性连接、晃动较大、射击精度低，导致连队坦克射击成绩不理想。"面对这一难题，赵常智奋战 20 多个昼夜，研制出坦克发射电路模具，让连队在实弹射击中打出了快瞄 28 次命中 28 次的优异成绩，创造了该旅新纪录。不仅如此，他还带领连队进行坦克"黑匣子"等课题攻关，创新出"合成坦克营抢滩登陆"等战法训法……一时间，赵常智成了该旅带兵打仗的"明星"。连长任满 2 年，他被破格提拔为营长。

考出硝烟味、考出真水平。从连长到营长再到副参谋长，赵常智将所学知识与本职岗位相融合，带头钻研北斗导航系统等信息化装备知识，攻关"装甲合成营模块协同作战"等重要课题，创新装甲专业战法训法 20 余种，带出了一批"兵专家"，成长为一名高素质新型指挥员，递交出一张合格"答卷"。

2018 年 2 月，新组建的陆军研究院在全军选调人才，既有基层丰富带兵经验又有技术优势的赵常智，成为该院不可多得的人才。如今，他正牵头多项重大科研项目，全新的领域以及与所学专业相匹配的课题，让他很是兴奋。此时的他，怀着强国强军的美好梦想，意气风发地踏上新征程，摩拳擦掌间，一如当初满怀豪情奔向军校的热血少年。

狼啸长空傲群雄

——记"中国第一蓝军旅"中的优秀校友

● 颜　瑾　姚　宏

"你想要和平吗？那就准备打仗吧！"在全亚洲功能设施最齐全、训练条件最完备的联合作战训练基地朱日和，"中国第一蓝军旅"在此驻扎，这句霸气十足的话就立在营门前4米多高的蓝色标牌上，标语上獠牙尖锐、杀气腾腾直视来人的狼头格外醒目。

5月到9月，没有风雪的日子是朱日和最好的训练期，一场场红蓝对抗在这里不断上演。在刚结束的一场演习中，成岱杰的反坦克导弹连成功完成反装甲猎杀，身为作训科参谋的廉智勇连夜加班进行总结复盘，分属不同合成营的两位教导员孟宪康、薛培鑫则带领战士开始新一轮特训……这些人，都属于全军闻名的"磨刀石部队"，他们与总被人喊话"活捉"的旅长满广志毕业于同一所军校——国防科技大学。不过，在这片塞北大漠，他们从不提及过去，而只瞄准未来战场，他们只有一个共同的称号："朱日和之狼"。

铁甲血脉，千里移防

蓝军的臂章是狼，营区的标牌、塑像也是狼。狼，最有资格也最能代表蓝军的形象——灵敏、凶狠、狡诈、坚韧、顽强，群体捕猎、协同作战，不和狼过招的猎手不可能成为好猎手，同样的，不和狼一样的蓝军打几场的红军，很难成为尖刀部队。

因为有中国首支专业化模拟蓝军部队在此驻扎，朱日和基地被誉为"东方欧文堡"。以狼为标志的"蓝军旅"威名赫赫，从2014年到2019年参与对抗演习40余场，鲜有败绩。光芒之下，少有人知，这头凶悍狡猾的"草原狼"，是承继英雄铁甲的红色血脉，跋涉千里来到这片荒芜大漠，从一头懵懂"幼崽"开始战天斗地、磨牙砺爪，日渐成长、成熟，才有了今日锋芒。

秦磊，国防科技大学2003级合训旅出身，他刚到部队报到时，这头"狼崽"还在孕育中，尚未诞生。2008年还没有"蓝军旅"，秦磊报到的是一支老牌英雄部队，解放军装甲兵史上的第一车、在开国大典上接受检阅的"功臣号"，便出自此。秦磊报到后所做的第一件事是"垒工地墙"，每天灰头土脸干营建的秦磊发狠地想："混也是混，干也是干，一定要干出个样子来！"他很快和战士打成一片；同年到任的、他的同学薛培鑫却在第一次入部队的体能考核中就被狠狠打了一个耳刮子，他手下的侦察兵是全师尖刀中的尖刀，而他的体能素质却在全连垫底，士兵议论，手下不服，薛培鑫发了狠疯狂训练，3个月后他的体能在营中跃至中上；晚1年从学校毕业来此的孟宪康，为了让野性难驯的兵认同自己这个"学生排长"，他带头用脸盆掏旱厕，没事就硬拉着班长谈心，追着文化程度低的战士"开小灶"。

从军校毕业生到真正的军人，他们以极强的适应力和学习能力迅速融入这支英雄部队，一点点与其血脉相融，少了青涩，多了野性。2011

年,"幼狼"的孕育终于成熟,11月,这支老牌英雄部队改编为两个旅,一脉相承的兄弟单位,却是千里之差的不同命运。那年,从学校毕业的孙振宇才到部队1年多,与他同期毕业、分到同一部队的同学,因这次改编,一个留守天津,另一个则奔赴大漠。稍不留神,两人就走上了完全不同的路。次年3月,孙振宇跟着他所属这个旅的数千人开始了浩浩荡荡的千里大移防,目标:朱日和。

这是"幼狼"诞生后所经历的第一次磨砺。朱日和的"一山两原两丘陵"的地形非常适合作为空地联合演习的准战场,但它同时也有极其漫长的冬季、野蛮的风沙和荒芜的土地,种种恶劣条件都让这头出生的"幼狼"随时面临夭折风险。"蓝军旅"的人,管来朱日和叫"上坝",比孙振宇高一届的师兄孟宪康,刚拍完婚纱照就不得不告别新婚妻子,随部队风雪出征。4月,南方温暖如春,朱日和的温度却维持在零下,千沟万壑,全是工地,一眼望去,尽是冰雪夹杂黄土的荒凉,建筑只有框架,墙面粗糙,所有人都住在四面透风、冬冷夏热的"板房村",十天半个月也难洗一次澡,只干一件事:营建。

从严寒到酷暑,在冻土中白手起家构筑家园。首批移防过来的薛培鑫过的是起早贪黑、披星戴月的日子,而这段时期,也是初生"幼狼"危机四伏的时刻。移防千里,从四季分明、繁华富庶的城市到寸草不生、五月飘雪的荒原,有些人甚至不得不抛家弃子执行任务,面临如此大的落差,军心会不会散?这支部队,能有战斗力吗?3月的朱日和风沙肆虐,十一二级的大风动不动就掀翻房顶,在这种情况下,薛培鑫硬生生和战友一道在驻地搭设起第一个国旗台,漫天黄沙中鲜艳的五星红旗初次升起,如同长夜中骤然亮起的一盏明灯,令所有人时刻铭记——我们千里奔袭,究竟是为了什么!

这种使命感在驻地初成、执行某大型集训保障任务时变得愈发强烈。如今担任作战保障科参谋的李育华,2012年7月刚从学校毕业到朱日和,在全旅执行的大型集训保障任务中,他负责构筑工事,作为一个初出茅庐的军校毕业生,那是他第一次直面沙场。至今他仍记得目睹陆空全方位多兵种联合作战的壮阔震撼——数辆坦克整齐有序向前压进、战斗机从空中呼啸而过、黑洞洞的炮管向目标发出雷霆般轰鸣……这种战争大片扑面而来的感觉令他热血上涌。今后,我们时刻面对的都是这样的部队,我们不仅要与之对抗,还要打赢!

狼天生的战斗本能在这一刻被唤醒,凶劲、狠劲、悍劲在这头"幼狼"身上初现。那年,整个旅在零下30多度的冬天仍然抓紧训练;那年,整个旅大到旅长、小到炊事班士兵,每个人都对照蓝军岗位职责,研究自己该做什么、能做什么,每个连队都设立了蓝军研究室,一个星期开一次推进会,一个月做一次成果展示;那年,"蓝军旅"新机关楼里灯火通明,从零开始研究蓝军作战体系,孙振宇早前与战友一道整理的蓝军研训资料、40多场演习材料,成为最初灌输给这头"幼狼"的战斗思想。这是真正意义上的全旅性大研训,那时刚从学校毕业来"蓝军旅"担任炮兵连排长的蔡庆海对连队的"狼性"记忆犹新:"所有人只想上战场!"包括他自己在内,一提红军,眼冒绿光。"所有人都憋着一口气要证明自己移防到这里的意义!"薛培鑫回忆。狼不凶狠,怎能撕碎对手?从2013年开始,"蓝军旅"和数十家研究部门建立协作机制,与9所军事院校进行联教联训,与五大部队开展实兵对抗,每打一仗,狼的爪牙就更锋利一些。按照"我军骨子、对手样子、强敌影子"塑造的专业蓝军,在这样的打磨中,初具雏形。

挥戈草原,战狼咆哮

2014年,"草原狼"迎来了自己的"成人礼"。这年元旦刚过,该旅就按照蓝军体制编制重新改编,至此彻底确立为我国第一支真正意义的专业化蓝军部队。这是狼成熟前的第二次磨砺,爪子剪去,重新生长,幼齿脱落,獠牙龇出。改编使秦磊原先的连队被拆分,他来到新组编的营部连任指导员,200多号人的连队,成分复杂,各种专业的战士都有，怎么管理，如何把200多号人拧成一股绳，发挥出百分之两百甚至三百的战斗力？秦磊从零开始建设连风、带队训练，他不断摸底、找人谈心，把原先的人员配置打散、重新分班分排、把队伍捋顺。秦磊的连队像整个"蓝军旅"改编的缩影，全旅只用半年时间，就迅速完成了磨砺，万事俱备，只待初试亮剑。

7月，七大军区最精锐的野战部队陆续开赴朱日和，"跨越-2014·朱日和"实兵对抗演习轰轰烈烈来袭。与七支劲旅交手过招。这一年，红蓝对抗没有预案，不再预演，全凭两军自主对抗，这是真正的实战化标准，没有套路，不是陪练。这一年，七场"跨越"系列实战化红蓝对抗演习，"蓝军旅"六胜一负，红军措手不及。"红必胜、蓝比败"的历史在这一年彻底翻篇。"蓝军旅"怎么这么猛？全军哗然。"但其实我们那时候距离一块合格的磨刀石仍有距离，"薛培鑫的回忆非常理智，"那一年全旅重输赢很明显，红军还没占领冲击出发阵地，就被我们灭了四分之一以上。"想赢、要赢、必须赢，是每个"蓝军旅"战士心中最强的念头，没参加演习的心里窝火、想上，参加的遇上红军，眼里蹭蹭直冒火。这固然是狼性凶悍的体现，但也展现出这头刚刚成熟的狼尚且缺乏战斗经验的一面。红军浩浩荡荡机动数千里，连蓝军的防御前沿阵地都拿不下就退出战场，磨刀石把刀都折断了，还磨什么刀？

进阶式的成长发生在2015年。这年2月，一纸调令，满广志接任"蓝军旅"第三任旅长。这位一心想打仗的满旅长，当年在国防科技大学求学时发现毕业后不能分配去基层部队，差点退学，要不是同学、教员、队干部极力劝阻，现在的满广志，或许是另一种样子。2015年，刚刚到任的满广志还没有火遍全中国，他一来就面临巨大挑战。有"跨越-2014"珠玉在前，全军都盯着他们的一举一动，"蓝军旅"到底是运气好还是真有实力，就看2015年在"跨越"演习的大考中，能否再次经受住考验。满广志接任旅长时，留给他的时间不足3个月。他来朱日和的时候行李没多少，全是一捆捆的书，架床睡在办公室，没日没夜琢磨战法，有空就在训练场、演习阵地转悠，逮到人就问专业问题，掐着秒表抓坦克射击训练。大家对满旅长的严格津津乐道，还有人编了首顺口溜："二〇一五演习场，来了一位满旅长，天天奔赴训练场，各个小点都不放。"满广志经常跑演习阵地，实地查看打击效果。"旅长记忆力特别好，对地形比我还熟。"廉智勇在 2014 年打了七场演习，自认对地形很熟，但跟着满旅长出去跑阵地，发现旅长从不需要看地图，经常指挥司机抄近路，这偌大的荒原没多少标志物能参照，他却熟悉得像在这地方长大的一样。有趣的是，那时候彼此都不知道对方是校友。

2015，十场跨越演习，十战十捷，"踏平朱日和，活捉满广志"的口号，在这一年叫响，朱日和、"蓝军旅"、满广志，瞬间火了。"朱日和之狼"的叫法从国外一路响亮传回国内，"蓝军旅"的底气也在这年彻底打了出来。"把敌军放进来打！"长期不打仗的红军太老实了，蓝军就专干"不讲规矩"的"冷不丁"奇袭。某次刚结束一场恶战，瓢泼大雨突然来袭，红军刚刚有所松懈，满广志却下达了"出击"命令，一支 30 多人的蓝军袭扰分队从天而降，打得红军措手不及……

这头"草原狼"彻底成熟了，越来越狡诈老练。从一开始很紧张、一过交火线就尽早、尽远消灭敌人，到后来更换指挥官、尽可能把敌人放进来打，利用各种战法圈住敌人，"蓝军旅"的磨刀石作用在这一年充分发挥。每场演习的背后，都是满广志带着各级指挥员反复推演的结果，从演习前筹划、针对对手特点制订作战计划、明确如何准备、收集敌情、全方位应对，到演习后由上至下全面复盘，"在旅长手下干工作，有种紧迫感，不能懈怠"，李育华回忆。

一个个演习时发生的事件浓缩成小故事在网上流传，其中最著名的，莫过于一次蓝军侦破红军通信频率，侵入其指挥网后，在指挥所电台里播放"世上只有妈妈好"的故事。回忆起对红军通信网络的监听，廉智勇说："他们的通信组网不如我们流畅，比较杂乱。"通信指挥连不上、一锅粥的情况，在那时的红军演习中太常见了。这种情况在"蓝军旅"从未发生，他们独特的通信组网链路设计，主要出自廉智勇的同学成飞之手，国防科技大学通信相关专业出身的成飞，成为这支部队中的关键技术人才,他精心设计的通信网络,让四面八方的信息汇聚而不乱,不同层级之间实现有效沟通和协同,将整个"蓝军旅"整合成一股力量,让"草原狼"身体的每个部位配合默契,该埋伏时绝不会暴露出耳朵,该亮爪子时也绝不会甩出尾巴。

等到2016年的"跨越"演习,"蓝军旅"已经不在乎那五战五胜的数字,他们越发狡诈顽强,变战术、变战法,以前一次只和一支红军打一场,现在则是连打三场,变换攻防、变换地形,"遇强不能弱,遇弱不过强",尽可能让红军在全程多维对抗中最大限度接受检验。

在对抗过程中,难免会遇到自己过去的战友、曾经的同学。同是校友,"蓝军旅"中的国防科大人常常是演习前认真打,打到同学火气直冒,演习后好声好气请人家吃饭。如今担任合成二营坦克四连指导员的高文斌,记得2016年的一场演习,10多辆红军坦克排着纵队翻越山脊线,爬顶瞬间炮管外露,那一刻正是红军视觉死角,被蓝军两辆坦克逐个全部伏击,就跟点烟花一样。那次演习结束,他和红军的老同学互相交流时,讨论最多的就是红军僵化的战术运用如何破旧立新。

"军无习练,百不当一",凶悍的"朱日和之狼",就此成为倒逼全军转型的利器。

千锤百炼,磨刀安邦

2017年,"朱日和之狼"迎来了第三次磨砺。4月,蓝军改编为合成旅,"红主蓝精、红蓝兼顾"成为旅队建设发展的主基调,红中有蓝、蓝中有红的动态对抗图案是"蓝军旅"的经典标志。这头"草原狼",不仅要锻炼猎手,还必须更好地磨砺自身,拥有武装到牙齿的强悍。

这一年,薛培鑫上任合成二营政治教导员,每个合成营都相当于一个独立作战单元,承担的任务更复杂,面对侦察、工兵、运输等五脏俱全的独立作战单元，薛培鑫想："我带他们出去，能打赢吗？"对各兵种必须熟稔得如同左右手，各兵种的用兵原则、杀伤范围、合成战术等，他都要懂，其指挥难度堪比军改前一个团。他不仅自己要懂，还要让营中战士统一思想、融合训练，全体跟着转型建设一起变。"用得不好，真到了战场，不是让战士们去送死吗？"他以更严格的标准要求自己、要求他人。这一年的数场实兵演习，面对不同对手，"蓝军旅"采用的战法更丰富，对重型合成旅力争打乱结构，对轻型合成旅发扬火力优长，在极寒条件下对特战为主的海军陆战队侧重前置兵力火力、实施逆袭冲锋……每场演习，都有新亮点。

这一年，孟宪康去往侦察营担任副政治教导员兼军体教导员，他开始每周给全营做体能训练计划和食谱，哪个器械锻炼哪块肌肉，什么饮食能补充更多蛋白质和热量，他依靠自学，不仅成为这方面的专家，还在经费紧张的情况下自制健身器材，针对营里战士的实际情况更加有效地训练。他说，在部队的国防科大人，专业对口的是少数，但这并不成为阻碍。母校给了他们独到的视野、全局性眼光和一往无前的学习能力，这是无论到哪都能立身的根本。次年，孟宪康调任合成一营政治教导员。

这一年，作战保障科开设测绘导航新方向，负责北斗导航相关业务的李育华，开始着手研究如何将北斗相关训练加入训练科目。当时旅里一个北斗装备都没有，全靠借别家的用，李育华一次次联系有关部门，等装备到位后，他又忙不迭开设北斗操作使用培训，自己担任讲师，把从零开始自学的北斗操作使用心得向全旅倾囊相授。

这一年，成岱杰在反坦克导弹连担任连长。反坦克导弹连，别称"反装甲猎杀队"。从国防科大通信专业毕业的成岱杰，熟练使用着出自校友之手的蓝军指挥通信网络，面对现在的武器作战平台要求数据传输的现状，他的所学起到作用。在"蓝军旅"每年有这么多场演习，不说身经百战，也是身经几十战，他所带领的反坦克导弹连，成为旅指挥员手中的一把尖刀，在每场演习中，通过灵活机动的战术战法，大量迟滞和打击红军装甲目标，达成我方的作战意图，因完成任务出色，毁"敌"指数较高，荣立集体三等功一次。

这一年，毕业前主动写戍边申请书的白永飞背着行囊，来朱日和报到。早前，他已做好去云南边陲、新疆、西藏的准备，结果却来了北疆大漠，一个学政治学出身的，被分到装甲步兵连任排长。"这里实在是太干太冷了！"朱日和有8个月的漫长冬季，在湿润南方长大的白永飞一来就患上沙尘过敏、呼吸道感染、结膜炎等各种病，但在学校经常参加激烈对抗竞赛的他有一颗"大心脏"，迅速调整落差，豁达心态，他废寝忘食干工作，有时候不觉得饿，常忘记面前战士帮忙打的饭是自己的。一开始打城市防御战、打敌人前沿阵地，他冲上去就"阵亡"了，后来破障时他已能冲在前面熟练地疏开地域、消灭残存障碍，对现场敌情、火力能都做出迅速判断和临机处理，他从容地说："大战面前我不慌。"

回望过去，从国防科大到朱日和，他们成长了太多。每次从朱日和出去，经过最后一道关卡——基门时，秦磊常想起曾经自己守卫在这里、每天没日没夜巡岗的日子；孟宪康在鼓励年轻战士训练时，会讲自己以前起床就开始练体能、射击、沙盘等各种比武科目，不到凌晨不罢休的拼命；偶尔下雨，薛培鑫会想起条件简陋住砖窑时，遇上下雨漏水睡不了觉，顶着脸盆四处躲雨的狼狈；总是细致批改战士的教育本直到深夜的孙振宇，犹记得烈士蒋长勇的父母，捧着儿子留下的全是密密麻麻批阅的本子，对他深深鞠下的一躬……在"草原狼"的成熟、强大过程中，他们奉献出了自己的青春、汗水、泪水甚至鲜血。

朱日和没有红地毯，来到这里就是打仗。改革重塑后的"蓝军旅"在不断变化、变强。信息主导、火力主战、体系对抗、联合制胜等理念更加充分地融入并体现在演习方案中，而逐渐地，活捉满广志的口号也喊得少了，这并不是因为蓝军变弱了，而是满旅长上场亲自坐镇指挥的次数减少了，副旅长、参谋长、副参谋长等轮流上。赢得再多，他们也从不庆功摆好、沾沾自喜。每次演习结束，就地转入复盘检讨，请导演组点问题，红蓝方互相点不足，针对每场演习暴露出的"败笔"，结合态势回放、组织现场模拟、查找原因教训。

在"跨越2019-朱日和A"演习中，"蓝军旅"首次以红蓝双重身份接受实战检验，既做猎物，又做猎手，通过身份反转暴露问题，确保参演部队得到更深层次的实战化淬炼。他们是擦亮磨快红军的战刀，是老辣凶狠的战狼，他们把一支支劲旅逼到绝境，带动实战化训练的热潮兴起。在"蓝军旅"的所有国防科大人心中都有一个共同的信念：好好干，绝不给母校丢人！这群狼性十足的汉子，心中也都有一个共同的理想，他们的理想和所有"蓝军旅"官兵的理想一致，那就是——

唯愿千军竞发之时，皆念我磨刀之功！

初心隽永

CHUXIN
JUANYONG

——国防科大新闻作品选

2018年

一束绚丽的强军"激光"

——追记中国工程院院士、国防科技大学教授高伯龙

● 王握文　杨彦青

犹如一束绚丽的激光划过长空，搞了一辈子激光的高伯龙，静静地走了。

2017年12月6日，中国工程院院士、国防科技大学教授高伯龙，走过89年不平凡的人生历程，永远地离开了他眷恋的激光事业。从此，校园里再也见不到那个身着作训服、步履蹒跚，每天往返于家与实验室的身影。

"别人不干了，我们却不能放弃"

一个手掌般大小的模块，看上去宛若一个玻璃工艺品。然而，它却集成了光、机、电、算等众多高技术，生产制造更是涉及超高精度抛光、极低损耗镀膜、装配总成等尖端工艺。它诞生至今，虽已过去半个世纪，但目前世界上仍只有美、中、法、俄等少数国家掌握其研制和生产技术。这就是有着自主导航系统"CPU"之誉的"激光陀螺"。

有了它，飞机、舰船、火箭、导弹等运动载体可以不依赖外部导航信息，实现精确定位、精确控制、精确打击。

为了它，高伯龙整整奋斗了40年。他以超凡的智慧和百折不挠的毅力，率领团队在我国激光技术领域填补了多项空白，多项成果获得国家和军队科技成果奖，为提高我军战斗力做出了重大贡献。

20世纪60年代，美国研制出世界上第一台激光陀螺仪的实验装置，引发了世界光学领域的一场革命。将激光陀螺用于导航与精确制导的设想，让国际上许多科研机构纷纷开始了研制工作。

1971年，我国著名科学家钱学森将激光陀螺的大致技术原理写在两张小纸片上，交给国防科技大学领导，建议开展激光陀螺技术研究。学校迅速组建以高伯龙为骨干的课题组，紧锣密鼓地开始了激光陀螺研制。正当他们踌躇满志的时候，国内外许多开展此项研究的科研机构纷纷中止了研制工作。

原来，激光陀螺研制不仅是一个全新的领域，更是一个世界性难题，以当时的科研条件与工艺水平，这项研究简直比登天还难。

对于研制激光陀螺的难度，高伯龙是清楚的。这位新中国建立初期毕业于清华大学的"高材生"，自信在理论上绝不比外国人逊色，但研制涉及的镀膜等尖端工艺，也让他心有余而力不足。

然而，"不干就可能给国家留下空白，将来必定受制于人；要干，就干这个世界性难题"。面对国家和军队未来发展需求，高伯龙毅然冲向了攻关的前沿阵地。

凭着深厚的理论功底、非凡的数学物理分析能力，高伯龙通过理论推导和计算，终于弄清了激光陀螺的原理，并根据当时我国工艺水平，提出了与美国不同的技术路线。

研究的初步进展，给处于停滞的研制工作带来了一线希望。就在这个时候，几家合作单位又因难度太大、前景不明全都选择了退出。

"别人不干了，我们却不能放弃。"作为当时国内唯一坚持研制的单位，高伯龙和课题组每个人都清楚，如果就此放弃，我国激光陀螺就将面临夭折。

在困难面前退缩,绝不是军队科技工作者的性格。高伯龙以咬定青山不放松的韧劲,在这个寂寞的领域里继续战斗,奋力前行。

凭着这种执着精神,1978年,高伯龙率领课题组经过不懈努力,终于研制成功我国第一代激光陀螺实验室原理样机。这一成果解决了大量理论和技术问题,为进一步研制、生产激光陀螺奠定了基础。

"困难再大,也要研制出中国的激光陀螺"

实验室原理样机的研制成功,无疑是一个重大突破,但它仅仅是一个简单的激光陀螺雏形。

从原理样机过渡到实用阶段,需要解决镀膜及其相关的一系列技术与工艺难题,根据我国当时设备和工艺水平,要突破这道难关几乎不可能。要知道,科研实力和基础工艺水平世界领先的美国,解决镀膜问题也花了近30年时间。

有人对此产生畏难情绪:"工艺上不去,我们干也白干,不如趁早体面地收场,报个奖算了。"

高伯龙说:"开弓哪有回头箭?我们能干到今天这一步多么不容易,怎么说退就退呢?困难再大,也要研制出中国的激光陀螺。"

低损耗的反射镜片是决定激光陀螺性能的关键。我国当时工艺水平落后,要突破这道难关,谈何容易?一批批膜片被加工出来,又一批批报废,研制工作再次陷入困境。

高伯龙没有退缩。他毅然决定,暂时放下多年的理论研究,转入激光陀螺全闭环工艺研究中。

走别人没有走过的路,只有亲身经历过的人,才能真正体会到底有多难。用手工打磨一个激光环形器上的小孔,需要半个多月;为解决铟封技术难题,徘徊了1年多才找到解决方法;激光器检测要求在封闭、洁净的环境中进行，实验室没有空调，又不能用电扇，高伯龙和丁金星等课题组成员就光着脊背，穿着大裤衩，在密不透风的大"焖罐"里工作；实验用的增益管，国内没有满足要求的产品，他们就架起火炉一根接一根地吹，硬是吹出了满足工艺要求的增益管……

高伯龙把实验室当成第二个家，每天在实验室工作达15个小时，几乎每一个春节都在实验室里度过。他长年患有哮喘疾病，疲劳后常常发作。为了不影响工作，高伯龙长期超剂量服用定喘药物等药品。常人服用一片"非那根"会昏沉3天，他有时竟一天服用6片。医生听说后大吃一惊，因为这类药物服用过量会有生命危险，医生要求他严格按剂量服药。可高伯龙却不管那么多，为了早日研制出激光陀螺，他早已把生死置之度外，以生命作为前进的燃料，一步步将我国激光陀螺技术推向世界前沿。

汗水在无声中流淌，时针在寂静中跳跃。在经历了无数次挫折与失败后，他们用6年时间将前进道路上的"绊脚石"一一搬开：研制成功我国第一台激光高精度测量设备——"DF透反仪"，解决了多层介质膜的检测问题；提出了一套全新的镀膜方案，攻克了低损耗镀膜的关键技术。

1994年11月8日，我国第一台激光陀螺工程化样机在他们手中诞生。这一消息，向全世界宣告：继美、法、俄之后，我国成为世界上第四个能够独立研制激光陀螺的国家。

然而，战斗并未结束。紧接着，高伯龙和团队又打响了把成果转化为战斗力的第二场战役，这一干又是20多年。

如今，团队研制的激光陀螺已形成两大系列多种型号的批量生产能力，产品应用范围已覆盖陆、海、空、火箭军主要武器作战平台，有效提升了我军的快速反应能力、远程突防能力、精确打击能力，为提高部队战斗力做出了重大贡献。部队官兵说："有了国防科大提供的这种实用、管用的好装备，我们打胜仗的信心更足了！"

"搞科研，我是个拿得起、放不下的人"

对于从事科学研究，高伯龙曾这样评价自己："搞科研，我是个拿得起、放不下的人。只要问题没有研究清楚，不解决，我就丢不下，成天想，做梦还想。"

为了攻克激光陀螺研制技术，高伯龙心无旁骛，废寝忘食。几十年来，他几乎没有按时吃过饭，有时甚至一天只吃两顿饭。高伯龙的老伴说："结婚几十年，我就是天天在家为他热饭，热了又凉，凉了再热。"一次，老伴见他晚上又没有回家吃饭，就将饭菜送到实验室，高伯龙却大发脾气，埋怨老伴打断了他的思路，老伴委屈地说："以后再也不给你送饭了。"

一天深夜，高伯龙和丁金星高工从实验室回家。走在校园宁静的路上，他突然发现路边的一栋新楼房，不解地问："这里什么时候盖了栋新楼？"丁高工哈哈一笑："你真是忙糊涂了，这楼建了少说也有1年了！"

2008年，长沙遭遇罕见雨雪冰冻灾害，电力供应紧张，学校白天不能正常供电，高伯龙就把实验调整到晚上做。博士生张文回忆说："那段时间，校园里积雪很深，老师穿着解放鞋小心翼翼地走着，每晚都来实验室，一干就是一整夜，直到清晨停电后，才步履蹒跚地返回宿舍，当时老师已是80多岁的人了，我们看着既钦佩又心疼。"

在国防科技大学，许多人都说高伯龙是个"倔老头"，也是一个极其较真的人。

那年，高伯龙邀请国际宇航学会一位院士来做学术讲座。在课堂上，他对这位院士的一个学术问题有不同观点，当即站起来与之辩论。讲到激动处，高伯龙还走上讲台，拿起粉笔，将公式和运算直接写在黑板上，有条有理地讲起来。

气氛一下变得尴尬起来。但这位院士并不介意，两人相互交流，不时碰撞出思想火花，讨论越来越深入，气氛也变得轻松活跃起来。参加听课的人都说，这是印象最深、收获最大的一次讲座。

"高院士就是这样，直率较真，学风严谨"，一位熟悉高伯龙的教授说。

搞科研就干世界性难题，带学生必须出"精品"，这是高伯龙40多年教学和科研的真实写照，他对学生的要求也近乎苛刻。

高伯龙先后培养了30多名博士，按时毕业的却很少。他的一位博士生按其要求选择了"磁镜研制及相关技术"研究。有人说，单单完成磁镜研制就可获得博士学位，可高院士并不这么看，而是要求与磁镜研制的相关技术也必须有所突破。这名博士生又跟着他干了3年，最终突破相关技术，历时7年才完成博士学业。还有一名他培养的硕士毕业生，走上领导岗位后，又师从高伯龙攻读博士学位。高伯龙并没因此放宽要求，反而对他要求更严，读了8年也没让其毕业。

"严师出高徒"。如今，高伯龙培养的研究生全都成为我国激光技术领域的知名专家，多人走上高级领导岗位。

斯人远去，风骨长存。高伯龙走了，但他的精神、他的自主创新成果，如同他痴迷的激光一样，依然绽放出夺目光彩，照亮着新时代的强军征程，激励着后来者为全面建成世界一流军队而不懈奋斗。

用奋斗开创光荣未来
——电子科学学院科技创新故事

● 葛林楠

睁开认知的眼睛

2017年12月21日,"数字湘西州县一体化地理信息公共服务时空云平台"在吉首举行项目验收会,该项目由电子科学学院认知通信系研制。

国家测绘地理信息局的专家鉴定,数字湘西州县一体化地理信息公共服务时空云平台成功完成了时空大数据中心、天地图系统等一批重要应用示范,为整个湘西州的信息化建设提供了公共高效的地理信息服务,展现了巨大应用价值和前景,产生了很好的军民融合示范效应。

湘西云平台的成功应用,关键源自其母系统——电子科学学院认知通信系研制的高性能地理信息系统平台,英文简称"HiGIS"。

"HiGIS"被称为"地图之母",它不是简单的地图,而是地图的创造者。

日常使用的导航软件，经常会出现道路更新不及时。这就是因为数据更新速度太慢，使用者收到的不是现在的新数据，而是过去的旧数据。

如果把信息系统比喻成人的大脑，他就必须要睁开双眼，去认知这个世界。而且要不断把认知获得的信息输入这个大脑之中，由大脑处理计算，马上形成最新的信息，源源不断地输出给使用者。

"HiGIS"的系统内包罗万象，囊括你能看到或者看不到的所有地理信息，大到建筑物的高度，小到监控摄像头的位置，显而易见的道路拥堵、难以察觉的气象变化等，只要是能观察到的数据，都要实时收录，海量数据极速处理。

使用者根据不同的需求，调用不同类型的数据，可以迅速生成自己需要的地图。

"HiGIS"具有世界一流的时空信息处理与管理能力，处理性能大大优于国际主流产品，可为数字战场、智慧城市等提供高效解决方案。

目前，"HiGIS"正在南部战区联合作战指挥信息系统中服务于作战保障应用，已成功解决大批量雷达的综合探测范围实时计算问题，下一步将不断拓展应用范围，为信息化条件下联合作战指挥提供高性能智能化的战场环境信息支撑。

该系统的开放性和包容性，就是"认知通信"这一新领域的显著特点。

认知通信系主任陈荦教授说："学院把原来通信工程系和信息工程系的有关科研方向进行了组合，成立了新的认知通信系。认知通信代表着新一代的通信技术，它包含着先进传输、认知网络、空间信息系统、时空大数据分析、信息网络安全等领域。学院改革调整凝练的研究方向，就是我们科研工作的指南针，大家都干劲十足，向着新的目标奋力前进。"

破解时空的密码

2018年1月1日,电子科学学院王飞雪副院长来到导航与时空技术工程研究中心看望元旦加班的科研人员。

他走到龚航讲师面前,笑呵呵地说:"我们导航中心变成了导航与时空中心,这里面有你的功劳啊!"

在常人看来,导航就是确定位置,属于空间信息。但这个空间信息的获得,必须通过准确的时间计算推导得出。因此,时间和空间是导航系统无法分割的核心要素。

龚航成功打破国内外对时间频率技术的垄断,攻克高性能时间频率系统技术,确立了国防科技大学在北斗系统时间频率建设中不可撼动的地位。

2017年5月,"北斗三号"地面运控系统主控站时统项目投标即将开始,各项工作有条不紊。在一次技术论证时发现有一项重要技术论证存在偏差,如果不对标书进行修改,可能无法中标。但是,修改标书的工作量太大,还有更重要的其他项目要投标,人手不够,大家一时间不知所措。

龚航说:"当时大家认为应该抓重点,力保其他项目中标,不必再耗费多余精力修改标书。我不这么认为,面对问题就得迎难而上,这不仅直接关乎投标结果,更关乎国防科大的品牌和声誉。"

龚航站在了和时间赛跑的跑道上。请示领导后迅速分工,誓将问题解决,绝不给国防科大丢脸。

此时他已持续加班5个月,团队成员身心早就到了疲惫不堪、即将崩溃的边缘。

然而多年的历练和奋斗早使龚航成了北斗科研战线的"拼命三郎",他不断鼓励大家,坚持把每页、每段、每句甚至每个标点符号都重新逐一梳理。

技术卷和附件近1200页，工作量可想而知，大家力求将方案做到完美极致。

直到凌晨5点多，标书终于修改完毕。早上8点，完成修改页打印和替换，标书又如崭新一般封装。

一天一夜没有休息的团队，急忙背上标书，赶赴投标现场。龚航用冷水冲了冲脸，精神抖擞地向专家释标。

下午，投标结果公布，国防科技大学以第一名的成绩完美中标！

当大家都在欢呼雀跃，龚航却疲惫地靠在椅子上睡着了……

中标之后，龚航肩上的任务更重了，他目前担任"北斗三号"北京主控站、第二主控站时频统一系统主任设计师，正和团队一起研制时频统一系统核心装备。

最近有人在北斗楼偶遇龚航，问起他的近况。他笑呵呵地说："现在已经进入研制设备的关键阶段，有很多问题需要解决。卫星一个接一个发射，我们地面设备也不能落后啊！投标的日子是挺痛苦，现在更加痛苦！哈哈！不过，痛并快乐着！"说话间，他又钻进联调中心，和同事热烈地讨论技术难题。

进入新的一年，更是新的时代。

在电子科学学院各个新成立的教研室，大家忙碌的身影、急促的脚步、自信的笑容，都充分展示着新学院的新风采。

正如电子科学学院黎湘院长在学院党委扩大会议上所说："各系、室、中心是改革中学校和学院党委慎重考量后确定的发展方向，大家要切实规划好自身发展路径，组织所属人员围绕承担的方向开展人才培养和科学研究。前进道路上的挑战无比严峻，超越对手的过程无比艰辛，发展做强才是硬道理，只有同心同德、共同奋斗，才能创造更加辉煌和光荣的未来！"

青春是一曲奋斗的交响

——走近无人机"慧眼"系统创新团队

● 王握文　张酉龙

当夕阳染红了天际,最后一架无人机从跑道一端自主返场降落,30出头的李杰熟练而快速地整理好试验数据,写在当天的飞行试验日志上。

李杰所在的智能科学学院无人机"慧眼"系统创新团队,在中原某地试验场历经近1年7000多架次的起降,圆满完成了"灵燕""灵雁"两个试验型号无人机集群自主飞行与探测试验。一系列原创性技术突破,为无人机走向规模化集群应用和形成战斗力奠定了坚实的技术基础。

外人或许不知道,那些在低空翱翔,并能集群自主飞行、自主并行感知、自主任务规划、自主覆盖探索与抵近侦察的无人机"慧眼"系统,是出自这个平均年龄不到30岁的创新团队。

"年轻是我们团队最大的特点。"身着迷彩服、手持对讲机的王祥科副教授告诉记者,团队包括研究生在内共60多人,年龄最小的才21岁。

37岁的王祥科,是团队中仅有的几名"老人"之一。如果在他的名字后冠以"项目技术总师"头衔，那么，这位王总师也称得上"少壮派"专家了。

青春洋溢，朝气蓬勃。年纪轻轻干着"高大上""玩上天"的大项目。这群在蓝天放飞梦想的"毛头小伙子"，有着怎样的人生理想与创新追求呢？

"青春是用来奋斗的。"习主席的这句话，激励着刚满30岁的贾圣德。2015年博士毕业留校后，贾圣德参与到无人机集群"慧眼"系统项目研制中，现在已是团队的技术骨干。"我赶上了好时代，有好平台，能干大项目，必须以奋斗的姿态推进科技创新，否则，就会给人生留下遗憾"，贾圣德说。

2017年9月，贾圣德曾赴南部战区观摩部队演习，回来后，他认为项目试验应更好地对接部队需求。团队立即成立由他任组长的需求分析组。贾圣德不负众望，根据未来作战需求，对无人机战场态势感知智能系统进行改进优化，一举将目标信息与图像分辨率提高了好几倍。

"这是团队集智攻关的结果。"贾圣德的话并非谦虚，对目标探测能力的提升，今年26岁的唐邓清也功不可没。这位身高一米八五的博士生，在项目中负责目标检测、跟踪与定位算法研发。无人机集群飞行时，发现目标后如何紧紧盯住不放，看它个一清二楚，这就对控制算法的稳定性、精准性、实时性提出了很高要求，也是一个技术难题。

"就看你的了。"大家投向唐邓清的目光，让他感到"压力山大"。但困难并没有阻挡他的创新步伐。"我是巧办法与笨办法双管齐下，巧办法就是不断改进优化硬件与算法，找准攻关突破口；笨办法就是反复实验和进行数据分析，白天黑夜连轴转。"最终，这一难题在唐邓清夜以继日的攻关中顺利解决。

仰望星空，脚踏实地。1988年出生的喻煌超，2016年底在加拿大获得博士学位后加入团队。"与在国外做实验不同，这里是'真枪实弹'做项目，来不得半点马虎，不能有丝毫闪失。"他告诉记者，团队研制的一款固定翼垂直起降无人机，需要自主完成新型倾转机械设计，这一任务落到了喻煌超身上。

对于从事智能结构力学与动力学研究的喻煌超，完成任务肯定没问题。"关键是要经得起飞行考验，在天上飞可不是闹着玩的。"喻煌超如履薄冰。

扎实的专业基础加上脚踏实地的严谨作风，让喻煌超实现了倾转结构与整体质量的最优化，巧妙设计有效提升了无人机稳定性，他为此还申请了一项发明专利。

当青春遇上新时代，事业有了好平台，这群年轻人充满了干事创业的激情。2013级博士生赵述龙在项目中承担无人机算法设计与参数调整。他提出并设计出5个原创性算法，构建起一个曲线跟踪体系架构，为无人机集群飞行、协同侦测、覆盖搜索奠定了技术基础。随着集群飞行与探测试验的完成，他的《数据驱动的无人机曲线路径跟踪控制方法研究》博士论文，也在试验场的答辩中顺利通过。

奋斗的青春最精彩，也最甜蜜。今年30岁的计算机专业博士刘志宏，设计并实现了模块化的机载系统架构，使机载软件算法得以完美实现。在科研取得阶段性成果的同时，这位身高一米八的广东小伙子，爱情也瓜熟蒂落。今年春节，完成了科研试验任务的刘志宏与留学归来的心上人终于走进了婚姻的殿堂。事业与爱情的双重收获，让他对未来充满了无限憧憬。

"风正潮平，自当扬帆破浪；任重道远，更须奋鞭策马。"迈入新的学期，这支刚刚完成无人机集群飞行与探测试验的年轻团队一刻也没停下创新的脚步。把人民军队全面建成世界一流军队的宏伟目标，正激励着他们向着更高的目标奋勇前行。

搏击在数据海洋的强军尖兵
——记文理学院系统科学学科团队

● 雷 雯 李清江

当历史车轮滚滚驶入21世纪,数学不再仅仅作为一门科学存在,它已然成为人类认识现代战争的一把"金钥匙"。20多年来,国防科技大学系统科学学科团队手握这把"金钥匙",用"数据"为强军助力,从2001年一个二级硕士点到2016年获评全国学科评估A^+,团队发展伴随着强军脉搏而跃升登顶。他们被同行们誉为装备探索领域当之无愧的"神算子"。

为国之重器精益求精

弹道导弹,国之重器。20世纪70年代,我国自主研发出各种型号弹道导弹后,参照美国布站模式和计算模型,建立的测控机制产生了"水土不服"现象,成为严重制约我国导弹测试精度的"瓶颈"。

面对短时间无法克服的测控站点建设难题,业内把突破这一关键技术的期望转向隐藏在工程问题背后的数学问题。重任落到团队初创成员汪浩、吴翊、王正明等人肩上。"当时国外技术封锁、国内资料匮乏，我们要想摆脱受制于人的局面，必须解决导弹精度定型问题，而精度分析的关键在于数学算法。"回忆起当时的情景，王正明深有感触。

20世纪80年代初，他们远赴航天运载火箭研究院调研，开始了长达20年的导弹精度分析。他们提出制导误差分离的主成分分析等有偏估计方法，解决了导弹武器精度定型问题，该方法被列入某导弹工程精度规范。此后数年，王正明带领课题组成员迎难而上，以我国研制新一代战略导弹为契机，深入国防一线了解需求，经过近8年艰苦探索，形成了完善的弹道跟踪数据处理理论、方法和软件系统，出版的专著《弹道跟踪数据的校准与评估》成为各相关试验基地的教材。

随着团队在专业领域的声名鹊起，成员们更加坚定了为军服务的使命追求。他们从数学原理出发，大力发展程序算法和软件研究，苦练提高武器精度效能的"点金术"。1997年，我国进行某型洲际导弹试验时，却发现计算弹道、落点与实际弹道、落点相差甚远。科研人员百思不得其解，部队领导抱着雷达测试数据来校求援。朱炬波和易东云等人欣然领命，白天黑夜连轴转，仍未取得进展。他们索性破旧立新：丢开测距数据，只运用测速数据计算弹道，能否建起一种全新的测量原理？经过反复推算验证，其结果与导弹实际落点几乎吻合！这一理论成果被迅速运用到导弹试验数据处理中，获得巨大成功。2010年起，中国导弹测控部队全面淘汰传统测距/测速设备，更新导弹测控雷达，由站点式固定测控转变为移动式机动测控，总部领导感慨地说："你们是用一个公式改变了一支部队啊！"

让北斗工程胸中有"数"

在茫茫太空遨游的卫星，能否发挥作用及作用的大小、质量，首先必须解决定位问题，而卫星定位精度成为制约国家航天事业发展亦是世界强国竞相角逐的关键技术。团队吹响了向卫星导航数据处理领域进军的号角。

2010年,"北斗二号"卫星工程一期建设进入攻坚阶段,观测数据出现伪距波动误差,直接影响北斗系统工作稳定及其导航定位精度。卫星犹如被大雾蒙上了双眼,问题在"天上"还是"地上"?多家单位连续攻关未果,大家焦急万分。"只要是部队急需的项目,再硬的骨头也要啃,再重的担子也要挑!"朱炬波接到工程副总师电话,决心解决这一难题,带领一帮年轻人一头扎进了数据海洋中。

"地上人"诊断"天上星"绝非易事,庞大的数据倒腾了一遍又一遍,逐个排查、分析推理。半年后,他们创造性地提出一种新算法,成功分离并抑制了这种误差,为卫星擦除了迷雾。鉴于朱炬波做出的突出贡献,工程总师组吸收他为专家组专家。2013年,朱炬波被授予"北斗二代工程建设突出贡献个人奖"。"用数学研究的成果推动国防科技问题的解决,是我们的责任,也是团队的立身之本",载誉归来的朱炬波这样说道。

正是凭借团队此次做出的突出贡献,2012年,总体单位将国际GNSS监测评估系统数据中心的建设重任交到了他们手中,该中心是北斗导航监测评估系统的三大数据中心之一,主要承担卫星导航观测数据和导航产品的收集、分类、存储管理任务。如何建好这个北斗"数据大管家",成为摆在团队成员面前的重要使命。

"这是一次开弓没有回头箭的冲锋。"年轻的学科带头人段教授深感责任重大,她和几名成员一道,紧盯每个环节,全力投入方案设计、系统建设和调试中。2014年,团队实现了数据中心的高效稳定运行。如今,数据中心已进入建设运行维护第三阶段,成为遨游苍穹的北斗卫星背后那取之不尽、用之不竭的数据"宝矿"。

在未来信息战场妙"算"制胜

进入信息化时代,大数据这个无影无声无形的技术空间,日益成为国家安全新疆域、大国博弈新空间的主战场。2012 年,美国政府将"大数据"提升为最高国策,将对数据的占有和控制作为路权、海权、空权之外的另一种国家核心能力。

而早在 2010 年,团队易东云教授就敏锐捕捉到大数据时代背景下信息高效处理这一重大军事需求:"数据承载信息,大数据能否消除'战场迷雾',关键不在数据多寡,而在于如何从大数据中挖掘出'精准'信息。"他发现基础数学中的拓扑理论与海量数据信息结构有着天然的联系,决定将该理论应用于大数据分析研究,并争取到国防 973 项目,成为 973 首席专家。

在庞大的数据中找寻有效信息如同在茫茫大海中捕捞自己想要的鱼。网眼太小,鱼进不去;网眼太大,鱼会溜走。拥有一张网眼大小合适的渔网尤为关键。经过 200 多个日夜刻苦攻关,易东云等人编织出了一条高效捕获鱼群的网——提出拓扑识别理论,实现了海量信息的高效识别与筛选,为大数据时代创新情报模式提供了重要理论基础,为国家信息安全赢得了先机。带上拓扑理论这张强劲的"渔网",他们又将"捕鱼"范围延伸到网络安全、生物安全等新型维度战场,相关研究成果为网络监测、生物恐怖事件应急处置提供了有力支撑。

"数据就是战斗力!"团队的口号简单而响亮!团队目光始终追随着未来战场的最前沿,追逐强军梦的步伐一刻也不曾停歇。随着无人机、人工智能、自主系统、大数据等前沿技术的发展与应用,系统科学学科团队"新掌门"段教授带领年轻的团队成员们,又开始向无人机"蜂群"自组织机理、战斗力评估等研究领域发起冲锋,为掌握未来战争体系对抗中的主动权而奋力追赶。

  牵手数据，筑梦国防。一代代系统科学人以冲锋姿态打头阵，用数据分析的理论成果服务国防，用系统科学精准剖析了自己的大写人生。

打通信息化战场"奇经八脉"

——记信息通信学院教授苏泽友

● 姚 宏 谭雄鹰

金秋时节,某陌生海域,全军某联合作战演练激战正酣。在数据链引导下,海军预警与陆空雷达融合组网,水面舰艇与空中战机联手抗导,潜艇导弹与岸岛火器合同打击……我军联合作战能力得到有效检验。

这项战斗力成果,凝结了军内外许多科技工作者的心血与智慧,信息通信学院教授苏泽友就是其中之一。他在数据链系统领域奋力探索了10多年,先后攻克了系列关键问题,获军队(省部)级教学成果一等奖3项、二等奖1项,军队科技进步二等奖、三等奖6项,起草的3部制度规定被军委下发全军试行。

面对人才与装备脱节的逆境
他编写了我军第一部数据链系统作战运用教材

数据链号称信息战场的神经,能实现近实时化的数据及战场态势的及时交换与共享,让各军兵种告别"单打独斗"时代。1991年海湾战争,美军首次利用数据链将各军兵种连接起来,形成的系统优势完全压倒对手,迅速赢得战争。

苏泽友开始关注数据链系统始于2001年中美南海撞机事件。在收集EP-3侦察机资料过程中,他被数据链系统强大的功能所震惊。由于有数据链系统支撑,EP-3侦察机发现新目标,能迅速将关键参数传递给本土情报体系,进而形成反制战法,整个过程仅需短短两三天。

与此相反,我军数据链系统建设是另一番场景。在一场联合作战演习中,面对数据链系统暴露的问题,仅靠2名技术人员和1名参谋来解决,数据链人才缺乏的现状,深深刺痛了苏泽友。那时我军数据链系统作战运用的知识,零星散落在一些学术文章上,他萌生了编写一部全面介绍数据链系统作战运用知识教材的想法。

苏泽友和团队兵分三路:一路人马赴装备生产厂家学习原理技术;一路人马收集外军经验做法;一路人马赴部队收集作战运用中遇到的难题,汇集成厚厚的一本官兵之问。1年多艰难攻关后,我军第一部数据链系统作战运用教材——《数据链系统运用基础》问世。紧接着,《数据链系统组织运用》《数据链系统作战运用》等相继付梓。

2005年春,全军第一期"数据链系统指挥管理干部培训班"在学院开班。来自全军的数据链系统作战运用官兵走进课堂,系统学习相关知识。苏泽友既当一线教员,又编写基础教材、设计实验环境,倾注了大量心血。至今,培训班已举办几十期,培养了大批数据链作战应用和保障人才。

面对训练与装备脱节的困境
他研制了我军第一套数据链组织运用模拟训练系统

前些年,我军数据链装备少,只零散配发部队,加之数据链多嵌入武器平台,组织动用困难,难以满足部队训练要求。研制模拟训练系统,成为苏泽友又一个奋斗目标。

研制模拟训练系统的核心,必须使训练环境与战场环境逼真接近。为了摸清系统的功能需求和情报、指控、武器等平台的参数性能,苏泽友跑遍了与数据链相关的研究所,调研了装备数据链系统的基层部队。科研经费捉襟见肘,他垫了8万多差旅费,那时部队工资不高,还要养家糊口,供小孩上学,全家只得紧巴巴地过日子。

经过1年多攻关,我军第一套数据链组织运用模拟训练系统研制成功。该模拟训练系统能实现对数据链工作场景和流程的全模拟,解决实装数据链训练机会少、训练组织难、训练效果差等现实问题。该模拟训练系统为增强我军数据链系统的作战效能发挥重要作用。

苏泽友一次去东部战区演训现场授课,一位部队领导高兴地对他说:"以前我们组织训练是一头雾水,使用模拟训练系统后,情报人员该干什么、作战人员该干什么、通信人员该干什么、指挥员该干什么,都一清二楚,训练效果明显提升。"

面对装备与实战脱节的窘境
他起草了我军第一部规范数据链系统作战运用的法规

一年春天,苏泽友作为专家观摩某联合军演。过了实验关的数据链系统,却过不了实战关:态势共享没有实现,指令传输不能实时,参演官兵急得直跳。原来，各军种建的数据链系统各讲各的"方言"，难以互联互通、实现协同作战。

"如果这一幕发生在战时，后果不堪设想！"苏泽友带领科研骨干立刻扎进演习现场摸情况，发现数据链缺乏"翻译"的功能，是导致问题的关键。他从完善数据链系统消息标准入手，反复研究论证，提交了《数据链系统消息标准改进完善军事需求的论证报告》，装备生产厂家按照方案给系统动"手术"，为数据链系统实战化运用提供了解决之道。

大家欢庆成功之时，苏泽友清醒认识到，数据链系统的功能越来越强，对一体化运用的要求越来越高，出了问题不能简单头痛医头、脚痛医脚，必须举一反三，从根本上解决各部门职责不清、任务不明、打乱仗的问题。

苏泽友带领团队经过近百个日夜的奋战，制定出我军第一部规范明确数据链系统作战运用的法规——《数据链系统组织管理规定》，被下发相关部队试行。在短短1年多时间后，他们又填补了两项空白：针对平时训练缺乏依据和标准，起草了《数据链系统操作规程》；针对数据链系统缺乏正规化、科学化的管理细则，起草了《数据链系统值勤维护管理规定》。这3个制度规定的试行，为我军数据链系统作战运用从无到有、从弱到强奠定了坚实的理论基础和人才支撑。

核心关键技术只能靠自己干出来

——追忆中国激光陀螺研制领域创始人、前沿交叉学科学院原教授高伯龙院士

● 杨彦青　王晓军　姚　宏

近日，当中兴公司乃至我国手机产业因为不掌握芯片制造等核心技术而被美国断供"卡脖子"时，我们愈发感念一位已故老兵。40多年前，正是因为他率领团队不懈攻关，才使我国成为世界上少数掌握激光陀螺核心关键技术的国家之一，进而使导弹、潜艇等国之重器拥有了自主导航的"中国芯"。他就是我国著名物理学家、激光陀螺研制领域创始人、中国工程院院士、前沿交叉学科学院原教授高伯龙。

矢志不移的报国情怀

"四频激光陀螺要尽快应用到尖端武器装备上，请你通知丁高工和杨开勇到我这里来，我要当面和他们谈谈。"2017年下半年的一天，在湘雅医院住院治疗的高伯龙院士对前来探望他的激光陀螺研究所刘和旭政治协理员说。此时89岁的高伯龙，双腿受糖尿病侵袭已支撑不起消

瘦的身体，但他对激光陀螺事业的思考却从未止步。

让高伯龙时时牵挂的激光陀螺，是信息化战争不可或缺的重要器件。有了它，导弹、飞机、舰船、战车等作战平台可不依靠卫星导航系统自主完成导航、制导、定位、定向和姿态控制等功能，实现快速反应、精确控制和精确打击。

20世纪60年代，美国率先研制出世界上第一台激光陀螺仪原理样机。1971年，时任国防科工委副主任的钱学森敏锐洞察其重要应用前景，指示国防科大开展激光陀螺研制。高伯龙作为该校激光陀螺研究室第一代领头人，率领团队，白手起家，在食堂改造成的实验室里开始了"二十年磨一剑"的持续攻关。

一切从零开始，条件简陋到难以置信，电焊机、高压电源等最基本的设备都是利用废旧设备修理改造成的。"这种条件能搞出世界尖端科技吗？"有人缺乏信心，也有人质疑嘲讽。团队中一些人来了又走了，因为他们也觉得这个事太渺茫，距离成功太遥远。

几年后，国内外相关项目纷纷下马，高伯龙却决不放弃，他对团队成员说："核心关键技术只能靠自己干出来，不干就会让这个事关国家安全的命脉掌握在别人手里！"

敢为人先的创新精神

研制初期，国内一直仿制美国某公司的机抖陀螺（二频陀螺），始终未获可信的精度。

1975年11月，高伯龙依据自己理论研究的结论，结合国内工艺和材料现状，在全国激光陀螺学术交流会上大胆提出主攻四频差动激光陀螺。他的观点引起与会专家重视，不久受邀再次赴京做学术报告。此后，高伯龙率团队走上了这条漫漫攻关路。

1984年，国内获悉美国公司的四频差动陀螺研制项目已下马，而二频陀螺在美国进入工程样机近 10 年，性能较好，于是有人认为高伯龙提出主攻四频差动陀螺的技术路线是不正确的，并指责高伯龙"扼杀"了国内二频陀螺研究。

高伯龙说："国外四频差动激光陀螺研究之所以下马，是因为在结构方面犯了原理性错误。我们的四频激光陀螺一定能上天。"并在给上级有关部门领导的信中提出："外国有的、先进的，我们要跟踪，将来要有，但并不是说外国没有的我们不许有。"

质疑的舆论还是产生了不利后果，经费申请、实验室样机申报国家奖均受到影响。高伯龙面临巨大压力，但他确信经过深入理论研究提出的技术路线是正确的，始终坚持不动摇。

直至 1986 年 3 月，美国某激光陀螺公司宣布其第二代激光陀螺为四频差动陀螺，性能优于第一代二频机抖偏频陀螺，对高伯龙的质疑才烟消云散。

1993 年，"准内腔"四频差动激光陀螺工程样机接受航天部专家组测试鉴定，在空间翻滚时意外出现热弛豫效应。高伯龙认真观察后坦承这是原理结构问题所致。20 年艰辛攻关成果面临失败打击，大家急了。高伯龙却镇定地说："因镀膜没有完全过关，我们接受一位同志的建议，采用准内腔结构以减小镀膜困难，犯了原理服从工艺的严重错误。请再给我们一点时间进行镀膜攻关，把准内腔变成全内腔，就没有此效应了。"

专家组同意让他们再试一试，但要"立下军令状，顶多 1 年内一定要干出来"。

这是没有退路的背水一战。高伯龙率领团队拼死攻关，一举攻克高性能反射膜镀制这个被称作激光陀螺"头号关键技术"的世界难题。1994 年 11 月，我国第一台激光陀螺工程化样机通过鉴定委员会严格测试，从而向全世界宣告：继美国、俄罗斯、法国之后，中国成为世界上第四个能够独立研制激光陀螺的国家。高伯龙率领团队以难以想象的艰苦努力兑现了自己的承诺。

至真至纯的人格魅力

高伯龙率领团队成功研制激光陀螺也与他严谨求实的个性不无关系。陀螺研制的几十年里，他从不会为了通过某项检查或评奖而弄虚作假、降低标准、改变初心，他常说："我们这个东西不是为了表演，是要用的。"

在人才培养上同样如此。高院士是名师，但有的学生却怕师从于他，他布置的课题宁可让学生延期毕业甚至淘汰也不会降低难度。而学生交给他的论文，他定会从头到尾推导一遍。如果发现问题，就不能进行毕业答辩。

但高伯龙又是非常惜才重才的。中专毕业的李晓红教员在陀螺研制中练就了一手超光滑石英玻璃加工绝活。因学历低几次面临转业。为了留下她，高伯龙亲自找领导，甚至给校领导写信。李晓红说："高院士在工作中看重贡献，而非资历和学历。我能在科大留到现在，多亏了他的爱护。"

兄弟学院研究脑科学的胡教授与高院士原本并不相识。2014年评选陈嘉庚奖，高院士认为相关研究成果很有价值，不但鼓励胡教授申报，还抱病为其修改材料，并给评委会写信推荐。胡教授深受感动。他知道院士个性，仅送上一小盒茶叶表达谢意，高院士也坚决拒收。2017年12月6日，高伯龙院士与世长辞，科大人无不悲痛。在北京出差的胡教授闻讯匆匆赶回，直奔殡仪馆，哽咽着说："就想来给高院士磕个头、送送他。"

高伯龙一生严于律己，他举荐过很多人，自己的小儿子却一直在所里的加工车间当临时工。从军委机关到院校领导，时常有人看望他，他的许多学生也身居高位要位，但他从没为个人和家庭的事求过人，即使在他生命的最后时刻，话题也全是激光陀螺。

身为一名掌握大量科研经费的泰斗级院士，高伯龙生活却极为俭朴。多年前他到某市参加国际学术会议，吃饭大桌开席。他说这是用公家的钱大吃大喝，自己拿个小碗夹点菜到一边吃。会后每人发个仿制的唐三彩做纪念品，他退给组委会，说不能把公家的钱变成自己的东西。

直到逝世前，他的家具还是多年前的老样子，十分简单陈旧。他长年身穿老式作训服和绿胶鞋，行走在家和实验室之间的小路上，其形象早已固化为学校一道有口皆碑的感人风景。高伯龙院士走了，但他一生报国所体现出的崇高精神品质，值得我们深刻思考和大力弘扬。

决胜尼罗河畔

——国防科大学员参加第三届国际无人系统创新挑战赛纪实

● 王握文　徐晓红　李立群

盛夏的开罗，骄阳似火。美丽的尼罗河畔，一场创新智慧与汗水的较量也如火如荼。

经过4天的紧张角逐，由埃及国防部主办的"第三届国际无人系统创新挑战赛"于当地时间7月31日降下帷幕。代表我军出战的国防科大代表队，一举夺得无人地面平台系统竞赛冠军，在国际赛场上展示了中国军校学子的创新风采。

中国无人车，惊艳国际赛场

7月29日下午2时，正是当地气温最高的时刻，设在埃及军事技术学院内的无人地面系统竞赛场，气温高达45摄氏度。

"开始！"随着裁判一声令下，一辆小型地面无人车迅速出发。它先是以轮式驱动快速规避多个障碍，遇到坎坷路段、沙石地面时，随即改为履带驱动，如履平地似的向前奔驰。爬45度斜坡、下1米高台阶，它又像变形金刚一样,伸出两只鳍一样的长臂支撑车体,与轮履密切配合,爬坡过坎,一路所向披靡。

国防科大代表队自主设计研制的"麒麟"地面无人车,以一系列堪称完美的复杂地形穿越,赢得观众席的一阵阵热烈掌声。

"太棒了!"担任此项目现场裁判的阿朴杜拉上校说,这是今天表现最出色的无人车。在此之前,一些代表队的无人车在穿越复杂地形时或多或少出现了一些失误,有的未能完成高难度的穿越任务。

首战告捷!指导老师徐晓红副教授悬着的心总算放下来了。由于当时天气炎热,她一直担心无人车上的设备能否经受住高温考验。现在看来,她的担心是多余的。

如果说遥控操作还有"人在回路"的话,那复杂地形自主穿越竞赛则是对无人车自主导航、目标识别、路径规划等能力的又一次考验。在第二天该项目竞赛中,"麒麟"地面无人车再次登场。找寻目标点、规避障碍,真可谓入无人之境,一路有惊无险,顺利到达终点,再次拿下这个项目的最高分。

该项目第3项竞赛是遥控执行装备操作。这天,学校代表队学员给"麒麟"地面无人车安装上一个带摄像头的机械臂。队长韩长林告诉记者,别看它外形颇像挖掘机,其实它具有像人一样的手腕、手指和视觉功能。这是3项竞赛内容中技术含量最高也最具观赏性的项目。

竞赛开始,主操作手郭子睿按下启动开关,只见"麒麟"地面无人车一路快速前进,接近模拟装备后,伸出机械臂,稍微停顿了一会,就找准了按钮,迅速完成按压动作。之后,又张开手指,握住一个油箱盖将其打开,一系列动作前后连贯,一气呵成。观众席上又一次响起热烈掌声:"China,Top1"。

"麒麟"地面无人车,惊艳国际赛场,在尼罗河畔掀起一股"中国风"。

挑战不可能，创新是制胜的法宝

3 项竞赛，3 次获得最高分，"麒麟"地面无人车一举夺冠，可谓实至名归。

"成绩来之不易。"担任领队的智能科学学院副院长吴美平教授说，这项竞赛要求参赛队必须自主设计和研制地面无人系统，技术要求高，竞赛规则严、难度大，像攀爬上 45 度陡坡、跃下 1 米高的台阶、自主避障、执行装备操作等，对无人车提出了很高的技术要求，这些都是他们之前没有遇到过的。

今年 3 月，学校获得参赛邀请后，离竞赛只有 4 个月时间了。能否在这么短时间内组织参赛队伍、设计并研制达到竞赛规则要求的无人车，大家对此信心不足，有人甚至认为这是不可能完成的任务。

勇于挑战才能打胜仗。承担组队参赛的智能科学学院认为，不仅要参加，而且要争取拿第一、夺冠军。

在学校支持下，他们迅速选拔了 17 名本科生和研究生组成参赛代表队，并由来自控制、机械、仪器三个重点学科的老师组成指导团队。在老师指导下，学员们综合运用先进控制理论、机器视觉、车载电子和移动平台知识，很快完成了地面无人平台设计，然后按照学员所学专业分成机械、导航、控制、电气、通信等 5 个小组分头进行研制，在完成车体结构自主设计后，立刻联系工厂进行各部件加工。

行走结构是地面无人车的基础，负责此项研制任务的路阔、刘家玮两名学员根据穿越复杂地形需要，提出轮履结合的创新设想，加班加点率先完成理论测试和部件加工组装；负责导航的呼晓畅、孙晓磊边学边干，实现了惯性导航、卫星导航与激光雷达相融合的组合导航技术突破；许铜华发挥专业特长，领衔完成了算法与代码编写；韩长林作为遥控操作手，率领徐玉伟等控制组成员进行技术攻关，解决了复杂地形穿越的遥控与通信、自主路径规划等难题……

将创新进行到底。短短 4 个月里，年轻学子们依靠自主创新，先后在轮履结合行走机构、组合导航、目标识别、路径自主规划等方面取得一系列突破，最终技压群芳，一举夺冠。

"创新成为赛场制胜的法宝！"指导老师曾志文如是说。

国际赛场较量，他们收获的不仅是冠军

7 月 31 日，竞赛结束。竞赛组织方并没有立即举行颁奖仪式，而是把 28 支参赛队携带的参赛设备集中起来进行展示，最后将竞赛办成了一次无人系统创新成果博览会。埃及国防部、教育部、有关高校领导和本领域专家也特意赶来观摩，听取各代表队介绍各自设备的性能和创新点，并进行交流、探讨。

当竞赛奖项尘埃落定，大家似乎已忘记了竞赛场上的争夺，而关注的是无人系统的军事应用与未来发展。事实上，此次竞赛的宗旨就是为全球高校打造一个无人系统创新实践平台，培养大学生的工程创新实践能力，促进智能载具及相关技术发展。

对于参赛学员来说，他们虽然夺得了地面无人系统竞赛冠军，其设计研制创新也赢得评委、专家的高度评价，但参赛带给他们的收获却远不止这些。

这次竞赛安排了一个技术答辩环节，竞赛组委会邀请智能控制领域 8 名将军担任专家，像进行研究生毕业论文答辩一样提出问题，让学员们回答并给予建议。担任系统性能介绍和答辩的学员闫恩齐说："现场答辩专家对无人系统及军事智能发展都有深入思考，提出的问题对我们今后的创新有许多启示，提供了更加广阔的思路。"

竞赛结束，年轻学子们并没有沉浸在获奖的喜悦中，而是将目光瞄准了未来无人系统研制和对无人作战的思考。

"这次竞赛环境紧贴实战条件,突出实战要求,说明竞赛不是唯一目的,更多是要面向战场,面向实战,这既是今后无人系统研制的方向,也是检验创新的标准。"

"军事智能将成为决定未来战争胜负的关键要素。我们要总结这次无人车研制经验,在自主定位、人机协同、智能控制等方面进行深入研究,努力提高创新对战斗力增长的贡献率。"

"未来武器装备研制将由信息化向智能化方向发展,我们必须发挥专业特长,撸起袖子加油干!"

一场竞赛,几多收获。载誉归来的年轻学子们,又投入加快军事智能化发展创新的实践中。

履行使命的脚步从未停歇

——记信息通信学院军队政治工作教研室教员王慧

● 谭雄鹰　王统一　顾　莹　姚　宏

9月7日,信息通信学院教师节表彰大会现场,军队政治工作教研室教员王慧用朴实无华的语言讲述了自己的经历,赢得在场观众的阵阵掌声。

2015年,王慧的父亲、女儿相继罹患重病,在治疗的几年里,她没有耽误一天工作,教学工作量饱满,年均授课120课时以上,参与全军级课题3项、院级课题4项,发表论文6篇,各项成绩均名列前茅。

在生活的磨难前,她乐观阳光、自立自强,帮助亲人战胜病魔;在平凡的岗位上,她不忘初心、坚定执着,履行使命的脚步从未停歇。

岗位,是挑战也是机遇

2006年春,王慧从信息通信学院研究生毕业后留校任教,从事军队政治工作"三战"课中法律战的教学研究。虽然之前没有接触过法律战教学,但她毫不犹豫接下任务,认真备课,积极准备试讲。

然而，试讲结果却给王慧泼了一盆冷水。教研室主任李振溅在收集了评委们的意见后对她说："你讲的课远离学员、远离部队、远离打仗，更重要的是不懂军事、不懂作战，讲法没贴近实战，也就不能为一线作战部队提供服务。"

领导的话如同一记重拳锤在胸口，那段时间里，王慧经常去听系里老专家教授的课，从中学习经验技巧。战场的需要是教学最好的导向，学员的需求是教员努力的方向。一次在讲述法律战课程时，一名学员跟她唱起了反调："作战要是都靠法律，那还打什么仗啊？"这让王慧意识到，学员对战争法在实战中如何应用知之甚少。在随后的教学中，她紧贴部队演训实际总结了"敌人打白旗了怎么办""清真寺能否作为火力攻击目标"等10多个经典案例，在中职培训、生长干部、研究生等各个教学班次开展情景模拟式教学和研讨，让学员们对法律战的认识更深了一层，学习热情也更加高涨。

王慧的努力没有白费，一期中职培训班结业后，一名基层通信部队的参谋长对她说："王教员，我们搞军事的，以前从来不考虑法律问题。听了您的课启发挺大。"她高兴得几乎要流下泪来。一些学员毕业回到部队后，还主动联系请她去讲课。有的学员遇到法律纠纷了，也会第一时间打电话给她。

近年来，王慧还针对学院"三战"课程不系统、法律战理论基础薄弱的实际，编写了《法律战》系列教材，完善了"三战"课程教学体系，多项成果在原总部组织的教学成果评比中获奖。

生活，有磨难也有历练

2015年春节，正在办公室加班备课的王慧突然接到父亲晕倒的消息，医院的检查结果显示父亲患的是骨髓增生异常综合症，属于血液病恶性肿瘤的一种，并且已到中晚期。同年5月，女儿又突发高烧，经过医院多次会诊，也患上了治疗难度很大的重病。

几乎一夜之间，家人相继患上重病，王慧感到天塌了一般。但她从来没有当着父母和女儿的面流过一滴眼泪。父亲的病没有很好的治疗方法，只能化疗。女儿的身边也离不开人。这几年，王慧的心始终提到嗓子眼上，女儿稍微有点咳嗽发烧，她都如临大敌。几年里，父亲和女儿常常出现同时住院的情况，有时在同一医院不同楼层，有时在不同医院，她就只能两地跑。

病中的女儿不能吃肉和含有蛋白质的食物，只能吃白水煮青菜、面条和稀饭。时间一长，怎么劝也不愿意吃，她就陪着女儿一起吃。从没有学过医的她，拿起了医学专著，根据医院给的调药标准和每周化验结果，像搞科研一样研究病例，与医生们反复论证病情，从中遴选最优治疗方案。

为了不让父亲、女儿和自己被沉重的心理包袱压垮，只要他们身体状态好，王慧就会带着他们出去旅游，放松心情。在她的精心护理下，父亲的病情减缓了恶化的速度，女儿也结束了为期3年的系统治疗，一天天好转起来。

赛场，如战场也如舞台

今年年初，当王慧得知学校将要举行教学能手比武竞赛的消息后主动请缨，然而今年的竞赛规则较往年有所变化，竞赛课程要从六节课中随机抽取，工作量翻了几番，在几轮预赛前的比赛中她都只排在中游。

距离预赛时间越来越近，备赛的工作强度也不断加大，从三天一讲到一天一讲，再到一天两讲，有时在会议室一待就是七八个小时。本学期王慧还承担了68课时的教学任务，整整4个月始终处于高强度运转状态。看着她这股拼命的劲头，怕她身体吃不消，很多人劝她放弃，但不服输的她硬是咬紧牙关，又一头扎了进去。6月初的正式预赛中，王慧在院本部和试验训练基地的 21 名选手中获得总分第二的成绩，顺利赢得代表学院参加决赛的资格。

在决赛的前 1 个星期，女儿突发高烧不退，父亲也发起了高烧，血小板几乎降为零。现实逼得她只能白天参加试讲，晚上在女儿的病床前改教案，同时还要随时关注父亲的病情。所幸父亲和女儿的病情都很快得到了控制。出发去长沙参赛的那天，女儿痊愈出院，临近期中考试的女儿对她说："妈妈，我没事了，你安心比赛，让我们一起拿满分！"女儿的鼓励，让她充满了力量。

功夫不负有心人。王慧在第一轮比赛中位于小组第二，在第二轮随机课竞赛中又获得 93.8 的高分。两轮成绩加权计算后的总分一举跃居 64 名选手中的第三名，为学院和自己赢得了荣誉。

从"零"的突破到跃上世界之巅
——记高性能计算从"跟跑"到"领跑"的跨越之路
● 王握文　于冬阳

初秋,位于天津滨海新区的国家超算天津中心,"天河一号"一如往常地高速运转。如今,它又有了一个新伙伴——"天河三号"原型机系统。有关专家介绍,该系统研制成功并通过验收,标志着我国高性能计算开始向每秒百亿亿次"E级"超算迈进。

此刻,在"天河"的诞生地——国防科技大学计算机学院高性能计算研究所,专家们正以时不我待的昂扬精神状态,向着新的"中国速度"发起冲锋,决心摘取"超级计算机的下一顶皇冠"。

从实现我国巨型机"零"的突破,到"天河"超级计算机7次位居世界榜首,40年间,这个团队一次次创造震惊世界的科技奇迹,实现了高性能计算从"跟跑"到"领跑"的历史跨越。

"银河"闪闪耀神州

"中国要搞四个现代化,不能没有巨型机!"1978年,在中央召开的一次重要会议上,邓小平同志的话掷地有声。他代表党中央、国务院将这一任务交给国防科技大学。

时任计算机研究所所长的慈云桂教授听到这个消息,当即向上级立下军令状:每秒一亿次一次不少;6年时间一天不拖;预算经费一分不超。"就算是豁出这条老命,也要把中国的巨型机搞出来!"

改革开放之初,我国技术落后,由于西方国家对我们实行技术封锁政策,能了解国外研制巨型机的情况十分有限。作为国内最早研制计算机的单位,他们此前为"远望号"测量船研制的"151"计算机,运算速度只有每秒100万次,而现在研制的机器运算速度提高了100倍,技术跨度大,研制工作面临重重困难。

"但是,困难没有吓倒我们。"年近九旬的胡守仁教授说,当时,大家只有一个信念,无论多大的困难也要造出中国自己的巨型机,不让外国人再卡我们的脖子,要争这口气,所以大家把它叫"争气机"。

一场没有硝烟的战斗在湘江之畔打响了!以慈云桂为代表的团队瞄准国际前沿,参考当时国际上先进巨型机的设计思路,扬长避短,集智攻关,坚持走自己的路。他们创造性地为巨型机设计了一个"双向量阵列"体系结构,在当时研制条件极其艰难的情况下,大家凭着顽强拼搏的创新精神,闯过了一个个理论、技术和工艺难关,攻克了数以百计的技术难题。经过5年夜以继日的攻关,提前1年完成了研制任务。

1983年11月26日,我国第一台亿次巨型计算机通过国家技术鉴定,它向全世界宣告:中国成为继美国、日本之后第三个能独立设计和制造巨型机的国家。

时任国防科委主任的张爱萍将军挥笔命名为"银河",并题诗一首:"亿万星辰汇银河,世人难知有几多。神机妙算巧安排,笑向繁星任高歌。"

消息传到北京,身为军委主席的邓小平非常高兴,签发命令为研制者记集体一等功,称赞他们是"国防科研战线上一支勇于进取、能打硬仗的先进集体"。

"银河"闪闪耀神州。1984年10月1日,在新中国成立35周年国庆大典上,"银河"巨型机模型受阅通过天安门广场,向世人展示出她迷人的风采。

创新无止境。此后,这个团队紧贴国家和军队重大战略需求,突破一系列关键核心技术,相继研制出"银河－II""银河－III"等系列巨型机,一步步将我国高性能计算技术推向国际前沿。

一条大河波浪宽

"一条大河波浪宽,风吹稻花香两岸。"在电影《上甘岭》里,《我的祖国》这首主题歌,以其优美的歌词成为传唱半个多世纪的经典。

半个多世纪后的今天,另有一条"大河",以其震惊世界的"中国速度",成为推进超级计算机研制与应用的军民融合"样本"。这就是先后7次登上世界超算之巅的"天河"系列超级计算机。

当今世界,高性能计算已成为理论和试验之外的第三种科学研究手段。进入21世纪,随着我国改革开放步伐加快,经济社会发展对高性能计算提出了更高要求。然而,直至21世纪初,我国仍与国际先进水平相差一个量级。

面对严峻挑战,高性能计算创新团队瞄准国际前沿,超前谋划部署,毅然吹响了向千万亿次级超级计算机冲锋的"集结号",向着计算机领域的"珠穆朗玛峰"攀登。

机遇垂青有准备的头脑。当我国将发展千万亿次级超级计算机系统列入《国家中长期科学和技术发展规划纲要》时，他们凭借充分的技术储备和可行的研制方案，顺利获得国家"863"计划重点课题的支持，研制工作正式融入国家创新体系。

东方风来满眼春。2007年11月，党的十七大召开，提出"要更好地发挥天津滨海新区在改革开放和自主创新中的重要作用"，学校随即与天津滨海新区签订合作协议，联合开展千万亿次级超级计算机研制，共同建设国家超级计算天津中心。

融入国家创新体系，走军民融合自主创新道路，使我国千万亿次级超级计算机研制迈入"快车道"。天津与"银河"的"联姻"，也使我国千万亿次级超级计算机有了一个崭新的名字——"天河"。

2009年10月，在新中国成立60周年之际，我国首台千万亿次级超级计算机系统——"天河一号"研制成功，我国成为世界上第二个能研制超级计算机的国家。1年后，"天河一号"以优异的运算速度在全球超算计算500强排名中位居世界第一，将五星红旗插上世界超算之巅。

然而，仅仅过了8个月，"天河一号"就被挤下冠军台，一路滑落到第8名。如何创造新的"中国速度"？学校将军民融合自主创新的目光投向了广州珠三角地区，迅速与广州市签署合作协议，联合研制"天河二号"超级计算机。

2013年6月17日，中国超算"王者归来"，"天河二号"以优异性能再次登上世界超算之巅，并连续6次位居世界超算榜首。

从渤海之滨到南海之畔，"天河"在神州大地激起一股"中国速度"的巨大波浪，彰显出军民融合式发展的巨大威力。

创新驱动发展

在天津滨海新区服务外包产业园,一栋橘红色大楼外墙上,"天河"两个大字格外醒目。这栋建筑面积达 6500 平方米的大楼,就是国家超级计算天津中心。走进一楼近 1000 平方米的主机房里,由 140 个机柜组成的"天河一号",排列成 13 行,犹如列队受阅的方队,气势如虹。

中心主任刘光明告诉记者:"天河一号"每天运行的计算任务多达 1400 多个,用户近 1000 家,每天有 1000 多家科研团队借助它开展高性能计算和海量数据处理等研究工作,已累计支持国家科技重大专项、863、973、国家自然科学基金等国家和省部级重大项目 1200 多项,取得了一批具有国际先进水平的科研成果。"

如今,天津、广州、长沙已建成以"天河"为业务主机的三大超算中心,构建起材料科学与工程计算、生物计算与个性化医疗、装备全数字设计与制造、能源及相关技术数字化设计、天文地球科学与环境工程、智慧城市大数据和云计算等 6 个应用服务平台。为国内外近 3000 家用户提供高性能计算和云计算服务,有力推动了科技创新、产业升级、经济和社会发展。

随着应用领域的不断扩展,"天河"系列超级计算机日益显示出作为国家重要基础设施的强大支撑作用,成为国家科技创新和经济社会发展的强劲引擎。

40 年弹指一挥间。我国高性能计算技术从"跟跑"到"领跑"的跨越,是改革开放催生神州巨变的一个缩影,更是走中国特色自主创新道路书写的崭新篇章。随着"天河三号"研制工作的展开,未来的"中国速度"将更加精彩。

让天河之光更加灿烂
——记中国工程院院士廖湘科的创新之路

● 顾 莹 刘于蓝

7月22日，由国防科技大学牵头研制的"天河三号E级原型机系统"在国家超级计算天津中心部署完成并顺利通过该项目课题验收，将逐步进入开放应用阶段，这标志着我国高性能计算已开始向百亿亿次级的"E级"超算迈进。

从天津赶回来的廖湘科不顾旅途劳累，一回到学校便直奔工程例会现场，对他来讲，摘取超级计算机的下一顶"皇冠"是一项时不我待、只争朝夕的任务。"天河一号""天河二号"正是在他分秒必争、从容不迫的指挥下，一次又一次问鼎世界超算最高峰。

"我就是冲着'银河'去的"

廖湘科与"银河"结缘始于在清华大学读书时，在班主任的印象里，廖湘科属于那种不声不响、学习成绩好、有想法的学生。

1983年下半年，廖湘科正在读大三，我国首台"银河"亿次超级计算机在国防科技大学诞生,中国成为继美国、日本等国之后,能够独立设计和制造超级计算机的国家。这一消息让廖湘科兴奋不已,他和几位同学决定南下长沙,去亲眼看一看创造了历史的机器是什么样子。到达长沙后,他们受到国防科技大学计算机系几位专家的热情接待,在大开眼界的同时,廖湘科更坚定了自己的专业选择,"一定要像这群银河人一样,打破国外的技术封锁,改变我国在技术领域的落后局面!"

本科毕业后廖湘科报考国防科技大学攻读硕士研究生,用他自己的话说:"我就是冲着'银河'去的!"从"银河 II"起,廖湘科就与巨型机一起成长,参与了后续各代机器的全部研制过程,从一个普通的程序员一步步成长为今天巨型机事业的总指挥。

"没有最快,只有更快"

投身巨型机事业之后,廖湘科一遍遍研读相关技术资料,不断熟悉巨型机软硬件的基本结构和工作原理,积累了几十万字的学习资料。善于思考和认真负责的廖湘科在项目中经常扮演出谋划策的"师傅"角色,同事们有什么解决不了的问题都会第一时间去找"廖师傅",久而久之"廖师傅"就成了他的代号,一声"廖师傅"饱含了同事们对他的敬重和信任。

在"天河一号"系统的研制中,廖湘科作为副总设计师,协助制定系统的总体技术方案、技术路线和设计指导原则,并具体负责组织和实施,其责任和难度可想而知。廖湘科瞄准国际前沿技术,大量收集查阅资料,那段时间,他整天泡在机房里,经常是早晨第一个去,晚上最后一个离开,机房俨然成了他第二个家,廖湘科打趣道:"对我来说工作就像玩游戏,是会上瘾的。"

经过反复试验,廖湘科提出了当时国际领先的虚拟化网络计算支撑技术和多层次的大规模系统 RAS 技术方案,有效提高了系统的易用性和可靠性，实现了我国自主研制超级计算机能力从百万亿次到千万亿次的跨越。2010年11月，国际TOP500组织认定"天河一号"超级计算机系统排名世界第一，使我国一举超越美国，成为拥有世界最快超级计算机的国家。

短暂的喜悦过后，廖湘科又开始了紧张的工作，他早已将目标瞄准了运算速度更快的亿亿次超级计算机系统——"天河二号"。他说："从银河到天河，30年的经验告诉我们，在超算这个领域，没有最快，只有更快，我们没有'歇口气'的时间。"

在研制过程中，遭遇了一个制约瓶颈——各中央处理器之间协同计算效率低，廖湘科创新性地提出了使用新的编程模型和通信协议等方法，解决了这一国际难题。这个研究成果，取得Linpack测试和HPCG测试均排名世界第一的成就，还获得了国家科技进步特等奖。自2013年6月起，"天河二号"连续6次摘取世界超算桂冠，标志着我国超级计算机研制达到世界领先水平，习主席专门对"天河二号"研制成功作出重要批示。

比运算速度更重要的是超级计算机的应用。廖湘科瞄准了国家创新驱动发展和军民融合发展的战略机遇，充分发挥超级计算对其他学科的支撑作用，抢先布局国家超级计算中心，"天河一号""天河二号"作为中心主机先后部署于天津、长沙、广州超算中心。天津超算中心建成伊始，应用推广并不顺利，廖湘科既当"总指挥"，又当"推销员"，主动与用户沟通，帮助用户快速理解应用模式，建立用户所需的应用运行环境。到目前为止，"天河"超级计算机已经为国内外1000多家用户提供高性能计算和云计算服务。

"攻克核心关键技术离不开创新"

对于计算机基础软件,有人曾做出这样的比喻:如果把计算机硬件比作一个人的躯干,那么基础软件就是人的思想。基础软件的主要作用是管理、调度和控制计算机上的各种资源,为各类应用软件提供开发、部署、管理环境,尤其是操作系统,它是计算机系统中的核心软件。我国的操作系统核心技术长期被国外垄断,长此以往,必将导致信息产业发展的被动局面,且存在严重的安全隐患。廖湘科为此深感焦虑:"只有自己掌握核心关键技术才能不受制于人,而攻克核心关键技术离不开创新。"

2002年,国家设立"863"软件重大专项,明确把操作系统作为软件重大专项的主要研究方向,并把麒麟操作系统作为重点,由廖湘科担任"银河麒麟"操作系统的总设计师。廖湘科带领团队决定采用基于FreeBSD和Linux开源操作系统进行军用增强的技术路线,由此开始了10多年的持续攻关,提出了基于可扩展密码服务框架的三态安全操作系统结构等方案,研制出国内安全等级最高的麒麟操作系统,打破国外B级以上安全操作系统技术的严格封锁,成为我军唯一选型的军用通用操作系统,成功应用于航天测发控、电网调度等关键领域。

"我们要充分发挥超级计算对整个IT产业的辐射带动作用!"廖湘科似乎总是喜欢盯着远处看。在他的谋篇布局下,计算机学院逐步形成了覆盖信息技术重要领域的高性能计算、自主可控信息系统核心支撑、信息安全与网络战、新兴交叉学科等4个技术群,产生银河/天河超级计算机、飞腾CPU/DSP、银河玉衡路由器和麒麟操作系统等为代表的科研成果,在国家和军队网络信息体系建设和各类武器装备研制中得到规模化应用,实现国家军队信息系统关键领域的核心器件国产化替代,成为国家信息安全和军队武器装备自主可控建设的重要基石。

"我们要站得更高、走得更远"

2009年4月担任计算机学院院长后,廖湘科深感责任重大,他一边心系工程攻关,一边为学院的发展建设殚精竭虑。他还力所能及地解决大家的实际困难,保证每位同志全身心地投入工作。而他自己的爱人却只是计算机工厂的普通职工,从来没得到过"特殊关照"。

日常行政公务本就繁忙,为了保证项目质量和工程进度,廖湘科常常加班熬夜,长期高强度的工作使他的身体健康"屡亮红灯",但他却无暇顾及,连鼻腔内部出现问题都全然不知,直到已经严重影响呼吸,才到医院检查并进行手术。手术过后,医生郑重嘱咐他要注意休息,不能奔波劳累,但为了项目进度,廖湘科刚出院便坚持乘坐飞机赶往外地的实验现场,结果一下飞机鼻子就流血不止,被送往当地医院急救。在经过简单的处理后,他又毅然投入紧张的实验测试过程中,确保了实验项目的顺利进行。

对于廖湘科来说,登顶巅峰并不是创新的休止符,他曾说:"在研制'银河''天河'系列巨型机时,我们并没有把十八般武艺都用上,我们的技术路线还有很大的发展空间,我们的队伍还有很大的创新潜力,我们一定要,也一定能站得更高、走得更远!"

把制敌的"竹竿子"延伸到太空

——记电子科学学院 ATR 国防科技重点实验室某创新团队

● 龚盛辉　段路遥

习主席号召广大科技工作者:"把论文写在祖国的大地上。"

电子科学学院 ATR 国防科技重点实验室某研究室官兵,就是这样一群科技工作者。近 20 年来,他们胸怀强国兴军坚定信仰,默默坚守在国防科技神秘领地;他们用智慧与汗水,精心浇灌着高精尖成果之花;他们用无私奉献的情怀,滋润培育着一株株创新技术的幼苗长成参天大树,为国家撑起一片和平安宁的蓝天。

"为了国家强盛、军队强大,个人进步再受影响也值得干"

20 世纪 60 年代,美国飞行高度达到 2.1 万米的 U2 侦察机,经常肆无忌惮地侵入我国内陆领空侦察,突然有一天被我国击落了。对此,外国记者很不理解,便在记者招待会上问我国当时的外交部部长陈毅元帅:"你们中国是用什么武器击落的?是用导弹吗?"

陈毅元帅幽默地回答："我们是用'竹竿子'把敌机捅下来的。"

20世纪末，我国准备把这根"竹竿子"延伸到太空上，启动了某空间防御系统工程。该系统的"大脑"，即信息处理系统，是工程建设的核心关键技术之一。工程总体单位特别邀请国内相关技术领域数家实力雄厚的单位赴京参加项目竞标。

大家都知道，像这样的"高精尖"项目，都是些"经费少、压力大、奉献多、进步慢"的活儿，而且由于事关国家安全，需要严守秘密，不能发表科技论文，职称评定、晋级晋衔都受影响。但某创新团队的成员纷纷表示："为了国家强盛、军队强大，个人进步再受影响也值得干。"

该团队带头人，立刻带领两名年轻教员前往请战。面对强劲的竞争对手，他们从关键问题、总体思路、技术途径、预期性能等多方面深入分析，提出了一种全新设计方案，其新颖的思路和科学的分析令与会专家和同行折服，成功争取到系统"大脑"研制任务。

"我们在项目合同书上签了字，就是向国家立下了生死军令状"

研究室前主任萧老师有一句"口头禅"："看我的、跟我来。"这几年，他参加过多个型号项目，为了技术攻关，他常年奔波于长沙、北京及全国各地试验场之间，积累了丰富的工程实践经验。大家给他取了个外号"万能的萧"，而且形成了定式思维——"有问题找萧老师"，而他面对项目中出现的各种疑难杂症，总是号脉准确、对症下药，让人放心。

十一五、十二五期间，课题组在三个领域同时启动四条研制线，这是团队最忙碌、最艰难的时期，由于人手少、时间紧、任务重，除了负责自己牵头的项目，萧老师还要兼顾室里所有项目的硬件设计。那段时间,哪一个项目卡了壳,他就奔赴哪去"灭火"。

那年深秋的一天,萧老师正在深圳出差,突然接到课题组一位老师从北京打来的电话:"我们的型号处理器在系统联调测试时工作异常,由于处理器被封闭在结构件中,谁都不敢轻易拆卸,主任怎么办?"

萧老师一听,拔腿就出了门,乘坐最早的航班,在第一时间赶到北京郊区的测试场。深秋的北京,秋风凛凛,比深圳气温低了20多度,当地人早就穿上了绒衣秋裤,逼人的寒气把身着单衣、脚穿单鞋的萧老师冻得浑身哆嗦。战友们不解地说:"你一年时间出差半年,还不知道北京什么天气,不知道带上厚衣服?"萧老师说:"我一听就急了,哪还顾得想那么多。"大伙说:"你在市区买件羽绒服再过来也不晚啊。"他说:"顾不上了。我一听这里出事了,心里就急呀。"大伙说:"再急也用不着急成这样呀。"他说:"国家把这个项目交给我,就是给我下达军令,而我在合同书上签了字,就是向国家立下了生死军令状,是舍弃了生命也必须兑现的。一想到这层,就什么都顾不上了。"

他立刻与调试人员碰头,初步定位故障,果断拆开结构件,连夜排除故障,保障了系统联调顺利推进。

粒子照射实验,是他们科研中必做的试验项目。但粒子试验条件苛刻,难以形成,通常一年只出现一两次,可谓"一年等一回",机会难得,不容错过。试验前的准备工作又非常繁复,且连续性强,中途绝不能中断,而试验条件从开始出现到成熟通常只有1个月时间,这就意味着大量烦琐复杂的试验准备工作必须在1个月内完成,要求大家连续工作30天。有一次试验准备恰逢春节期间,在别人放假欢庆新春的日子里,他们连顿与家人的团圆饭都没吃上。接下来的试验也是这样,要求昼夜24小时,机器不停转,人员不离场,连续7天,吃只能叫外卖,睡只能轮流打个盹。进场联调试验就更是如此,常常在西北戈壁深处一待就是1个星期、1个月,甚至两三个月。

团队里大部分是年轻人,正值结婚成家之时,而当家事遭遇了试验任务时,他们永远把使命摆在第一位。华老师肩负着质量标准管理兼教学任务,她和丈夫的工作都非常繁忙,而且还经常出差,根本没有时间照顾孩子,女儿从幼儿园开始便寄放在朋友家里代管,高中3年,女儿只身一人在北京某中学驻读……

"从事与国家安危紧密联系的工作,是一种幸运与幸福"

近年来,随着院校调整的展开,学校官兵全体"起立",等待组织决定个人"进退去留"。与此同时,团队的项目调试、试验任务开始步入密集期,仅2017年就有两次重大现场试验任务。为确保工程建设"不断线""不掉链",大系统要求各分系统工作不"熄火"。在此情况下,他们这辆在国防科技阵地上冲锋陷阵的前沿战车,不仅没"熄火",甚至连脚都没歇一下,创新的激情依然旺盛,加班的热情依然高涨,以原有的节奏、原来的速度,沿着原来的轨道向前冲刺!

这种非常时期的非常奉献,来自他们头顶上的使命、胸腔里的豪情。

他们说:"我们参与的工程建设,是'战略实力',事关国家安危,能成为其中一员,是一种幸运,更是一种幸福,每当想到自己的工作与国家命运、民族崛起紧密相连,就有一种神圣感、崇高感,就觉得人生有价值、有意义,将来老了就有资格对孙辈们说'现在你们能幸福快乐地生活,可要感谢你们爷爷和战友们当年干的事情,为你们创造了和平的天空'。因此,每当接到新的攻关任务,我们都抑不住热血沸腾、心潮澎湃,科研中就有一种使不完的劲,就觉得加班、出差不仅只有苦和累,更多的还是一种快乐。"

那天,他们参与研制的系统就要进行现场发射试验了。他们被邀请前往试验保障。当大家听着发射指挥员倒数着"10，9，8，7，6，5，4，3，2，1"然后一声令下："发射!"当看着自己参与研制的长长的"竹竿儿"拖着美丽的尾焰直冲云霄，不久传来"准确命中目标"时，大伙再也按捺不住那颗"嘭嘭"跳动的心，都激动得流出泪花。

蓝盔出击

——记国际关系学院国际维和培训与研究中心教研团队

● 姚 宏 陈 思

累累弹痕诉说战争创伤，朵朵白花寄托深切思念。2018年7月25日，联合国停战监督组织在位于黎巴嫩南部的希亚姆观察哨举行祭奠仪式，追念12年前不幸遇难的杜照宇等4名联合国军事观察员。联合国停战监督组织参谋长阿瑟·戴维·高恩少将说："他们将生命永久地镌刻在了人类维护世界和平事业的历史丰碑上。"

同时，坐落在六朝古都南京的国际关系学院，也凝聚着沉沉哀思。这里，是杜照宇烈士的母校；这里，开启了我国维和教育事业的开端；这里，有一支让"中国维和"走出去的队伍——国际维和培训与研究中心教研团队。

为和平而生

20世纪80年代，和平与发展成为世界主题。为彰显大国担当，作为联合国安理会常任理事国的中国，积极参与联合国维和，并于1988

年加入联合国维和行动特别委员会。1990 年,国际关系学院受命为我军首批 5 名维和军人进行业务培训。国际维和培训,全国全军没有先例。任务不等人,学院只能以"学院组训、外援授课"的方式,匆匆开启了我军国际维和培训先河。当年 4 月,5 名学员结束培训,赶赴中东地区。

虽然首批培训学员在任务区出色完成任务,但学院各级领导仍有遗憾。1993 年,刘钊教授完成撒哈拉联合国军事观察员任务刚回国,学院便要他牵头建团队、办培训。刘钊欣然受命,扎进国外文献的汪洋大海,反复寻找维和培训资料。然而,联合国的维和材料零散不成系统,没有实战案例支撑,无法拿来就用。

整整一个暑假,刘钊把自己关进闷热的办公室,坐在从任务区带回的上百个录音带中,反复听录音。边界冲突、聚众示威、坦克轰鸣、战机升空……任务区的点点滴滴,在脑海中隐现。"教材一定要与实战紧密相连!"刘钊带着团队成员,日夜连轴,短短 2 个月,完成了《维和英语》《观察员业务》《维和通信》三本教材的初稿,弥补了我军国际维和专业领域的空缺。

此后 10 多年,团队日益壮大,开展军事观察员和维和参谋军官培训、牵头编写全军维和部队训练大纲、参与系列维和分队指导手册的编审……完成了系列高难度、开创性、填补空白的任务。

2011 年,陆建新教授赴澳大利亚担任教官时发现,西方国家的军事观察员培训课程已经取得联合国认证。他对自己说,一定要拿下联合国认证,办中国的国际培训班。

综合演练,是通过联合国资格认证的重要实践性环节。在国防部维和事务中心的具体指导下,团队多次赴北京怀柔地区实地考察,夜以继日,埋头苦干,设计课程方案,光英语综合演练材料就准备了 30 多万字。

2014 年 9 月,某复杂地域,一场以联合国军事观察员实战为背景的综合演练拉开帷幕。面对处置未爆炸物、通过武装哨卡、组织武器核查、应对媒体采访等科目，"军事观察员"沉着应对，冷静处置，表现优异。

当年年底，以该团队为主完成的"联合国军事观察员培训课程"顺利通过联合国资格认证。认证书这样写道："中国人民解放军举办的联合国军事观察员培训班，课程设置合理，符合联合国训练大纲要求，理论授课精细，综合演练贴近实战，受训人员技能完全达到岗位任职要求。"通过联合国资格认证，标志着我军维和训练国际化、标准化水平迈上新台阶，将为打造"蓝盔"劲旅、维护世界和平做出更大贡献。

为和平而教

伴随我国参与联合国维和行动程度越来越深，执行维和任务的部队越来越多。维和人员"无战斗之敌，无战胜之地，武器仅用于自卫，效率依靠自愿合作"，有自己独特的战场和战术，如果行动处置不当，非但不能维护和平，反而会加剧冲突。

某维和部队对"解除冲突派别武装"理解有误，训练了不少武力缴械的科目，而维和行动中，解除武装是指冲突派别根据达成的协议放下武器。因此，原沈阳、北京、兰州、济南、成都等军区的维和部队纷纷找上门，请求支援。

"如果被某派别武装分子控制，对方要求合影，怎么办？"维和培训课堂上，王传金抛出的问题，引发热议。讨论平息，王传金正色道："中立是原则，合影代表着某种姿态，可能会被利用，是不允许的。如果武装派别与联合国正在发展友好关系，合影又是可取的。"一堂课下来，官兵听得有滋有味，受益匪浅。

近年来，团队成员 120 余次赴部队，为维和官兵行前集训提供指导，先后培养了近 4000 多名联合国高级指挥官、军事观察员、参谋军官、维和部队骨干以及首批中国维和警察，受训学员遍布东帝汶、刚果

（金）、波黑、科索沃、利比里亚、阿富汗、海地和苏丹等所有维和任务区，为国际和平事业做出重要贡献。

去年，蔡辉在德军联合国维和培训中心担任教官时，遇到外军学员"刁难"："老师，你讲的这些内容我们可以自学。"蔡辉果断转变思路，索性丢开书本，以自己4次维和经历为案例，播放执行任务的视频，新鲜真实的课堂，震撼了外军学员。蔡辉的课受到高度评价，并被要求加一堂示范课。

陆建新给外军学员授课时发现，外军维和经验丰富，培训模式成熟，如何让外军学员融入我军培训设计，是首先要克服的难关。他将联合国培训大纲、外国培训案、自身维和经历融为一体，圆满完成承训任务。一名瑞士军官回国后，强烈建议邀请我国教官到瑞士帮助培训。"我们培训过的外国学员，在任务区见到中国军官，都会很自豪地说，我就是在中国学习的。"说到这些，陆教授眼中充满了自豪。

随着学院"维和品牌"的影响力不断扩大，团队走出去的步伐愈加坚定，频繁亮相于国际舞台，德国、澳大利亚、瑞士、荷兰……都留下了团队的身影和脚步，彻底改变了一些国家对中国军队维和力量的认识。

为和平而战

苟利国家生死以，岂因祸福避趋之。维和就是上战场，团队成员全都到国外参加过维和行动与培训，经历过战乱与贫穷，遭遇过埃博拉疫情……一次次与死神擦肩而过，大家毅然选择面对危险，守卫和平。

2015年11月底，蔡辉出任联合国驻马里多层面综合稳定特派团（简称联马团）副参谋长。此时，马里袭击和爆炸频发，进入国家紧急状态，一些西方国家开始紧急撤出使馆工作人员。在此维和的某军称："马里维和行动这一联合国伤亡率最高的任务，其危险程度堪比北约军队在阿富汗的作战行动。"

当地时间 2016 年 6 月 1 日 4 时 50 分，一辆装满炸药的车辆冲向我维和分队营地，哨兵申亮亮立即用对讲机向指挥部报警，哨兵司崇昶则向车辆持续射击。车辆无法冲入营门，便撞向离哨位约 20 米的挡弹墙引发爆炸，申亮亮壮烈牺牲，司崇昶身负重伤。

蔡辉接到作战参谋报告后，立即通过多条途径跟踪事件进展，及时搜集信息，向国内汇报情况。由于通信联络不畅，事发后四五个小时，蔡辉的手机成了前方热线，很多重要信息和指示通过他进行传递、下达。

同时，蔡辉不断和战区司令部、我三支维和分队沟通，指导分队做好自救互救、加强安全防卫和协调伤员紧急后送等事宜。征得国内维和主管部门和武官处同意后，蔡辉和联合国秘书长特别代表、部队司令赶往事发地点进行现场勘察、慰问伤员、了解情况，为军队工作组来任务区做准备，积极开展追凶工作。

2014 年 8 月，在利比里亚完成任务、准备回国的史正永，突然接到电话，联利团司令希望他延期 2 个月，共同应对第二次急剧爆发的埃博拉病毒。此时任务区病毒猖獗，感染人数急速上升，多待一秒都充满危险，别国维和人员开始撤出，但史正永毅然选择留下。高温酷暑下，史正永和同事坚守岗位，有条不紊开展物资投放、实地调研等工作，直到疫情结束。"干我们这行，不能负了使命"，史正永说。

戴上蓝盔，他们舍弃个人安危，保护世界和平；走出战场，他们拿起粉笔走上讲台，打造中国名片。团队始终保持着冲锋的姿态，用实际行动兑现着维护世界和平的郑重承诺。

勇立潮头谋打赢

——记第六十三研究所数据工程研究室

● 龚盛辉　潘　欣

数据，是军队装备战斗力生成和提升的"倍增器"，是强化装备建设创新能力的"驱动器"，是孕育新的作战理念的"孵化器"，是打赢现代化信息战争的关键要素之一。

第六十三研究所数据工程研究室，虽然只有十几名同志，在我军数据建设领域，也许是支小团队，但他们胸怀大志、肩挑重任，承担起我军装备数据建设的理论研究、总体论证、顶层设计、系统研制、标准规范编制和关键技术研究等工作，先后获国家科技进步特等奖1项（合作），军队科技进步一等奖6项、二等奖8项、三等奖17项，国家（国防）发明专利8项，出版专（译）著4部，成为我军军事信息系统与数据工程技术创新的"主力军"。

他们把心思放在打赢上

因我军信息化建设紧迫需求而生的第六十三研究所数据工程技术创新团队，始终以推进我军数据建设发展为使命，坚持走好"在为我军信息化作贡献中壮大"之路，围绕我军打赢信息化局部战争战略目标，勇立潮头、主动作为。

2012年，团队崔之祜研究员前往北京参加某科研项目论证工作，在一天吃午饭时，偶然听到总部机关一名参谋说："全军某数据建设项目就要启动了。"说者无心，听者有意。崔之祜返回南京立刻向团队汇报这一信息，研究所领导高度重视，决心全力争取该项目攻关任务。他们在上级没有正式立项，没有一分项目经费投入的情况下，自己想方设法筹集预研资金，提前开展项目基础技术研究。与此同时，派出技术骨干前往北京帮助工作，提前参加立项论证，了解了项目情况，赢得了总部机关的信任。最终，他们以突出的技术优势和良好的工作关系，成为这一全军级数据建设项目的大总体单位。

一门心思谋打赢，是该团队所有成员的自觉行为；不等不靠，提前研究，主动楔入，是该团队建设发展的"法宝"。凭着这一优良传统，他们围绕装备数据，先后争取并出色完成了全军某装备管理综合智能平台、一体化装备指挥平台、"某工程"全军装备某数据建设、"某工程"某装备技术保障系统等军队重点科研项目。连续10年承担了全军装备某数据年度采集汇总任务的软件支持和技术保障工作。目前，正在承担全军装备某数据资源建设技术总体、"某工程（三期）"数据建设总体、国家科技重大专项"核高基"项目"面向某大数据分析处理平台"、军事通信网某资源数据建设等一批重点科研任务。今年年初，又被军委机关明确为全军装备某数据工程建设技术总体单位和"某工程"装备某业务管理系统研制总体单位。

他们把目光盯在前沿上

在硝烟战场上，只有占领前沿阵地，冲锋陷阵时才能赢得主动。在没有硝烟的战场——高科技博弈亦然，只有掌握前沿技术，才能抢占先机，实现由追赶到领先的跨越。第六十三研究所数据工程技术创新团队，牢固树立前沿意识、赶超意识，积极推进新方向、新领域、新技术的研究探索。

该团队在工作实践中敏锐地意识到数据是军事信息系统重要基础性工程，涉及至关重要的核心关键技术，它甚至直接决定着军事信息系统能否发挥效用及其效用大小，因为没有数据支撑的军事信息系统，就像没有水的河床、没有炮弹的火炮。但军事信息系统技术兴起之初，人们对数据工程并未引起足够重视，认为它只是配套工程，对数据工程理论研究一直无人涉足，理论成果几乎为零。核心关键便是高峰，无人涉足便是机遇。为此，他们对数据工程展开深入系统的理论研究，对数据定义、采集、加工处理、融合、存储、发布、共享、使用、评价等技术进行创新性探索，完成了一系列数据工程尖端课题攻关，为我军一系列重大军事演习提供基础性数据支撑。

信息系统中的数据有质量优劣之分，直接影响甚至决定着系统"健康"。如同水源需要进行净化一样，数据也需要进行提质处理，这是数据工程研究的前沿。为此，团队副研究员、博士后曹建军，牵头组建并带领信息质量研究组在我军率先开展数据质量控制与数据治理研究，出版了数据质量研究领域《数据质量导论》等专（译）著4本，先后主持完成省部级重点项目7项，获省部级奖4项、授权发明专利4项、注册软件著作权2项，发表学术论文近100篇，研究成果总体水平处于国内领先。

该团队成员都有着很强的前沿理念、创新意识，他们在科研中非常注重应用新理论、注入新成果。如青年工程师俞赟、周晓磊同志，在承担"装备某数据工程技术总体"任务时，大胆应用新型数据库技术，并成功通过验证，形成了标准。在做顶层规划设计时，他们又创新性引入边缘计算、云际协同、区块链等当前热点、难点技术，形成了大数据共治同享的新局面，受到大家欢迎和称赞。

近年来，该团队围绕数据工程研究前沿方向，先后组织开展内部学术交流活动200余场次，学术论文被三大检索收录30余篇，培养博士后、博士研究生、硕士研究生20余名。合作申报成功军用数据与知识工程军队重点实验室。

他们把重心偏在攻关上

数据的"神经末梢"遍布全军各单位，各种数据信息蕴含在全军将士身上和各种武器装备中，建设数据工程，必须深入一线、深入基层，与广大官兵一道摸爬滚打。因此，参加全军各种军事演习，对于他们来说是"家常便饭"，出差在外则是"正常生活"。如他们在研制全军一体化指挥平台时，先后参加数次军事演习，攻关在一线，保障在一线，有时在坑道里一待就是十几天。再如在全军装备某数据资源建设时，他们作为大总体，要对接20家分系统总体单位、150多家参研单位，要求他们每个月去每个小总体单位进行一次思路介绍、答疑解惑，并先后举办十几次培训会。团队成员每年出差时间都在半年左右，有时一人一天要跑好几个单位，多次换乘航班或高铁。

长年出差出外，不可避免会对家庭产生影响，但他们始终以强军事业为重，团队中无论是谁接到出差任务，都能坚持克服困难、说走就走，坚持加班加点、吃苦耐劳。毕业于东南大学的江春高级工程师，在30多年科研生涯中先后参与多个大工程项目的研制，工作任务一直非常饱满，如在某工程任务最后会战阶段，她连续近2个月进行封闭式攻坚，每天只睡四五个小时，连中秋之夜都是在实验室里度过的。工程师彭琮，结婚时就想要个孩子，可新婚不久全军一体化指挥平台建设开始了，为了不影响科研，她坚持没要孩子，直到3年后项目建设一期工程圆满完成，她才怀上第一个孩子。孩子还不满8个月，二期工程建设又拉开序幕，她又立刻给孩子断了奶，投身到二期工程建设中……

无私奉献中，他们的人生事业不断取得新成就。团队先后2人次荣立二等功、11人次荣立三等功，多人被上级评为优秀共产党员、科技工作先进个人、践行当代革命军人核心价值观标兵个人和践行强军目标标兵个人，2人获批享受国务院政府特殊津贴，7人获批享受军队优秀专业技术人才岗位津贴。

顽强拼搏中，团队建设不断迈上新台阶。团队先后3次荣立集体三等功，多次被评为人才培养先进单位和科技创新团队，2016年被评为全军先进基层党组织。

战有良师则自胜
——记电子对抗学院教授施自胜

● 孙程浩

在军队里,有这样一个群体。

他们虽然不是战斗人员,但他们做的每一件事,无不与战斗力生成息息相关。

他们虽然没有身处作战岗位,却精心培养和雕琢了一批又一批走上战位的官兵。

他们有一个共同的名字:军校教员。

国防科技大学电子对抗学院教授施自胜,于三尺讲台深耕30余年,他的学生都说,无论做学问还是做事,都能从老师身上学到太多太多。

为学,严而胜己者自胜

施自胜经常把一句话挂在嘴边,他说,凡事要么不做,要做就做到最好。

2015年,施自胜53岁。这一年,他做了一个令众人瞠目结舌的决定,从零开始学 C 语言。

因为他在带领团队开发《军语》编纂系统软件时,看到其他年轻教员都在加班加点,自己却闲在一旁,感到脸上有些挂不住,便找来负责编程的教员说:"我有计算机基础,不能因为我年纪大就搞特殊。"有人用编程之难劝阻他,施自胜却不服:"我们之前有过分工,我的部分我自己负责!"

C 语言历来以开发周期长、代码数量大著称,让许多不熟练的程序员望而却步,更不用说这个基础为零的"老菜鸟"。然而施自胜不信这个邪,捧着几大本厚厚的教材一头钻进了办公室。

项目组的李鹏佳至今仍记得,有一次他夜里路过施自胜房间,透过门缝看到老教授整个身体伏在案上,一边对着教材一边眯眼睛盯着屏幕上的代码,李鹏佳意识到,施自胜口中的"做到最好"绝不是说说而已。

最终,一套数字化程度高、功能强大的《军语》编纂系统软件在全军顺利推广使用,而施自胜却因为长时间高强度的工作,落下了严重的腰疾。

人如其名,在施自胜看来,如果一名军人连自己都战胜不了,谈什么去战胜敌人?调整改革以后,他到了新的专业系,面对全新的课程,这位老教授又一次开始了从零起步的冲锋:所有新课,他一节一节去备;所有新的知识点,他一点一点去找。为了和学校相关课程顺利对接,他带领年轻教员们前往长沙调研取经,带回了最新的教学理念和授课内容,新课一经推出就吸引了广大学员。

施自胜的作风深深感染了其他教员,同教研室的徐明德一提起施教授,脸上顿时写满了钦佩:"老教授都这么拼,我们还有什么理由不努力呢?"

为战，师而有方者自胜

施自胜形容自己喜欢讲课"简直上了瘾"，他说，他常常觉得自己这一辈子就是为了做老师才来到人世上。施自胜太喜欢将自己所学所思讲给学生，讲给年轻教员，讲给所有需要这些知识的人。

2018年5月1日，以美国为首的国际联盟空袭叙利亚，当晚施自胜就将收集到的资料一股脑地整理出来，在第二天的课堂上，他逐项分析这起国际冲突，学员们听得津津有味。

像这种超纲的"加餐"，是施自胜上课的专属特色，他自己解释道："不了解这世界上的每一场战争，我们怎么教学生打仗？"

施自胜时刻把教战当成自己的天职。在今年的研究生教学中，有一门他主讲的课程因为选报人数不足3人被取消，他得知后千方百计要来选课学员的联系方式，主动要求为他们"开小灶"，一位大牌教授追在学员后面给他们上课，一时间成为该学院流传的美谈。

不光对待学员如此，面对登门求教的部队人员，施自胜更是以超出寻常的热情，有问必答、有求必应。一次，某部队针对新编制运行后出现的训练难题，辗转找到了施自胜，希望能得到一些提示和启发，没曾想施自胜不仅一个点一个点讲透了所有问题，还针对很多新情况、新变化为他们提供了大量资料和素材，后来这支部队专门来函对施教授表示感谢。

然而施自胜总觉得自己还做得很不够，他对身边的年轻教员说："当好一名老师，必须要清楚我们的职责，尤其是作为一名军校教员，需清楚围绕部队战斗力提升我们应该怎样做！"

这个问题的答案，1000多年前就已经有人回答得很清楚——

师者，所以传道授业解惑也。

为世，一心为公者自胜

对于电子对抗事业，施自胜有一种浓浓的情愫，他说，他把这项事业看得比什么都重要。

从教多年，他亲眼见证了我军电子对抗建设由弱到强、由单一到成体系，逐渐发展成为覆盖陆海空天电多维空间的全时全效战场力量，这其中所走的每一步，施自胜如数家珍。

正因为来之不易，所以才倍加珍惜，这种情愫支撑着他、鼓舞着他、激励着他时刻保持冲锋状态。正如他自己所言："每当疲倦或是困乏，只要想到还能为电子对抗事业多做一点贡献，我就又有了力量。"

一次，他受领了为基层部队讲解新军事训练大纲的任务，因为当时大纲刚刚颁布，相关配套政策不明晰，所以解读起来十分困难。施自胜从接到任务开始，就吃住在办公室，5天后他直接拉着箱子从办公室出发，就这样去了部队。

还有一次，他受命到新疆调研，看到驻地部队训练存在很多困难，就主动提出为他们讲课，结果一讲就是连续7天，从这支部队讲到那支部队，从天山南讲到天山北，所到之处场场座无虚席，讲到最后他已经说不出话来。

部队的需求在哪里，施自胜的脚步就落在哪里。从全军战略战役集训，到"火力·山丹"陆军防空兵跨区基地化训练，再到全军军事训练监察，施自胜抓住一切能和部队接触的机会，给官兵多讲一点、为部队多做一点，仿佛只有通过这种方式，他的心才能放下一点。

正所谓国而忘家，公而忘私。据统计，施自胜1年出差的时间有100多天，算下来平均一个星期有2天在路上，有人曾问他像这样高强度快节奏的状态准备坚持多久，施自胜却表现出超乎寻常的坚定："一直干下去，干到我干不动为止。"

强激光元件"纳米炸弹"终结者
——记智能科学学院国防科技重点实验室副研究员石峰

● 赵晓宇　李立群

在强激光元件的制造过程中,不可避免地存在一些污染性的颗粒和损伤,在高功率、高能激光辐照等极端的应用条件下,它们如同"纳米炸弹",会被引爆,如何去除元件亚表面的"纳米炸弹",是超精密加工领域的世界性难题。

8年来,石峰和他的同事经过上万次试验,不仅成功破解了"纳米炸弹"的"拆弹"技术,解决了强激光元件高精度低损伤制造难题,而且使强激光元件的抗损伤阈值提升到了新的高度——9.6焦尔/厘米^2,达到国际先进水平,为国家重大工程提供了技术支撑。

目前,该项成果已顺利通过2017年度军队科技进步一等奖答辩。

"国家的需求就是我们的责任"

时间回溯到2010年。

博士毕业留校的石峰接到了一项特殊任务——用磁流变加工一块有

特殊要求的连续位相板。这块连续位相板的工艺要求就是在一块玻璃上雕出一些5到10微米尺度的指定图案,难度相当大。有专家甚至断言,这种复杂工艺的连续位相板加工,需要进口国外专用设备。石峰细细琢磨,仅花了2个星期时间,就用磁流变把元件做出来了。元件送到用户单位测评,无论精度、形状,都远远胜过传统工艺!业界一片震动。

牛刀初试的成功带来了机遇,也带来了更大的挑战。用户单位提出,国家需要大批量大口径强激光元件,损伤阈值需达到8焦耳/厘米^2,如果学校可以技术攻关,就签军令状,研制时间为5年。

"国家的需求就是我们的责任。"团队负责人戴一帆教授欣然受命,并把强激光元件低损伤制造的攻关任务交给了石峰。

没想到,才打了一个漂亮仗的石峰,刚出师就遭遇了大挫败——精心加工的高精度元件,只要激光一测试,就会被"打"得千疮百孔。而用各种干涉仪和金相显微镜,却看不到损伤前驱体——划痕或污染的影子。

"找到纳米级别的炸弹,这就像在一片稻田里找出一粒有缺陷的种子",有国际同行说。

2年后的一天,石峰突然从一则关于F-22隐身战机的新闻中开悟了:隐身飞机之所以被认为"隐身",是因为雷达波感知不到。实际上,在毫米波下,会暴露无遗。这些看似完美的元件,是否存在"隐身"的缺陷呢?经过大量测试实验,他惊喜地发现,那些直径只有一粒灰尘(PM2.5)的1/2500,在一般检测方法下完全"隐身"的"纳米炸弹",在等离子体组合光热扫描下竟一一现身,划痕和污染清晰可辨!

在戴一帆教授的指导下,他们随后提出了纳米损伤前驱体概念,引起学术界广泛关注。以此为基础开展的研究获得了2018年度国家自然科学基金重点项目立项资助。

"只有原始创新才是打破技术垄断的最好办法"

找到了"纳米炸弹",如何去除又不留痕迹呢?石峰和同事们再一次陷入困惑。

当时国际通行的兆声波酸洗方法,其设备投资近千万,课题组暂时不具备相关研究条件。石峰和同事采用简易的"土法酸洗",结果元件不仅面形遭到破坏,而且还有二次污染。

"发达国家将高精度低缺陷制造视为国家机密,严密封锁相关技术消息,而完全的自主研发技术难度又太大。怎么办?"同事们不无担心。

石峰坚信,上山的路不会只有一条。原始创新虽然不易,但强激光元件是惯性约束聚变、激光武器、X射线自由电子激光等重大装置所急需,其制造水平直接决定了系统负载能力和输出性能,必须攻关突破。

石峰想到了被誉为"液体砂轮"的磁流变技术,超精密加工的关键配方——磁流变液正是他博士期间研制的,拥有完全自主的知识产权。他重新配制了磁流变液,果不其然,新加工的元件没留下任何划痕!但令大家没想到的是,激光测试却给了他当头一棒:元件抗损伤阈值从7焦尔/厘米^{2}下降到5焦尔/厘米^2。

石峰重新检验测试件的各项指标,并用光学显微镜一层层往下"挖",2个月后,终于找到"罪魁祸首":磁流变加工后残留在工件表面的铁粉颗粒导致了阈值降低。

如何才能使密度大于水的铁粉在加工时能"悬浮"在水中,不接触工件表面呢?在尝试了上千种不同化学配方后,石峰成功优化出强激光元件抛光专用磁流变液。同时通过大量理论计算仿真,他还发现在弹性和塑性区域间存在一个弹塑性域。

采用新方法制造的元件,损伤阈值一下提高到8焦尔/厘米^2,达到国内先进水平。石峰提出的弹塑性域磁流变抛光理论和方法,也被

Nature 子刊论文作为重大技术创新引用。

"精无止境，只有不断地努力追求，才能实现突破"

课题研究任务基本完成，但石峰和同事没有停下探索的脚步，他们深知，能承受多大激光能量损伤阈值，就能发射多强的激光。他们将目光又瞄向了纳米污染缺陷的去除。

2014年初的一天，石峰和往常一样步行回家。经过一家干洗店时，他灵光乍现：洗衣有水洗和干洗之分，如果传统的用氢氟酸洗元件相当于水洗的话，那一定还有"干洗"的方法。经过反复实验，他最终通过离子束溅射清洗方法，发现了元件表面杂质元素含量的变化规律，利用这种"干洗"方法，不仅成功去除了纳米污染，缺陷控制精度与美国水平相当，而且大大提高了清洗效率。

国家急需上千件大口径强激光元件，能否降低制造周期和成本呢？石峰和同事随即开始了优化组合新工艺的研究。

科研的道路从来没有坦途。2015年初，石峰发现，经过各种优化组合新工艺研制的元件，损伤阈值测试结果的离散度比较大，工艺输出不稳定。研究再次陷入"死胡同"。

他带领大家逐一排除"疑点"，但依旧一无所获。离课题验收时间越来越近，大家都开始焦虑。

"把元件融了检测吧！"石峰这一破釜沉舟的建议让大家面面相觑：一个元件成本一两万块钱，做出来要花大概3个月的时间。融了如果查不出原因，意味着一切又要从头开始。

"液体检测是目前我们掌握的最有效方法，"石峰果断提出，"只要找到原因，我们就可继续前进。"

元件融解后检测，轻金属元素污染！症结找到了，攻关的方向就有了。2015年年底，他们研制的强激光元件，在中国工程物理研究院经过 7 昼夜 256 个发次的激光损伤阈值测试，损伤阈值——9.6 焦尔/厘米^2，使元件抗损伤特性提高 30%，达到国际先进水平。

"精无止境，只有不断地努力追求，才能实现突破。"如今，石峰和他的同事正在向损伤阈值 12 焦尔/厘米^2 发起冲锋。

深扎基层这片事业沃土
——记军事基础教育学院学员三大队十四队教导员赵彦博
● 陈 思 罗有敢

训练场上,他是一把快刀,政教课中,他是一坛陈酿。说到他,周围的人都不约而同地说:"这哥们,军政素质双过硬!"深扎基层13年,他赢得了特战场上的累累战绩,更赢得了兵心,他就是军事基础教育学院学员三大队十四队教导员——赵彦博。

解渴!无处不在的政教课

赵彦博是今年2月才从队长的岗位调任教导员的,但长期从事军事工作的他对政教也轻车熟路。他始终认为,政教课要接地气、讲实际,当下时事热点这么多,自己在基层工作中的案例也有一箩筐,这些都是最好的讲义!他把国家GDP增长的数据演化为身边的故事,把英模画像与"谁能代表国家精神"的热度话题相结合……每堂课学员们都听得意犹未尽。

赵彦博认为,思想政治教育不仅仅在课堂,更在于平时的浸润。一次演练,学员肖毅的战术位置被另一名学员顶替,肖毅认为自己的能力没有受到重视,便在训练场上公开叫板。军人以服从命令为天职,但赵彦博深知其心性高傲,便只淡淡地说:"如果不服,你可以按照你的方式照常训练,下次演练你再与他比试比试,看谁能胜出。"肖毅满口答应。在第二次演练中,肖毅败给了他的"竞争对手"。他懊恼而不解:"教导员,我不比他差,而且拼尽全力,为什么还是输?"这时,赵彦博语重心长地说:"这是一个团队科目,你脑子里只想自己怎么赢,而他想的却是如何更好地配合战友。"一语点醒梦中人。第二天,赵彦博在训练场上与大家谈集体荣誉、个人荣辱观,谈如何以团队力量谋制胜之道,学员深以为是。"在汗水中感悟,在锤炼中反思",无论何时,你都能看到赵彦博的队伍步调一致、士气高昂。

打赢!热血精兵从这里走出

"我们教导员,10 发子弹能打 98 环!"学员傅政翔自豪地说。在许多人的印象中,干政治工作拿的都是笔杆子,但赵彦博是个例外。由于自身军事素质过硬,带兵育人有绝招,赵彦博长期负责学校军事技能竞赛集训管理工作。

特战队集训期间,学员杨威被任命为模拟连连长,却由于管理失误被免去职务,还与全队产生了隔阂。赵彦博迅速摸清情况,双向沟通,一方面尽力修补杨威与战友的关系,另一方面,力排众议举荐他任一班导航员。最终,杨威不负众望,在定向越野科目中单独完成任务后又协助另一组队员,超额完成任务,为一班一举夺魁做出巨大贡献,赛后荣立三等功。

指挥决断是学问,也是艺术。2016 年"强军杯"正式比赛第 2 日,班长肖凡接到最新五段式命令后,发现战场转移任务发生重大变化,分值大幅提高,便马上做出在定向越野科目中保存实力、在战场转移任务中全力冲刺的决断，最终获得战场转移科目满分，赢得了夺冠的巨大优势。记者采访时，他讲到："赵队长一直引导我们不仅要会拼，更要会思考，训练中经常带领我们模拟赛场各种突发情况，锻炼我们的指挥决断能力。"

科学管理与真抓实训使赵彦博成为国防科大名副其实的"金牌教练"。特战队一路过关斩将，"勇士杯""联合精英－2016"及"剑鹰－2016"军事技能竞赛第一名均被收入囊中，并连续3年蝉联学校"强军杯"军事竞赛第一名，这些都离不开他的辛勤付出。"跟着他，我们愿意拼！"学员们这样说。

暖心！有问题找"赵大哥"

去年4月，学员李磊的训练水平一反常态，400米障碍滑到及格边缘，五公里都跑不下来。赵彦博了解到李磊患有缺铁性贫血，却因家庭条件未能住院治疗。"训练再紧，也不能拖垮了身体。"他掏出银行卡和身上所有现金，安排学员营参谋带着李磊去医院做检查。医院要求住院2个星期，李磊担心联考受影响，强烈要求回校训练，赵彦博阻止他说："咱们治好病再回来训练，我相信你的水平，你也要相信我。"治疗结束后，赵彦博为李磊量身订制恢复性训练计划，一路陪伴鼓励，毕业联考时李磊的五公里跑到了20分15秒，400米障碍也达到良好水平。

今年，赵彦博迎来了朝气蓬勃的新学员，在他眼里，带新兵"不是苦差事，而是一件幸福的事！"基层工作繁忙，但他宁可自己加班也不愿剥夺一分花在学员身上的时间。"有时候我担任队值日，看到教导员房间的灯半夜还亮着，早上再见他已是双眼通红"，学员古炬贤说。了解情况是为了更好地对症下药。新学员初步接触文化课程，任务多、压力大，尤其是高数令不少人出现了畏难情绪，赵彦博给大家分享自己本科毕业2年后为考研重拾高数的故事。同时，在他的建议与筹备下，大队每周开办一场学习经验交流会,组织高年级学长对新生进行辅导,帮助他们迅速摸清门道、掌握学习方法。

因工作出色,赵彦博2次被评为学校"优秀基层干部",4次被评为学校"军事训练先进个人",3次被学校评为阅兵先进个人,4次荣立三等功。

"1+1>2"的魔法

——记前沿交叉学科学院讲师刘博

● 张丽琪

"世界上最浪漫的爱情,就像'纠缠量子对'一样,不管何时,无论何地,都拥有彼此的全部。"将量子物理的核心原理比喻得如此"清新脱俗",很难看出刘博不是"科班出身"。

刘博原来学的是计算机科学与技术专业,他跨界量子物理领域,用计算机程序逐个击破难题,极大地改进了量子物理基础实验的方式方法,在量子物理与计算机网络交叉研究中施展"神奇魔法"。

初识量子牛刀小试

2011年,刘博参与研发的一套软硬件协同的基于网络语音流式信息的信息隐藏平台,一举夺得全国大学生信息安全竞赛一等奖。在"备战"过程中,刘博意识到,如果信息的加密是一块盾牌,那么利用计算机技术可以对盾牌加固并生成一道密码锁,然而不管将其表面加固到多么坚不可摧,密码锁都有被破解的可能性,而量子通信则能生成不可破解的密码。

在保送硕士研究生后，刘博便开始学习量子力学的基本原理及相关专业知识，并参与量子通信后处理技术方面的课题。那时的他每天都在对量子通信的进一步了解中推翻之前的认识，"总是似乎懂了，又没有懂"。

那时，刘博从计算机的角度进行后处理系统的开发，将保密增强输入的码长设为1KB，运行起来速度极快且得出的实验结果无异。就在他"沾沾自喜"之时，却在与量子通信物理系统进行联合实验调试时"栽了跟头"。他发现，从信息论的角度来看，密钥的长短对安全性影响极大，码长越短，过程就越不安全。"这是一个不断自我否定的螺旋式上升过程。"

有了这次经历，刘博开始对过往的实验研究进行"回头看"。在对流式信息隐藏技术研究过程重新审视时，他不禁笑出声来，一边笑一边反思"如果是现在的我会怎么做呢？"2013年8月，在网络领域的顶级会议SIGCOMM上，刘博现场演示了他设计开发的基于量子安全的网络电话，并凭借该研究成果获得会议组织的国际计算机协会学生学术竞赛（ACM SRC）研究生组全球第二名的佳绩，引起与会者的广泛关注，同年被纽约州立大学列入推荐论文列表。刘博迈出了他交叉研究的第一步。

助力"墨子号"大显身手

都说"失败是成功之母"，刘博则相信"成功是成功之源"。2015年底，刘博前往维也纳进行为期2年的联合培养，师从潘建伟院士的博士导师、量子物理界泰斗Anton Zeilinger教授。

"这些数据，给你6个月时间，搞定它们。"当时，由我国自主研发的"墨子号"量子科学实验卫星已研制出样机，在与奥地利科学院进行联合测试时，奥地利地面站所采集的数据搁置了1年之久，懂量子的做不了数据分析、懂计算机的看不懂数据含义。面对这摊杂乱无章、不明所以的数据，初来乍到的刘博用扎实的计算机专业功底反推数据格式，很快便完成了数据处理。

半个月后，当刘博将分析结果报告给课题组时，全体成员都惊呆了。他们一个个瞪大了眼睛，表情夸张地直呼"捡到宝了"。在同事们的簇拥下，刘博被带到了天文台，他看着尚未架设完毕的望远镜，一头雾水地看向沉浸在兴奋中的同事。

原来，要实现"墨子号"卫星与地面站的星地光学对接，首要任务是架设地面望远镜，根据卫星轨道姿态和星上望远镜的旋转情况推断出地面站的补偿策略便是第一大难关。"看你的了！"同事们纷纷摊手对此表示无奈，实验进程也因此停滞不前。

"就像高空坠落的硬币，要想准确无误地落入存钱罐，只需告诉它孔缝的位置。"刘博根据天上卫星轨道姿态数据TLE文件，推算出卫星的具体位置，随后开发出一套统一了中、奥、卫星三方望远镜坐标系的软件，找出补偿策略成功解决了地面望远镜与量子卫星的基矢对准问题。

卫星发射当天，刘博激动得热泪盈眶，想起此间重重难关，皆是靠着量子物理与计算机"两条腿"闯过来的。

操刀"大实验"学成归来

爱因斯坦与波尔关于量子物理学原理的争论持续了半个世纪，为了证伪争论焦点"贝尔不等式"，西班牙光子科学研究所邀请全球范围的大量志愿者共同参与，由全球12个世界顶级量子信息实验室同步开展一场趣味科学盛会——大贝尔实验。

刘博凭借在科研中的亮眼表现，被奥地利科学院量子光学与量子信息研究所选定为此次实验的负责人。在基于光量子纠缠方案搭建实验平台的过程中,由于数据不能实时传输,直接导致光学设备的调试花了好几个小时。刘博知道,自己的计算机基础该派上用场了。根据初始数据,他反推数据格式找出了编码方式,编写程序将采集的二进制数据翻译成实时数据,设计出覆盖量子光学和接收端的纠缠实时分析系统,首次实现了 200 ms 级量子态信号关联性的实时分析。测得贝尔不等式的 S 值为 2.639,严重背离了定域实在论的结论,有效关闭了贝尔测试实验"自由选择漏洞"。其所在实验室成为当天反馈实验结果的唯一实验方。

"之前总是抱怨你加快实验进程压缩我们喝咖啡的时间,这次多亏了你,我们喝着咖啡就把实验给完成了",同事拍拍刘博的肩膀笑着说道。

5 月 10 日,该实验的研究成果在国际顶级期刊《自然》(Nature)上发表,打破了爱因斯坦对量子物理的终极质疑,引起各方广泛关注,刘博正是这篇论文的共同作者之一。

刘博爱喝茶,他说:"适量的茶碰到恰当的水,茶水又碰到适合的人。"而计算机、量子与他,就像那茶、水、人,他们相逢相融、释放出惊人魔力。今年 6 月,刘博留校成为一名教员,他希望今后在传道授业的同时,通过分享自己的成长经历,激励更多、更优秀的学生加入军队跨学科交叉研究中来。与此同时,他正努力把量子领域的理论和实验研究成果物化为量子通信网络安全系列部件和系统,为国家网络信息体系的高安全性、高可用性建设做出应有的贡献。

"千足虫"变形记

——国防科大团队获 2018 年 iCAN 国际创新创业大赛中国总决赛一等奖侧记

● 徐海军　韩泽超　方姝阳

他们，活动在反恐现场，勇担排爆重任；他们，在灾难现场，和救援人员一起，救死扶伤；他们，行进在山间地头，完成一趟趟物资输送任务……如今，这些错综复杂的任务，正在靠移动机器人完成。这在过去想都不敢想的场景，如今正在成为人类社会的新变化。

近日，在第十二届 iCAN 国际创新创业大赛中国总决赛上，国防科大智能科学学院智能机械教研室设计研发的"Transformer - 基于可重构理论的多模态全地形移动机器人"，成功实现轮、履、腿三种功能自由转换，一举夺得一等奖第一名。2019 年，他们还将代表中国远赴德国参加 iCAN 国际总决赛，向世界展示科大智造。

一只虫子激发的奇妙创意

"你看，这是千足虫，顾名思义，就是长着很多条腿的长长的虫子。通常情况下，它是多足爬行；在遇到敌害时，它便团成一个圆盘，可以快速滚动式逃跑；要爬树时，它便以身体后半部作为支撑，将前半部抬起，当前半部抓住树枝时，再将后半部拉上来。我们发现，这和移动机器人的三种行走机构——轮、履、腿正好吻合。"在实验室，团队成员正拿着千足虫的图片和记者讲述着他们的创意源点。在他们看来，地球上的生物都是经过漫长的进化而来，大自然就是最优化、最鲜活的教材。

一只小小的虫子竟能引出如此高大上的创意，不少人都觉得不可思议。人们也很难想象，从探秘生物成功跨界到智能科技，这个团队仅用了不到 3 个月的时间，周发亮、常雨康、韩泽超、唐源江、王文浩五名成员在徐小军、徐海军两位老师的带领下精心准备，各司其职，队长周发亮和实验室工程师一起带领队员韩泽超、唐源江、王文浩完成整个机器人的装配工作，队员常雨康则负责控制系统的软件编写。最终，在省赛前 1 个星期，整个轮履腿机器人系统如约完成。

但是，试验的过程并非一帆风顺，在装配和实验的过程中，队员们发现，作为原理样机，第一版轮履腿变形机器人存在着设计上的小缺陷，例如，轮部变形机构转动关节强度低，成员们便暂时从软件上对轮部变形电机进行速度限制，保证了实验的正常进行。

问题一个个解决，他们离成功也越来越近。尽管在省赛中，轮履腿变形机器人只是做了最基础的动作演示——以轮式行进—轮式变履带式—履带式行进—腿式翻转—履带式变轮式的流程完成路演，但其创新的机构设计使在场的评委和观众无不眼前一亮，实力吸粉，成为省赛中当之无愧的"明星"，昂首挺进国赛。

一个零件引起的一波三折

从省赛到国赛，只有 1 个月的时间，如何才能实现实质性的突破，成为摆在团队成员面前的现实问题。针对轮式变履带式时偶尔会出现的机构卡死问题，队员们商定在机械上设置限位挡块，以防电子限位开关的失效；在控制系统软件上，他们也不甘于现状，思考进一步优化软件架构，扩展功能应用，开发出腿式翻转动作，为国赛的突破点——腿式越障展示进行着最后的亮相准备。

1个月后，团队带着他们的作品前往成都，就在比赛前一天，正进行腿式翻转练习时，由于控制速度调节失误，剧烈的动作使轮部变形机构的张紧轮破裂，导致最关键的一环——路演可能受到牵连，危急之下，小组成员很快达成共识：冷静，再冷静，并立马展开分析，探寻解决方案。

考虑到张紧轮是采用光敏树脂的3D打印零件，普通的万能胶对光敏树脂有腐蚀作用，很难将破裂碎片黏合，于是参赛人员兵分两路，一边，由队员唐源江在当地购买可用的胶水，尝试通过人工来修复；另一边，队员韩泽超经过多方搜索联系3D打印公司，却仍不能保证在赛前拿到打印零件，尝试3D打印的想法一度陷入困境。屋漏偏逢连夜雨，另一组尝试黏合修复的队员也发现，由于一些细小碎片的丢失，两块大的破片黏合后，受损张紧轮的同轴度出现较大误差。

情急之下，队长周发亮灵光一闪，突然提出："我们何不分头联系各自在成都高校的同学？学校里可能会有3D打印机。""找到了，四川大学制造科学与工程学院有一台。"队员韩泽超的兴奋大喊让大家在黑暗中看到了光芒。

尽管这台打印机难以一次性完成打印，但队员们还是想出了办法，即在三维模型中将张紧轮一分为二，中间设计连接结构，便于打印后拼接。令人振奋的是，比赛前夜，新打印的张紧轮顺利安装在了机器人上。功夫不负有心人，通过唐源江耐心细致的手工修复，受损张紧轮也成功满足了同轴度要求。那一刻，大家对未来充满信心和希望。

一番"折腾"造就的完美变形

"哇,妈妈,这个机器人好神奇,就像变形金刚一样。"一名身高刚刚过展台的小朋友,目不转睛地盯着计算机上的演示视频,那种惊喜和兴奋让队员们纷纷相视而笑,还有一位中学老师,连续 5 次来参观机器人,只为能够亲眼看见轮履腿机器人的现场演示,还有外国友人、兄弟院校的老师和队员、专家评委,他们看过作品后无不竖起大拇指,甚至有人直接高呼"实力一等奖"。

"比赛的意义不仅仅是跌宕起伏的奋斗过程和夺冠时刻,还有这些最温馨和幸福的点滴。"队长周发亮感慨良多。

回忆起夺冠之路,真可以用好事多磨来形容。队员们正准备开机做答辩演示时,却发现车载计算机没有显示,吓得大家一身冷汗,一番检查电源,排查故障,供电才恢复正常。然而接下来,刺激惊险的一幕再次上演,计算机的上位机对机器人下位机的控制指令无效,而负责控制系统搭建和软件编写的队员常雨康还在学校参加博士考试,面对雪上加霜的故障,在场队员迅速启动备用计算机和备份软件,系统终于恢复正常。团队一鼓作气,成功完成 PPT 答辩演示任务,为夺冠奠定了坚实基础。

最终,Transformer – 基于可重构理论的多模态全地形移动机器人以实力排名 A 组第一名,成功获得第十二届 iCAN 国际创新创业大赛中国总决赛一等奖第一名,并且拿到 2019 在德国的 iCAN 国际赛的入场券。当队长周发亮手捧奖状站在奖台上时,队员们喜极而泣,千言万语汇成那句歌词:"有梦想谁都了不起,有勇气就会有奇迹。"全国一等奖对他们来说,绝不仅是一项辉煌的荣誉,更意味着五个军校学员的梦想获得了有力的肯定。

"比赛只是个开始,该机器人大有空间可为。"指导老师徐海军对记者说，它既可以执行灾害救援、消防灭火以及物资输送等民用任务，又可以胜任敌情侦察、拆弹探雷和边防巡逻等军事任务。比赛期间，他们的成果已经受到一些企业的青睐，并已互留联系方式，有望进一步开展商业合作。

他与"力"的不解之缘
——记空天科学学院应用力学系教授冯志刚

● 龚 仪 韩 笑 关云飞

夜深人静,睡梦正酣。冯志刚被一阵刺耳急促的电话铃声吵醒:"紧急求助,在'神舟八号'飞船低温抽检试验中,用于飞船生命保障系统的液路截止阀出故障,紧急情况下会危及航天员生命……"电话那头,语气急促紧张。

冯志刚二话没说,奔赴现场,全天连轴转,排查故障,终于在1个星期内找到了极难察觉的"元凶"——生命保障系统的截止阀预应力不够,当部件受到热胀冷缩影响后,密封性能下降,从而导致存在有毒液体泄露的隐患。他连夜撰写改进方案,通过了以院士为主的大专家组的评审验证,保证了"神舟八号"飞船按期成功发射。

作为一名力学教授,冯志刚这半辈子,都在与"力"打交道。

延寿分析　验证导弹战斗力

20世纪90年代，还在学校任教的周建平教授牵头开创了对导弹药柱的延寿试验项目。从本科做毕业设计时起，冯志刚便跟着周建平教授研究导弹药柱的老化分析实验，见证了该项目的发展成熟，也在科研实践中积累了大量的分析经验。经过多年发展，冯志刚所在的团队在含老化的药柱本构关系方面的研究及固体火箭发动机结构完整性分析方面的研究一直处于全国领先水平。

某单位一批空空导弹储存了近10年，不知导弹的药柱是否还能使用。单位负责人找到学校，委托其做导弹的延寿分析，明确导弹的性能与安全性。

根据军标要求，药柱的载荷环境要从零下50摄氏度到零上70摄氏度。在如此复杂的温差环境里，由高分子材料组成的药柱温度老化严重。在这样的情况下，放置了10年的导弹药柱，力学性能发生了多大改变、燃烧的过程中是否存在爆炸的风险……成了试验不得不判断的问题。

在经过水压、结构完整性分析等一系列试验分析后，冯志刚团队得出了结论：该批空空导弹还能继续使用5年。一份分析报告，为国家节约了上亿的资金。

基于力学原理以及延寿试验得出的数据，冯志刚所在团队总结出了一套名为《复合固体推进剂老化本构关系和固体发动机应力分析方法研究》的经验体系，用来对导弹药柱进行结构完整性分析。这一整套方法和理论，获得了当年军队科技进步一等奖。

借例讲力　抓住学生注意力

为了把课本上的模型案例化，冯志刚除了从教材上找例子，还常常从科研中抓"活鱼"。那些他参与过的科研项目，但凡不涉密，都成为激发学生兴趣的课堂案例。在分析热应力时，他运用了某型导弹保温发射的例子；在讲解变形耦合导致的测量误差时，他用上了如何提高加速度计、光纤陀螺仪测飞行器位置与姿态精度的例子……

如何将生活中的教学"源头活水"，引流至力学课堂，也是冯志刚反复琢磨的事。

"赵州桥全由石头建造，屹立1500年。当时旁边有一座钢铁桥，才10多年，就已变成了危桥。一座石头桥为什么比钢铁桥更牢固呢？"课堂上，冯志刚的话引人深思。

而所列举的赵州桥的例子，正是他引来的"活水"。2004年10月，他正在石家庄出差，那里离赵州桥不远，他当即决定去探访这一力学奇迹。抵达赵州桥后发现，古桥虽然已经被岁月磨蚀得坑坑洼洼，但依然坚固。桥体石块的几何形状和摆放方向都很考究，使得每块石块的抗压能力很强，而特殊的结构设计也强化了桥梁的承载能力。后来，考察的成果被应用在工程力学课材料的"压缩性能"一章。

在一次开会时，同行告知冯志刚，附近的火车公园放着火车模型，他顿生兴趣，多次前往考察。从火车外到车厢内，甚至到火车底下，冯志刚细细观察，只为了解火车的"螺钉销钉怎么连接的？传动系统是如何传动的？……"这些火车的力学案例，后来成为学生感兴趣的内容。

案例"灌溉"课堂，匠心"雕琢"教学，冯志刚的授课水平日益精进。自承担教学任务以来，他年年都获奖评优。2016年春，获得全校教学能手比赛一等奖；2017年，又获学校教学名师奖。

着眼实践　激发课堂创造力

2013 年，冯志刚接手了"工程力学"的课程。在与学生讨论互动中，有学生提出了这样的问题：射击训练中，常遇到这样的情况，教员说抠扳机时要缓慢发力，才能打得准，而究竟要多大的力、多快的速度才能恰到好处地扣响步枪或手枪的扳机呢？

那时，冯志刚正承担着一个名为"力学开放性创新性实验设立研究"的教改项目。他考察过全国很多知名高校，发现它们的实验室里都有生活创新试验。"我们学校也可以搞啊！"他寻思道。

借助学生提问的契机，说干就干，他借来不同的枪械，带着学生前往力学实验室，拆下扳机，现场试验测量扣响枪械扳机所需要的力的大小。亲身感受过之后，在后续的训练中，学员们对于如何扣动枪械扳机，心中都有了一个度的把握。如今，该实验已经成为武器装备力学开放试验中的热门实验，每届都有诸多学生参与。

从实践中汲取养分，又以教学反哺实践。冯志刚的课程，以强大的实用性激发了课堂的创造力。他主讲的"工程力学"MOOC 课程广受好评，被评为湖南省精品 MOOC 课程。

筑梦航天砺青春

——国防科大学员荣获 2018 国际大学生航天器创新设计大赛一等奖侧记

● 周 祥 方姝阳

8月，冰城哈尔滨，凉爽宜人；2018国际大学生航天器创新设计大赛决赛现场，热火朝天。

"荣获此次比赛一等奖的是——国防科技大学的 ISSAP 队"，话音未落，掌声雷动，空天科学学院微纳卫星工程中心研究生李星辰、王祎、刘卓群、闫振国和钟翰杨再次站上了国际大赛最高领奖台，这一刻，他们是当之无愧的耀眼"明星"。

近日，我们走近这几颗"新星"，探寻光亮背后鲜为人知的努力与执着。

筑梦：让科幻变成现实

由于航天器均具有一次性使用特点，因此，延长航天器工作寿命是航天器开展空间在轨服务的关键所在。

学校 ISSAP 队的获奖作品为"面向航天器在轨服务的智能空间柔性机器人平台（Intelligent Space Soft Assistant Platform for Spacecraft On-orbit Service，ISSAP）"，它能解决传统航天器在对非合作目标进行在轨维护时所采用的机械臂质量大、发射成本高等问题。

这样一个只会在科幻电影中出现的高大上作品，灵感从何而来呢？

2017 年 6 月 19 日，我国在西昌卫星发射中心利用"长征三号乙"火箭执行中星 9A 任务发射失利，运载火箭未能将卫星直接送入预定轨道，从而不得不依靠卫星自带的推进剂实现入轨，直接导致卫星在轨寿命大大减少。"我想尝试制作一个可降低发射成本的轻质空间机器人，用于实现航天器在轨服务等任务。"组员李星辰提出了他的设想。

想法当即得到了老师和队员们的一致肯定。在中心副主任赵勇老师和课题组张翔老师的具体指导下，团队开始将科幻变成现实。

航天系统是一个高度集成的综合系统，各系统之间相互独立又紧密联系，需要不同专业多个领域知识的交叉与融合。气路系统设计、结构设计、研究控制和轨道接近算法、研究基于深度学习的模式识别算法、实验测试……大家"八仙过海各显神通"，紧密衔接，通力合作，指向只有一个——为了那片浩瀚的星空。

逐梦："以室为家"的"5+2""白+黑"

时间回溯至 2017 年底，从最初的方案设计、模型建立到后期的算法实现，整个过程并非一帆风顺，组员们发现"理想很丰满，现实很骨感"，而且大多成员还承担着多项科研项目和学业任务，但大家挤时间，忙加班，不断推倒重来，重新设计方案，3 个月后，当他们拿着方案汇报时，老师们笑道："你们都是有三头六臂的'超人'呐！"

万里长征虽然走完了第一步，但团队依旧不敢掉以轻心，"方案设计固然重要，但只是整体研究工作的第一步，后续的算法实现和硬件测试环节会遇到更多问题,你们要有充分的心理准备"。老师们的话语让队员在保持信心与热情的同时,也增添了一份清醒与理性:科研创新从来没有一帆风顺,未知的困难还在前方等着你。

从 3 月开始,"5＋2""白＋黑"逐渐成为学员们的主流模式,机房的灯经常亮到深夜。博士生王祎回忆说:"虽然加班很累,但大家依然热情高涨,计划 1 个小时的例会经常能开两三个小时,大家很享受在思想碰撞中提升自我的成就感。"研究生钟翰阳对柔性机械臂"一波三折"的制作过程印象深刻:"这是整个硬件工作中难度最大的,这种气囊型机械臂是可实现多自由度并联转动的。我们多方调研才在广东找到一家可靠的 3D 打印公司,经过不断尝试、失败、再尝试,才加工打印出满足力学性能指标的成品,其单位长度质量是目前在轨传统机械臂的 1/20,达到了预期效果。"

柔性机械臂加工制作的过程仅仅是整个系统研制的一个缩影,短短几个月时间,小组成员相继实现了基于 MEMS 的电热式微推进系统研制、基于卷积神经网络的目标识别算法、基于混合高斯模型的三维重建算法等多项关键技术攻关。5 月,各分系统开始集成,实验室又一次成了大家共同的"家"。

时间定格在 6 月 21 日下午,最后一项测试工作顺利完成。实验室里,上上下下,欢呼雀跃,那一刻,每个人的心里都是满满的安心和幸福。

圆梦:好事多磨终有成

俗话说,好事多磨。在正式赴哈尔滨参赛之前,学员们参加了一项全国研究生飞行器设计大赛,信心满满的他们却遭遇了"一盆冷水",仅获得三等奖。"辛辛苦苦大半年,白干了!""我们的实力也不过如此啊!"悲观懈怠的情绪顿时弥漫开来。

回到长沙，大家冷静分析失利原因，仔细总结过往经验，多次完善改进系统……所有人都铆足了劲：一定要在哈尔滨"一雪前耻"！军人，就是要有不服输的劲！"大战"前的一轮轮集中突击，使得系统性能与展示效果再上新台阶。

"狭路相逢勇者胜"。当队员们看到决赛名单，不禁心头一紧：这不正是那支刚刚与他们交过手并斩获一等奖的队伍吗？看来又是"来者不善"啊！张翔老师看出了大家的忧虑："我们只要像《亮剑》中的李云龙一样，敢于'亮剑'，一往无前，就能战胜对手。"随后，他带领队员们反复模拟答辩流程，细致考虑每一个环节，力求做到万无一失。

正式答辩的日子到了，蓄势待发的ISSAP队终于闪亮登场。别具匠心的作品、华丽的动画效果、完美的现场演示以及流畅自信的英语表达使他们惊艳全场，成功征服了在场的国内外专家评审。

幸运女神总是光顾有准备的人。最终，ISSAP队从47支队伍中脱颖而出，荣夺桂冠。在介绍团队作品时，评委会主席特别提到该作品对于解决目前航天器在轨服务难题提供了有效的实现途径，具有广阔的市场应用前景。此刻，在全体队员看来，结果或许已不那么重要，过程才是属于他们的珍贵财富。

优异的成绩只是一个里程碑，科研征程还远未结束。他们深知，唯有保持清醒和谦逊，才能在漫漫科研探索中无悔青春，傲视苍穹。